Jochen Bender

Schüsse am Schiffercafé

CW Niemeyer

Viele Menschen versäumen
das kleine Glück,
während sie auf das große
vergebens warten.

Pearl S. Buck

Sonntag, 20. Februar 2022

Ein leuchtendblauer Himmel spannte sich über das dunkelblaue Wasser der Kieler Förde. Die Möwen kreischten aufgeregt am Himmel, während hinter Frauke Knops Rücken gemächlich ein Frachter in den Nord-Ostsee-Kanal einfuhr. Tief in ihre Gedanken versunken stand die Kommissarin auf dem Tiessenkai und betrachtete das Schiffercafé. In ihren ruhelosen Jahren hatte sie dort in Gesellschaft ihrer besten Freundin Melanie vergnügliche Stunden verbracht. Sei es sonntags beim Tango mit mehr oder weniger temperamentvollen Tänzern oder auch einfach bei Musik, gutem Essen und heiteren Gesprächen. Jetzt war ihr alles andere als heiter zumute, lag vor ihr doch das Opfer einer brutalen Gewaltorgie.

Seit den qualvollen Stunden in der Gewalt des Kieler Frauenmörders fiel ihr die notwendige Distanz zur alltäglichen Brutalität ihres Jobs schwer. Ein Mord in ihrer unmittelbaren Nachbarschaft, so nahe, dass sie zu Fuß zum Tatort gekommen war, machte es ihr nicht gerade leichter.

Der streng logische und analytische Teil ihres Ichs beschwerte sich darüber, dass sie Trauer und Schmerz zu sehr zuließ.

„Träumst du?“

Die Kommissarin zuckte zusammen und schüttelte sich, ehe sie sich ihrer Kollegin Uta zuwandte.

„Ist die Gerichtsmedizinerin fertig?“

„Ja, sie bestätigt unsere Vermutung, dass er von hinten erschossen wurde. Vier Projektile trafen ihn im Rücken, mindestens eines davon perforierte sein Herz. Als er auf dem Boden lag, wurde ihm dann noch zweimal in den Kopf geschossen.“

Vor lauter Abscheu schüttelte Frauke sich erneut.

„Also eine Übertötung? Anscheinend wollte da jemand ganz sichergehen. Klingt nach einem Profi, einem Auftragskiller von der organisierten Kriminalität, Mafia oder so.“

„Oder jemand war einfach saumäßig wütend auf ihn. Jedenfalls handelt es sich bei Herrn Sterz um kein Zufallsopfer. Ich vermute, er spazierte arglos den Tiessenkai entlang, während sein Mörder hinter der Gebäudeecke hier auf ihn lauerte. Als er vorbei war, trat hinter ihm der Täter hervor und schoss.“

Uta zeigte in die entsprechenden Richtungen. Fraukes Blicke folgten ihr.

„So könnte es gewesen sein. Das würde allerdings bedeuten, ...“

„... dass der Mörder wusste, dass er hier entlangkommen würde.“

„Außerdem ging der Täter ein hohes Risiko ein. Sonntagmorgens sind hier zwar sicherlich keine Menschenmassen unterwegs, aber durchaus hin und wieder ein Jogger oder Hundebesitzer. Und sechs Schüsse sind nicht zu überhören."

„Trotzdem haben wir bisher niemanden gefunden, dem eine verdächtige Person aufgefallen ist."

„Was wiederum für die Verwendung eines Schalldämpfers und somit für einen Profi-Killer spricht!"

Nachdenklich betrachtete Frauke den Toten und murmelte:

„Wen hast du derart verärgert, dass er sich so grausam an dir rächte? Du bist doch bestimmt schon siebzig..."

„Er ist erst sechsundsechzig und wohnte nicht weit von hier in der Richthofen Straße. Dort wartet übrigens vermutlich seit einigen Stunden seine Frau vergeblich auf ihn. Wir sollten sie über seinen Tod informieren, ehe sie es auf anderen Wegen erfährt."

Die Adresse des Toten entpuppte sich als ein gesichtsloses Mietshaus. Beim Eintreffen der Kriminalistinnen stand eine ältere Frau in der Tür des Gebäudes und starrte sorgenvoll die Straße hinunter. Uta und Frauke tauschten einen Blick. Vermutlich handelte es sich um die Witwe Sterz, die noch nicht wusste, dass sie Witwe war.

Während die Beamtinnen direkt vor dem Haus parkten und ausstiegen, verfolgte die Alte die beiden Fremden mit ihren Blicken. Als die sich ihr zuwandten, schüttelte sie ihren Kopf hin und her, flüsterte erst, steigerte die Lautstärke dann, bis sie schließlich laut brüllte:

„Nein! Nein! Nein! Nein!“

Uta schritt energisch auf sie zu, ergriff ihre Hand und packte sie fest genug am Oberarm, um sie jederzeit vor einem Sturz bewahren zu können, während Frauke nach einem Notfallseelsorger und einem Notarzt telefonierte.

„Wir sind von der Polizei, bitte lassen Sie uns ins Haus gehen!“, sprach Uta freundlich, aber bestimmt auf die Alte ein.

Frauke folgte den beiden hoch in den zweiten Stock. Das Innere der Wohnung war sauber und aufgeräumt, wirkte aber bescheiden. Geld fiel somit wohl als Mordmotiv aus, zumindest auf den ersten Blick. Uta setzte sich mit der Witwe aufs Sofa, hielt tapfer ihre zittrige Hand und tätschelte sie gelegentlich, während die Frau in einem kaum verständlichen Dialekt laut klagte und heulte. Zwischendurch wurde Frau Sterz von Weinkrämpfen geschüttelt. Frauke redete beruhigend auf die Alte ein, getrieben von der Hoffnung, ihr vielleicht doch noch die ein oder andere Frage stellen zu können. Letztlich waren beide Beamtinnen froh, als nach wenigen Minuten fast zeitgleich der Notarzt und der Notfallseelsorger eintrafen. Die Polizistinnen überließen die Hausherrin den professionellen Helfern, zwar erleichtert, aber ohne von ihr etwas erfahren zu haben.

Tausende Kilometer entfernt quälte Roland die Frage, wie viel Lüge eine Liebe vertrug. Nervös wartete er in einem kleinen Lokal auf Melek, seine letzte Beziehung vor seiner jetzigen Liebe Frauke. Jene war mit ihren Sommersprossen und den rötlich-blonden Haaren nicht nur ein ganz anderer Typ als die südländische Melek, sondern wäre sicher nicht amüsiert, erführe sie, dass er sich heimlich mit seiner Ex traf. Er war auch nicht in Sankt Petersburg oder sonst wo in Russland, wo Frauke ihn vermutete, sondern im türkischen Izmir. Der Gedanke, Frauke erführe von seinem Verrat und würde ihn daraufhin in die Wüste schicken, lag ihm schwer im Magen.

Roland verspürte den starken Drang, sie anzurufen und mit ihr offen über alles zu reden. Aber das war völlig unmöglich, auch wenn er einzig hier war, um sie zu schützen und das gleich in zweifacher Hinsicht.

„Hey!"

Roland sah vom Tisch auf. Melek stand in einem sich eng an ihren Körper schmiegenden, knallroten Kleid vor ihm und lächelte auf ihn herab. Sie war noch schöner, als er sie in Erinnerung hatte. Ihr schwarzes Haar glänzte seidig, ihre mandelförmigen Augen strahlten und ihre herzförmigen Lippen schimmerten in einem verführerischen Rot. Vor lauter Überraschung sprang er so hektisch auf, dass sein Stuhl nach hinten umkippte, woraufhin sich die übrigen Gäste sowie die Kellner ihm zuwandten. Missbilligend starrten sie alle ihn an.

„Oh … hey! Ich habe dich gar nicht kommen sehen."

Roland drehte sich um, bückte sich und stellte den Stuhl wieder hin. Dann stand er unsicher Melek gegenüber. Sie musterten einander, besonders gründlich ihre Gesichter, ehe sie ihre Blicke über den Körper des jeweils anderen gleiten ließen. Ihre Brüste zogen seine Augen magisch an, er zwang seine Blicke stattdessen auf ihre nackten Schultern, was ihm unverfänglicher erschien.

„Gut siehst du aus!", teilte Roland ihr das Ergebnis seiner Überprüfung mit.

„Du auch!"

Melek breitete ihre Arme aus und lächelte einladend. Er zauderte kurz, machte dann aber den fehlenden Schritt auf sie zu und schloss sie in die Arme, erst zögerlich, dann immer fester. Ihre Nähe und ihr süßlich-blumiger Duft mit einer deutlichen Lavendel-Note raubten ihm schier die Sinne.

„Du riechst gut, aber anders als früher."

Sie schnaubte kurz.

„Mein bevorzugtes Parfüm ist nicht das Einzige, was sich verändert hat!"

Das ehemalige Liebespaar ließ voneinander ab. Roland trat wieder einen Schritt zurück, lief um die schlanke Schönheit herum auf die andere Seite des kleinen Tisches und zog den dort auf sie wartenden Stuhl zurück.

„Setz dich doch bitte!"

„Danke!"

Melek nahm Platz, rückte dann ihre zierliche Handtasche auf ihrem Schoss zurecht, musterte die kleinen Tische mit den weißen Decken und den brennenden Kerzen, die Natursteinmauern des Kellergewölbes sowie die Kellner in ihren schwarzen Hosen und weißen Hemden.

„Hübsch hier, du hast das Lokal gut gewählt!"

„Danke. Du bist selbstverständlich mein Gast."

Ein Kellner trat an den Tisch und reichte ihnen die Speisekarten.

„Darf ich Ihnen vielleicht schon etwas zu trinken bringen?"

Nachdem sie sich entschieden und ihre Bestellungen aufgegeben hatten, sahen sie einander befangen an. Der Kellner kehrte rasch zurück, brachte ein kleines Bier für Roland und einen Aperol Sprizz für Melek. Sie prosteten einander zu und tranken je einen kleinen Schluck. Endlich brach sie das Schweigen:

„Ich dachte, von dir höre ich nie wieder etwas."

„So hatten wir es ja auch vereinbart."

„Aber?"

Roland vermeinte, das zarte Glimmen leiser Hoffnung in ihren Augen zu erkennen.

„Du bist der einzige Mensch, dem ich vollkommen vertraue und mit dem ich wirklich offen über alles reden kann. Du weißt mehr über mich als jeder andere. Gerade kannst nur du mir helfen. Und glaub mir, Hilfe habe ich gerade bitter nötig! Wobei …"

„Bevor du weitersprichst", unterbrach sie ihn, „ich bin jetzt verheiratet!"

„Du?" Ungläubig starrte er sie an. „Du wolltest doch nie …"

„Ich hatte keine Wahl!"

„Weil du schwanger …“

„Nein!“

Sie blitzte ihn erst zornig an, senkte dann ihren Kopf und verbarg ihr Gesicht hinter ihren Haaren. Mit zitternden Fingern öffnete sie ihr Handtäschchen und kramte darin herum, während sie gegen ein Schluchzen ankämpfte. Roland schluckte schwer. Sie zog ein Taschentuch aus der Packung und tupfte sich damit behutsam die Augen ab.

„Hat dein Onkel deinen Bräutigam ausgesucht?“

Melek nickte schwach.

„Oh Gott! Auch das noch, dabei …“

„Mehmet ist in Ordnung!“

Ihr Onkel war der Pate einer lokalen Mafia-Organisation rund um die türkische Stadt Bodrum. Wie alle Paten legte er großen Wert darauf, dass jeder, der etwas Relevantes über ihn oder seine schmutzigen Geschäfte wusste, heiratete und möglichst bald Kinder bekam. Wer einen geliebten Menschen zu verlieren hat, schweigt zuverlässiger. Um dem ihr vorherbestimmten Leben in der Halb- oder Unterwelt zu entkommen, war Melek vor ein paar Jahren als junge Frau nach Deutschland geflüchtet.

„Dabei war dir deine Freiheit immer so wichtig! Du wolltest nie …“

„Mehmet ist schwul! Wir haben keinen Sex miteinander und er lässt mir alle Freiheiten!“

„Schwul?“ Verblüfft starrte Roland sie an. „Aber …“

„Genug von mir geredet! Wie kann ich dir helfen?“

Roland zauderte, sah sie fragend an. Melek erwiderte seinen Blick jedoch nicht, sondern starrte durch ihn hindurch. Er seufzte.

„Arbeitet Igor noch für deinen Onkel?"

Melek schnaubte unwillig.

„Was soll die Frage? Du weißt, dass man bei der Mafia nicht einfach kündigen kann!"

„Dann gib ihm bitte das hier von mir und sag ihm, er soll mich so schnell wie möglich damit anrufen."

Roland legte ein billiges Prepaid-Handy auf den kleinen Tisch. Melek starrte nachdenklich erst das Gerät, dann ihn an. Gerade als sie etwas sagen wollte, traten zwei Kellner mit dampfenden Tellern und Schüsseln an ihren Tisch. Wortlos nahm sie das Handy und verstaute es in ihrer Handtasche, während die Kellner die verführerisch duftenden Speisen servierten. Augenblicklich meldete sich Rolands Magen.

Sie wünschten einander einen guten Appetit. Rolands Köfte mit Bulgursalat waren einfach himmlisch und auch die vorsichtshalber dazu bestellte Sucuk-Wurst schmeckte so, wie er es mochte. Ach! Wie sehr er doch die türkische Küche mit ihren kräftigen, gut aufeinander abgestimmten Aromen vermisst hatte!

„Igor schuldet dir noch einen Gefallen, und zwar einen großen!", meinte Melek kauend. „Willst du diesen jetzt von ihm einfordern?"

In Kiel wälzte Frauke sich schweißnass im Bett. In ihrem Traum erlebte sie erneut den Horror ihrer Entführung auf der Sunseeker. Der Frauenmörder hatte soeben außerhalb des deutschen Hoheitsgebiets die Motoren der schnellen Yacht gestoppt. Während jene ausfuhr, starrte er seine Geisel forschend an. Frauke war ihm mit ihren an der Decke gefesselten Händen wehrlos ausgeliefert.

„Bist du wirklich mit diesem Irren zusammen?"

„Ja! Unter den Fotos auf meinem Smartphone findest du reichlich Bilder von ihm!"

Ihr Entführer zögerte kurz, schnappte sich dann ihr Handy, öffnete das Verzeichnis und scrollte solange durch die Bilder, bis er ein Selfie von Frauke und Roland fand. Akribisch verglich er Rolands Gesicht mit dem Foto des Zeitungsartikels.

„Er könnte es sein. Sie sehen sich zumindest ähnlich. Und der soll kaltblütig zwei Mafia-Killer erschossen haben? Eigentlich sieht er ganz harmlos aus."

„Das tust du auch!"

Er grinste breit.

„Da hast du auch wieder recht. Was ich nicht verstehe: Warum verliebt sich eine Mordermittlerin wie du ausgerechnet in einen Mörder? Wobei ich zugeben muss, dass das schon irgendwie etwas hat. Schließlich bin ich selbst ein Mörder."

Sein Lächeln wurde anzüglich.

„Als ich mich in Roland verliebte, wusste ich schlicht nichts von seiner dunklen Seite!", fauchte sie.

„Also gut! Du bist mir nicht das Risiko wert, dass der Irre sich wie ein Bluthund auf meine Fährte setzt, um seine ganz persönliche Rache zu befriedigen. Ich lasse dich also frei.“

„Hier? Mitten auf dem Meer?“

„Klar! Glaubst du etwa, ich laufe deinetwegen einen Hafen an!“

„Das ist Mord! Wenn du mich hier über Bord schmeißt ...“

„Keine Sorge, du bekommst meine Rettungsinsel! Darf ich bitten!“

Er trat hinter sie, presste sich an ihren Rücken und umfasste sie mit seinem kräftigen rechten Arm so, dass seine Pistole ihr Kinn nach oben drückte. Die leiseste Zuckung seines Fingers würde ihr das Gehirn aus dem Schädel blasen. Frauke erstarrte, während er ihre Handschellen von der Decke löste. Er fesselte ihre Hände vor dem Körper, trat von ihr zurück und wies mit der Hand in Richtung Heck. Frauke zögerte.

„Nun mach schon! Ich warte hier bestimmt nicht, bis meine Häscher kommen! Willst du frei sein oder nicht?“

„Klar will ich meine Freiheit.“

Zögernd lief sie ihm voraus Richtung Heck, als hinter ihr ein Schuss explodierte, dem drei weitere folgten. Vier Geschosse schlugen tief in ihren Rücken ein und warfen sie zu Boden. Als sie wehrlos vor ihm lag, beugte er sich über sie, setzte die Pistole auf ihre Schläfe auf und drückte zwei weitere Male ab.

Schreiend erwachte Frauke. Mit wild rasendem Herzen saß sie schweißnass im Bett und blickte sich um. Sie befand sich in ihrem Schlafzimmer, in Sicherheit, zumindest vorläufig. Langsam beruhigte sie sich. Ihre Psychologin Rita Obermayer hatte sie gewarnt, dass die Konfrontation mit brutaler Gewalt ihr Trauma triggern könnte. Jetzt war es tatsächlich passiert. Im Traum hatte sie erneut ihre Todesangst empfunden, wie vor fünf Monaten, als sie an ihrem Entführer vorbeigelaufen war. Damals hatte er sie tatsächlich in die Rettungsinsel gesetzt. In ihrem Traum hatte sie hingegen das Schicksal des Opfers ihres aktuellen Mordfalles ereilt.

In der Rettungsinsel hatte sie vor Erleichterung geweint und zugleich Angst gehabt, er würde es sich anders überlegen, umdrehen und sie doch noch töten. Aber sie hatte nicht lange darin gelegen, als das Knattern starker Rotoren über ihr einen Höllenlärm verursachte. Ein Polizeihubschrauber hatte sie geborgen und zurück nach Kiel geflogen, während der Frauenmörder mit seiner Sunseeker hinaus auf die Ostsee geflüchtet war.

Ihr Chef und Freund Andreas Bode hatte seinerzeit die Jagd nach ihm vom Lagezentrum aus verfolgt. Zwischendurch hatte er sich in der Klinik persönlich davon überzeugt, dass sie körperlich unversehrt war. Er hatte ihr hautnah von seiner Genugtuung berichtet, als am folgenden Vormittag der Yacht der Sprit ausging und sie hilflos in schwedischen Gewässern trieb. Andreas hatte live mitgehört, als die schwedische Küstenwache schließlich die Sunseeker enterte, voller ingrimmiger Vorfreude auf die Verhaftung des Mörders. Der folgte bittere Enttäuschung, als man an Bord der Yacht nicht ihn, sondern nur einen Abschiedsbrief vorfand.

Frauke hatte damals nur zu gerne geglaubt, dass ihr Entführer den Freitod in der Ostsee dem lebenslangen Knast vorgezogen habe. Andreas war skeptischer gewesen, hatte die Dänen bedrängt, ihre Fahndung auf Falster zu intensivieren. Schließlich war die Sunseeker knapp an der Insel vorbeigefahren und hatte genau dort begonnen ihre Fahrt zu verlangsamen. Erst als der Gesuchte spurlos verschwunden blieb, hatte auch Andreas geglaubt, dass er seinen Versuch, die Insel schwimmend zu erreichen, wohl mit dem Leben bezahlt hatte.

Frauke hatte sich eine Auszeit genommen und war mit Roland wochenlang durch die Welt gereist. In Vietnam, im süßen Städtchen Hoi An, hatten sie entspannt zu Abend gegessen, als eine SMS auf ihrem Handy einging. Nichts Böses ahnend, hatte sie Nachricht geöffnet. Einen Schrei ausstoßend hatte sie das Telefon fallen lassen. Seither lebte sie in ständiger Angst vor seiner Rache.

Montag, 21. Februar 2022

Auch am nächsten Morgen war die Witwe noch nicht ansprechbar. Frauke musste sich mit einer Vernehmung weiter gedulden. Dafür lieferte die Kriminaltechnik rasch erste Erkenntnisse. Die Projektile im Körper des Toten waren vom seltenen Kaliber 7,62 mm. Vermutlich stammten sie von einer Tokarev, einer Militärpistole aus Sowjet-Zeiten. Eine solche Waffe hatte sicher noch ihre Liebhaber, war aber sehr selten. In Kiel waren nur wenige Exemplare gemeldet, im Stadtteil Holtenau kein einziges.

Wenig später rief ein Kollege der Polizeistation Friedrichsort bei ihr an. Bei ihm hatte sich ein Zeuge gemeldet, mit dem zu sprechen sich für die Mordermittlerinnen lohnen könnte.

Keine halbe Stunde später parkten Frauke und Uta in der Nähe vom Kiosk des Zeugen. Zu Fuß liefen sie hin, betraten es und baten darum, Herrn Papadakis zu sprechen. Der gebürtige Grieche stand selbst hinter der Theke. Beim Anblick ihrer Kripomarken erblasste er sichtlich, warf nervöse Blicke in alle Richtungen und bat dann die Polizistinnen in Zivil eilig nach hinten. Durch einen Blick gab er einer Frau zu verstehen, dass sie den Verkauf übernehmen sollte.

Vor ihnen hergehend führte er sie in ein winziges Hinterzimmer. Es war vollgestopft mit Regalen und einem Schreibtisch, samt dazugehörigem Drehstuhl, den er Uta anbot. Als zuerst jene und dann auch Frauke ablehnte, nahm er missmutig vor sich hin murmelnd selbst darin Platz. Nur so passten die drei in den Raum und konnten sogar noch die Tür hinter sich schließen. Frauke überlegte, den Zeugen kurzerhand aufs Revier Holtenau zu bitten, ließ es jedoch sein, um seine Bereitschaft auszusagen nicht zu schmälern.

„Ich wollte nicht zur Polizei!", stellte er klar. „Ich habe eine Scheiß-Angst, dass er davon erfährt und mich ebenfalls kaltmacht!"

Mit weit aufgerissenen Augen starrte er zu den beiden Polizistinnen hoch, wobei seine Pupillen hektisch zwischen ihnen hin und her pendelten.

„Vor wem haben Sie Angst?"

„Na, vor dem Typen vom Samstag, der Fritz erschossen hat!"

„Fritz? Meinen Sie damit Friedrich Sterz?"

„Klar!"

„Der wurde aber am Sonntag erschossen, nicht am Samstag!"

„Schon, aber ..."

Er brach ab, sackte förmlich in sich zusammen.

„Aber was?"

Herr Papadakis reagierte zunächst nicht. Düster starrte er vor sich hin. Gerade als Frauke ihre Frage wiederholen wollte, hob er seine Augen wieder und antwortete:

„Die beiden sind sich hier, in meinem Kiosk, über den Weg gelaufen und haben sofort Stress miteinander bekommen! Und ich bin schuld daran, weil ich den Typen vorher so provoziert habe! Der Fritz ist ja eine Seele von einem Menschen! Der alleine hätte nie Stress mit ihm bekommen! Aber ich konnte ja nicht ahnen, dass der Typ so brutal reagiert! Schließlich ...“

„Stopp!“

Mit einer energischen Geste unterstrich die Kommissarin ihre Aufforderung. Herr Papadakis zuckte zusammen, beendete aber seine Tirade und blickte stattdessen mit großen Augen zu ihr hoch.

„Wie heißt der Mann, von dem Sie reden?“

„Das weiß ich doch nicht!“

„Aber er kam zu Ihnen in den Kiosk?“

„Ja! Nachdem er seine Karre direkt davor auf dem Fußgänger-Überweg geparkt hatte! Ich habe gleich gedacht ...“

„Stopp! Erzählen Sie bitte ganz langsam und der Reihe nach, was wann am Samstag passiert ist!“

„Also gut, kurz vor Ladenschluss ...“

Das aufgeregte Zetern einer Passantin dringt durch die offene Ladentür in den Kiosk. Um nachzusehen, was los ist, verlässt Herr Papadakis die Theke und tritt an die offenstehende Tür. Ein tiefergelegter und aufgemotzter Mercedes ganz in Schwarz parkt mitten auf dem Fußgänger-Überweg. Ein junger Schnösel steigt soeben aus, während ihn eine alte Frau lautstark beschimpft. Er grinst sie provozierend an, schließt den Wagen ab und wendet sich dem Kiosk zu.

Herr Papadakis tritt schnell zurück und flüchtet hinter die Verkaufstheke. Er ahnt, dass Ärger ansteht und mahnt sich zur Ruhe. Der Fremde tritt ein, checkt mit einem Blick, ob sich noch jemand im Kiosk befindet, und grinst dann provozierend in Richtung des Inhabers.

„Merhaba!"

„Guten Tag!"

Papadakis nickt leicht.

„Guten Tag? Woher kommst du? Griechenland?"

„Was kann ich für Sie tun?"

„Ihr Griechen seid allesamt Räuber! Ihr habt uns unser Land gestohlen! Und ihr haltet euch für was Besseres! Aber wir werden es euch schon noch zeigen! Bald!"

„Wollen Sie etwas kaufen? Falls nicht, ich wollte soeben den Kiosk schließen!"

„Natürlich will ich kaufen!" Der Mercedes-Fahrer schlägt mit der flachen Hand auf die Theke. „Warum glaubst du, bin ich hier? Eine Kahve!"

Papadakis ist hin und her gerissen. Am liebsten würde er den jungen Schnösel einfach rauswerfen, ahnt aber, dass der sich nicht so leicht rauswerfen lassen wird. Soll er ihm daher um des lieben Friedens willen einfach einen Kaffee verkaufen? Da fällt ihm eine Filmszene mit Tom Schilling ein. Seine Laune hebt sich schlagartig. Wie oft er sich schon ausgemalt hat, die Szene mit einem Kunden, der ihm dumm kommt, nachzuspielen! Jetzt ist der perfekte Moment dafür! Er kann sein Grinsen kaum unter-

drücken, so sehr freut er sich darauf. Er stimmt sich in die Rolle des Barista ein, räuspert sich gestelzt und setzt seine Stimme eine halbe Oktave höher.

„Wir führen keinen ordinären Kaffee, sondern ausschließlich die exzellenten Produkte der Firma Schwarzmahler. Bei der Firma handelt es sich um eine exklusive, kleine Kaffee-Manufaktur, die ihre Röstung täglich neu auf die sich ändernden Umwelteinflüsse abstimmt! Deliver, Pechschwarz oder Heimat?"

Der junge Schnösel starrt ihn an, als habe er nicht mehr alle Tassen im Schrank. Papadakis hält ungerührt mit einer Grinse-Maske dagegen.

„Was?"

Der unwirsche Ton schreckt ihn nicht, im Gegenteil.

„Will der Herr Deliver, Pechschwarz oder Heimat? Was darf ich Ihnen zubereiten?"

„Ne oluyor be..."

„Es handelt sich hierbei um die verschiedenen exquisiten Sorten, die wir von Schwarzmahler im Angebot haben! Sie unterscheiden sich in ..."

„Willst du mich verarschen? Ich will einfach nur einen Kaffee!"

Diesmal donnert seine Faust auf die Theke.

„Aber das sind alles Kaffeesorten! Alle drei sind exzellente Röstungen, bestehen vorwiegend aus Arabica Bohnen!"

Der Fremde verharrt unschlüssig, starrt den Ladeninhaber böse an.

„Also gut, dann halt Pechschwarz!"

„Zimt, amerikanisch oder wienerisch?"

„Wenn du mich verarschen willst ..."

„Die Röstung! Zimt ist hell geröstet, amerikanisch mittel und stark geröstet heißt wienerisch!"

Der unerwünschte Kunde tritt zwei Schritte zurück und starrt Papadakis noch finsterer als zuvor an. Jener hofft, dass es dem anderen jetzt reicht, er endlich seinen Kiosk verlässt und freut sich schon darauf, die Story seinen Freunden zu erzählen. Er wird sie sicher nicht nur einmal erzählen, sondern sehr lange etwas davon haben!

In genau diesem Augenblick höchster Anspannung betritt Fritz hektisch den Kiosk und eilt, ohne den anderen Kunden wahrzunehmen, an die Theke.

„Papa! Du bist noch da! Gott sei Dank! Ich dachte schon, ich wäre zu spät dran und ..."

„Ey Alter! Hier wird nicht gedrängelt!"

Der Fremde macht zwei Schritte vor an die Theke und befördert mittels eines Body-Checks Herrn Sterz rüde zur Seite. Jener strauchelt, kann nur mit Mühe einen Sturz verhindern. Papadakis Laune schlägt schlagartig um. Sein Herz rutscht ihm in die Hose. Starre befällt ihn.

„Was ... ?", stammelt Fritz. „Was soll das! So eine Unverschämtheit ..."

„Zisch ab! Oder ich polier dir die Fresse!"

Mit geballter Faust wendet der Prolet sich drohend dem Alten zu.

„Aber ich will doch nur..."

„Hörst du schlecht? Ihr Kartoffeln haltet euch für was Besseres, aber mach dich sofort vom Acker! Sonst schlag *ich dir alle Zähne aus! Und du", er wendet sich Papadakis zu, „machst mir sofort einen Kaffee! Und wenn du weiter dumm rumlaberst, kriegst du auch eine aufs Maul!"*

Der Kioskbesitzer schüttelt seine Starre ab.

„Okay, okay, alles klar! Ihr Kaffee kommt! Aber lassen Sie bitte den alten Herrn in Frieden, er hat Ihnen nichts getan!"

Herr Papadakis beendete seinen Bericht. Zusammengesunken saß er vor ihnen. Die Ermittlerinnen wechselten fragende Blicke. Beide wussten nicht so recht, was sie von der Sache halten sollten.

„War das alles?"

„Reicht Ihnen das nicht?" Ehrlich empört blitzte er Frauke an. „Hätte der Ihrer Meinung nach gleich bei mir im Laden seine Knarre ziehen und um sich ballern sollen?"

„Nein, natürlich nicht! Aber wie ging die Sache zwischen den beiden Männern weiter?"

„Fritz war klug genug, den Kiosk zu verlassen. Und ich begriff, wie dumm es von mir gewesen war, einen solchen Typen zu verarschen. Ich versuchte, meinen Fehler auszubügeln und tat alles, um ihn zu besänftigen, gab ihm sogar den Kaffee umsonst!

Fritz stand währenddessen draußen und quatschte mit ein paar Leuten aus der Nachbarschaft, die sich darüber aufregten, dass da einer den Fußgänger-Überweg zuparkte. Wahrscheinlich erzählte er denen, was er in meinem Kiosk soeben erlebt hatte. Ich weiß es aber nicht. Jedenfalls wäre es mir lieber gewesen, wenn Fritz abgehauen wäre, um keine erneute Konfrontation mit dem Typen zu riskieren.

Drinnen köchelte der Fremde vor sich hin, trank seinen Kaffee in kleinen Schlucken. Als er endlich meinen Kiosk verließ, fiel mir ein Stein vom Herzen. Ich sperrte hinter ihm sofort zu. Außerdem nahm ich mein Handy in die Hand und beobachtete vom Schaufenster aus vorsichtig, was draußen vor sich ging, um zur Not schnell die Polizei zu rufen. Durchs Fenster sah ich, wie er und die anderen sich gegenseitig angifteten, konnte aber nur einzelne Worte verstehen. Dafür habe ich den Vorfall mit dem Handy gefilmt. Hier sehen sie ihn und sein Autokennzeichen."

Herr Papadakis führte den Polizistinnen das Video vor. Auf ihre Bitte hin schickte er es ihnen anschließend zu. Die beiden bedankten sich und verließen sein Kiosk. Draußen im Auto diskutierten Frauke und Uta das Gehörte.

Der Streit mit dem Unbekannten hatte samstags um vierzehn Uhr stattgefunden. Erst am Sonntag um sieben Uhr war auf Herrn Sterz geschossen worden, also mit einer Verspätung von siebzehn Stunden. War der Fremde tatsächlich so verärgert gewesen, dass er Herrn Sterz unbemerkt bis zu seinem Haus gefolgt war und die ganze Nacht über auf ihn gelauert hatte? War er ihm, als jener am nächsten Morgen das Haus zu einem Spaziergang verließ, bis an den Tiessenkai gefolgt? Das erschien den Kriminalistinnen zwar möglich, aber äußerst unwahrscheinlich. Sie mussten dringend seine Witwe hierzu befragen. Vielleicht war sie ja jetzt aus der Klinik entlassen worden. Da sie ganz in der Nähe wohnte, fuhren sie kurzentschlossen bei der Adresse vorbei.

Als die Beamtinnen vor dem Mietshaus standen und mehrmals ausgiebig klingelten, öffnete sich schließlich bei der Wohnung unter der Witwe Sterz ein Fenster. Eine Frau lehnte sich heraus.

„Frau Sterz ist noch in der Klinik. Sie sind doch die Polizistinnen, die den schrecklichen Mord untersuchen. Darf ich Ihnen eine Tasse Kaffee anbieten?"

„Das Angebot nehmen wir gerne an!", flötete Uta, während sie Frauke auf den Fuß trat.

„Aua!", fluchte jene unterdrückt.

„Dann kommen Sie doch bitte herauf!", meinte Frau Widmann, ehe sie das Fenster schloss.

„Das hätte jetzt nicht sein müssen!", schimpfte Frauke. „Mir ist selbst klar, dass wir hier eine einmalige Chance der Informationsgewinnung haben."

„Dann entschuldige bitte!"

Utas süffisantes Lächeln strafte ihre Worte Lügen. Leicht grummelnd folgte Frauke ihrer Kollegin ins Haus und stieg hinter ihr die Treppen hoch.

Die Flurwände in Frau Widmanns Wohnung waren vollgepflastert mit Fotos von Kindern, Heranwachsenden und Erwachsenen bei diversen Tätigkeiten und an den verschiedensten Plätzen dieser Welt. Offensichtlich hatte sie nicht nur ein reges Familienleben, sondern stellte jenes auch gerne aus.

Frau Widmann bat die Beamtinnen in eine Küche, deren helle Holzfronten gut mit den Terrakotta-Fliesen des Bodens harmonierten. Der Raum wirkte gerade noch sauber und aufgeräumt genug, um eine gemütliche Atmosphäre zu verbreiten. Mit einer elektrischen Mühle mahlte die Gastgeberin Kaffeebohnen und füllte das aromatisch duftende Pulver in eine Siebträger-Maschine, mit der sie wenig später fauchend und röchelnd Milch aufschäumte, ehe jene eine herrlich dunkle Flüssigkeit ausspie. Solchermaßen verwöhnt fiel es Frauke leicht, die Gesprächsführung Uta zu überlassen, zumindest vorläufig.

„Hat Herr Sterz Ihnen von seiner unschönen Begegnung im Kiosk erzählt?"

„Aber natürlich hat Fritz mir die Sache haarklein und bis ins letzte Detail erzählt! Und zwar gleich, als er zurückkam. Ich war die Erste aus unserem Haus, der Fritz davon erzählte, erfuhr es sogar noch vor seiner Frau Klara! Wir trafen uns zufällig unten vor dem Haus. Ich sah ihm gleich an, dass etwas passiert war! Ist es nicht empörend, was für unverschämte Menschen es heutzutage gibt? Fritz regte sich vor allen Dingen darüber auf, dass er wegen des unverschämten Typen nicht dazu gekommen war, seinen Lottoschein abzugeben. Sie müssen wissen, dass Klara und er leidenschaftliche Lottospieler sind. Da schmerzt es sehr, wenn man einmal aussetzen muss. Zumal ..."

„Haben Sie in den Stunden nach Herrn Sterz' Rückkehr ungewöhnliche Beobachtungen auf der Straße vor dem Haus gemacht?"

Der redseligen Nachbarin verschlug es für einen Moment die Sprache. Mit offenem Mund starrte sie abwechselnd die beiden Beamtinnen an.

„Ungewöhnliche Beobachtungen?“ Sie schluckte schwer. „Was meinen Sie damit?“

„Nun, haben Sie beispielsweise eine Person gesehen, die nicht hierher gehört oder ...“

„Oh Gott! Sie gehen also davon aus, dass der Mann aus dem Kiosk auf Fritz geschossen hat! Das ist ja schrecklich! Der hätte genauso gut ...“

„Das will ich damit nicht sagen ...“

„Nein, mir fiel kein Fremder auf der Straße auf! Zumal so eine Karre, von der Fritz mir erzählt hat, absolut nicht in unsere Straße passt! Ein dicker Mercedes, tiefergelegt und mit Spoilern! Das auch noch in Schwarz! So etwas Geschmackloses fährt bei uns hier keiner!“

„Nun, vielleicht hatte er das Auto weiter entfernt geparkt und stand ohne Auto schräg gegenüber?“

„Sie meinen, ein fremder Mann könnte einfach so stundenlang oder gar die ganze Nacht hindurch auf dem Gehweg gestanden haben, ohne dass es jemandem auffiel? Das ist völlig ausgeschlossen! Wir passen in unserer Nachbarschaft hier nämlich gut aufeinander auf! Die Caro hat sich erst kürzlich von einem Typen getrennt, der meinte, er könne sie stalken. Als der Caro hier bei uns auflauern wollte, haben wir unsere Männer rausgeschickt. Die haben ihn aus dem Auto gezogen und ihm deutlich gesagt, was sie von Männern halten, die Frauen schlagen. Seither passen wir noch besser auf als bisher! Wir hätten ihn mit absoluter Sicherheit gesehen!“

Uta fiel es schwer, geduldig zu bleiben, was Frauke nicht entging.

„Hatte Herr Sterz Feinde?“

„Feinde? Der Fritz!“ Die Nachbarin schnaubte. „So etwas kann nur jemand fragen, der ihn nicht kannte! Der Fritz war eine gute Seele! Der tat nie jemandem etwas zuleide! Im Gegenteil, er half gerne und engagierte sich für andere. Der hatte bestimmt keine Feinde!“

Zur Bekräftigung ihrer Worte schüttelte sie ihren Kopf.

„Wie nahm seine Frau denn seine Begegnung im Kiosk auf?“, mischte Frauke sich ein.

„Keine Ahnung.“

Frau Widmann zuckte mit den Schultern.

„Das Haus ist alt und hellhörig. Da bekommt man doch, ob man will oder nicht, mit, was in der anderen Wohnung gesagt wird! Zumindest, wenn es lauter gesagt wird.“

„Lauter wurde es tatsächlich am Samstag, aber erst viel später. Am Abend haben die beiden sich gegenseitig so heftig angeschrien, dass ich den Fernseher lauter stellen musste.“

„Worüber haben die Eheleute Sterz denn am Samstagabend gestritten?“

„Wieso gestritten? So habe ich das nicht gemeint! Die Klara ist eigentlich auch eine Liebe.“

„Eigentlich? Aber ...“

Die Kommissarin sah sie auffordernd an. Die Nachbarin holte tief Luft.

„Klara ist halt hinterm Eisernen Vorhang aufgewachsen und kam erst Anfang der Achtziger frei. Drüben musste sie bestimmt viel Schreckliches erleben. Als ich sie kennenlernte, war sie eine ganz Stille, Verängstigte. Erst als ihre beiden Kinder kamen, taute sie langsam etwas auf. Das beide Kinder nichts mehr von sich hören lassen, bricht ihr Mutterherz jeden Tag aufs Neue. Wer kann ihr da schon verübeln, dass sie manchmal schlechte Laune bekommt?"

„Frau Sterz stammt also aus der DDR?"

„Nein, noch viel weiter aus dem Osten! Sie ist eine Russlanddeutsche und kam als Spätaussiedlerin hierher nach Kiel."

Bei der Erwähnung des Landes, in dem Frauke ihren Entführer vermutete, griff erneut kalte Angst nach ihr. Sie stockte. Ob Roland schon etwas erreicht hatte? Warum meldete er sich nicht?

Uta warf ihrer Kollegin einen prüfenden Seitenblick zu und übernahm dann die Vernehmung wieder.

„Worüber haben Ihre Nachbarn denn am Samstag gestritten?"

„Wie ich bereits sagte, haben die beiden nicht gestritten, sondern sich nur etwas lauter unterhalten!"

Uta stöhnte innerlich auf, hoffte, sich ihren Unmut nicht anmerken zu lassen.

„Also gut: Worüber haben die beiden sich unterhalten?"

„Das weiß ich doch nicht!"

„Ganz sicher nicht? Haben Sie nicht vielleicht doch das ein oder andere Wort gehört?"

Frau Widmann verschränkte die Arme vor der Brust und starrte Uta herausfordernd an.

„Bitte! Jede Kleinigkeit kann wichtig sein! Oder wollen Sie etwa nicht, dass wir den Mord an Ihrem herzensguten Nachbarn aufklären?"

Die Nachbarin rang sichtlich mit sich und gab schließlich nach.

„Ich habe nur gehört, wie Klara mehrmals laut rief, wie man nur so dämlich sein kann. Das hat mir gereicht! Davon wollte ich nichts hören, zumal Fritz sich nie gegen sie wehrt. Statt mir das länger anzuhören, stellte ich daher lieber den Fernseher lauter."

„Kam es denn öfters vor, dass Frau Sterz ihren Mann als dämlich bezeichnete?"

„Öfters würde ich nicht sagen."

„Aber es war auch nicht das erste Mal?"

„Das weiß ich wirklich nicht! So laut sind die beiden normalerweise nicht!"

„Besitzt Familie Sterz eine Pistole?"

„Sind Sie verrückt!" Frau Widmann schnappte nach Luft. „Wollen Sie jetzt allen Ernstes die arme Klara des Mordes an ihrem Mann verdächtigen? Nach vierzig Jahren Ehe!"

„Ich verdächtige niemanden, sondern stelle Ihnen nur eine ganz einfache Frage. Ist Ihnen bekannt, dass …"

„Nein! Ich habe nie davon gehört, dass einer von den beiden dort oben eine Pistole sein Eigen nennt! Sind Sie jetzt zufrieden?"

Sie warf der Polizistin einen Blick zu, der offensichtlich töten sollte.

„Bitte beruhigen Sie sich, meine Kollegin hat es nicht so gemeint!"

Frauke gab Uta durch einen Blick zu verstehen, dass sie sich zurückhalten sollte. Dabei hatte sie es durchaus so gemeint.

„Ging Herr Sterz des Öfteren so früh an der Förde spazieren?"

„Fast täglich, Fritz war ein Frühaufsteher."

„Wer wusste davon?"

„Hier in der Nachbarschaft? Jeder."

Frauke stellte noch weitere Fragen, aber Frau Widmann wurde immer einsilbiger. Schließlich verabschiedeten sich die beiden. Vorher drückte Frauke Frau Widmann ihre Visitenkarte in die Hand und bat inständig darum, dass die Zeugin sich meldete, sollte ihr noch etwas einfallen, wie unwichtig es ihr auch erscheinen möge. Zurück im Auto fragte sie Uta: „Hältst du es wirklich für möglich, dass Frau Sterz Ihren Mann erschossen hat?"

„Du kennst selbst die Statistiken! Wir müssen sie zumindest gründlich überprüfen."

„Die Statistiken gelten meist andersherum! Frauen erschießen so gut wie nie ihre Männer."

„Einzelfälle sind durchaus bekannt ..."

„... in denen es aber meist um Frauen geht, die zuvor jahrelang von ihren Männern misshandelt wurden und sich nicht anders zu wehren wussten. Das scheint hier eindeutig nicht der Fall zu sein. Wenn, dann hat sie ihn schlecht behandelt!"

„Unsere Techniker vermuten eine Tokarev und sie ist in der Sowjetunion aufgewachsen."

„Schon, aber die Russen haben damals bestimmt aufgepasst, dass die Aussiedler bei ihrer Übersiedlung in den Westen keine Pistole in ihrem Gepäck hatten. Außerdem wurden auch in Tschechien, Jugoslawien, China und zahlreichen anderen kommunistischen Ländern Pistolen des gleichen Kalibers gebaut. Solche Waffen wurden massenweise nach dem Fall des Eisernen Vorhangs auf Märkten in Polen oder in der Tschechei verkauft und fanden von dort ihren Weg zu uns."

Uta erwiderte darauf nichts. So saßen sie eine Zeit lang schweigend nebeneinander. Schließlich fragte sie: „Wie geht es dir eigentlich?"

„Gut!"

Frauke presste ihre Lippen aufeinander.

„Bist du sicher?"

Die derart unangenehm Angesprochene wollte unwirsch reagieren, hielt sich aber zurück. Immerhin meinte Uta ihre Frage nett. Also seufzte Frauke und antwortete: „Meistens geht es mir wirklich gut! Nur manchmal kommen blöde Erinnerungen, auf die ich gerne verzichten würde!"

„So wie vorhin? Als Frau Widmann Russland erwähnte, bist du richtig zusammengezuckt."

Frauke erschrak. Sah man ihr das so deutlich an? Während einer Vernehmung? Das durfte nicht sein!

„In Russland versteckt sich doch der Frauenmörder, der dir Rache schwor", fuhr Uta fort. „Wenn du ..."

„Lass uns lieber über unseren Fall reden!"

Sie warf Uta einen grimmigen Blick zu, um jeglichen Widerspruch im Keim zu ersticken.

„Wer außer der Ehefrau kommt noch als Täter in Frage? Vielleicht war es doch dieser Fremde aus dem Kiosk? Auch wenn der angeblich bei der wachsamen Nachbarschaft keine Chance hatte?"

Uta schwieg einen Moment verstimmt. Warum reagierte Frauke so aggressiv? Schließlich meinte sie es nur gut! Letztendlich gab sie sich einen Ruck.

„Wer weiß", sie zuckte mit den Schultern, „vielleicht überschätzen die Nachbarn sich? Wir können ja einen Kollegen ein paar Stunden lang im Auto hier in der Straße sitzen lassen. Mal sehen, ob die ihn bemerken."

„Neugierig wäre ich darauf ebenfalls. Aber einen echten Ermittlungsfortschritt brächte uns das nicht. Lass uns lieber dem Mercedes-Fahrer aus dem Kiosk auf den Zahn fühlen. Dank des Videos von Herrn Papadakis kennen wir ja sein Kennzeichen."

Aus Hamburg kommend fuhr Anne auf der A 7 nach Kiel. Soeben passierte sie Großenaspe. Die ganze Zeit über pendelte ihre Gefühlslage zwischen Trauer und unfassbarer Wut. Ihr Vater war tot! Alexander behauptete, auf ihn sei geschossen worden. Aber da musste ihr Bruder sich verhört haben. Wer sollte schon auf ihren Vater schießen?

Mechanisch fuhr sie vor sich hin, nahm kaum das Fahrzeug vor sich wahr. Erst zaghaft und kaum vernehmbar, dann immer drängender ertönte eine anklagende Stimme in ihrem Inneren. Was, wenn Alexander doch recht hatte? Sie schluckte. Hätte sie Papas Tod verhindern können? Würde er noch leben, wenn sie nur geredet hätte?

Eine einzelne Träne kullerte ihre Wange hinab. Sie war sich sicher, dass ihr Bruder nicht wusste, was sie wusste. Es war so unfassbar ungerecht! Er war einfach nach Berlin abgehauen, hatte es ihr überlassen, sich um die beiden Alten zu kümmern. Sie war zwar ebenfalls geflüchtet, aber weiter als bis nach Altona hatte sie es nicht geschafft. Ihr Bedürfnis, notfalls innerhalb akzeptabler Zeit nach ihren Eltern sehen zu können, hatte sie davon abgehalten.

Anne schüttelte den Kopf. Dieser Notfall hatte sich nie auf beide Elternteile bezogen, sondern, wenn sie ehrlich war, nur auf ihren Vater beschränkt. Seit ihrer Jugend verspürte sie den Drang, ihn vor weiteren Demütigungen und Abwertungen durch ihre Mutter zu beschützen. Läge jene jetzt erschossen in einer Kühlkammer, würde sie sich ernsthaft fragen, ob er sich endlich gegen sie gewehrt und sich final von seiner Peinigerin befreit hätte.

Wäre das besser? Ihr Inneres erschauderte und ließ sie unwillkürlich zusammenzucken. Nein! Ihr Vater als Mörder war eine grauenhafte Vorstellung. Da war ihr sein Tod lieber. Moment! Wie konnte sie so etwas denken?

Sie hieb mit der Handkante auf das Lenkrad. Der scharfe Schmerz trieb ihr Tränen in die Augen. Schuld war ihre Mutter! Schon immer hatte sie ihr das Leben verdorben! Trotzdem war sie auf dem Weg zu ihr ins Krankenhaus. Dort würde sie als Erstes deren Enttäuschung, dass nur die ungeliebte Tochter statt ihr wunderbarer Sohn nach ihr sah, zu spüren bekommen. Warum tat sie sich das eigentlich an?

Lina, ihre beste Freundin aus Jugendtagen, kam ihr in den Sinn. BFF – Best Friends Forever hatten sie sich damals geschworen. Trotzdem hatten sie sich irgendwie aus den Augen verloren. Ein bisschen war sie auch vor Linas unausgesprochenen Vorwürfen aus Kiel geflüchtet.

Anne atmete tief durch. Sollte sie nicht lieber zuerst ihre beste Freundin aus alten Kieler Zeiten besuchen? Erst einmal mit ihr alles in Ruhe durchquatschen, ehe sie nach ihrer Mutter sah? Lina könnte sie vielleicht sogar von den Fragen erzählen, die sie hinsichtlich des Mordes an ihrem Vater quälten. Besonders beschäftigte sie die eine Frage.

Herr Yusuf Demir wohnte in Gaarden-Ost nicht weit vom Sultan-Markt. Sein aufgemotzter Mercedes parkte vor der Tür. Frauke wertete das als gutes Zeichen. Tatsächlich war er am frühen Nachmittag eines Montags zu Hause. Zumindest erklang ein unwirsches „Ja?“ aus der Gegensprechanlage des Hauses.

„Hier ist die Kripo Kiel! Wir haben ein paar Fragen! Öffnen Sie sofort die Tür!“

Nach einem winzigen Moment des Zögerns summte der elektrische Türöffner. Uta drückte gegen den reichlich zerkratzten Knauf. Frauke folgte ihr in das nach abgestandenem Essen, kaltem Rauch, Fußschweiß und exotischen Gewürzen riechende Treppenhaus.

Im dritten Stock stand ein unrasierter Schwarzhaariger in seiner Wohnungstür. Zu einer fleckigen, hellgrauen Jogginghose trug er ein zerknittertes, weißes T-Shirt mit einem Kaffeefleck auf seinem Kugelbauch. Herr Demir bemühte sich um Coolness, konnte aber seine Nervosität ob ihres Besuches nicht verbergen.

„Sind Sie wirklich von der Polizei?“

Wortlos streckten die Ermittlerinnen ihm ihre Kripomarken hin. Er streifte sie mit einem flüchtigen Blick.

„Was wollen Sie von mir? Ich habe nichts gemacht!“

„Sie waren am Samstag in Holtenau und haben kurz vor vierzehn Uhr in einem Kiosk einen Kaffee bestellt.“

Frauke wartete auf seine Reaktion. Er starrte sie mit offenem Mund an. Schließlich schluckte er und meinte:

„Häh?“

„Können Sie sich daran erinnern?“

Er schielte an den Kommissarinnen vorbei, als vermute er hinter ihnen einen Kameramann.

„Nun?“

Sein Blick wanderte zurück zu Frauke.

„Im Ernst? Tauchen Sie zu zweit hier auf, weil ich meinen Kaffee nicht bezahlt habe?“

Fragend sah er die Kommissarin an. Sie reagierte jedoch nicht. Schrill empörte er sich: „Der Souvláki hat mir den Becher Kaffee doch geschenkt! Es war eine Wiedergutmachung für seine Verarsche! Das war letzten Samstag in seinem Kiosk genau wie früher in der Schule! Da verlangten manche Lehrer auch eine Wiedergutmachung von uns, wenn wir einen Mitschüler geärgert haben!“

Voll ehrlicher Empörung pendelte sein Blick zwischen Uta und Frauke hin und her, während er sich rechtfertigte.

„Ob Sie den Becher Kaffee bezahlt haben, interessiert uns nicht. Wir sind wegen des anderen Mannes hier!“

„Wegen welchem anderen Mann?“

„Dem, der außer Ihnen noch im Kiosk war!“

„Aber da waren nur der Souvláki und ich, sonst keiner!“

„Doch, da war noch einer! Während Ihres Streits mit dem Besitzer betrat ein weiterer Kunde den Kiosk, der Sie wohl übersah und sich Ihrer Ansicht nach vordrängelte!“

„Ach, den Alten meinen Sie! Mit dem war nichts!“ Er zuckte mit seinen Schultern. „Der ging gleich wieder, als er merkte, dass dicke Luft herrschte.“

„Aber draußen auf der Straße, bei Ihrem Mercedes, wartete er auf Sie!“

Herr Demir runzelte seine Stirn und starrte Frauke fragend an.

„Dort erwartete er Sie nicht alleine, sondern zusammen mit ein paar anderen."

Der junge Mercedes-Fahrer lachte.

„Sie meinen, er lauerte mir mit seiner Grufti-Gang auf?" Erneut lachte er. „Stimmt! Die geiferten wie die beiden weißhaarigen Knacker aus der Muppet Show!"

Frauke wunderte sich, dass er die Muppet Show kannte.

„Worüber geiferten die Senioren denn?"

„Ach, denen passte nicht, wo mein Benz parkte!" Er wedelte mit der Hand, als wolle er lästige Fliegen verscheuchen. „Dabei wollte ich doch nur schnell einen Kaffee ziehen. Das hätte keine Minute gedauert, wenn der Souvláki nicht seine Show abgezogen hätte! Wollen Sie mir jetzt wegen Falschparkens ein Knöllchen ausstellen? Im Ernst? Deswegen kommen Sie zu zweit hier vorbei?"

Erneut sah er von einer zur anderen.

„Wie haben Sie auf die Vorwürfe der Senioren reagiert?"

„Gar nicht! Ich schlage keine Alten!"

„Ich dachte eher verbal reagiert, also mit Worten! Haben Sie denen gar nichts erwidert?"

„Tss!" Er zeigte einen misstrauischen Gesichtsausdruck. „War etwa einer von denen ein Türke?"

„Was hat das denn jetzt damit zu tun?"

„Weil ich denen in meiner Sprache geantwortet habe!"

„So? Was haben Sie denn in Ihrer Sprache zu denen gesagt?"

Zu Fraukes Überraschung errötete er tatsächlich.

„Das weiß ich nicht mehr! Hat mich etwa einer von den Alten wegen Beleidigung angezeigt?"

„Wie ging es mit dem Mann weiter?"

„Mit welchem Mann?"

„Na, mit dem Alten aus dem Kiosk!"

„Ach mit dem! Gar nicht! Ich stieg in meinen Benz und war weg! Hat mich nun ein Landsmann wegen Beleidigung angezeigt oder nicht?"

„Nein. Besitzen ..."

„Warum sind Sie dann eigentlich hier? Ich habe nichts getan!", empörte er sich.

„Besitzen Sie eine Pistole?"

Mit offenem Mund und größeren Augen als je zuvor starrte er die Beamtinnen an.

„Ey, was soll das denn jetzt?"

„Besitzen Sie eine Pistole?"

„Nein, Mann! Was soll die Frage? Ich kapiere überhaupt nicht, was ihr von mir wollt! Seid ihr hier, weil ich Türke bin? Geht es darum?"

„Auf den alten Mann wurde geschossen."

„Was! Deswegen kreuzt ihr hier auf?" Fassungslos starrte er zum wiederholten Male von einer zur anderen. „Ich war's nicht! Ehrenwort!"

„Wo waren Sie gestern Morgen um sieben Uhr?"

„Sonntags um sieben? Da habe ich natürlich geschlafen!"

„Kann das jemand bezeugen?"

„Nein, ich war allein."

Herr Demir erzählte den beiden auf Nachfrage noch, dass er bei der Firma Vossloh im Schichtdienst Lokomotiven baute. Sein Auto habe er sich von seinem Erbe gekauft, um eine Frau zu finden. Schließlich müsse man den Frauen etwas bieten, um ihre Aufmerksamkeit zu erregen.

Die beiden Kriminalistinnen beendeten die Befragung. Wieder im Auto sitzend, stimmten sie darin überein, dass er sicherlich kein einfacher Mensch und nicht die hellste Kerze im Leuchter war, sie sich ihn aber nicht als Mörder von Herrn Sterz vorstellen konnten.

Wenn, dann hätte er auf Herrn Papadakis geschossen, der ihn veräppelt hatte. Außerdem trauten die erfahrenen Ermittlerinnen ihm nicht die notwendige Geduld und Ausdauer zu, eine Nacht vor einem fremden Haus zu warten, um dann Herrn Sterz in aller Frühe gelassen bis an eine Stelle zu verfolgen, an der er ohne Zeugen auf ihn schießen konnte. Zudem gingen sie ohnehin davon aus, dass Herr Sterz von seinem Mörder nicht verfolgt worden war, sondern dieser ihm am Schiffercafé aufgelauert hatte.

Dies bedeutete entweder, Herr Sterz war ein Zufallsopfer. Das war eine schreckliche Vorstellung. Wer würde dann das nächste Opfer werden? Und wie sollten sie einen solcherart Irren finden, um ihn zu stoppen? Oder der Täter kam, wie es meist der Fall war, aus dem Umfeld des Opfers und kannte dessen Gewohnheiten.

Anne hatte Glück. Ihre Freundin Lina war nicht nur zu Hause, sondern hatte sogar Zeit für sie. Im Wohnzimmer ihrer Altbau-Wohnung, nicht weit vom Exer gelegen, warteten eine Kanne Tee auf einem Stövchen und selbst gebackene Kekse auf den Besuch aus Hamburg. Anne schloss ihre Freundin zunächst fest in die Arme und weinte hemmungslos, während Lina ihr den Rücken streichelte und mit leiser Stimme beruhigend auf sie einredete. Schließlich löste Anne sich aus der Umarmung, wischte die Tränen aus dem Gesicht und putzte sich die Nase. Noch immer leicht schniefend nahm sie auf dem Sofa Platz.

Lina füllte beide Tassen mit dampfendem Tee und streckte ihrer Freundin den Teller mit Keksen entgegen. Anne nahm einen Haferkeks und biss ein Stückchen ab.

„Stimmt es wirklich? Wurde dein Vater tatsächlich ermordet?"

„Scheint so, selbst meine Mutter denkt sich so etwas nicht aus."

„Das ist echt ein Hammer! So etwas liest man höchstens mal in den Medien! Ich meine, von dem Mord am Tiessenkai habe ich natürlich gestern schon gehört, hätte aber nie gedacht, dass es sich bei dem Toten um deinen Dad handelt."

Anne trank einen Schluck ihres Tees und verbrannte sich die Zunge.

„Scheiße!"

Sie stellte die Tasse so heftig ab, dass sie überschwappte. Lina warf ihr einen unsicheren Blick zu, ehe sie in die Küche verschwand, um einen Lappen holen. Anne grübelte. War es ein Fehler, hierher zu kommen, statt direkt zu ihrer Mutter ins Krankenhaus zu fahren?

Im Universitätsklinikum Kiel erhielt jene soeben Besuch von der Kripo. Frauke verspürte das dringende Bedürfnis, die Witwe zu befragen, um endlich mit den Ermittlungen voranzukommen. Um Druck zu machen, kreuzte sie in Begleitung von Uta unangemeldet im Krankenhaus auf und verdeutlichte der Stationsschwester ihr Anliegen. Durch die Glasscheibe beobachtete sie, wie die Pflegerin daraufhin mehrmals telefonierte.

Schließlich erschien Frau Lehmann vom Sozialdienst der Klinik. In ihrem Beisein durften die Polizistinnen Frau Sterz befragen. Zumindest so lange, bis das Gespräch nach Meinung der Sozialarbeiterin zu belastend werden würde. Allerdings äußerte Frau Lehmann Zweifel daran, dass überhaupt ein sinnvolles Gespräch mit der Patientin möglich wäre.

„Worunter leidet Frau Sterz denn?", fragte Frauke daraufhin.

„Das darf ich Ihnen nicht sagen!"

„Nun kommen Sie schon! Wir wollen nur einschätzen, was uns in dem Gespräch erwartet! Wir verraten es auch niemandem und die Diagnose wird weder in unseren Akten noch gar vor Gericht auftauchen!"

Frauke lächelte ihr aufmunternd zu und sah, wie Frau Lehmann mit sich rang. Also setzte sie noch einen drauf: „Da draußen läuft jemand herum, der einen liebenswürdigen, alten Herren mit sechs Schüssen brutal ermordet hat! Bitte helfen Sie uns, ihn zu finden!"

„Also gut!" Frau Lehmann seufzte. „Ihnen als Polizistinnen dürfte bekannt sein, wie heftig manche Menschen auf das Eindringen massiver Gewalt in ihre Welt reagieren. Frau Sterz reagiert mit extremer Angst. Sie weigert sich, auch nur über die Möglichkeit zu sprechen, in ihre Wohnung zurückzukehren. Ehrlich gesagt fehlt ihr körperlich nichts. Wir können hier kaum etwas für sie tun. Eigentlich ist sie mit ihren vierundsechzig Jahren noch viel zu jung dafür, aber ich überlege ernsthaft, ihr einen Heimplatz oder zumindest ein betreutes Wohnen zu suchen. Alternativ käme zunächst auch eine psychosomatische Klinik in Frage."

Frauke runzelte die Stirn.

„Haben Sie eine Vermutung, warum Frau Sterz so massiv reagiert? Immerhin wurde ihr Mann nicht in ihrer Wohnung oder vor ihren Augen erschossen!"

„Damit hat das überhaupt nichts zu tun! Wie so oft, liegt auch bei dieser Patientin der Schlüssel in ihrer Vergangenheit. Durch den Mord an ihrem Mann wurden alte Traumata getriggert. Aber jetzt reicht es, ich habe Ihnen ohnehin schon zu viel gesagt! Kommen Sie bitte mit!"

Ohne eine Erwiderung abzuwarten, drehte Frau Lehmann sich um und marschierte entschlossen in Richtung von Frau Sterz' Krankenzimmer. Dort angekommen klopfte sie entschieden, lauschte kurz, öffnete dann die Tür und trat ein. Sich einen Blick zuwerfend, folgten die Kriminalistinnen ihr.

Die Witwe genoss das Privileg eines Zimmers für sich alleine. In sehr aufrechter Haltung saß sie im Bett, dessen Kopfteil aufgerichtet war und verfolgte im Fernsehen eine Talk-Show.

„Guten Tag Frau Sterz, wir sind die Kommissarinnen Knoop und Meyer von der Kripo Kiel. Vielleicht erinnern Sie sich an uns? Wir haben Ihnen gestern die Nachricht vom Tod Ihres Mannes überbracht. Zunächst möchten wir Ihnen erneut unser Beileid über Ihren schrecklichen Verlust aussprechen!"

„Fritz! Mein Fritz! Man hat ihn erschossen!", kreischte Frau Sterz schrill.

Sie schluchzte, Tränen rannen ihre Wangen hinab. Rasch wandte sie ihr Gesicht von den Besucherinnen ab. Während sie aus dem Fenster starrte, setzte Frau Lehmann sich zur ihr aufs Bett und streichelte beruhigend ihre Schulter. Mit der anderen Hand griff sie sich die Fernbedienung und schaltete die Sendung stumm.

„Hatte Ihr Mann Streit mit jemandem?"

Die Befragte antwortete nicht. Frauke nahm ihr nicht ab, dass sie vor lauter Leid nicht in der Lage war zu antworten. Vielmehr hielt sie die Witwe für eine Drama-Queen.

„Ist es Ihnen etwa egal, wer Ihren Mann ermordet hat?", schob sie daher in leicht aggressivem Ton hinterher.

Frau Sterz fuhr wie eine Furie herum und funkelte die Kommissarin zornig an.

„Mein Fritz stritt sich nie! Mit niemandem! Nicht einmal mit mir!“

„Das stimmt nicht ganz! Zumindest am Samstag stritt er sich im Kiosk ...“

„Ach was!“ Sie machte eine abfällige Handbewegung. „Das war doch kein Streit! Er hat wie immer den Schwanz eingezogen und kampflos das Feld geräumt!“

Frauke stutzte, fragte dann sanft: „Was hätte er denn Ihrer Meinung nach stattdessen tun sollen?“

Die Witwe zuckte zusammen. Ihre Augen weiteten sich, dann drehte sie sich von der Polizistin weg und schrie in Richtung Fenster: „Mein Fritz ist tot! Er kommt nie wieder zu mir zurück! Ich halte das nicht aus! Ich will nicht mehr leben!“

Überraschend behände sprang die Vierundsechzigjährige aus dem Bett und streckte ihre Hand in Richtung Fenstergriff aus. Frau Lehmann drückte den Alarmknopf für die Schwester. Dann setzte sie übers Bett der alten Dame nach, während sie gleichzeitig in Richtung der Beamtinnen zischte: „Das reicht! Gehen Sie! Sofort!“

„Aber...“

„Gehen Sie!“

Hinter ihnen wurde die Tür aufgerissen. Die Schwester von vorhin stürmte herein und funkelte die Kriminalistinnen wütend an.

„Was haben Sie getan! Verschwinden Sie sofort von hier!“

Uta packte ihre Kollegin am Oberarm und zog sie sanft mit sich.

„Komm Frauke, das hat jetzt keinen Sinn!"

Es passte der Kommissarin zwar nicht, aber sie sah ein, dass Uta recht hatte. Im Aufzug, auf dem Weg nach unten, waren sie alleine.

„War das eben echt? Oder zog die Witwe eine Show ab, um sich der Befragung zu entziehen?"

„Das werden wir leider nie herausfinden."

„Warum will Frau Sterz nicht zurück in Ihre Wohnung?"

Uta zuckte mit ihren Schultern.

„Vielleicht, weil sie Ruhe vor uns hat, so lange sie auf Psycho macht?", schlug Frauke vor. „Oder gar, weil sie in ihrer Wohnung daran erinnert wird, was sie getan hat?"

Der Aufzug erreichte das Erdgeschoss. Mit einem Glockenton öffneten sich die Türen. Draußen standen Leute und warteten darauf, dass die beiden den Aufzug verließen, was Uta vorläufig eine Antwort ersparte. Schweigend liefen sie nebeneinander her zu dem in der Tiefgarage geparkten Dienstwagen. Erst als sie in ihm saßen, antwortete Uta: „Ich fand ihr Verhalten auch seltsam. Für mich kommt sie jedenfalls eher als Täterin in Frage als Herr Demir. Aber bisher haben wir nicht einmal eine vage Idee zu ihrem Motiv! Sie und der Tote waren über vierzig Jahre miteinander verheiratet. Okay, die beiden führten sicher keine ideale Ehe, aber wer tut das schon?

Selbst wenn Frau Sterz Zugriff auf eine Waffe besaß und damit umgehen konnte: Woher rührte diese plötzliche Gewaltexplosion? Warum ließ sie sich nicht einfach scheiden, wenn sie ihren Gatten loswerden wollte? Und falls sie ihn tatsächlich umbringen wollte: Warum vergiftete sie ihn nicht langsam? Das wäre höchstwahrscheinlich niemandem aufgefallen!"

Frauke runzelte die Stirn und nickte dann.

„Du hast recht. Wir müssen unbedingt mehr über Frau Sterz in Erfahrung bringen. Die Nachbarin Frau Widmann ist diesbezüglich keine gute Quelle. Sie quasselt viel, sagt aber nichts. Lass uns lieber mal zu ihrer Arbeitsstelle fahren."

Während sich die Ermittlerinnen auf den Weg zu deren Arbeitsstelle befanden, weinte die Witwe bitterlich um ihren Gatten. Sie bereute ihre zahllosen kleinlichen Vorwürfe ihm gegenüber. Dabei hätte sie es wahrlich schlechter treffen können. Wieso hatte sie die vielen kleinen Momente des Glücks mit ihm nicht bewusster genossen?

Nicht weit entfernt ahnte Anne nicht, dass ihre Mutter sich unter dem Verdacht der ermittelnden Beamtinnen befand. Ihr eigener Verdacht ging in eine gänzlich andere Richtung.

„Du vermutest also ernsthaft", fragte Lina sie soeben schockiert, „dass dein Vater auf seine alten Tage noch ein Krimineller wurde?"

„Anders kann ich mir nicht erklären, warum er plötzlich Geld hatte!"

„Hat nicht jeder Mensch Geld, mehr oder weniger?"

„Wir nicht, bei uns ging es immer knapp zu. Und auf den Finanzen meiner Eltern hatte meine Mutter immer fest die Hand drauf. Papa besaß nicht einmal Zugang zum Konto. Mama zahlte ihm wöchentlich ein spärliches Taschengeld, gerade so, als wäre er noch vierzehn."

„Vielleicht hat er sein Taschengeld gespart?"

„Nein!" Anne schüttelte entschieden ihren Kopf. „Sparen war absolut nicht Papas Ding. Wenn er Geld hatte, gab er es sofort aus, am liebsten in der Kneipe. Aber als ich bei meinem letzten Umzug in akute Geldnot geriet, steckte er mir plötzlich fünfhundert Euro zu!"

„Vielleicht hat er das Geld von deiner Mutter ..."

„Nein! Ganz bestimmt nicht! Es waren fünf nigelnagelneue Hunderter, die in einem seltsamen, grauen Kuvert steckten. Als ich sein Geld nicht annehmen wollte, weil ich wusste, dass er Zeit seines Lebens selbst nie welches besessen hatte, meinte er, ich solle es nehmen. Er würde bald das nächste Kuvert erhalten. Seine einzigen Bedingungen wären, dass ich niemandem von dem Geld erzählen dürfe und ich ihm nie Fragen dazu stellen würde. Da konnte ich nicht länger widerstehen, sondern nahm sein Geld an." Sie schluckte schwer. „Verstehst du? Ich ließ mich von ihm kaufen! Jetzt denke ich, wenn ich zwar sein Geld genommen, mich hinterher aber nicht an seine Bedingungen gehalten hätte, sondern Rabatz geschlagen und notfalls zur Polizei gegangen wäre, würde er vielleicht noch leben."

Erneut heulte sie los.

„Das weißt du nicht! Außerdem war dein Vater alt genug, um selbst zu wissen, was er tut! Du trägst keine Schuld an seinem Tod!"

„Meinst du wirklich?"

Anne beruhigte sich etwas, schniefte nur noch leicht vor sich hin.

„Absolut!" Lina nickte zur Bekräftigung ihrer Worte kräftig mit dem Kopf. „Hast du irgendeine Ahnung, was er für das Geld angestellt hat?"

„Das frage ich mich selbst die ganze Zeit! Vielleicht hat er Drogen verkauft?"

„Dein Dad?"

Lina sah ihre Freundin skeptisch an.

„Du hast recht, das passt nicht zu ihm. Aber was sonst? Als Einbrecher oder Räuber kann ich ihn mir noch weniger vorstellen. Hast du eine Idee?"

„Vielleicht war er gar nicht wirklich kriminell, sondern hat jemand anderes bei einer Tat beobachtet und ihn anschließend erpresst?"

Anne starrte ihre Freundin mit offenem Mund an. Diese wartete auf deren Antwort. Als keine erfolgte, meinte sie schließlich: „Mund zu, es zieht! Ich finde, du solltest mit deinem Wissen unbedingt zur Polizei gehen!"

Uta starrte Frauke skeptisch an, stimmte ihrem Vorschlag aber schließlich zu. So fuhren die beiden vom Universitätsklinikum direkt zum Lessing Gymnasium nach Düsternbrook. Dort arbeitete Frau Sterz als Schulsekretärin. Ihr unangemeldetes Erscheinen erzeugte dort einigen Wirbel. Auf ihre Bitte hin erklärte sich die Schulleiterin damit einverstanden, sie zu empfangen.

„Schreckliche Sache mit Herrn Sterz, er war so ein liebenswürdiger Mensch!"

„Sie kannten ihn?"

„Klar! Als Direktorin lege ich großen Wert auf ein gutes Schulklima. Zu unseren Feiern sind Ehegatt:innen und Partner:innen aller unserer Mitarbeitenden willkommen. Herr Sterz kam immer gerne. Ich schätzte ihn als einen sehr angenehmen, bescheidenen und hilfsbereiten Menschen. Er war seiner Frau eine echte Stütze. Ich mache mir Sorgen, wie sie ohne ihn zurechtkommen wird."

„Wie meinen Sie das?"

Frau Bornhorst zögerte, starrte Frauke eindringlich an.

„Warum sind Sie eigentlich hier?"

„Momentan sind wir auf der Suche nach Hintergrundinformationen. Für den Erfolg unserer Ermittlungen müssen wir uns ein Bild von Herrn Sterz, von seiner Ehe und von seinem sonstigen Umfeld machen."

Frauke lächelte die Rektorin einladend an. Frau Bornhorst rang sichtlich mit sich.

„Sie als erfahrene Pädagogin verfügen doch über einen scharfen Blick für die Potentiale und auch die Schattenseiten Ihrer Mitarbeiter!"

„Komisch, dass Sie das so formulieren. Das ist genau der Punkt! Als sich Frau Sterz bei uns bewarb, war sie alles andere als eine klare Kandidatin auf die vakante Stelle in meinem Sekretariat. Immerhin sind wir *das* Gymnasium der Stadt und haben einen Ruf zu verlieren!“

Der Blick der Schulleiterin wanderte über die gerahmt an der Wand hängenden Auszeichnungen, verweilte kurz an der Urkunde „Schule des Jahres 2017 Schleswig-Holstein“ und verlor sich dann durch das Fenster in der Ferne. Die beiden Kriminalistinnen warfen sich einen Blick zu, wobei Uta ihre Augen verdrehte. Geduldig warteten sie, aber Frau Bornhorst schien weit weg. Schließlich räusperte Frauke sich.

„Welche Zweifel hegten Sie an Frau Sterz’ Bewerbung?“

Die Rektorin blinzelte, wandte sich dann endlich wieder ihren Besucherinnen zu.

„Nun, ihr Lebenslauf strotzte vor permanenten Stellenwechseln. Ich weiß bis heute nicht, warum ich sie überhaupt als eine von mehreren Bewerber:innen einlud. Im Bewerbungsgespräch brillierte sie dann. Ich erkannte sofort, dass sie blitzgescheit ist, und auch von ihren Umgangsformen her überzeugte sie. Bei Frau Sterz handelt es sich um eine typische Underachieverin.

Meine Neugierde auf sie und mein Ehrgeiz, was ich als Mentorin aus ihr herauskitzeln könnte, waren geweckt. Also stellte ich sie ein. In der euphorischen Anfangsphase fragte ich sie einmal, woran es liege, dass sie kein Abitur habe. Daraufhin verdunkelte sich ihr

Gesicht dramatisch. Sie meinte knapp, sie sei eben als Deutsche in Russland auf einem Dorf aufgewachsen. Das sei alles andere als einfach gewesen, ginge mich aber rein gar nichts an.

Schnell merkte ich, dass es bei ihr nicht nur Licht, sondern auch viel Schatten gab. Regelmäßig legte sich eine düstere Stimmung über sie. Dann reagierte sie auf Kleinigkeiten übermäßig gereizt und aggressiv, überschüttete selbst bei nichtigsten Anlässen alle um sie herum mit Vorwürfen, selbst unsere Schüler:innen.

Also holte ich sie noch in der Probezeit zum Gespräch und machte ihr deutlich, dass es so nicht gehe. Daraufhin brach sie zusammen, kniete sich tatsächlich vor mir auf den Boden und flehte mich an, ihr noch eine Chance zu geben. Sie tue alles, was ich wolle, wenn sie nur bleiben könnte. Manchmal erhalte sie ungebetenen Besuch von den Dämonen ihrer Vergangenheit und ganz selten würden jene sie sogar überwältigen. Da könne sie doch nichts dafür.

Sie tat mir leid. Außerdem arbeitete sie die meiste Zeit extrem schnell, dachte gut mit und erledigte selbst langweilige Routineaufgaben mit großer Sorgfalt. Also gab ich ihr eine weitere Chance. Allerdings machte ich ihr zu Bedingung, dass sie sich mit psychologischer Hilfe ihren Dämonen stellen müsse. Das versprach sie mir. Tatsächlich wurde es auch besser, auch wenn gelegentlich weiterhin dunkle Tage auftraten. Gemeinsam fanden wir einen Weg, auch diese durchzustehen. Und zwar ohne dass unsere wichtige Arbeit, die Mitarbeitenden unserer Schule oder gar unsere Schüler:innen darunter litten. Dafür war mir Frau Sterz sehr dankbar. Ihr Mann dankte mir auf einer Weihnachtsfeier einmal sehr rührend dafür, was ich für seine Frau alles täte. Uns beiden war damals klar, dass wir ihre Stützen waren, ohne die sie nicht durchs Leben käme. Daher bin ich mir absolut sicher, dass sie ihren Mann nicht erschossen hat!"

„Wer war es dann?"

Frau Bornhorst sah Frauke forschend an und holte tief Luft, ehe sie fortfuhr: „Hierzu habe ich tatsächlich einen Verdacht. Allerdings sträubt sich alles in mir dagegen, jemanden einer derart schrecklichen Tat zu beschuldigen. Noch dazu eine Person, mit der ich noch nie auch nur ein Wort gewechselt habe!"

„Bitte tun Sie es trotzdem! Jede Kleinigkeit kann uns helfen, den Mörder zu finden!"

Die Rektorin sah die Kommissarin forschend an, nickte schließlich.

„Also gut! Frau Sterz hat sich in den letzten Monaten verändert. Um abzunehmen, aß sie keinen Kuchen und keine Süßigkeiten mehr. Sie schminkte sich noch sorgfältiger als sonst und investierte mehr Geld in ihre Kleidung. Ich dachte mir gleich, dass da ein Mann dahinterstecken muss. Einerseits bedauerte ich Herrn Sterz, anderseits war ich fasziniert, dass einen auch mit vierundsechzig Jahren die Liebe noch so berühren kann.

Zufällig beobachtete ich dann aus meinem Fenster, wie in der Mittagspause ein Mann die Straße runter an der nächsten Hausecke auf sie wartete. Ich gestehe, dass ich anschließend aus Neugierde öfters, wenn sie sich in die Mittagspause verabschiedete, aus dem Fenster schaute. Mindestens zweimal wöchentlich holte er sie ab. Einmal saß ich zufällig, das war wirklich ein Zufall …", sie unterbrach sich und sah die Polizistinnen auffordernd an, woraufhin beide unwillkürlich nickten, „… im gleichen Restaurant beim Mittagstisch wie die beiden. Wir nickten uns aus der Ferne zu und Frau Sterz errötete. Bei dieser Gelegenheit sah ich den Fremden ein einziges Mal etwas mehr aus der Nähe. Er besitzt eine äußerst gepflegte Erscheinung, ist ein wahrer Galan.

Nach der Pause kam Frau Sterz in mein Büro und erklärte ungefragt, das habe nichts zu bedeuten. Der Mann sei nur ein alter Freund aus ihrer Zeit in Russland. Ich äußerte die Hoffnung, der alte Freund würde nicht erneut ihre Dämonen wecken. Daraufhin erwiderte sie, er sei der gute Geist der Vergangenheit und kein Dämon."

Frau Bornhorst verstummte, ihr Blick wanderte erneut zum Fenster. Gerade als Frauke sich wieder räuspern wollte, gab die Rektorin sich einen Ruck und wandte sich wieder den Beamtinnen zu.

„Dabei bin ich mir nicht sicher, ob er nicht doch ein Dämon war! Oder zumindest die Dämonen in ihr wiedererweckte! Seit Frau Sterz mich heute Morgen anrief, um mir mitzuteilen, sie könne vorläufig nicht arbeiten, weil ihr Mann ermordet worden sei, beschäftigt mich die Frage, ob dieser andere Mann etwas damit zu tun hat.

Ich empfinde eine Mischung aus Abscheu und Faszination bei der Vorstellung, es könnte auch in diesem Alter noch solch brennende Leidenschaft geben. Insofern bin ich in gewisser Weise erleichtert, dass Sie hier sind und ich Ihnen das alles erzählen kann!"

Wenig später verabschiedeten die beiden Polizistinnen sich. Kaum traten sie aus der Tür des Gebäudes, äffte Uta die Schulleiterin nach und schimpfte:

„... *das Gymnasium der Stadt!* So eine arrogante Schnepfe! Gut, dass du die Fragen gestellt hast! Ich hätte bei ihr nicht so freundlich bleiben können, wie du es die ganze Zeit über warst! Und was zum Teufel ist eigentlich eine Underachieverin?"

„Jemand der unter seinen Möglichkeiten bleibt, der sein Potenzial nicht ausschöpft."

„Aha" , brummte Uta. „Und warum sagt es die Frau Direktorin dann nicht so?"

Frauke zuckte mit den Schultern. „Immerhin haben wir jetzt eine heiße Spur. Vielleicht hat ja der Unbekannte, mit dem sich Frau Sterz heimlich traf, seinen Nebenbuhler um ihre Gunst gewaltsam aus dem Weg geräumt?"

Kaum zurück auf dem Kommissariat, rief der Pförtner bei Frauke an. Die Tochter des Ermordeten stehe vor ihm und wolle eine Aussage machen. Frauke ging also vor zur Pforte, wo eine schlanke Frau mit rötlichblonden Haaren und dunklen Augenringen wartete. Die Kommissarin reichte ihr zur Begrüßung die Hand und registrierte, dass ihr Gegenüber zitterte und sich ihre Handinnenfläche feucht anfühlte. War das bloß ein Zeichen normaler Nervosität? Oder hatte die junge Frau etwas zu verbergen?

„Anne Sterz", stellte jene sich vor.

„Und ich bin Kommissarin Knoop. Folgen Sie mir bitte."

Frauke führte die junge Frau in ihr Büro und bot ihr einen Kaffee an. Die Tochter des Ermordeten lehnte jedoch dankend ab. Stattdessen begnügte sie sich mit einem Glas Leitungswasser. Als die beiden Frauen endlich einander gegenübersaßen, sprudelte es aus ihr heraus: „Stimmt es, dass mein Vater erschossen wurde?"

„Zunächst möchte ich Ihnen mein Beileid zu Ihrem schrecklichen Verlust ausdrücken!"

Sie sah die junge Frau Sterz abwartend an.

„Danke."

„Und um ihre Frage zu beantworten: Ja, das stimmt leider. Ihr Vater wurde erschossen."

„Wer tut so etwas?"

„Nun, ich hoffe, Sie können uns bei der Beantwortung der Frage helfen."

Anne schluckte, sah die Polizistin zaudernd an. Frauke ließ ihr Zeit. Schließlich brach es aus ihr heraus:

„Vielleicht kann ich das wirklich! Papa ist in irgendwelche krummen Machenschaften hineingeraten!"

Das überraschte Frauke nun doch.

„Wie kommen Sie zu dieser Einschätzung?“

„Papa hatte plötzlich Geld! Neulich drückte er mir einfach so fünf nagelneue Hunderter in die Hand. Dabei steckte sein ganzes Leben zuvor kaum jemals auch nur ein einziger Fünfziger in seinem Geldbeutel! Damit nicht genug, prahlte er damit, schon bald ein neues Kuvert mit fünf Hundertern zu bekommen. Verstehen Sie? Er sagte nicht, ich habe den und den Mini-Job angenommen oder so! Er erhielt plötzlich Kuverts voller Bargeld und wollte auf keinen Fall darüber reden, von wem und wofür er das Geld bekam!“

„Seit wann war er in krumme Machenschaften verwickelt?“

„Keine Ahnung!“ Anne zuckte ärgerlich mit den Schultern. „Wie gesagt, wollte er mit mir nicht darüber reden! Was ich irgendwie sogar verstehen kann. Aber lange war er noch nicht darin verwickelt, höchstens seit einem Jahr!“

„Haben Sie irgendeine Idee, welcher Art seine krummen Geschäfte waren?“

„Nein! Ich habe doch bereits mehrmals gesagt, dass er mit mir nicht darüber reden wollte! Hören Sie mir eigentlich zu?“

„Vielleicht haben Sie ja trotzdem eine Ahnung oder zumindest eine begründete Vermutung?“

„Nein!“

Anne schrie es fast, blitzte dabei zornig mit den Augen. Mit der Aggressivität der jungen Frau kam die

Kommissarin klar. Allerdings fragte Frauke sich, warum die Tochter überhaupt gekommen war, wenn sie angeblich nichts wusste.

„Sie sind doch die Polizistin!", fuhr die Tochter in vorwurfsvollem Ton fort. „Welche kriminellen Machenschaften startet man erst im Rentenalter?"

„Wie können Sie sich sicher sein, dass Ihr Vater nicht auch schon lange vorher kriminell war?"

Von der Replik sichtlich schockiert, starrte Anne die Kriminalistin an. Solange es noch Hoffnung gab, schafften es die meisten Kinder nicht sich einzugestehen, dass der eigene Vater ein böser Mensch gewesen sein könnte. Zumindest galt dies für jene, die sich von ihm geliebt fühlten und seine Liebe erwiderten.

Die ihr gegenübersitzende Tochter schluckte schwer, ehe sie mit belegter Stimme erwiderte:

„Wenn Sie ihn gekannt hätten, würden Sie nicht so über ihn reden! Mein Vater war zwar leider ein schwacher, dafür aber ein äußerst liebenswerter und hilfsbereiter Mensch! Papa konnte keiner Fliege auch nur das geringste Leid zufügen! Im Gegenteil, kaum war er Rentner, startete er eine Hilfsaktion für die Kinder eines Waisenhauses in seiner alten Heimat an der Wolga!"

„Nun, irgendjemandem muss Ihr Vater aber auf die Füße getreten sein! Und zwar so sehr, dass derjenige mehrmals auf ihn geschossen hat. Fällt Ihnen da wirklich gar niemand ein?"

„Nein!"

Frauke überlegte, sie weiter zu bedrängen, entschied sich dann aber dagegen. Stattdessen wechselte sie das Thema.

„Ihre Mutter trifft sich seit einiger Zeit mit einem anderen Mann. Kennen Sie seinen Namen?"

„Mama?" Fassungslos starrte die junge Frau die Kommissarin an. „Unmöglich! Das kann nicht sein! Sie müssen sich täuschen!"

Frauke tat die junge Frau leid.

„Wie mir scheint, wissen Sie nur sehr wenig über Ihre Eltern."

Als im türkischen Izmir sein Prepaid-Handy endlich klingelte, fiel Roland ein Stein vom Herzen. Er ließ es zwei weitere Male klingeln und atmete solange tief durch. Dann erst nahm er das Gespräch an.

„Igor?"

„Du hättest Melek nie verlassen dürfen! Sie ist eine tolle Frau! So eine wie sie wirst du nie wieder bekommen!"

„Das ist mir klar, es tut mir auch schrecklich leid. Aber selbst sie ist es nicht wert, ein Mafioso zu werden."

„Hey, pass auf, was du sagst! Schließlich bin ich selbst ein Mafioso!"

„Du hattest deine Gründe! Außerdem, wenn einer es schafft, aus der Scheiße wieder rauszukommen, dann du!"

„So einfach ist das nicht. Aber genug von mir. Was willst du?"

„Den versprochenen Gefallen einfordern."

„Es ist mir schon klar, dass du dich deswegen bei mir meldest! Was soll ich für dich tun?"

„Jemanden für mich finden, der nach Sankt Petersburg geflohen ist. Und wenn du ihn hast, ein Kopfgeld auf ihn aussetzen."

„Ein Kopfgeld? Auf sein Leben?"

„Ja."

Igor schwieg. Bestimmt hatte er von Roland einen solchen Wunsch nicht erwartet.

„Falls ich das für dich mache, überschreitest du eine Grenze, und zwar für immer!"

„Das ist mir durchaus bewusst. Aber es geht leider nicht anders!"

„Was hat er dir getan?"

„Er wollte meine Frau umbringen. Um ihr Leben zu retten, hat sie ihm meine echte Identität verraten und ihm einen alten Presseartikel gezeigt. In dem Artikel werde ich als halbirrer Bulle dargestellt, der zwei Profikiller der rumänischen Mafia quer durchs Land jagte, ehe er beide kaltblütig erschoss.

Das hat den Gesuchten tatsächlich so sehr beeindruckt, dass er sie am Leben ließ. Jetzt ist er auf blutige Rache aus. Und die bekommt er am einfachsten, wenn er den Rumänen den Namen meiner Frau verrät. Von diesem Moment an wäre ihr Leben akut gefährdet. Das kann ich nicht zulassen." Igor schnaubte laut.

„Ey Deutscher, du bist kein Halbirrer! Du bist komplett durchgeknallt! Also ein echter ein Vollirrer!"

Igor lachte meckernd über seinen Witz. Roland ließ ihn, lachte jedoch nicht mit, sondern wartete darauf, dass er sich wieder beruhigte.

„Wenn du meinst, bin ich meinetwegen auch ein Vollirrer! Hilfst du mir trotzdem?"

„Wie ist deine neue Frau?"

Diese Frage brachte Roland aus dem Konzept. Unwirsch wollte er fragen, was für eine Rolle das spiele, entschied sich aber dagegen.

„Sie ist völlig anders als Melek, aber auf ihre Art ebenfalls ganz wunderbar."

„Ist sie es wert, für sie zum Mörder zu werden?"

„Sollte ihr etwas passieren, weil sie sich auf mich einließ, wäre mein Leben vorbei. Der Gesuchte ist ein mehrfacher Frauenmörder …"

„Ein Frauenmörder? Doch nicht etwa der Mann aus Kiel, der mit seiner Yacht auf die Ostsee geflüchtet ist?"

„Doch, genau um ihn handelt es sich. Was hast du von ihm schon gehört?"

„Warum hast du mir nicht gleich gesagt, dass es nicht um einen Russen geht! Einen Deutschen verschwinden zu lassen, zumal so einen, ist gar kein Problem und auch nicht teuer!"

„Danke! Dann …"

„Das war echt krass damals! Ich habe die Story in den Medien verfolgt! Die schwedische Polizei hat die Yacht geentert, als sie ohne Treibstoff in der Ostsee trieb. Kein Mensch war mehr an Bord. Dafür fanden sie seinen Abschiedsbrief. Es hieß, der Mörder hätte sich im Angesicht seiner aussichtslosen Lage in die Ostsee gestürzt, um dem Knast zu entgehen. Wieso glaubst du, dass er in Sankt Petersburg sein könnte?"

„Weil die Techniker nach und nach seine E-Mail-Konten knacken konnten. Von einem seiner Konten wurde drei Wochen nach seiner Flucht eine Nachricht an einen Mann in Sankt Petersburg geschrieben. Die bestand nur aus einem Satz, der keinen Sinn ergibt. Die Zielfahnder vermuten, es handelt sich hierbei um eine Art Code, mit dem er einem Kontaktmann in Sankt Petersburg sein Kommen ankündigte."

„Drei Wochen nach seiner Flucht? Wo hat er sich so lange versteckt?"

Roland zögerte.

„Warum willst du das wissen?"

„Nur so, aus Neugierde!"

„Die Nachricht wurde von einem Computer einer öffentlichen Bücherei in Stockholm geschrieben. Er hat sich also in Schweden, oder eventuell auch in Dänemark, versteckt, bis er nach Sankt Petersburg flüchtete. Wo genau, weiß ich nicht."

„Krass! Aber wie kam er von der Yacht runter an Land? Die Polizei hat ihn doch die ganze Zeit über verfolgt. In den Medien hieß es, die Sunseeker habe nirgends angelegt, bis ihr der Treibstoff ausging."

„Er floh bei Nacht in Dunkelheit über das Meer. Klar haben ihn die Behörden verfolgt, aber halt mit mehr oder weniger großem Abstand, zumal deutsche, dänische und schwedische Behörden involviert waren. Genaues weiß ich nicht.

Als man ihn an Bord seiner Yacht nicht vorfand, gab es Spekulationen, er könnte versucht haben, die dänische Insel Falster schwimmend zu erreichen. Die Sunseeker passierte Falster in etwa einem Kilometer Abstand und verlangsamte etwas südlich des Badeortes Marielyst ihre Fahrt. Allerdings war die dänische Polizei vorsichtig genug, daraufhin ein paar Streifenwagen den Küstenabschnitt kontrollieren zu lassen. Zusätzlich riefen sie die Einwohner zur Vorsicht auf. Zeitweise errichteten sie sogar Straßensperren. Trotzdem ging er ihnen irgendwie durch die Lappen. Keine Ahnung, wie ihm das gelang."

„Spannend! Das ist ja ein richtiger Krimi! Wieso glaubst du, dass er jetzt noch in Sankt Petersburg ist?"

Roland zögerte erneut. Aber was sollte Igor schon mit den Informationen anfangen? Außerdem war er auf die Hilfe des Russen angewiesen.

„Wie gesagt benötigten die Techniker Zeit, um seine E-Mail-Konten zu knacken. Die E-Mail aus der Bibliothek wurde erst mehr als eine Woche später, nachdem er sie geschrieben hatte, gelesen. Die Schweden überprüften daraufhin ihre Videoaufnahmen von der Fähre nach Sankt Petersburg. Am Tag nach Versand der E-Mail nahm der Mann die Fähre. Er ist definitiv nicht in der Ostsee ertrunken, auch wenn viele Medien das behaupten!"

Sie schwiegen eine Weile. Schließlich meinte Igor: „Der Gesuchte ist also verdammt zäh und gerissen. Aber keine Sorge, ich werde ihn für dich finden! Schließlich kenne ich die Behörden in Sankt Petersburg und weiß genau, wer sich schmieren lässt."

„Wegen des Geldes …"

„Vergiss das Geld! Du hast meiner Tochter das Leben gerettet und damit auch meins! Jetzt rette ich dein Leben!"

„Danke, der Name des Gesuchten lautet … Hallo? Bist du noch dran?"

Ohne sich zu verabschieden, hatte Igor das Gespräch beendet. Kopfschüttelnd schaltete Roland das Handy aus. Wie wollte Igor ihm helfen, ohne den Namen des Mehrfachmörders zu kennen? Andererseits war der Fall durch die internationale Presse gegangen und war Igor ein Computer-Genie. Vermutlich schaffte er es spielend, mehr über den Gesuchten in Erfahrung zu bringen, als Roland selbst über ihn wusste.

Vom Mordermittler zum Mörder. War das sein Weg? Eine eisige Hand legte sich um Rolands Brustkorb und drückte zu. Igor hatte natürlich völlig recht. Käme die Sache hier je vor Gericht, würde er als Auftraggeber eines Mörders gleichbehandelt werden wie der eigentliche Täter. Recht und Gerechtigkeit waren eben zwei paar Stiefel, zumindest in diesem Fall. Der Staat besaß nicht nur keine Möglichkeit, Frauke und ihn vor der Rache des Frauenmörders und vor der rumänischen Mafia wirksam zu schützen, sondern würde hierfür auch nicht den kleinen Finger rühren. Er seufzte. Sehnlichst wünschte er sich, es gäbe eine andere Möglichkeit. Endlos hatte er sich hierüber das Hirn zermartert, ohne dass ihm etwas Besseres eingefallen wäre, als die Mafia mit ihren eigenen Methoden zu bekämpfen.

In der Kieler Blumenstraße erfasste Frauke und Uta das Jagdfieber. Frau Sterz hatte sich heimlich mit einem anderen Mann getroffen! Dieser bisher Unbekannte stellte eindeutig ihre bis dahin heißeste Spur dar! Sie mussten möglichst rasch den Mann finden, um ihn zu befragen! Da Frau Sterz und er sich in der letzten Zeit regelmäßig getroffen hatten, würde er sie hoffentlich bald im Krankenhaus besuchen. Also rief Uta bei der Stationsschwester an, die sehr zurückhaltend und abweisend reagierte. Uta hielt nichts von umständlichen Überredungsversuchen. Kurzerhand drohte sie:

„Entweder Sie informieren uns über alle männlichen Besucher für Frau Sterz, oder wir stellen einen Beamten ab, der permanent ihren Flur überwacht!"

„Alle männlichen Besucher? Betrifft das auch ihren Bruder?"

„Frau Sterz besitzt keinerlei lebende Verwandtschaft, außer ihren beiden Kindern. Dementsprechend gibt es auch keinen Bruder!"

„Der ist aber gerade bei ihr! Zumindest behauptete der Mann mir gegenüber, dass er ihr Bruder wäre!"

Ein Adrenalinstoß fuhr durch den Körper der Kommissarin.

„Wir sind in wenigen Minuten bei Ihnen! Halten Sie den Mann auf oder rufen Sie uns zumindest sofort an, sollte er versuchen, die Station zu verlassen!“

Noch während ihrer letzten Worte stürmte sie in Fraukes Büro. Die ahnte, worum es bei dem Telefonat ihrer Kollegin ging und sprang sofort auf. Wenig später saßen die Ermittlerinnen nebeneinander im Auto. Uta raste, so schnell sie es trotz des lebhaften Verkehrs gerade noch verantworten konnte, Richtung Universitätsklinikum. Kurz bevor sie dort eintrafen, schaltete sie das Signalhorn aus. Frauke nahm das Blaulicht vom Dach. Diesmal blieb keine Zeit für die Suche nach einem ordnungsgemäßen Parkplatz. Sie ließen den Wagen kurzerhand auf dem überbreiten Bordsteig vor der Klinik stehen.

Drinnen nahm Uta den Aufzug und Frauke die Treppe, damit sie ihn auf keinen Fall verpassten.

Auf der Station erwartete die Krankenschwester bereits die Beamtinnen. Der angebliche Bruder hielt sich noch immer in Frau Sterz' Zimmer auf. Die Pflegerin wollte ihn holen, Uta hielt sie aber zurück. Sollte es sich bei dem Mann tatsächlich um den Mörder handeln, trug er die Pistole womöglich bei sich und hatte erst am Vortag damit auf einen Menschen geschossen. Also zogen die beiden ihre Dienstwaffen. Frauke riss ohne zu klopfen die Tür auf, durch die Uta mit der Waffe im Anschlag stürmte, dicht gefolgt von ihr.

„Polizei! Keine Bewegung! Wir wollen Ihre Hände sehen!“

Frau Sterz schluchzte laut auf und japste nach Luft. Aber auf deren Befinden konnten sie keinerlei Rücksicht nehmen. Der Unbekannte saß auf einem Stuhl vor ihrem Bett und hielt sie in seinen Armen. Während sich die Polizistinnen ihm mit ihren Waffen im Anschlag langsam näherten, redete er auf Russisch beruhigend auf Frau Sterz ein.

„Polizei! Nehmen Sie endlich Ihre Hände hoch!"

Auf die zweite Aufforderung hin ließ er die Witwe endlich los und hob seine Hände, ehe er langsam aufstand. Frauke nickte Uta zu, steckte ihre Pistole in den Holster, bugsierte den Mann dann entschlossen an die Wand und tastete ihn nach Waffen ab. Er war sauber. Also trat sie wieder zurück. Uta steckte ihre Pistole ebenfalls wieder in den Holster.

„Sie können freiwillig mit uns zum Zwecke einer Vernehmung aufs Präsidium kommen oder wir nehmen Sie vorläufig fest! Es ist Ihre Entscheidung!"

Seine Augen lagen tief in ihren Höhlen. Ruhig musterte er zuerst Frauke, dann Uta. Er besaß äußerst ausgeprägte Gesichtszüge voller Falten und Furchen. Sein Körper wirkte extrem hager, beinahe ausgezehrt. Seine Kleidung war hingegen gepflegt und äußerst exquisit.

„Nun, wenn nur diese beiden Optionen zur Wahl stehen, komme ich lieber freiwillig mit."

Er lächelte die Polizistinnen überraschend warm an.

„Okay!", erwiderte Frauke. „Zunächst zeigen Sie uns aber bitte Ihren Ausweis!"

Der Mann nickte, zog seinen Geldbeutel aus der Gesäßtasche und reichte Frauke wenig später seinen deutschen Personalausweis. Jene fotografierte diesen mit ihrem Handy von beiden Seiten. Der Mann hieß Eugen Gejdt. Irgendwo hatte Frauke einmal gehört, wer Eugen heiße, sei mit absoluter Gewissheit ein deutscher Spätaussiedler aus Russland.

Wenige Tage nach ihrem achtzehnten Geburtstag war Anne vor ihrer Mutter geflohen. Seither war sie kaum jemals wieder in Holtenau gewesen. Mit ihrem Vater hatte sie sich im Zentrum Kiels getroffen, meist nicht weit vom Wasser entfernt. Wenn es sich nicht hatte vermeiden lassen, ihre Mutter zu besuchen, war sie von der Bundesstraße aus direkt zur elterlichen Wohnung gefahren und von dort baldmöglichst wieder auf kürzestem Weg geflüchtet.

Jetzt zog es sie magisch zum Tiessenkai. Nach langer Suche fand sie am Ende der Kanalstraße einen Parkplatz. Der vertraute Anblick des kleinen Leuchtturms mit seiner eigenwilligen Architektur aus roten Backsteinen versetzte sie unerwartet in eine melancholische Stimmung. Anne schluckte, lief vor an die Wasserkante und starrte auf das rege Treiben aus Segelschiffen, Möwen und Motorbooten, während eine leichte Brise mit ihren Haaren spielte. Tränen rannen ihre Wangen hinunter. Anne schniefte, rang um Kontrolle über ihre Gefühle, wischte sich dann entschlossen mit einem Taschentuch die Augenwinkel trocken und schnäuzte zu guter Letzt hinein.

Dann spazierte sie entschlossen den Tiessenkai entlang in Richtung Schiffercafé. Mit leichtem Widerwillen musste sie sich eingestehen, dass Holtenau sich schwer verändert hatte, seit sie nicht mehr hier lebte. Zahlreiche Flaneure versprühten gute Laune und verbreiteten Urlaubs-Feeling. Sie überlegte soeben, sich ein kleines Pils in einem der Liegestühle zu gönnen, als sie unvermittelt stehenblieb und erstarrte.

Auf den Pflastersteinen war deutlich ein großer, rostroter Fleck zu erkennen, um den herum mit gelber Kreide der Umriss eines Körpers gezeichnet worden war. Die junge Frau japste, rang verzweifelt nach Luft, während sich alles um sie herum zu drehen begann. Panisch streckte sie auf der Suche nach Halt ihre Hände aus. Sie wäre sicher gestürzt, wenn nicht zwei kräftige Hände entschlossen nach ihr gegriffen hätten.

„Ganz ruhig! Atmen Sie tief ein … und dann gaaanz langsam wieder aus ... pfffffff ... Dann wieder tief ein … und gaaanz langsam wieder aus ... pfffffff ... Und richten Sie, während Sie ganz tief und langsam atmen, ihren Blick in die Ferne! Was können Sie dort sehen?“

Anne gefiel die tiefe, ruhige Stimme des Mannes auf Anhieb. Von seinen starken Händen strömte eine angenehme Wärme in ihren Körper. Seine Nähe bewirkte Wunder. Ihr ging es sofort wieder besser. Sogar so gut, dass sie es genoss, von ihm gehalten zu werden. Wie alt er wohl war? Und ob er gut aussah? Statt sich zu ihm umzudrehen und eine Enttäuschung zu riskieren, verharrte sie lieber, wie sie war.

„Geht es wieder?"

„Ja! Dankeschön!"

Jetzt blieb ihr nichts anderes übrig, als ihn doch anzusehen.

Also wandte sie ihren Kopf. Unter einer Basecap strahlten sie zwei meergrüne Augen an. Ein sehr sympathisches Lächeln entblößte strahlend weiße Zähne und ließ sie automatisch ebenfalls breit lächeln. Seine Gesichtszüge waren ebenmäßig. Seine wettergegerbte Haut deutete auf einen Segler hin oder zumindest auf jemanden, der gerne und viel draußen war. Ihr Blick wanderte zurück zu seinen grünen Augen und wurde von ihnen eingesogen. Erneut erfasste sie Schwindel, aber dieses Mal von einer leichten, überaus angenehmen Sorte.

„Wohnst du hier in Holtenau?", fragte sie.

„Nein", sein Lächeln verbreiterte sich. „Leider nicht. Und du? Wohnst du hier?"

„Ich bin hier aufgewachsen."

„Wow! Ich beneide ich dich darum! Ich komme gerade von einem Segeltörn auf der Ostsee zurück. Da vorne liegt unser Schiff. Meine Kumpels warten darauf, dass ich beim Ausladen mit anpacke."

Mit ausgestrecktem Arm zeigte er auf eine Zwölf-Meter-Yacht.

„Du segelst im Winter? Wow!"

„War nur ein verlängertes Wochenende", wiegelte er ab. „Für einen leidenschaftlichen Segler gibt es keinen Grund, seine Passion nur saisonweise auszuüben."

Anne war schwer beeindruckt. Offensichtlich war der attraktive Typ nicht nur äußerst hilfsbereit und aufmerksam, sondern zudem noch ein ganzer Kerl. Was konnte Frau mehr erwarten?

„Schade, dass du keine Zeit hast!" Sie lächelte ihn an. „Ich würde nämlich gerne meinen Lebensretter auf ein Bierchen einladen."

Noch ehe ihr letztes Wort verklungen war, schimpfte Anne mit sich. Drehte sie jetzt vollends durch? Noch offensichtlicher konnte sie sich ihm ja wohl kaum an den Hals werfen! Außerdem war „Lebensretter" reichlich dick aufgetragen. Was er wohl jetzt von ihr dachte?

Der hübsche Fremde musterte intensiv ihre Gesichtszüge. Schließlich lächelte er und meinte:

„Sehr gerne trinke ich mal ein Bierchen mit dir oder auch zwei! Allerdings passt es gerade leider nicht so gut, schließlich bin ich mit meinen Kumpels hier. Aber wenn du mir deine Nummer gibst, rufe ich dich in den nächsten Tagen an!"

Anne schluckte schwer. Oh Gott, wie peinlich! Das war doch nichts anderes als ein in schöne Worte verpackter Korb! Aber was hatte sie auch anderes erwartet? Bei ihrem Glück mit Männern!

„Okay, klingt auch gut", erwiderte sie tapfer.

Er zückte sein Telefon und starrte sie erwartungsvoll an. Überfordert stand sie stumm da und blinzelte. Sollte sie ihm einfach eine falsche Nummer diktieren? Aber aus wie vielen Ziffern bestand eine Mobilnummer eigentlich? Und was, wenn er sie gleich anriefe, damit sie seine Nummer ebenfalls hätte? Das wäre furchtbar peinlich!

„Und?“

„Was?“

„Verrätst du mir nun deinen Namen und deine Nummer?“

Erneut lächelte er verführerisch. Ein warmes Kribbeln durchströmte sie. Vielleicht meinte er es ja doch ernst. So diktierte sie ihm brav ihren Namen und ihre echte Nummer. Er tippte beides flink ein.

„Okay, Anne Sterz, vielen Dank! Vielleicht verrätst du deinem Lebensretter noch, was eben mit dir los war?“

Ihr Blick schnellte zurück zum Blutfleck und ihre gute Stimmung verflog schlagartig. Sie krallte sich in seinen Oberarm und schloss die Augen im sicheren Gefühl, gleich umzukippen.

„Hey!“, seine starken Hände griffen erneut nach ihr. „Was ist los mit dir?“

„Mein Vater …“, krächzte sie, räusperte sich, „… wurde gestern hier erschossen! Dass dort auf dem Boden ist sein Blut. Die gelben Kreidestriche zeigen den Umriss seines toten Körpers an.“

„Krass!“ Seine Augen flogen zwischen ihr und dem Blutfleck hin und her. „Das ist ja schrecklich! Weißt du was? In diesem Fall gehen wir beide doch gleich ein Bierchen trinken! Ich muss nur meinen Kumpels kurz Bescheid geben!“

Mit einer seltsamen Mischung aus Freude, Zweifel und Trauer blieb Anne zurück, während er sich abwandte. Sehnsüchtig folgte sie ihm mit Blicken, während er sich entfernte. Konnte das wahr sein? Hatte sie ihren Vater verloren, aber dafür einen Mann gefunden? Meinte es das Schicksal wenigstens einmal gut mit ihr?

Auf dem Kommissariat wurde alles für das Verhör von Herrn Gejdt vorbereitet. Immerhin handelte es sich im Zuge ihrer bisherigen Ermittlungen bei ihm um den ersten ernsthaft Verdächtigen. Also befragten Frauke und Uta ihn ganz offiziell, samt Aufklärung über seine Rechte. Die Kriminalistinnen klärten ab, ob er das Beisein eines Anwalts wünschte und wiesen ihn auf die Aufzeichnung des Gesprächs hin.

„Da ich nichts gemacht habe, benötige ich auch keinen Anwalt. So viel Vertrauen besitze ich in die deutsche Polizei. Ich wollte ohnehin schon gestern mit Ihnen sprechen. Aber Klara war leider dagegen."

„Aus welchem Grund wollte Frau Sterz nicht, dass Sie mit uns reden?"

„Klara ist ein lieber, aber durchaus auch ein komplizierter Mensch. Ich vermute, sie ist aus Scham über das, was wir getan haben, dagegen."

„Was haben Sie denn getan?"

„Seit Wochen haben wir uns heimlich zum Mittagessen getroffen, immer dienstags und auch fast jeden Donnerstag."

„Heimlich? Das heißt Herr Sterz wusste nichts von Ihren Treffen?"

„Das ist korrekt."

„Warum nicht?"

„Ich plädierte auch in diesem Fall stark dafür, es Friedrich zu sagen. Aber Klara lehnte es kategorisch ab. Sie drohte damit, sich lieber nicht mehr mit mir zu treffen, als ihrem Mann von unseren gemeinsamen Mittagessen zu erzählen."

„Haben Sie nur zusammen zu Mittag gegessen?"

Er zögerte den verräterischen Moment zu lange mit seiner Antwort.

„Manchmal sind wir im Anschluss auch noch gemeinsam spazieren gegangen."

„Hand in Hand?"

„Sie hat sich meistens bei mir eingehakt."

Frauke sah ihn lange an.

„Eingehakt? Frau Sterz hakte sich mit ihrer Hand in Ihrem Ellenbogen ein?"

„Ja."

„Das hört sich nach einem vertrauten Verhältnis an."

„Nun, wir sind einander vertraut. Schließlich kennen wir uns schon seit Jugendtagen. Aber zwischen Klara und mir ist nichts Unschickliches passiert!"

„Warum war Frau Sterz dann dagegen, ihrem Mann von Ihren Treffen zu erzählen?"

„Klara meinte, Friedrich sei ein lieber Mann, aber alles andere als ein Kämpfer. Das Wissen über unsere Treffen würde ihn nur unglücklich machen."

„Wollen Sie damit behaupten, Frau Sterz wollte mit ihrer Heimlichtuerei ihren Mann schonen?"

„Genau so war es! Ich sagte Ihnen doch bereits, dass Klara ein äußerst lieber und rücksichtsvoller Mensch ist."

„Aber wie sollte es dann mit Ihnen beiden weitergehen? Wollten Sie sich endlos weiter heimlich treffen?"

„Endlos?" Er schnaubte müde. „Als ob wir noch endlos Zeit hätten! Weil dem nicht so ist, haben wir uns darüber keine Gedanken gemacht." Herr Gejdt zuckte mit den Schultern. „Wie es weitergeht, war mir, ehrlich gesagt, auch völlig egal. Menschen wie Klara und ich besitzen keine Zukunft. Wir haben nicht einmal eine Gegenwart, sondern leben in unserer Vergangenheit."

Uta und Frauke wechselten einen fragenden Blick.

„Wie meinen Sie das?"

„Exakt so, wie ich es sage. Bei allen unseren gemeinsamen Mittagessen redeten wir fast ausschließlich über unsere Jahre in Russland. Damals mussten wir uns ebenfalls heimlich treffen. Ihr Vater mochte mich nicht und war gegen unsere Rendezvous. Einzig aus diesem Grund ließ ich mich überhaupt auf die heimlichen Treffen mit Klara ein. Jene fühlten sich wie einstmals an, während wir uns heimlich in einem der Kaffeehäuser von Katharinenstadt trafen.

Bei all unseren heimlichen Mittagessen und Spaziergängen in den letzten Wochen fühlten wir uns wieder jung. Friedrich wurde für diese Zeit von Klaras Mann zu ihrem Vater, der nichts von unseren Treffen erfahren durfte."

„Sie beide kennen sich also schon von Ihrer gemeinsamen Jugendzeit in Russland?"

„Ja, wir lebten beide in verschiedenen Dörfern der Wolgadeutschen vor den Toren Katharinenstadts. Als Siebzehnjähriger sah ich erstmals Klara bei einem Tanz in der Stadt und verliebte mich sofort in sie. Ganz der Tradition entsprechend hielt ich bei ihrem Vater um ihre Hand an. Er war aber gegen mich und verbot ihr den Kontakt mit mir. So blieben uns nur unsere heimlichen Treffen, bis sie 1980 mit ihrer Familie nach Deutschland übersiedelte. Durch ihren Wegzug brach der Kontakt abrupt ab."

„Damals war Ihre Angebetete doch schon über zwanzig Jahre alt. Wenn es zwischen Ihnen die große Liebe war, warum blieb sie dann nicht bei Ihnen?"

Herr Gejdt starrte die Polizistinnen lange an. Schließlich schüttelte er den Kopf und antwortete:

„Sie sind in einer völlig anderen Welt aufgewachsen als wir und können das daher nicht verstehen. In unserer damaligen Welt der Wolgadeutschen war Familie das Wichtigste überhaupt. Nach der Familie kam lange nichts. Man lebte gemäß den überlieferten Traditionen, hörte auf seine Eltern, gleichgültig ob der Staat per Gesetz festlegte, man sei ab soundso viel Jahren volljährig! Das spielte für uns überhaupt keine Rolle!"

„So ganz stimmt das ja wohl nicht!", warf Uta ein.

Herrn Gejdts Gesichtsausdruck verfinsterte sich.

„Sie meinen, wegen unseren heimlichen Treffen als Jugendliche? Die gehörten durchaus dazu." Er zuckte mit den Achseln. „Wäre Klara in der alten Heimat geblieben, wäre sie vielleicht schwanger geworden. Daraufhin hätten ihre Eltern ein Einsehen haben müssen. Aber bereits lange vor unserer ersten Begegnung zogen ihre Eltern alle Register, um möglichst bald ins gelobte Land ausreisen zu dürfen. Sie besaßen Verwandtschaft in der Bundesrepublik. Die schmuggelten ihnen harte D-Mark ins Land, mit denen sie entsprechende Stellen schmierten. Daher waren sie sich sicher, dass es bald so weit sein würde. Klara konnte unmöglich ihre Eltern im Stich lassen."

„Wie kam ihr erneuter Kontakt zustande?"

„Einige Jahre nach Klaras Übersiedlung in die Bundesrepublik lernte ich Olga kennen und heiratete sie. Gemeinsam mit ihr wanderte ich in den Neunzigern ebenfalls nach Deutschland aus. Zufällig ließen wir uns nicht weit von hier in Hamburg nieder.

Während all der Jahre meines Lebens in der Bundesrepublik hoffte ich bei Treffen der Russlanddeutschen durchaus, eines Tages zufällig Klara zu begegnen. Ich habe sie nie vergessen. Sie besaß immer einen besonderen Platz in meinem Herzen. Klara aktiv zu suchen wäre jedoch Olga gegenüber respektlos gewesen.

Letztes Jahr ist meine Olga dann gestorben. Nach ihrem Tod reiste ich nach Katharinenstadt oder Marx, wie es heute heißt. Der Saal, in dem ich als Siebzehnjähriger Klara erstmals sah, existiert noch. Wenngleich er sich auch in einem jämmerlichen Zustand befindet. Trotzdem erwachte in ihm meine Liebe zu Klara neu. Nach meiner Rückkehr begab ich mich aktiv auf die Suche nach ihr. Vor vier Monaten fand ich sie und nahm vorsichtig Kontakt zu ihr auf."

„Das klingt aber durchaus so, als wünschten Sie sich eine gemeinsame Zukunft mit Ihrer Klara."

Ruhig, mit auf dem Schoss ineinander verschränkten Händen, lächelte er Uta an.

„Stellt eine Flucht in die idealisierte eigene Jugend in Ihren Augen etwa eine Zukunft dar?"

Jetzt war Uta es, die tief Luft holte.

„Formulieren wir es doch ganz unpoetisch: Würden Sie gerne in Zukunft häufiger gemeinsam mit Klara Sterz in Erinnerungen an Ihre gemeinsame Jugend flüchten?"

Herrn Gejdts Lächeln wurde breiter. Sein Blick schweifte in die Ferne.

„Durchaus, aber nicht um den Preis des Lebens eines anderen Menschen. Und schon gar nicht um den Preis, einem wunderbaren Menschen wie Friedrich Sterz, der meiner Klara so viel Gutes tat, Leid zuzufügen. Und letztendlich zielt Ihre Frage doch exakt hierauf ab.

Um die Sache hier abzukürzen: Trifft es zu, dass Friedrich am Sonntagmorgen ungefähr um sieben Uhr erschossen wurde?"

Frauke zögerte. Aber da es sich hierbei keineswegs um spezifisches Täterwissen handelte, nickte sie schließlich.

„Dann besitze ich ein Alibi, ein sehr gutes sogar! Letztes Wochenende besuchte ich die Familie meines in Düsseldorf lebenden Sohnes, wohnte dort aber in einem Hotel. Um meinen Zug nicht zu verpassen, checkte ich gegen acht Uhr morgens aus dem Hotel aus. Ich bin mir sicher, dass die Dame von der Rezeption Ihnen dies bestätigen kann. Außerdem verfügt das Hotel, wenn ich die Schilder dort richtig interpretiert habe, über eine Video-Überwachung. Bestimmt stellt das Hotel Ihnen eine Kopie seiner Aufzeichnungen zur Verfügung."

„Schreiben Sie uns bitte die genauen Daten auf. Dann werden wir Ihre Aussage überprüfen. Sollten Ihre Angaben zutreffen, sind Sie aus dem Schneider."

Frauke schob ihm einen Block hin. Ohne zu zögern, begann Herr Gejdt sofort zu schreiben.

„Welche Dämonen quälten Klara eigentlich?", fragte Uta.

Bei dem Wort „Dämonen" zuckte er sichtlich zusammen. Der Angesprochene antwortete jedoch erst, nachdem er in Ruhe alles detailliert notiert hatte.

„Russland ist ganz anders als Deutschland. Die russische Gesellschaft ist von Gewalt durchseucht, in der Familie, in der Schule, in der Nachbarschaft und von Seiten des Staates, sogar ganz besonders vonseiten des Staates. Je nachdem, was man erleben musste und wie robust man ist, vergisst man derartige Erlebnisse sein restliches Leben nicht. Heutzutage würde man so etwas als Trauma bezeichnen."

„Und Frau Sterz wurde Opfer dieser Gewalt?"

„Wir alle wurden Opfer dieser Gewalt! Aber Klara musste Schlimmeres erleiden als die meisten von uns. Mehr werde ich Ihnen hierzu aber nicht verraten. Schließlich existiert da kein Zusammenhang mit dem Mord an Klaras Mann!

Übrigens stimmt, was ich vorhin über unsere fehlende Zukunft aussagte, für Klara so nicht. Im Gegensatz zu mir besitzt sie noch Hoffnung!“

Frauke sah ihn scharf an und überlegte. Dass es zwischen eigener Gewalterfahrung und einem Mord am Ehegatten keinen Zusammenhang geben sollte, sah die erfahrene Kriminalistin aus guten Gründen anders als er. Es stimmte zwar, dass manche Gewaltopfer ihr ganzes Leben lang Opfer blieben. Andere wurden hingegen selbst zur Täterin, nutzten Gewalt als Weg zur Regulierung eigener Emotionen. Was Frauke bisher über die Witwe wusste, legte nahe, dass jene zumindest verbale Gewalt gegenüber ihrem Mann angewandt hatte. Natürlich war es ein großer Schritt von verbaler Gewalt hin zu einer Übertötung.

Sollte sie Herrn Gejdt damit konfrontieren, dass sein Bild der Witwe manche Aspekte ihres Wesens ausblendete? Sie entschied sich vorläufig dagegen, erschien ihr ein anderer Gesichtspunkt doch deutlich relevanter für ihre Ermittlungen.

„Wie sehen denn Frau Sterz’ Zukunftshoffnungen aus?“

„Klara träumt davon, sich einen Mercedes zu kaufen. Mit der Luxuskarosse will sie dann den weiten Weg nach Katharinenstadt fahren. Dort sollen alle sehen können, dass sie es geschafft hat! Das ist ihr Traum! Das hält sie am Leben!

Sie beide verstehen das wahrscheinlich nicht. Aber auch wenn man die alte Heimat noch so sehr vergessen möchte, bleibt sie doch immer Teil von einem. Und die Weigerung, die alte Heimat zu besuchen, bricht einem mehr und mehr das Herz. So lange, bis man daran stirbt."

Er lächelte wehmütig, leicht gequält. Beim Anblick seines Gesichtsausdrucks war Uta plötzlich wieder zwanzig Jahre alt. Kurz vor seinem viel zu frühen Tod hatte ihr Vater sie mit exakt dem gleichen Gesichtsausdruck angesehen. In diesem Augenblick begriff sie. Alles, was Herr Gejdt soeben sagte, hatte viel mit ihr zu tun, war auch ein Teil ihrer eigenen Geschichte. Und sie erkannte, welchen Fragen nachzugehen sie bisher den Mut nicht aufgebracht hatte.

„Uta!"

Fraukes Ruf holte sie zurück. Sie sah Herrn Gejdt vor sich stehen, seine Hand zur Verabschiedung ausgestreckt. Gewohnheitsmäßig erhob sie sich und schlug ein. Erneut lächelte er dieses seltsame Lächeln, murmelte dazu einige Worte auf Russisch. Dann ging er.

„Was war das?"

Frauke sah Uta mit gerunzelten Augenbrauen an.

„Was meinst du?"

„Beispielsweise, was hat er dir zum Abschied noch gesagt?"

Uta wollte gereizt erwidern, woher zum Teufel sie das wissen solle, sie könne schließlich kein Russisch. Aber tief in ihrem Inneren war sie sich sicher, ihn dennoch verstanden zu haben. Also seufzte sie und flüsterte:

„Dass ich die Menschen lieben und ihnen vertrauen soll, ohne Liebe und Vertrauen geht es nicht."

Frauke musterte ihre Kollegin misstrauisch.

„Seit wann kannst du Russisch?"

„Ich beherrsche die Sprache nicht. Aber das hat mein Vater kurz vor seinem Tod zu mir gesagt. Und ich bin mir sicher, dass Herr Gejdt das Gleiche sagte, zumindest sinngemäß."

„Wie kannst du dir da sicher sein?"

„Weil ich plötzlich erkannt habe, dass Herr Gejdt soeben auch meine Geschichte erzählte, zumindest einen Teil von ihr. Nicht nur in Russland existiert ein Übermaß an Gewalt. Mein Vater ist genau vor solch schrecklichen Gewaltexzessen aus Serbien, damals einfach pauschal Jugoslawien, nach Deutschland geflohen.

Nach seiner Flucht hat er sich geweigert, seine alte Heimat je wieder zu betreten. Er hat sich selbst sogar verboten, auch nur an sie zu denken. Jetzt frage ich mich, ob nicht genau das ihm das Herz gebrochen und ihn viel zu früh unter die Erde gebracht hat."

Frauke war ihr Unbehagen ob Utas Worten deutlich anzumerken. Sie schickte ihre Kollegin vorsorglich nach Hause und erklärte sich bereit, die Düsseldorfer Kollegen um Amtshilfe zu bitten. Für den Moment waren beide sich sicher, dass Herr Gejdt nicht der Mörder war. Aber auf Intuition und Gefühl allein dürfen Polizisten in einer Mordermittlung nicht vertrauen.

Leicht beschwipst, mit einer Mischung aus Wolke sieben und schlechtem Gewissen parkte Anne vor dem Haus ihrer Eltern. Elias war total niedlich. Sie hatte sich sofort in ihn verliebt. Da er ihr auch seine Nummer gegeben hatte, war Anne sich sicher, dass sie sich demnächst wiedersehen würden. Von Hamburg nach Hannover war es schließlich nicht weit. Zumindest dann nicht, wenn man das starke Bedürfnis verspürte, den anderen zu sehen.

Die junge Frau stieg aus, verriegelte ihr Auto und blickte zur Wohnung ihrer Eltern empor. Natürlich brannte dort kein Licht. Ein weiteres Mal überflutete sie starke Trauer über den Tod ihres Vaters. Trotzdem schritt sie entschlossen auf die Haustür zu. Mit dem Schlüssel ihrer Mutter gelangte sie ins Haus und stieg dort die Treppen nach oben. Mit jeder Stufe legte sich eine stärkere Beklemmung auf ihre Brust. Vom Tag ihrer Ankunft an hatte Deutschland ihre Eltern tief enttäuscht, weil es so ganz anders war als in ihren Vorstellungen. Ihre Enttäuschung war rasch in Hass umgeschlagen, gepaart mit dem Gefühl in einer Welt zu leben, die sie nicht begriffen, die ihnen aber feindlich gesonnen war.

Ihr Bruder Alexander und sie waren dank der Schule und ihren Freunden aus verschiedensten Kulturen besser klargekommen. Als Jugendliche hatten sie über das Deutschlandbild ihrer Eltern zunehmend verständnislos ihre Köpfe geschüttelt. Dadurch wurde das Klima in der Familie schleichend vergiftet. Es kam zu Dauerstreit und permanenten Vorwürfen ihrer Mutter ihr gegenüber, während ihr Vater sich in den Alkohol flüchtete. Am meisten hatte Anne unter der Ungerechtigkeit gelitten, dass ihre Mutter dem Bruder allein aufgrund seines Geschlechts nahezu alles verzieh, während sie als Tochter ihr überhaupt nichts hatte recht machen können.

Ihre Beklemmung raubte ihr die Luft, ihre Tränen nahmen ihr die Sicht und so stocherte sie einigermaßen verzweifelt mit dem Schlüssel herum, bis sie endlich das Schloss der Wohnungstür fand und aufsperren konnte.

Aus der Wohnung schlug ihr dumpfe, abgestandene Luft und ein widerlicher Gestank nach Alter und Verwesung entgegen. Die junge Frau hastete zu den Fenstern und riss alle der Reihe nach auf. Den Kopf weit raus, unter den Himmel Kiels, gestreckt, holte sie mehrmals tief Luft und atmete langsam aus. Mit jedem Atemzug wurde sie ruhiger und wich das Gefühl der Beklemmung ein Stückchen von ihr.

Anschließend straffte sie ihre Schultern und streifte auf der Suche nach einer Erinnerung an ihren Vater durch die elterliche Wohnung. Vor der Vitrine verharrte sie, ließ ihren Blick über das handbemalte Meißener Porzellan mit seinem Goldrand und die dort versammelten Figürchen schweifen. Das hier war eindeutig das Revier ihrer Mutter. Sie lief weiter, blieb vor der Wand voller gerahmter Schwarz-Weiß-Fotografien stehen. Fast alle, vielleicht sogar wirklich alle, waren in Katharinenstadt oder zumindest in der alten Heimat aufgenommen worden und zeigten Fremde. Einzig das Foto einer jungen Frau ähnelte ihr, auch wenn sie selbst nie ein Kopftuch tragen würde. Anne nahm es von der

Wand und betrachtete es eingehend. Ihre Mutter war eine Schönheit gewesen. Auf dem Bild war noch keine Andeutung ihrer Verbitterung zu erahnen. Optimistisch lachte sie in die Kamera. Anne seufzte und schwor sich erneut, nicht zu einem verbitterten alten Weib wie ihre Mutter zu werden. Dann hängte sie das Bild zurück und suchte nach einem Bild ihres Vaters in jungen Jahren, entdeckte jedoch keines. Sie runzelte die Stirn. Wie konnte das sein? Okay, die beiden hatten erst in Kiel geheiratet. Hatten sie sich damals noch gar nicht gekannt? Sie dachte immer, ihr Vater sei ebenfalls ein Wolgadeutscher gewesen.

Unruhig durchstreifte sie weiter die Wohnung. Dabei fand sie außer seiner Kleidung im Schrank jedoch keinerlei Hinweis auf ihren Vater, was sie zutiefst schockierte. Die gesamte Wohnung wirkte, als habe ihre Mutter alleine hier gewohnt. Wobei – nein, das stimmte nicht ganz. Alles wirkte beklemmend alt und altbacken, bis auf eine Ausnahme. Der Küchentisch aus hellem Holz und die zugehörigen Stühle mit ihrem frischen, skandinavischen Design hoben sich wohltuend ab. Tisch und Stühle hatte ihr Vater selbst geschreinert. Ob sie einfach einen Stuhl als Erinnerung an ihn mitnehmen sollte?

Erneut wallte starke Trauer in ihr auf, die sie in Kombination mit der vertrauten Beklemmung in der elterlichen Wohnung übermannte. Um nicht durchzudrehen, zückte sie kurzerhand ihr Telefon und tippte eine Nachricht hinein:

„Hey Elias, bin jetzt in der Wohnung meiner Eltern. Es ist schrecklich. Die Trauer um meinen Dad bringt mich fast um!“

Sie schickte die Nachricht ab und starrte auf das Display. Würde er ihr antworten? Eigentlich war sie sich dessen sicher. Die Frage lautete nur, wann. Sie wollte soeben ihr Telefon wieder einstecken, als sie erfreut registrierte, dass er bereits eine Antwort an sie schrieb. Mit klopfendem Herzen wartete sie darauf, dass jene endlich bei ihr einging.

„Liebste Anne, das stelle ich mir in der Tat furchtbar vor! Schade, dass ich dich dabei nicht unterstützen kann! Liebend gerne würde ich wieder sicherstellen, dass du nicht umkippst ;-) Auf dem Weg nach Hannover fahre ich gerade durch Hamburg. Vielleicht gibt dir die Aussicht Kraft, dass ich dich morgen dort besuchen komme?“

Garniert hatte er seine Nachricht mit einer Vielzahl an Herzchen und Küsschen-Smileys. Anne fühlte sich sofort beschwingt. Mit flinken Fingern tippte sie ihre Antwort ein. Dann steckte sie ihr Telefon rasch wieder weg und betrat entschlossen ein zweites Mal das elterliche Schlafzimmer. Dort lauerten zwei wuchtige, dunkle Monster aus einer anderen Zeit auf sie. Monster, die alles Licht und jegliche Lebensfreude schluckten. Das monströse Doppelbett und ein ebensolcher Schrank waren aus dunkel gebeizter Eiche für die Ewigkeit gefertigt.

Beherzt riss Anne die Schranktüre auf der Seite ihrer Mutter auf, entnahm ihr eine Reisetasche und stopfte wahllos Kleidung hinein. Natürlich hatte ihre Mutter in der Klinik genaueste Anweisung gegeben, was ihre Tochter alles einpacken sollte. Aber das war Anne egal. Sie würde es ihrer Mutter, wie immer, ohnehin nicht recht machen können. Außerdem würde sie ihr die Tasche nicht persönlich übergeben, sondern sie auf der Rückfahrt nach Hamburg kurz bei der Nachtschwester vorbeibringen.

Keine Minute später schloss Anne die Schlafzimmertür hinter sich und dann alle Fenster der Wohnung. Sie wollte nur noch möglichst schnell raus hier, heim nach Hamburg, wo sie sich ungestört ihrer Vorfreude auf Elias Besuch hingeben konnte.

In der Küche zauderte sie. Sollte sie wirklich einen der von ihrem Vater geschreinerten Stühle abgreifen? Ihre Mutter würde darauf bestimmt stinksauer reagieren und sie am Telefon heruntermachen. Anne grinste. Was, wenn sie deren nervtötenden Anrufe einfach wegdrückte? Die Vorstellung gefiel ihr, allerdings nicht lange, dann meldete sich ihr schlechtes Gewissen. Das konnte sie ihrer Mutter unmöglich antun. Zumal jene gerade ihren Ehemann auf brutalste Art und Weise verloren hatte. Anne seufzte. Also gab es doch kein Erinnerungsstück an ihren Vater für sie?

An der Wohnungstür durchzuckte sie ein Geistesblitz. Der Keller! Warum hatte sie nicht gleich an seinen Hobbykeller gedacht? Er war das Reich ihres

Vaters gewesen! Dort würde sie mit Sicherheit eine Erinnerung an ihn finden! Einigermaßen erleichtert griff sie sich den Kellerschlüssel vom Bord und eilte, die Reisetasche für ihre Mutter in der Hand, die Stufen hinunter.

Seine Werkstatt lag hinter einer taubengrauen, leicht rostigen Stahltür. Ihr Vater, wie er für sie hinter dieser Tür etwas schnitzte oder gar ein kleines Möbelstück für ihre Puppen baute, während sie ihm, nebenher mit ihren Puppen spielend, dabei zusah, gehörte zu den wenigen glücklichen Erinnerungen ihrer Kindheit. Daher verspürte sie eine süßliche Wehmut, während sie die schwere Stahltüre aufschloss. Leicht knarzend schwang die Türe nach innen. Anne tastete nach dem Schalter und knipste das Licht an. Erstarrt verharrte sie in der Tür und stierte fassungslos in den Raum. Werkzeuge und Holz waren verschwunden, auf der Werkbank und in den Regalen stapelten sich stattdessen große Kartons. Zögernd trat Anne zwei Schritte nach vorne und klappte den ersten auf der Werkbank stehenden Karton auf. Er enthielt gebrauchte Kinderkleidung unterschiedlicher Größen. Der nächste Karton war vollgestopft mit Schulsachen wie Heften, Stiften, Linealen und Zirkeln. Anne wollte eben zum nächsten Karton wechseln, als ihr eine Plastikablage voller Kinderzeichnungen und in krakeliger Schrift verfasster Briefe ins Auge stach. Sie nahm den obersten Brief aus der Schale und begann zu lesen. Wenig später stand sie vor Rührung heulend in dem improvisierten Warenlager. Bei den Briefen handelte es sich um Dankschreiben von Kindern des Waisenhauses in Katharinenstadt für all die wunderbaren Sachen, die ihr Vater für die Waisen eingesammelt und ihnen geschickt hatte. Völlig unerwartet hatte sie einen kleinen Schatz wunderbarer Erinnerungen an die liebenswerten Seiten ihres Vaters entdeckt!

Uta parkte erst lange nach Einbruch der Dunkelheit vor ihrem Reihenhäuschen in Neumünster-Einfeld. Es handelte sich um einen bescheidenen Bau aus den Sechzigern, einer Zeit des Aufbruchs, in der die Neue Heimat jungen Familien den Traum vom eigenen Häuschen erfüllte. Trotzdem war sie stolz, ein Haus samt Garten ihr Eigen nennen zu können. Sie neidete ihrer Kollegin deren schickes Appartement direkt an der Kieler Förde in keiner Weise.

Im Grunde ihres Wesens war Uta ein ruhiger, ausgeglichener Mensch. Gerade verspürte sie jedoch eine massive Unruhe in sich. Es wäre ihr unmöglich, still am Esstisch zu sitzen oder auf dem Sofa zu liegen. Daher schlüpfte sie rasch in ihre Laufsachen und brach zu ihrer üblichen Runde rund um den Einfelder See auf, eine Strecke von über zehn Kilometern. Rasch kamen die Dorfbucht und das schwarze Wasser des Sees in Sicht, hinter denen sich die drei Windräder mit ihren rot blinkenden Warnleuchten erhoben. Die Kommissarin zog ihr Tempo an, passierte die reetgedeckte Einfelder Schanze und tauchte in die Dunkelheit zwischen den Bäumen ein. Ihre Stirnlampe half ihr, die schlimmsten

Löcher zu umkurven. Heute behielt sie das hohe Tempo bis zum Restaurant Seeblick in Mühbrook bei.

Dort erst verlangsamte sie den Rhythmus ihrer Schritte. Die körperliche Anstrengung milderte den Schmerz ihrer Erinnerungen. Durch ihre Arbeit als Polizistin war sie zu einer Meisterin im Verdrängen geworden. Das war notwendig, um trotz des alltäglichen Elends und Wahnsinns, mit dem sie durch ihre Arbeit konfrontiert wurde, einen guten Job machen zu können. So hatte sie es sich bisher zumindest eingeredet. Plötzlich war ihr klar, dass ihr Vater ebenfalls ein Meister der Verdrängung gewesen war, trotz seines friedlichen und sicheren Lebens als Gärtner in Kiel. Dennoch war er mit einundsechzig Jahren gestorben, an gebrochenem Herzen. Weil er zu viel verdrängt hatte?

Gegen zweiundzwanzig Uhr ordnete Frauke die Kissen auf der Couch und warf einen letzten prüfenden Blick durch ihr geräumiges Wohnzimmer. Alles sah einladend aus. Zufrieden schnappte sie sich ihre Autoschlüssel und verließ die Wohnung. Zu Fuß stieg sie die Treppen zu der unter dem modernen Appartementhaus liegenden Tiefgarage hinab.

Vor der Brandschutztür zögerte sie, holte tief Luft, gab sich dann einen Ruck und drückte die schwere Tür auf. Während die Lampen flackernd erwachten, hetzte ihr Blick hin und her. Durch beidseitig aufgereihte protzige Statussymbole eilte sie mit verspannten Schultern in Richtung ihres Dacias. Aus dem Augenwinkel nahm sie einen dunklen Schatten zwischen zwei SUV wahr. Die diffuse Bedrohung löste einen Adrenalinschub aus, entpuppte sich aber bei genauem Hinsehen als harmlose Schutzhaube, die an der Dachreeling baumelte. Bei ihrem Wagen angelangt entriegelte sie es per Fernbedienung. Wie immer öffnete sie zuerst die Hintertür, um sich zu vergewissern, dass sich niemand auf dem Rücksitz verbarg. Dann erst stieg sie ein, verriegelte umgehend den Wagen, startete den Motor und fuhr die Rampe hoch.

Wenige Sekunden später passierte sie die Rückseite des Schiffercafés. Ein Mord so nah an ihrer Wohnung vergrößerte ihr Unbehagen. Würde sie je wieder einigermaßen unbeschwert eine Tiefgarage betreten oder sich auch nur in ihr Auto setzen können? Würde ihr Selbstvertrauen, sich notfalls erfolgreich gegen fast jeden Angreifer wehren zu können, je zurückkehren?

Derartige Fragen quälten sie auf der Brücke über den Nord-Ostsee-Kanal und während der weiteren Fahrt nach Hamburg. Überraschend hatte Roland ihr die Ankunftszeit seines Fliegers in Fuhlsbüttel geschrieben. Dermaßen früh hatte sie ihn nicht zurückerwartet. Frauke war innerlich zerrissen. Wegen der permanenten Angst, die er in ihr Leben brachte, würde sie ihn am liebsten zum Teufel jagen. Auf der anderen Seite wäre sie ohne ihn nie den Klauen des Kieler Frauenmörders entkommen. Und einen Lebensretter jagte man nicht mal eben so vom Hof und noch weniger aus dem eigenen Bett. Ein tiefer Seufzer entschlüpfte ihr.

Wehmütig gedachte sie der schönen Zeiten, als sie noch in Ruhe und Frieden gelebt hatte. Schließlich war sie in ihrem Privatleben bis vor kurzem fast völlig von Gewalt verschont geblieben. Durch Roland sickerte Gewalt in alle Ritzen ihres Lebens ein. Genau genommen handelte es sich um keine Gewalt, sondern um Angst, um permanente Angst vor der Rache der rumänischen Mafia oder des Frauenmörders. Leider war nicht nur Russland von Gewalt durchseucht, sondern auch Teile der restlichen Welt. Bisher hatte sie zu den Privilegierten gehört, die nicht persönlich davon betroffen waren. Ein gequältes Stöhnen entschlüpfte ihr. Würde es ihr je vergönnt sein, in den Schoß dieses exklusiven Clubs der Glückseligen zurückzukehren?

Vielleicht gelang es ihr ja eines fernen Tages. Aber gerade erschien es ihr unvorstellbar. War Roland erfolgreich gewesen? Hatte er dem Frauenmörder für immer die Möglichkeit zur Rache genommen? Ihr Herz klopfte rascher. Das wäre immerhin ein erster, erfreulicher Schritt. Noch ehe sie diesen Gedanken zu Ende gedacht hatte, erkannte sie dessen Ungeheuerlichkeit. Sie schluckte schwer. Wie konnte sie, eine Mordermittlerin, sich ernsthaft wünschen, dass ihr Geliebter zum Mörder geworden war?

Auf den letzten Metern zum Flughafen versuchte sie krampfhaft, sich im Hinblick auf ihr Wiedersehen mit Roland in freudige Stimmung zu versetzen. Es wollte ihr einfach nicht gelingen. Zu schwer trug sie an Bedrohung und Moral.

Roland wartete mit seiner kleinen Reisetasche bereits am Straßenrand. Frauke hielt neben ihm. Er öffnete die Tür und stieg ein, was ihr die Frage einer oder keiner Umarmung ersparte.

„Schön, dich zu sehen", begrüßte er sie lächelnd. „Und danke für den Abholservice."

Er drückte ihr einen Kuss auf die Wange, was sie zuließ.

„Bitteschön!"

Aus den Augenwinkeln nahm sie wahr, dass er sie fragend musterte. Sie beschloss, seiner Frage, was mit ihr los wäre, zuvorzukommen.

„Warst du erfolgreich?"

„Wie man's nimmt."

„Was soll das heißen!"

Es war ihr selbst unangenehm, wie gereizt und aggressiv sie reagierte. Daher schob sie versöhnlicher nach:

„Hast du ihn gefunden?"

„Nein, aber ich habe jemanden gefunden, der ihn finden wird."

Aus dem Augenwinkel sah sie ihn lächeln, was ihre Wut sofort neu anfachte. Ihr Gesicht entgleiste kurz. Sie schlug einen bissigen Ton an.

„Soll das etwa heißen, du hast einen Privatschnüffler auf ihn angesetzt?"

Sein Lächeln erstarb. Einige Momente musterte er sie fragend, ehe er antwortete:

„So in etwa, aber nicht irgendeinen. Igor ist viel mehr als nur ein Schnüffler. Die eigentliche Frage lautet jedoch, wie viel du über das Ganze wissen willst. Und natürlich auch, wie viel du aushältst."

„Was soll das?", fauchte sie. „Ich bin Polizistin! Natürlich halte ich die Wahrheit aus! Nicht nur das, ich begebe mich sogar täglich auf die Suche nach ihr!"

„Genau daher rühren meine Zweifel. Hast du dich auf dem Weg zum Flughafen etwa nicht gefragt, ob ich in der Zwischenzeit zum Mörder geworden bin?"

Dröhnende Stille trat ein.

Gegen sie kamen das leichte Rauschen des Fahrtwindes und die Rollgeräusche der Reifen nicht an. Frauke schluckte schwer.

„Doch, das habe ich!", räumte sie schließlich kleinlaut ein.

„Und? Wenn es so wäre, würde das für dich das Ende unserer Liebe bedeuten? Oder wärst du weiterhin in der Lage, täglich Mörder zu jagen, während dein Herz einem solchen gehört? Könntest du dir gleichzeitig wünschen, das nie herauskommt, was ich tat, während du gegen meinesgleichen ermittelst?"

„Du wärst doch kein …", erwiderte sie mit zittriger Stimme, die rasch versiegte.

„Doch, das wäre ich! Subjektiv handelte ich in einem Akt von Notwehr, indem ich ihn daran hinderte, uns Killer auf den Hals zu hetzen oder selbst als Rächer zurückzukehren. Aber das Recht und die Gerichte sähen die Sache anders. Und das weißt du ganz genau!"

Schweigend fuhren sie weiter Richtung Norden. Die Stille zwischen ihnen war weniger dröhnend geworden.

Schließlich legte Frauke ihre Hand auf seinen Oberschenkel und streichelte ihn.

„Entschuldige bitte den unfreundlichen Empfang. Du hast recht, das Ganze belastet mich wirklich sehr."

Frauke warf ihm einen kurzen Blick zu, schenkte ihm sogar ein Lächeln. Froh, dass sie noch ein Lächeln für ihn übrighatte, erwiderte er es.

„Ich ahne, was in dir vorgeht. Als mir seinerzeit klar wurde, dass mir die Rache der rumänischen Mafia droht, hasste ich so ziemlich alles und jeden. Zumindest vorübergehend tat ich es."

„Erzählst du mir von ihm?"

„Von dem Schnüffler?"

„Ja, der deinen Worten zufolge viel mehr ist als nur ein Schnüffler!"

„Igor baute in Sankt Petersburg eine IT-Firma für weißes Hacking auf. Mit ihr verdiente er Millionen. Im Auftrag von Firmen haben sie deren IT gehackt, um die jeweiligen Schwachstellen zu finden. Anschließend zeigten sie ihren Auftraggebern, wo deren IT nacharbeiten muss, um den Betrieb vor echten Hackern zu schützen. Igor war darin so erfolgreich, dass er sogar zwei Tochterfirmen im Ausland gründete.

Sein Erfolg weckte die Gier eines von Putins Oligarchen. Der unterbreitete Igor ein Kaufangebot für seine Firma. Der gebotene Preis war lächerlich, aber Igor war klar, dass er es dennoch nicht würde ausschlagen können. Zumindest nicht, wenn er seines Lebens sicher sein und in Russland bleiben wollte. Er hielt den

Oligarchen hin, während er heimlich seine Flucht vorbereitete.

Entweder gelang ihm das nicht heimlich genug oder der Oligarch verlor die Geduld. Jedenfalls ließ er Igors Frau ermorden, …“

„Oh Gott! Wie schrecklich! Stimmt das wirklich?“

Frauke wandte den Blick von der Straße und starrte Roland entsetzt an. Jener nickte.

„… woraufhin Igor sich umgehend seine Tochter schnappte und mit ihr aus Russland flüchtete. Im sicheren Exil angelangt, heuerte Igor aus Rache einen Killer an, der die Frau des Oligarchen ermordete.“

Roland beendete seinen Bericht. Frauke dachte lange über seine Worte nach. Erst als die gelbe Leuchtschrift CITTI PARK in Sicht kam, beendete sie ihr Schweigen.

„Du hast recht, Igor ist viel mehr als nur ein Schnüffler. Wenn es ihm gelang, die Frau eines Oligarchen ermorden zu lassen und das zu überleben, müsste es für ihn ein Leichtes sein, unser Problem zu lösen. Ich frage mich nur zweierlei: Wie zum Teufel hast du so jemanden kennengelernt? Und warum sollte er sich unseres Problems annehmen?“

Das Frauke von „unserem“ Problem sprach, verschaffte Roland ein warmes Gefühl. Er lächelte erleichtert vor sich hin.

„Lass uns die Sache doch im Konjunktiv betrachten. Das macht es in gewisser Hinsicht einfacher. Vielleicht gibt es diesen Igor gar nicht und ich habe dir gerade nur ein Märchen erzählt, um dich zu beruhigen. Gäbe es Igor hingegen tatsächlich, könnte ich seiner Tochter das Leben gerettet haben. Aus Dankbarkeit könnte er mir im Gegenzug von sich aus die Lösung unseres Problems angeboten haben. Aber wie gesagt, das ist alles nur Geschwätz von mir, das du nicht ernst nehmen solltest."

Bei seinen letzten Worten zwinkerte er ihr zu. Frauke begriff durchaus, dass Roland ihr durch die Verwendung des Konjunktivs eine goldene Brücke bauen wollte. Im ersten Moment wollte sie jene empört einreißen. Aber sie hielt sich zurück und atmete mehrmals tief durch.

Juristisch betrachtet wusste sie nach seinen Worten von nichts. Dementsprechend machte sie sich auch nicht der Mitwisserschaft schuldig. Aber konnte sie Roland mit seinem Konjunktiv trauen? Und wie viele Menschen außer den beiden rumänischen Mafia-Killern hatte er noch getötet? Sie schluckte schwer. Mit wem teilte sie eigentlich seit Monaten ihr Bett?

„In welcher Gefahr schwebte Igors Tochter ganz konkret? Und wie hast du sie daraus gerettet?"

Roland sah sie nachdenklich an.

„Du bekommst gerade ganz grundsätzliche Zweifel an mir, oder?"

„Wundert dich das?"

„Nein, eigentlich nicht. Also gut, ich werde dir alle Fragen offen beantworten. Ich hoffe, dadurch dein Vertrauen zurückzugewinnen. Wie du weißt, zieht jeder

Rache-Mord immer weitere Rache nach sich. Das geht manchmal so lange, bis eine Seite ausgerottet ist.

Aus Rache für die tote Frau des Oligarchen schickte der russische Geheimdienst drei Killer los, die Igors Tochter töten sollten. Igor hatte sich vor dem russischen Geheimdienst, dem FSB, in eine türkische Hotelanlage geflüchtet, die einer Festung glich. Vorübergehend war ich der paranoide Sicherheitschef der Anlage. Damals lebte ich noch in permanenter Angst vor den Killern der rumänischen Mafia und war dementsprechend misstrauisch und aufmerksam. Daher fiel mir ein gegenüber dem Hotel wartender Wagen auf. Ich alarmierte gerade noch rechtzeitig die schwer bewaffneten Wachen."

„Was geschah mit den Russen?"

„Zwei wurden erschossen, der Dritte erhängte sich in der folgenden Nacht im Gefängnis."

In Frauke keimte die Frage auf, ob Roland die Attentäter des FSB getötet hatte. Sie zögerte jedoch, diese Frage laut zu stellen. Aber er ahnte wohl, was sie beschäftigte.

„Ich habe keinen der Russen erschossen!"

„Okay."

Würde sie es schaffen, ihm zu glauben?

„Ich kann es dir sogar beweisen! Es existiert ein Überwachungsvideo, auf dem deutlich zu sehen ist, wer geschossen hat!"

War ihr Inneres etwa ein offenes Buch für ihn?

„Es ist doch egal, ich glaube dir."

„Nein, es ist nicht egal! Vor allen Dingen musst du mir glauben, dass ich weder am Töten noch an sonstiger Gewalt Gefallen finde! Ich sehne mich danach, hier, im sicheren Kiel, an deiner Seite ein friedliches Leben zu führen. Alles, was ich getan habe und in den nächsten Tagen noch tun werde, dient einzig diesem Ziel! Ich bin bereit, jederzeit für dich mein Leben zu riskieren! Vergiss das bitte nie!"

Vor nicht allzu langer Zeit hätte sie ein solches Angebot empört zurückgewiesen. Schließlich war sie kein Weibchen, das eines starken Beschützers bedurfte. Jetzt gefiel es ihr, vermittelte sein Angebot ihr ein Gefühl von Sicherheit und Geborgenheit. Es rührte sie, dass Roland, auf welchen verschlungenen Pfaden auch immer, jemanden den Auftrag erteilt hatte, den Frauenmörder zu finden und ihn zu eliminieren. Jemanden, der offensichtlich das Zeug dazu hatte, erfolgreich zu sein. Trotz ihrer Gewissensbisse erleichterte es sie ungemein. Außerdem verschaffte es ihr eine gewisse Befriedigung, dass der Frauenmörder für das, was er anderen Frauen und teilweise auch ihr angetan hatte, bezahlen würde. Doch wer würde auf Dauer die Oberhand gewinnen? Ihr Gewissen? Oder ihre diffuse Gefühlslage? Auch wenn der Frauenmörder …

Sie stutzte. Seit sie aus seiner Gewalt entkommen war, nannte sie ihn selbst in ihren Gedanken beharrlich nicht mehr bei seinem Namen. Für sie war er nur noch „der Frauenmörder". Warum eigentlich? Die Antwort kam ihr von selbst und verschlug ihr den Atem: Sie entmenschlichte ihn, weil sie ganz tief in ihrem Inneren wollte, dass er starb!

Während Frauke noch mit sich kämpfte, erreichten sie das Appartementhaus. Frauke fuhr in die Tiefgarage. Fast gleichzeitig stiegen sie aus. An Rolands Seite verspürte sie selbst hier unten nicht das kleinste bisschen Angst. Dabei wäre er bei einem Angreifer mit Schusswaffe kein wirklicher Schutz. Einmal mehr wurde ihr bewusst, wie irrational ihre Ängste waren.

Sie verscheuchte diese Gedanken, hakte sich bei ihm unter und schmiegte sich an ihn. Gemeinsam stiegen sie die Treppen hoch in ihre geräumige Wohnung mit Blick über die Förde. Frauke hatte heute nichts für deren Schönheit übrig.

Roland packte seine Tasche aus. Anschließend richteten sie sich für die Nacht. Im Bett lagen sie zunächst schweigend nebeneinander. Frauke wusste, dass er auf sie wartete. Sie zauderte kurz, rollte sich dann in seine Richtung. Fordernd küsste sie ihn und tastete nach seiner Männlichkeit.

DIENSTAG, 22. FEBRUAR 2022

Die Düsseldorfer Kollegen erwiesen sich als fix. Schon am nächsten Morgen fanden Frauke und Uta das Vernehmungsprotokoll der Hotelmitarbeiterin sowie eine Kopie der Videoaufzeichnung aus der Hotellobby vor. Auf dem Video betrat Herr Gejdt um zehn vor sieben die Hotellobby, nahm in einen weißen Sessel Platz und bestellte sich einen Kaffee. Als jener kam, trank er ihn zügig aus und verschwand wieder.

„Eindeutiger geht's kaum, er kann's nicht gewesen sein!", meinte Uta.

„Ist das alles nicht ein bisschen zu eindeutig? Es wirkt auf mich geradezu so, als wollte er unbedingt zur Tatzeit gesehen werden! Schau mal hier ...", sie scrollte die Aufnahme zurück und zoomte Herrn Gejdts Gesicht größer, „... kaum sitzt er, schaut er verstohlen in Richtung Kamera. Das wirkt, als wollte er sichergehen, gut im Bild zu sein. Außerdem ist er extrem angespannt und nervös, findest du nicht?"

„Und wenn schon! Er ist eindeutig nicht der Mörder!"

„Sicher war er es nicht persönlich. Aber er könnte durchaus den Mord in Auftrag gegeben haben! Der

Mann verfügt über genügend Geld. Falls er wusste, wann sein Killer zuschlägt, wäre es doch klug, sich für die Tatzeit ein astreines Alibi zu verschaffen."

Uta verdrehte die Augen.

„Das erscheint mir weit hergeholt. Der Mann ist fünfundsechzig Jahre alt und ein unbescholtener Bürger. Ich kann bei ihm auch kein Motiv erkennen. Er hätte sich doch auch einfach so weiterhin mit Frau Sterz treffen können. Früher oder später hätte sie dann vielleicht doch seinetwegen ihren Mann verlassen. Ich sehe schlicht keinen Grund, den Ehemann ermorden zu lassen."

„Und wenn er nicht daran glaubte, dass Frau Sterz sich jemals für ihn von ihrem Mann trennen würde?"

„Glaubst du ernsthaft, deswegen lässt er ihn einfach umbringen? So viel Leidenschaft in dem Alter?"

Frauke wog den Kopf.

„Oder traust du ihm das allein deshalb zu, weil er ein Russe ist?", fuhr Uta fort.

Frauke zuckte zusammen, als habe sie einen Stromschlag erhalten. Uta musterte sie kritisch.

„Seit du in der Gewalt dieses Psychopathen warst und die Russen ihn nicht an uns ausliefern, traust du denen wirklich alles Schlimme zu! Es stimmt, die Nachrichten werfen gerade kein gutes Licht auf Russland, aber das sind doch nur Putin und seine Lakaien und nicht alle Russen!"

„Die Mehrheit der Bevölkerung steht hinter Putin! Und es gibt kaum Proteste gegen seine despotische Politik. Da ..."

„Darf ich euren Disput unterbrechen?"

Unbemerkt von den beiden war ihr Chef Andreas Bode eingetreten.

„Klar, es geht hier auch keineswegs um Politik ..."

„Geschenkt!", unterbrach er Uta. „In die Wohnung eures Mordopfers wurde letzte Nacht eingebrochen."

„Waaas?", riefen beide im Chor.

„Die Kollegen von der Spurensicherung sind vor Ort. Vielleicht wollt ihr ebenfalls dort vorbeischauen?"

Wenig später trafen die Kommissarinnen in Holtenau ein. Vor dem Gebäude standen zahlreiche Schaulustige und tuschelten miteinander. Uta kannte einen der Uniformierten und so gelangten sie, ohne ihre Kripomarken zu zeigen, ins Haus.

In der Wohnung der Eheleute Sterz herrschte ein absolutes Chaos. Alles war aus Schränken, Regalen und Kommoden herausgerissen worden und lag auf dem Boden verstreut. Kissen, Polster und die Matratzen waren aufgeschlitzt, deren Innereien quollen heraus.

„Wer auch immer das war, tat es nicht zum ersten Mal!", begrüßte der Kriminaltechniker Gonzo sie.

„Habt ihr schon irgendwelche Spuren?"

„Leider nicht." Er schüttelte den Kopf. „Ehrlich gesagt habe ich auch wenig Hoffnung, dass wir welche finden."

„Warum?"

„Die Einbrecher haben Haus- und Wohnungstür leise und ohne Spuren zu hinterlassen geöffnet. Vielleicht mit einem Schlüssel, aber eher mit einem Lock-Picking-Set. Das ganze Chaos hier haben sie letzte Nacht veranstaltet, ohne dass einem der zahlreichen Nachbarn ringsum etwas aufgefallen wäre, also ebenfalls äußerst leise. Das waren Profis und, wenn ihr mich fragt, mindestens zwei oder drei Mann."

„Was haben die wohl gesucht?"

„Keine Ahnung, aber auf jeden Fall etwas Kleines. Also Bargeld, Schmuck, Drogen oder so etwas."

Die beiden Kriminalistinnen wechselten einen Blick.

„Ich rufe die Tochter an, vielleicht ist ihr doch noch etwas eingefallen", meinte Frauke.

„Tu das! Ich befrage solange die Nachbarn, auch wenn die Kollegen schon wegen des Einbruchs gefragt haben. Vielleicht hat einer von denen ja doch in den letzten Tagen etwas beobachtet oder einen Hinweis, in welchen kriminellen Machenschaften Herr Sterz steckte."

Frauke suchte in ihren Notizen nach Annes Mobilnummer und rief sie dann an. Es klingelte lange, dann schaltete sich die Mailbox ein. Frauke wollte nichts darauf sprechen und beendete den Anruf. Kurz darauf drückte sie die Wahlwiederholung. Erneut klingelte es lange. Gerade als sie aufgeben wollte, meldete sich eine verschlafene Stimme.

„Ja."

„Spreche ich mit Anne Sterz?"

„Ja, wer ist da?"

„Kommissarin Knoop, Sie waren gestern bei mir."

„Ach ja. Haben Sie Papas Mörder schon gefunden?"

„Leider noch nicht. Ich stehe gerade in der Wohnung Ihrer Eltern. Hier wurde heute Nacht eingebrochen und alles durchwühlt. Es sieht schrecklich aus. Haben Sie irgendeine Idee, was die Einbrecher hier gesucht haben könnten?“

„Heute Nacht!!!“

Der schrille Tonfall der Angerufenen alarmierte die Kommissarin.

„Ja ...“

„Ich war gestern bis spätabends in der Wohnung!!!“

„Oh! Vielleicht haben Sie dann sogar die Einbrecher hierher geführt. Ist Ihnen jemand aufgefallen, der Ihnen folgte?“

„Der mir folgte!!!!“

Ihre Stimme überschlug sich. Frauke erkannte zu spät, was für einen Bock sie geschossen hatte.

„Nun beruhigen Sie sich doch bitte! So war das nicht gemeint! Hallo? Sind Sie noch dran?“

Frauke lauschte. Sie hörte nichts außer hechelndem Atem. Offensichtlich hyperventilierte die junge Frau Sterz gerade.

„Bitte beruhigen Sie sich! Atmen Sie ganz langsam ein und ... Hallo? … Hallo?“

Die Tochter hatte aufgelegt. Frauke schalt sich eine Idiotin, während sie erneut versuchte, die junge Frau zu erreichen. Ihr Anruf wurde weggedrückt. Bei ihrem nächsten Versuch war das Handy ausgeschaltet. Frauke biss sich auf die Lippe. Früher wäre ihr so etwas nicht passiert. Sie seufzte resigniert. Früher hatte sie auch noch gut geschlafen und nicht unter permanenter Anspannung und Angst leben müssen.

Sie seufzte ein weiteres Mal tief, dann verließ sie die Wohnung und suchte Uta, um ihr bei den Befragungen zu helfen. Leider erbrachten jene überhaupt nichts. Frustriert verließen sie das Gebäude. Uta schlug vor, unten am Wasser etwas zu Mittag zu essen und Frauke willigte gerne ein. Sie landeten im Schiffercafé, wo sie Backfisch im Brötchen verspeisten. Durch das Fenster blickte Frauke auf den Blutfleck von Herrn Sterz. Um sich abzulenken, ließ sie ihren Blick durch das alte, denkmalgeschützte Kontorhaus schweifen. Teile der alten Ladeneinrichtung existierten noch und so glitt ihr Blick über das dunkelgrüne Wandregal mit seinen zahllosen Schubladen, über von der Decke baumelnde Taue und Fischernetze, sowie über Petroleumlampen und Beschläge. Einst hatte der Tante-Emma-Laden für Seeleute über fünftausend Artikel vorrätig.

Zurück auf dem Kommissariat lud Andreas Bode alle Beamten, die in irgendeiner Form an den bisherigen Ermittlungen beteiligt gewesen waren, zu einer großen Besprechung ein. Selbst Gonzo saß für die Spurensicherer mit am Tisch. Fakten wurden ausgetauscht und Hypothesen aufgestellt. Mehrheitlich erschien es den Polizisten am plausibelsten, dass die Ursache des Mordes in den kriminellen Machenschaften von Herrn Sterz lag. Damit hing vermutlich auch der Einbruch zusammen, wobei niemandem für dessen zeitlichen Abstand zum Mord eine plausible Erklärung einfiel.

Beim aktuellen Ermittlungsstand wurden der Streit am Tag vor der Tat mit Herrn Demir im Kiosk ebenso wie die heimlichen Treffen der Witwe mit Herrn Gejdt als nebensächlich eingeschätzt. Im Grunde stimmten die Ermittler darin überein, keine heiße Spur zu haben.

Die Witwe träumte trotz ihres fortgeschrittenen Alters noch von Reichtum. Hatte sie ihren Gatten angestachelt, diesen Traum auf illegale Weise zu erfüllen? Müsste sie in diesem Fall nicht über seine verbotenen Geschäfte Bescheid wissen? Eine weitere, beharrlichere Vernehmung wurde geplant. Bisher wussten sie einfach noch zu wenig, um eine gute Theorie daüber entwickeln zu können, was zur Tat geführt hatte.

Während die Kollegen leidenschaftlich diskutierten, saß Frauke entgegen ihren sonstigen Gewohnheiten weitgehend passiv dabei und beteiligte sich kaum an den Diskussionen. Ihr Kopf schmerzte und ihre Gedanken schweiften immer wieder in unerfreuliche Gefilde. Schließlich löste Andreas die Runde auf. Frauke erhob sich und packte gerade ihre Sachen zusammen, als er zu ihr trat.

„Kann ich dich kurz unter vier Augen sprechen?“

Er wartete ihre Antwort nicht ab. Als ihr Vorgesetzter meinte er seine Frage rhetorisch. Seufzend folgte sie ihm in sein Büro. Gemeinsam nahmen sie in seiner Besprechungsecke Platz.

„Wie geht es dir?“

„Ziemlich beschissen! Ich schlafe schlecht, habe tagsüber oft Kopfschmerzen und kann mich kaum konzentrieren. Heute habe ich mit der Tochter des Ermordeten ein völlig dämliches Telefonat geführt, bei dem ich mich wie eine blutige Anfängerin anstellte."

„Was macht deine Therapie?"

Frauke zögerte mit ihrer Antwort. Seit ihrer Entführung hatte sie ein- bis zweimal in der Woche Termine bei der Polizeipsychologin.

„Die hilft mir ein bisschen, aber Frau Doktor Reimers kann auch nicht zaubern."

„Brauchst du eine Auszeit?"

Ärger wallte in ihr auf. So ein blödsinniger Vorschlag musste von ihm ja kommen! Mit aufeinandergepressten Lippen starrte sie ihn an. Entschuldigend zuckte er mit seiner Achsel.

„Du willst mir helfen?", fuhr sie ihn an. „Dann bestrafe nicht mich, sondern sorge lieber dafür, dass dieser Psychopath aus dem Verkehr gezogen wird, und zwar endgültig!"

Sie hasste ihn für den Hundeblick, mit dem Andreas sie ansah. Sie wollte kein Mitgefühl! Sie wollte tatkräftige Hilfe, die ihr das Gefühl von Sicherheit zurückgab. Er schien zu ahnen, was in ihr vorging.

„Ich kann auch versuchen, eine Zeit lang einen Beamten als Wache vor deiner Wohnung abzustellen."

„Danke, aber ich habe bereits einen Leibwächter!"

Irritiert schaute er sie an.

„Seit wann das denn?"

Sie verdrehte die Augen.

„Ich meine damit meinen Freund, du hast ihn kurz kennengelernt."

„Diesen Roland? Er ist dein Leibwächter?" Andreas runzelte die Stirn. „Ist er nicht ein frühpensionierter Finanzbeamter?"

„Die erleben im Außendienst auch so einiges! Er beherrscht Krav Maga. Als ich ihn das erste Mal sah, zeigte er zwei Muckibuden-Typen ihre Grenzen auf. Außerdem besitzt er eine Pistole, natürlich mit Waffenschein."

Kaum waren ihre Worte draußen, hätte sie jene am liebsten wieder zurückgeholt. Aber das geht leider bei gesprochenen Worten nicht, anders als bei manchen Messenger-Diensten. Jetzt war mit Sicherheit Andreas' Neugierde geweckt und er würde Rolands Vergangenheit durchleuchten. Hoffentlich weckte er durch seine Nachforschungen keine schlafenden Hunde!

„Noch etwas!" Sie beugte sich zu ihm, legte ihre Hand auf seinen Unterarm. „Kannst du bitte Uta die Leitung der Ermittlungen übertragen?"

„Ist das dein Ernst?"

Sichtlich betroffen musterte er sie.

„Das ist mir jedenfalls lieber als eine zwangsweise verordnete Auszeit! Spätestens dann würdest du ihr vermutlich ohnehin die Ermittlungen übertragen. Ich bringe gerade keine volle Leistung und muss vorübergehend etwas kürzertreten. Außerdem hat Uta diese Chance verdient."

Andreas wusste genau, wie stark Frauke sich bisher dagegen gewehrt hatte, Uta die Leitung derart komplexer Ermittlungen zu übertragen. Sie hatte eigentlich auch nicht vorgehabt, ihn darum zu bitten, und war sich nicht sicher, wie stark ihr Vorschlag von der Hoffnung getragen wurde, ihren Vorgesetzten von Roland abzulenken.

Als Rolands Prepaid-Handy klingelte, wollte er zunächst nicht rangehen. Er hatte Angst vor dem, was Igor ihm gleich sagen würde. Hatte Igor so schnell Erfolg gehabt? Waren sie den Frauenmörder endgültig los? Roland fürchtete sich vor der Grenze, die er in diesem Fall endgültig überschritten hätte. Feigheit half jedoch nichts. Also atmete er noch einmal tief durch und nahm das Gespräch an.

„Ja."

„Ich habe ihn gefunden."

„Und?"

„Das Problem lässt sich leider nicht so schnell lösen. Er ist jetzt kein Deutscher mehr."

„Na und? Du hast …"

Roland brach ab. Das konnte er jetzt unmöglich sagen.

„Nicht nur das, er ist jetzt Offizier der russischen Armee und hockt mit seiner Einheit irgendwo in Weißrussland an der Grenze zur Ukraine."

„Das darf doch nicht wahr sein!"

„Ist aber so! Meine Quelle ist äußerst zuverlässig!"

Roland konnte es nicht fassen. Putin spielte mal wieder seine Spielchen und stationierte seit Wochen immer mehr Truppen an der Grenze, um die Ukraine einzuschüchtern und den Westen zu spalten. Das war große Weltpolitik und konnte doch unmöglich etwas mit ihm und seinem unbedeutenden Leben zu tun haben!

Moment! Siedend heiß durchfuhr es ihn. Besaß die Ukraine nicht eine gemeinsame Grenze mit Rumänien? War das Ganze etwa nur ein fieser Trick des Frauenmörders, um möglichst rasch mit der rumänischen Mafia in Kontakt treten zu können?

„Ich kann dein Problem daher vorläufig nicht lösen", fuhr Igor fort. „Aber vielleicht wird es sich bald von selbst lösen. Im Krieg sterben viele Menschen. Und in Russland ist das Leben eines Soldaten nichts wert und das eines niederen Offiziers kaum mehr."

„Krieg? Warum sollte es denn Krieg geben?"

„Weil Putin Krieg will!"

„Aber…"

Igor beendete erneut das Gespräch einfach. Roland verspürte große Unruhe. Würde es tatsächlich Krieg geben, im einundzwanzigsten Jahrhundert, hier in Europa? Unmöglich! Er fluchte. Das Ganze war sicher nur eine faule Ausrede Igors, um seine Schuld nicht begleichen zu müssen!

Also musste er sich doch persönlich um den Frauenmörder kümmern! Bei den momentan großen Spannungen zwischen Russland und dem Westen würde das nicht leicht werden, zumal er kein Wort Russisch sprach. Wo trieb sich der Gesuchte wohl gerade in diesem Augenblick wirklich herum?

Auch wenn Roland es im fernen Kiel nicht glauben mochte, befand jener sich gerade tatsächlich in Weißrussland, nahe der Grenze zur Ukraine. Seine Ankunft in Sankt Petersburg war so ganz anders verlaufen, als er sie sich vorgestellt hatte. Früher war er ein paarmal als reicher Tourist aus dem Westen in die Stadt gereist. Während dieser Kurztrips hatte er dort rauschende Partys gefeiert. Nach seiner Flucht über die Ostsee hatte er sich auf ähnlich gute Zeiten gefreut. Aber dafür hatte er mit seinen Taten und seiner spektakulären Flucht zu viel mediale Aufmerksamkeit erregt. Die Russen hatten genau gewusst, dass er kommt und was er angestellt hatte.

Die Polizei hatte ihm direkt nach Verlassen der Fähre aus Stockholm brutal Handschellen angelegt und ihn äußerst unsanft auf den Boden eines Kleinbusses geworfen. Anschließend waren sie in halsbrecherischem Tempo durch die Stadt gerast. Mit auf dem Rücken gefesselten Händen war er auf dem Boden des Transporters hilflos hin- und hergerutscht und immer wieder gegen die Seitenwände geknallt. Dass er sich dabei nicht alle Knochen gebrochen hatte, war einfach nur Glück gewesen. Am Ziel angekommen, hatten ihn zwei Männer brutal aus dem Wagen gerissen und in ein Verlies einige Stockwerke unter der Erde verfrachtet.

In dem kahlen Betonbunker mit schmaler Pritsche und Blechtoilette hatte ununterbrochen grelles Neonlicht gebrannt. Er wusste nicht, wie viele Tage sie ihn dort festgehalten hatten. Die grimmigen Wärter hatten ihm so unregelmäßig einen ekligen Fraß gebracht, dass er jegliche Zeitorientierung verlor. Trotzdem hatte er nie verlangt, jemanden von der Deutschen Botschaft zu sprechen. Selbst in dieser trostlosen Situation hatte seine Hoffnung überwogen, von den Russen nicht ausgeliefert zu werden.

Aber seine Hoffnung war mürbe geworden, hatte immer mehr Risse bekommen und das hatten sich seine Bewacher eiskalt zunutze gemacht. Völlig unerwartet hatten sie ihm erneut Handschellen angelegt. Zwei bullige Typen hatten ihn unsanft durch das Gebäude geschleift und vor einem Offizier auf einen harten, kalten Holzstuhl gedrückt. Ein Bewacher hatte ihn gehässig angelächelt und ihn in akzentfreiem Deutsch darüber informiert, dass den russischen Behörden ein Auslieferungsersuchen der Bundesrepublik vorliege. Daraufhin war ihm sein Herz endgültig in die Hose gerutscht. Sollte seine äußerst sorgfältig geplante und geduldig ausgeführte Flucht wirklich umsonst gewesen sein?

Sein Gegenüber hatte gewartet, bis seine Worte ihre volle Wirkung entfaltet hatten und ihm dann eröffnet, es gäbe für ihn eine einzige Möglichkeit, der Auslieferung zu entkommen. „Welche?“, hatte er da natürlich panisch gefragt. Er erhielt zur Antwort, die Möglichkeit bestünde darin, sich für zwei Jahre zum Dienst in der russischen Armee zu verpflichten.

Er hatte es nicht glauben wollen, sich gedacht, er müsse sich sicher verhört haben. Aber der Offizier hatte es ernst gemeint. Auf seinen Einwand, vom Soldatentum nichts zu verstehen, hatte jener kalt lächelnd erwidert, er habe in Deutschland deutlich gezeigt, dass er sich ausgezeichnet aufs Töten verstehe, mehr brauche es nicht.

Verzweifelt hatte er sich mit Worten gewehrt, aber der andere hatte ihm einen Offiziersrang und die russische Staatsbürgerschaft inklusive einwandfreier Papiere angeboten. Er dürfe sich einen neuen, russischen Namen und ein Geburtsdatum seiner Wahl aussuchen. Da war er schließlich schwach geworden, eröffnete sich ihm hierdurch doch die Chance, den deutschen Strafverfolgern für immer zu entkommen. Der Name, den er sich ausgesucht hatte, entlockte ihm selbst jetzt noch ein Lächeln: Eugène Onegin. Die Russen hatten ihn auch tatsächlich wie versprochen zum Offizier gemacht.

In Kiel traf auf Rolands Prepaid-Handy eine Nachricht von Igor ein. Er hatte ihm eine Foto-Datei geschickt. Roland öffnete sie. Es handelte sich um die Kopie eines russischen Passes. Außer einem Namen, der ihm absolut nichts sagte, war das Gesicht eines Mannes zu sehen. Er zog es größer und stockte. Die Haare waren raspelkurz, aber ansonsten entsprach es exakt den Fahndungsbildern. Seltsam, er hatte erwartet, dass der Frauenmörder mittels chirurgischer Eingriffe sein Aussehen verändern würde. Jedenfalls hatte Igor nicht gelogen!

Seit jenem äußerst seltsamen Telefonat mit dieser Kommissarin Knoop trommelte Annes Herz immer wieder wild gegen ihren Brustkorb. Die Vorstellung, Einbrecher hätten hinter der Schlafzimmertür oder dem Duschvorhang gelauert, während sie arglos durch die Wohnung ihrer Eltern gestreunt war, schockierte sie. Was wäre wohl passiert, wenn sie auf die Verbrecher gestoßen wäre? Bestimmt hätten diese sie mit der gleichen Brutalität wie ihren Vater ermordet!

„Papa, worauf hast du dich da nur eingelassen?“, murmelte sie vor sich hin.

Vielleicht auf Drogen? Im Drogenhandel ging es um riesige Summen und zählte ein Menschenleben wenig bis nichts. Aber wie hatte ihr gutherziger Vater sich auf etwas derart Schreckliches einlassen können? Auch als er ihr das Geld aufdrängte, hatte sie es komplett ausgeschlossen, dass es aus dem Drogenhandel stammen könnte. Was war passiert?

Hatte ihre Mutter ihn angestiftet? Nein! Anne schüttelte den Kopf. Das traute sie selbst ihr nicht zu. Andererseits hätte sie ihr auch nicht zugetraut, dass sie sich heimlich mit einem anderen Mann traf. Lag es daran? Papa hatte Zeit seines Lebens darunter gelitten, die Erwartungen seiner Frau nicht erfüllen zu können. Mama hatte immer von Reichtum und Luxus geträumt. Hatte Papa sich, bedroht durch die Konkurrenz eines anderen Mannes, zur Jagd auf das schnelle Geld verleiten lassen?

Die Liebe! Anne seufzte aus tiefstem Herzen. Was hatte sie selbst nicht schon alles angestellt, nur um irgendwelchen Typen zu gefallen! Elias kam ihr in den Sinn. War er der Richtige? Würde er sie bedingungslos lieben, so wie sie war? Ein warmes Kribbeln durchströmte ihren Körper. Sie zückte ihr Telefon, zauderte kurz und rief ihn dann an. Während das Freizeichen ertönte, pochte ihr Herz wild bis zum Hals.

„Hey Anne! Schön, dass du dich meldest! Ich wollte dich auch gerade anrufen."

Ein unfassbares Glücksgefühl überflutete sie.

„In die Wohnung meiner Eltern wurde eingebrochen! Wahrscheinlich waren die Einbrecher schon in der Wohnung, während ich die Tasche für meine Mutter packte!"

„Oh Gott! Das klingt ja schrecklich! Du Arme, was kann ich für dich tun?"

Sie schluchzte laut auf. Tränen der Trauer, der Erleichterung und des puren Glücks rannen ihre Wangen hinab.

„Du könntest mich in den Arm nehmen!"

„Nichts täte ich lieber! Leider bin ich gerade so schrecklich weit weg von dir. Ich mache mich aber sofort auf den Weg!"

Auf Wolke sieben schwebend duschte Anne, pflegte sich und schminkte sich sorgfältig, ehe sie im Internet ausgiebig die Speisekarten der nahegelegenen Restaurants studierte. Auf sein Klingeln hin pochte ihr Herz erneut wild, aber auf eine leichtere Art und Weise. Als Elias mit einem riesigen Strauß roter Rosen in der Hand und dem tollsten Lächeln der Welt auf den Lippen die Treppe hochkam, war es endgültig um sie geschehen. Sie fiel ihm um den Hals, presste sich an ihn und genoss es, von seinen muskulösen Armen fest und sicher gehalten zu werden. Ein weiteres Mal weinte sie vor Glück.

„Hey Kleines, jetzt bin ich da! Alles wird gut!"

Sie nickte, löste sich von ihm und tupfte vorsichtig ihre Augenwinkel, um die Schminke nicht zu verschmieren.

„Ich möchte dich gerne zum Essen einladen", verkündete sie.

„Super."

Er lachte erneut zum Anbeißen. Sie musste sich zurückhalten, um nicht aufs Heftigste mit ihm zu knutschen. Aber dann würden sie umgehend miteinander im Bett landen und das war ihr dann doch zu schnell. Also riss sie sich zusammen, prüfte im Spiegel ein letztes Mal ihr Make-up, korrigierte es leicht, schnappte sich ihre Handtasche und folgte ihm die Treppe hinunter. Als er sie zu einem Porsche führte, fiel ihr die Kinnlade runter.

„Ist das deiner?"

„Ja. Ich arbeite hart dafür. Gefällt er dir?"

„Ich weiß nicht. Ehrlich gesagt habe ich mir noch nie Gedanken darübergemacht."

Er lachte laut auf.

„Du bist einfach klasse! Dann fang schleunigst mal damit an! Vielleicht hilft dir auch der Eindruck deiner ersten Fahrt im Porsche."

Sie stiegen ein. Er startete lässig den Motor. Viel zu schnell kamen sie beim *Ume no Hana* an, was weniger am Porsche als vielmehr an seiner berauschenden Nähe lag.

Je einen Arm einander um die Hüften gelegt betraten sie das Lokal. Elias sah sich um und verkündete, die lockere Atmosphäre des Restaurants gefalle ihm ausgezeichnet. Woraufhin Anne sich glücklich noch fester an ihn schmiegte.

Das Glück war ihnen weiterhin hold und so bekamen sie ohne Wartezeit einen Tisch. Beide entschieden sich für japanische Teigtaschen mit Hähnchen und Gemüse als Vorspeise, gefolgt von Ramen. Nach Aufgabe ihrer Bestellungen saßen sie einander gegenüber und lächelten sich an.

„Bei deinen Eltern wurde also eingebrochen? Und das direkt nachdem du dort warst? Das ist echt der Hammer!"

„Das finde ich auch! Stell dir vor, ich wäre auf die Einbrecher gestoßen! Oder ich wäre länger, vielleicht sogar über Nacht, dortgeblieben! Immerhin existiert mein Kinderzimmer noch. Dann säße ich jetzt nicht hier mit dir, sondern läge wie mein Vater in einer Leichenhalle!"

Vor lauter Erschauern zuckte sie.

„Warum sollten Einbrecher dich umbringen? Die wären vermutlich einfach abgehauen, wenn du dort gewesen wärst!"

„Wieso Einbrecher? Das war bestimmt der Mörder meines Vaters!“

„Wie kommst du da drauf?“

Fragend sah er sie an. Überrascht starrte sie zurück.

„Nun, vor zwei Tagen wurde mein Dad erschossen und letzte Nacht in die Wohnung meiner Eltern eingebrochen. Glaubst du, das ist reiner Zufall?“

„Du konstruierst also aus einer zeitlichen Nähe eine Kausalität? Vorgestern wurde dein Vater erschossen und gestern sind wir beide uns begegnet! Hängt das ebenfalls kausal miteinander zusammen?“

„Natürlich nicht!“

„Wo liegt der Unterschied?“

„Unsere Begegnung ist kein Verbrechen, im Gegenteil!“

Sie griff über den Tisch hinweg nach seiner Hand und lächelte ihn an. Umgehend erwiderte er ihr Lächeln.

„Okay, ich gebe mich geschlagen. Sorry, dass ich manchmal etwas anstrengend bin!“

„Bist du nicht! Ich mag Menschen, die ihren Kopf zum Denken nutzen und nicht einfach anderen nachplappern! Warum vermutest du, dass beide Verbrechen nicht miteinander zusammenhängen?“

„Nun, ich bin kein Polizist. Was Verbrechen und deren Aufklärung angeht, bin ich ein absoluter Amateur. Aber stimmst du mir zu, dass, was immer die Einbrecher in der Wohnung deiner Eltern gesucht haben, von großem Wert oder zumindest sehr wichtig für sie sein muss?“

„Klar!"

„Und auch, dass sich dieses Ding im Besitz deiner Eltern, wahrscheinlich deines Vaters, befindet oder befand?"

„Ja!"

„Warum hätten sie ihn dann umbringen sollen? Wäre es dann nicht viel logischer, wenn sie ihn bedroht hätten, dass er ihnen das Gesuchte gibt, anstatt ihn umzubringen?"

Verblüfft starrte Anne ihn an. Er hatte recht! Sie nickte, erst langsam, dann eifrig.

„Wurde dein Vater vor seinem Tod bedroht?"

„Nicht dass ich wüsste!"

„Bist du dir da ganz sicher? Wem hätte er es gesagt, wenn dem so gewesen wäre?"

Sie überlegte. Hätte Papa es ihr anvertraut? Wenn sie sich gesehen hätten und sie ihn auf seine bedrückte Miene angesprochen hätte, vermutlich schon. Aber hätte er sie von sich aus extra deswegen in Hamburg angerufen? Wohl eher nicht! Aber ...

„Er hätte es ganz sicher nicht für sich behalten, sondern meiner Mutter erzählt!"

„Und? Hat er das?"

Augenblicklich sank sie in sich zusammen, legte ihre Stirn auf den Tisch. So verharrte sie eine Weile. Schließlich flüsterte sie:

„Ich weiß es nicht."

Erwartungsvoll harrte sie seiner Antwort, hoffte auf seine tröstenden Worte. Diese ließen länger als gedacht auf sich warten. Schließlich fragte er einfühlsam: „Deine Mutter und du, ihr kommt nicht so gut miteinander klar, oder?“

Anne hob langsam ihren Kopf und sah ihn ernst an.

„Wie man's nimmt.“ Sie zuckte mit ihren Schultern. „Ich kann ihr halt nichts recht machen.“

„Wenn deine Mutter wirklich nicht sieht, was für ein wunderbarer Mensch du bist, ist sie eine Idiotin!“

Überwältigt von seinen Worten starrte sie ihn an. Tränen bildeten sich in ihren Augenwinkeln und rannen schließlich ihre Wangen hinab. Kurz dachte sie an ihr mühsam aufgetragenes Make-up. Aber in diesem Moment war es ihr egal, und zwar so etwas von egal! Elias ergriff ihre Hand und streichelte sie behutsam, bis die Bedienung ihre Vorspeisen brachte.

Anne schnäuzte sich, während er dezent zur Seite sah. Dann wünschten sie einander einen guten Appetit. Die japanischen Teigtaschen schmeckten köstlich.

„Würde deine Mutter dir verraten, ob dein Vater bedroht wurde, wenn du sie danach fragst?“, fragte er kauend.

„Ja, dass würde sie.“

„Dann frag sie doch!“

„Dazu müsste ich sie ja sehen!“

„Steht es so schlimm zwischen euch?“

Sie nickte.

„Dann rufe sie doch einfach an!“

„Das geht nicht!“

„Warum nicht?“

„Weil sie keine Anrufe von mir entgegennimmt."

Er hörte auf zu kauen, starrte sie stattdessen fassungslos an. Schließlich schluckte er den in seinem Mund befindlichen Brocken hinunter und fragte:

„Echt jetzt?"

Anne presste die Lippen aufeinander und nickte. Hoffentlich fragte er nicht weiter in diese Richtung. Das Thema war ein absoluter Stimmungskiller.

„Du hast noch gar nichts zu meinem Porsche gesagt. Gefällt er dir?"

Überrascht sah sie ihn an.

„Wow, das ist jetzt aber ein Themenwechsel!"

„Keineswegs! Antworte einfach."

Elias lächelte auffordernd.

„Willst du eine ehrliche Antwort?"

„Ich bestehe sogar darauf!"

„Mir ist dein Porsche so etwas von egal! Aber meine Mutter würdest du damit schwer beeindrucken! Sie bildet sich mordsmäßig was darauf ein, in *dem Gymnasium* Kiels zu arbeiten. Dabei ist sie bloß eine kleine Sekretärin! Als wäre das nicht schon peinlich genug, spielt sie ganz klischeehaft, in der Hoffnung, es doch noch zur Millionärin zu schaffen, wöchentlich Lotto!"

„Aber das ist doch perfekt!" Er lächelte breit. „Dann fahre ich dich morgen zu ihr und wir stellen bei unserer Ankunft sicher, dass sie dich aus dem Porsche steigen sieht. Wenn du magst, darfst du ihn auch fahren. Das kommt noch besser."

„Ist das dein Ernst?"

„Klar."

Mein Gott, war der süß! Anne konnte es kaum fassen. Sollte sie tatsächlich endlich einmal Glück haben? Gerührt fragte sie: „Wo schläfst du denn heute Nacht?"

Kaum war die Frage raus, als sie auch schon rot wie eine Tomate anlief. Zumindest fühlte es sich so an. Noch plumper und direkter konnte sie sich ihm ja wohl auch kaum anbieten.

„Hmh." Er wackelte mit dem Kopf. „Vielleicht magst du dich ja für mein großzügiges Angebot revanchieren und mir ein Plätzchen auf deinem Sofa offerieren? Oder, wer weiß, vielleicht sogar in deinem Bett?"

Als Frauke abends nach Hause kam, brannten Kerzen auf dem festlich gedeckten Tisch. Seit längerem hatte Roland wieder einmal für sie beide gekocht. War er früher bei solchen Gelegenheiten immer entspannt und gut gelaunt gewesen, wirkte er dieses Mal ungewohnt ernst und in sich gekehrt. Sie gab ihm einen Kuss und ging ins Schlafzimmer, um sich umzuziehen. Dabei begann sie zu ahnen, dass er ihr etwas sagen wollte, etwas Ernstes. Was mochte es sein? Wollte er sie verlassen?" Auf Nimmerwiedersehen aus ihrem Leben verschwinden? Bereitete er soeben ein Abschiedsessen zu, so eine Art Henkersmahlzeit?

Zu ihrer eigenen Überraschung bereitete ihr diese Vorstellung großes Unbehagen, sogar seelischen Schmerz. Bei einem letzten, prüfenden Blick in den

Spiegel ermahnte sie sich, sich gefälligst zusammenzureißen und nichts anmerken zu lassen.

Roland servierte ihr erst eine Curry-Bananen-Suppe mit Krabben, dann himmlisch zarte Hirsch-Medaillons mit Butterspätzle und zum Abschluss seine selbst zubereitete Crème brulée. Während des Essens pflegten sie höfliche Konversation. Frauke erzählte ihm von ihrem Fall und ihren Gedanken zu Herrn Gejdt.

Wohlig satt legte sie schließlich die Serviette beiseite und rutschte tiefer in den Stuhl. Roland räumte ab und entlockte der Siebträgermaschine zwei Espressos. Mit den dampfenden Tässchen traten sie hinaus auf den Balkon. Er drehte sich flink eine Zigarette. Als diese endlich brannte, hielt sie es nicht länger aus.

„Was ist los? Du willst mir doch etwas sagen!“

Wortlos reichte er ihr ein zweifach zusammengefaltetes Blatt Papier. Stirnrunzelnd faltete sie es auseinander.

„Die Kopie eines Reisepasses?“

Sie runzelte die Stirn und ließ im Dämmerlicht ihren Blick über das Dokument schweifen.

„Der Mann heißt Eugène Onegin?“ Sie schnaubte. „Da waren seine Eltern wohl große Fans der russischen Literatur! Was soll ich damit ...“

Frauke stockte, drehte das Papier besser ins Licht und betrachtete eingehend das abgelichtete Passfoto.

„Nein! Ist er das etwa?“

Schockiert starrte sie Roland fragend an. Er hielt ihrem Blick stand und nickte stumm.

„Also hat er sich falsche Papiere besorgt! Wie bist du an deren Kopie gekommen?“

„Wenn meine Quelle richtig liegt, sind das sogar waschechte Papiere. Sie wurden von staatlichen Stellen ausgestellt und sind dementsprechend korrekt registriert. Im Falle eines Grenzübertritts wird nicht das Geringste auffallen!“

Die Kommissarin starrte ihn eine Weile ratlos an, senkte dann ihren Blick zurück auf die Kopie.

„Wie kann das sein? Hier steht Geburtsort Sankt Petersburg und ... Hey! Der Scheißkerl hat sich einfach fünf Jahre jünger gemacht!“

Empört hob sie den Blick erneut zu ihrem Freund empor.

„Anscheinend zwangen die Russen ihn, sich als Soldat zu verpflichten. Im Gegenzug erhielt er eine neue, russische Identität. Angeblich campiert er mit seiner Einheit gerade in Weißrussland, nahe der ukrainischen Grenze.“

Fassungslos starrte Frauke ihn an. Was hier gerade geschah, erschien ihr absolut irreal. Würde sie gleich aus einem Albtraum erwachen? Roland starrte hinaus auf die Förde, wo mehrere Frachter hintereinander Richtung Nord-Ostsee-Kanal schipperten.

„Ich gebe die Kopie an die Zielfahnder, die weltweit nach ihm suchen. Sie sollen einen biometrischen Abgleich des Bildes vornehmen ...“

„Tu das, aber der Abgleich hat bereits stattgefunden! Im Bereich der Wange stimmt es nicht ganz. Dort hat er vermutlich leichte Eingriffe vornehmen lassen. Ansonsten passen die Daten zu einhundert Prozent! Er ist es, ich bin mir da absolut sicher!"

Frauke runzelte die Stirn.

„Wieso hat schon ein Abgleich stattgefunden? Hast du dich etwa hinter meinem Rücken direkt an die Zielfahndung gewandt?"

„Natürlich nicht! Ich schickte es einem meiner Kontakte beim Landeskriminalamt in Stuttgart. Der hat den Abgleich veranlasst."

Ihre Stirnfalten wurden noch tiefer.

„Was haben die mit ihm zu tun? Und wieso hast du dort einen Kontakt? Ich dachte, es ist viel zu riskant, mit deinen alten Kollegen in Verbindung zu treten!"

„Ist es auch, ich war allerdings nie beim LKA, sondern genau wie du bei der normalen Kripo."

Wortlos wandte sie sich ab und ging zurück in die Wohnung. Er folgte ihr. Drinnen sah sie ihn verärgert an.

„Welches Spiel spielst du eigentlich hinter meinem Rücken?"

„Gar keins! Du weißt doch, dass ich erst kürzlich in Stuttgart war, in einer streng geheimen Angelegenheit, über die ich nicht das Geringste verraten darf! Ich tue es jetzt trotzdem: Dem LKA ist es gelungen, einen korrupten Beamten des Stuttgarter Polizeipräsidiums zu überführen und ihn zu einer Aussage gegen die Nummer eins des deutschen Ablegers der rumänischen Mafia und seinen Stellvertreter zu bewegen. Daraufhin fand eine große Razzia statt, bei der ein Berg Beweismaterial sichergestellt wurde. Unter anderem fanden sie einen Chatverlauf, der eindeutig zwei direkte Mordaufträge des obersten Bosses in Rumänien belegt. Wenn wir Glück haben, ist die Gefahr von dieser Seite also bald vorbei."

Frauke sah Roland lange an, während es in ihr arbeitete.

„Sind die rumänischen Behörden bereits involviert?"

„Das weiß ich nicht. Aber genau hier liegt der springende Punkt. Ob die rumänischen Kollegen den Mafia-Paten verhaften oder ob ein korrupter Informant Adrian Popescu rechtzeitig warnt, wird über mein weiteres Leben entscheiden."

„Warum haben die das eigentlich gemacht?"

Roland blinzelte verwirrt.

„Wer?"

Frauke schnaubte unwillig.

„Die Russen natürlich!"

„Du meinst, den Frauenmörder in ihre Armee gepresst? Nun, ein solches Vorgehen ist keineswegs ungewöhnlich. Denke beispielsweise an die französische Fremdenlegion, die früher Straftätern aus anderen Ländern bewusst Schutz und eine neue Identität gewährte. Die Regelung gilt heute höchstens noch für Kleinkriminelle. Außerdem spielt bei den Russen bestimmt auch Gier als Motiv eine große Rolle. Sie wissen, dass er über Geld verfügt, aber nicht genau, über wie viel. So können sie ihn prima erpressen und nach und nach wie eine Gans ausnehmen."

Mittwoch, 23. Februar 2022

Im Hochgefühl der wunderbarsten Liebesnacht aller Zeiten nahm Anne Elias großzügiges Angebot gerne an. So setzte sie sich nach einem ausgiebigen Frühstück gut gelaunt hinter das Steuer seines Porsches. Anfänglich war sie nervös und fuhr vorsichtig, aber eigentlich ließ sich der Sportwagen erstaunlich normal handhaben. Als sie Hamburg hinter sich ließen und auf Höhe von Quickborn die A 7 vor ihr endlich frei wurde, trat sie das Gaspedal durch. Augenblicklich wurde sie in den Sitz gepresst, während Elias neben ihr vor Begeisterung laut jodelte. Sie war überrascht, wie schnell die Tachonadel die Zweihunderter-Marke überschritt und nahm das Gas wieder leicht zurück.

Schneller als je zuvor erreichte sie mit einem ins Gesicht geklebten Grinsen ihre alte Heimat Kiel. An den Wagen könnte sie sich gewöhnen. Vielleicht war Elias ja öfters so großzügig, sie hinters Steuer zu lassen. Das Universitätsklinikum kam rasch in Sicht.

„Geht das Zimmer deiner Mutter nach vorne zur Straße raus?"

„Du meinst es also tatsächlich ernst?"

Sie wandte ihm den Kopf zu und sah ihn verliebt an.

„Natürlich meine ich es ernst mit dir, aber Augen geradeaus!"

Anne gehorchte, er schmatzte ihr einen dicken Kuss auf die Wange.

„Du wirst meine Mutter auch so schwer beeindrucken, ohne dass sie deinen Porsche sieht."

Nach dem Aussteigen schlang sie ihre Arme um seinen Hals und küsste ihn ausgiebig. Anschließend fühlte sie sich der Begegnung mit ihrer Mutter gewachsen. Sie verspürte sogar ein solches Übermaß an Energie, dass sie die Treppen statt des Aufzugs hoch zu ihrer Mutter nahmen. Leicht außer Atem, einander an den Händen haltend, querten sie den Flur ihrer Station. Breit lachend, Elias einen letzten verliebten Blick zuwerfend, riss sie die Tür zum Krankenzimmer auf und trat ein.

„Mama, darf ich dir Elias …"

Verstört stoppte Anne abrupt. Am Bett ihrer Mutter saß ein Fremder und streichelte zärtlich ihre Hand. Hatte ihre Mutter den Mann gerade noch liebevoll angesehen, weiteten sich beim Anblick ihrer Tochter ihre Augen vor Entsetzen.

„Was zum Teufel ist hier los! Wer ist das?", fauchte Anne.

Ihre Mutter fasste sich rasch wieder, richtete sich kerzengerade auf und funkelte Anne zornig an.

„So sprichst du nicht mit mir!"

„Papa ist noch nicht unter der Erde und du fummelst mit einem anderen herum!"

„Ich verbitte mir deine ordinäre Ausdrucksweise! Schließe die Tür hinter dir, tritt näher und lass uns wie zwei vernünftige Menschen miteinander reden!"

Am liebsten würde sie auf der Stelle kehrtmachen und einen theatralischen Abgang hinlegen. Sie wurde von ihrem Freund jedoch sanft in Richtung ihrer Mutter geschoben.

„Stell dich ihr! Du schaffst das!", flüsterte Elias ihr ins Ohr, während er die Tür hinter ihnen schloss.

Der Fremde erhob sich, machte freundlich blickend einen Schritt auf Anne zu und streckte ihr seine Hand entgegen.

„Vielleicht stelle ich mich erst einmal vor. Ich heiße Eugen Gejdt und kenne Ihre Eltern aus der alten Heimat. Du musst Anne sein. Schön, dich endlich einmal kennenzulernen."

Reflexartig schüttelte sie die ausgestreckte Hand. Der Begriff „alte Heimat" löste Konfusion in ihr aus und machte seine Gegenwart erträglicher. Herr Gejdt schüttelte Elias ebenfalls die Hand.

„Nun komm schon her!"

Ihre Mutter klopfte auf die Bettkante neben sich. Zaudernd ging Anne zu ihr und nahm Platz.

„Eugen und ich sind Sandkasten-Freunde. Nachdem letztes Jahr seine Frau gestorben war, forschte er gezielt nach Bekannten und Freunden aus unserer alten Heimat Katharinenstadt. Dabei stieß er auch auf deinen Vater und auf mich."

„Papa hat nichts von ihm erzählt!"

„Das heißt gar nichts! Und überhaupt, wann hast du deinen Vater zum letzten Mal gesprochen?“

„Ich weiß nicht.“

Verlegen senkte sie den Blick.

„Das ist doch bestimmt schon wieder vier Wochen her!“

So lange? Anne wollte widersprechen, war sich aber nicht sicher, wann sie zuletzt mit ihrem Vater kurz telefoniert hatte. Sofort meldete sich ihr schlechtes Gewissen, um sie zu plagen. Wie schaffte ihre Mutter das nur immer?

„Wir kennen uns noch gar nicht. Ich bin Elias Michler, der Freund Ihrer Tochter. Es freut mich sehr, Sie kennenzulernen.“

Elias war herangetreten und streckte Frau Sterz seine Hand entgegen. Jene musterte ihn von oben bis unten kritisch, prüfte dabei die Qualität seiner Kleidung. An seiner Uhr verweilte ihr Blick länger, während ihr Gesichtsausdruck sich aufhellte und sie in seine Hand einschlug.

„Angenehm, junger Mann. Sie dürfen mich gerne Klara nennen. Da scheint sich meine Tochter ja ausnahmsweise Mal keinen Loser geangelt zu haben!“

„Mama!“, empörte Anne sich.

„Was? Der letzte, den du mir angeschleppt hast, war drogensüchtig …“

„Ben hat ab und zu mal gekifft!“

„… und ohne Arbeit! Der lag uns allen auf der Tasche, was ihn nicht im Geringsten störte!“

„Und du? Kaum taucht dein alter Lover auf, wird Papa brutal ermordet! Das kann ja wohl kaum ein Zufall sein!"

„Untersteh dich! Eugen ist keineswegs mein Liebhaber! Wie ich bereits sagte, ist er ein harmloser Sandkastenfreund!"

„So ein Quatsch! Kurz vor ihrem Tod hat Oma mir erzählt, dass du als junge Frau in Russland total verliebt in einen entzückenden jungen Mann warst, den Opa aber absolut nicht in der Familie haben wollte! Das ist doch er! Lüge du mich gefälligst nicht an!"

Frau Sterz wusste darauf nichts zu erwidern. Betreten sah sie vor sich auf die Bettdecke. Herr Gejdt lief um das Bett herum und tauchte auf der anderen Seite im schmalen Gang zwischen Fenster und Bett auf. Entschlossen ergriff er ihre linke Hand und tätschelte sie liebevoll.

„Es stimmt, ich bin dieser entzückende junge Mann, von dem Ihre Oma Ihnen erzählt hat. Nehmen Sie bitte die kleine Flunkerei Ihrer Mutter nicht übel. Es ist gerade alles etwas viel für sie."

Anne funkelte ihn abschätzend an. Unbeirrt fuhr er fort: „Und bevor Sie fragen: Nein, ich habe Ihren Vater, den ich ebenfalls kannte und sehr schätzte, nicht erschossen! Als Friedrich starb, war ich zu Besuch bei der Familie meines Sohnes in Düsseldorf. Die Polizei hat meine Angaben bereits überprüft."

Umgehend erwachte der Kampfgeist ihrer Mutter wieder.

„Eugen auch nur in die Nähe eines Mörders zu bringen, ist eine bodenlose Unverschämtheit! Er ist ein absoluter Ehrenmann! Deinen Vater hat doch dieser Typ vom Kiosk auf dem Gewissen! Auch, wenn die Polizei davon nichts hören will!

„Welchen Kiosk meinst du?“

„Na, wie viele Kioske kennst du in Holtenau?“

„Du meinst doch nicht etwa Herrn Papadakis!“

„So ein Quatsch!“ Ihre Mutter schnaubte. „Ich meine den Typen, mit dem Papa sich am Samstag fast geprügelt hätte!“

Ratlos sah Anne ihre Mutter an.

„Weiß deine Mutter eigentlich schon über ihre Wohnung Bescheid?“, nutzte Elias die Pause.

Frau Sterz drehte sich in seine Richtung und musterte ihn kritisch.

„Was ist mit meiner Wohnung, junger Mann?“

„Hat die Polizei Sie noch nicht informiert?“

In diesem Augenblick klopfte es zweimal. Fast zeitgleich wurde die Tür geöffnet. Uta, die draußen gestanden und alles mitangehört hatte, trat ein.

„Kommissarin Meyer von der Kripo Kiel, ich …“

Weiter kam sie nicht, weil ihr auf dem Fuß eine Krankenschwester folgte, die energisch rief:

„Was ist denn hier los! Ihre Streitereien hört man ja auf der ganzen Station! Das ist ja die reinste Massenveranstaltung hier! So geht das nicht! Frau Sterz braucht Ruhe! Sie gehen jetzt bitte, und zwar allesamt!“

„Nein!“, kreischte Frau Sterz aufgebracht. „Meine Wohnung! Ich will wissen, was mit meiner Wohnung los ist!“

„Nun Frau Sterz, ich wollte Sie gerade informieren, dass dort eingebrochen …“

„Sind Sie Polizistin?“, unterbrach die Krankenschwester Uta.

„Ja, wollen Sie meine Kripomarke ...“

„Geschenkt! Sie können meinetwegen noch einen Augenblick bleiben! Aber alle anderen gehen jetzt raus! Und zwar sofort!“

Energisch scheuchte die Pflegerin alle außer Uta nach draußen. Die Kommissarin lief zur Witwe, nickte ihr zu und nahm auf dem Stuhl vor ihrem Bett Platz.

„Wir haben uns ja bereits direkt nach dem Mord an Ihrem Mann gesehen. Da Sie gesundheitlich angeschlagen sind, haben wir gestern zunächst nur Ihre Tochter über den Einbruch unterrichtet. Hat Ihre Tochter Sie bereits informiert?“

„Gerade eben hörte ich erstmals davon! Wurde etwas gestohlen?“

„Nun, das wissen wir nicht. Wenn Sie uns eine Liste Ihrer Wertgegenstände …“

„Wir besitzen keine Wertsachen! Bis auf ein klein wenig Schmuck vielleicht. Wer macht so etwas?“

Mit großen Augen starrte sie die Polizistin an.

„Auch das wissen wir noch nicht, aber …“

„Was wissen Sie überhaupt?“, erregte sich Frau Sterz. „Was wollen Sie hier, wenn Sie ohnehin nichts wissen?“

Eugène Onegin hatte längst akzeptiert, dass er ein Psychopath war. Andere Menschen bedeuteten ihm nichts. Aber seine persönliche Lage missfiel ihm. Nie zuvor hatte er so erbärmlich gefroren wie in den letzten Tagen. Seine Einheit war für die eisigen Temperaturen absolut unzureichend ausgerüstet.

Onegin seufzte. Wie lange sollte er sich hier noch den Arsch abfrieren und seine Zeit mit Wodka und Kartenspielen vertrödeln? Er wollte weiter nach Rumänien, um endlich seine Rache auf den Weg zu bringen! Anschließend würde er erst einmal eine Dauerparty feiern! In welchem Land – das war ihm egal, Hauptsache, es war dort warm.

Gerade versuchte er sich mittels einer kleinen Bestechung nach Transnistrien in Moldawien versetzen zu lassen. Dann wäre er quasi schon in Rumänien. Von dort aus wäre es ein Leichtes, mittels einer weiteren Bestechung die Grenze zu überwinden und den russischen Streitkräften für immer den Rücken zu kehren. Seine Chancen standen gut. Nur kam er leider hier im Nirgendwo nicht an sein Geld. Er musste abwarten, bis seine Einheit in die Zivilisation versetzt wurde.

In Kiel verließ Anne aufgewühlt die Station, auf der ihre Mutter lag. Tief in ihren Gedanken versunken trottete sie nach draußen. Elias folgte ihr schweigend. Vor der Klinik blieb sie stehen. Elias tat es ihr gleich und sah sie fragend an. Seine Geliebte reagierte jedoch nicht.

„Echt krass, dass deine Mutter schon wieder jemanden hat."

„Sprich nicht so über sie!", fauchte sie.

Überrascht sah er sie an.

„Oh! Entschuldige! Hast du nicht gerade selbst so von ihr gesprochen?"

„Ich darf das!"

Er nickte.

„Verstehe, und ich nicht. Alles klar."

Augenblicklich bereute sie ihre Worte wieder. Am liebsten hätte sie sich bei ihm entschuldigt. Irgendwie fehlten ihr in Beziehungsangelegenheiten ein Kompass und das rechte Maß.

„Soll ich dich mit zurück in deine Wohnung nehmen? Ich meine, so langsam sollte ich mal wieder an meine Arbeit denken."

„Nein, danke! Ich komme klar! Fahr du ruhig in dein Büro!"

Sie hasste es, wie patzig sie klang.

„Ganz bestimmt nicht?", fragte er und sah sie unsicher an.

„Ganz bestimmt! Es gibt schließlich auch Züge!"

„Okay. Dann mach's gut. Wir sehen uns."

Er trat auf sie zu, um sie zum Abschied zu küssen. Sie wandte sich von ihm ab.

„Dann halt nicht."

Elias zuckte mit den Achseln, drehte sich um und lief in Richtung seines Porsches. Sie konnte es nicht fassen. Wieso gab er so schnell auf! Wieso kämpfte er nicht um sie! Wütend kickte sie gegen eine auf dem Boden liegende Dose, die scheppernd davon hüpfte.

„Ja, die Sache mit der Liebe ist nicht so einfach", ertönte eine ruhige, tiefe Stimme hinter ihr.

Anne fuhr herum und sah sich Herrn Gejdt gegenüber, der sie anlächelte.

„Glauben Sie mir, in Liebesdingen habe ich mehr als genug Lehrgeld bezahlt. Und trotzdem weiß ich noch immer nicht, wie die Liebe funktioniert."

Sie erwiderte nichts. Ganz sicher wollte sie mit dem „Sandkastenfreund" ihrer Mutter nicht über die Liebe diskutieren.

„Ich habe Hunger. Darf ich Sie zum Essen einladen? Wie Sie auf Anhieb völlig richtig erfasst haben, mag ich ihre Mutter sehr und würde liebend gerne in den wenigen Monaten, die mir noch bleiben, möglichst viel Zeit in Klaras Gesellschaft verbringen. Daher möchte ich auch Sie als Klaras Tochter kennenlernen."

Anne zauderte. Schließlich fragte sie: „Was meinen Sie mit den letzten Monaten, die Ihnen noch bleiben?"

„Ich war nicht immer so abgemagert wie jetzt, sondern eher das Gegenteil, also kräftig. Aber der Krebs frisst mich von innen auf. Mir bleibt nicht mehr lange. Meine Zeit ist mir viel zu kostbar, um sie mit unnötigen Streitereien zu vergeuden. Also was ist? Darf ich Sie zum Essen einladen?"

Zutiefst frustriert kehrte Uta von ihrer Befragung der Witwe Sterz zurück in die Blumenstraße. Wie sehr hatte sie sich gestern noch gefreut, als Andreas ihr in Fraukes Beisein die Leitung der Ermittlungen übertragen hatte! Schließlich stellte dies ein Zeichen des Vertrauens der beiden in ihre Fähigkeiten dar. Aber in der Nacht hatte ihr die Erkenntnis, Erfolg und Misserfolg dieser Mordermittlung hingen plötzlich hauptsächlich von ihr ab, den Schlaf geraubt. Natürlich waren sie alle ein Team. Aber sie musste letztendlich die Kollegen einteilen und entscheiden, welche Spuren in welcher Reihenfolge bearbeitet werden sollten.

Normalerweise war sie einer Schnepfe wie dieser Witwe Sterz locker gewachsen. Aber das Gefühl, plötzlich hinge alles von ihr, von jedem einzelnen ihrer Worte, ab, hatte sie verunsichert. Bisher waren Beschwerden über ihre Arbeit bei Frauke gelandet und von ihr abgefedert worden. Jetzt würden Beschwerden direkt bei Andreas landen. Uta schluckte. Eigentlich lag es ihr, ihr zugeteilte Aufträge abzuarbeiten. Sie mochte es, außerhalb ihrer Arbeitszeit möglichst keinen Gedanken an ihre Arbeit zu verschwenden. Damit war es jetzt vorbei.

In der Klinik hatte sie durch die Tür belauscht, dass Frau Sterz nach wie vor an Herrn Demir als den Mörder ihres Mannes glaubte. Hatten sie da bei ihren Ermittlungen tatsächlich etwas übersehen? Andererseits hatte Frau Sterz ihre Tochter hinsichtlich ihrer Beziehung zu Herrn Gejdt belogen. Hätte der kein Alibi, würde sie ihn auf der Liste der Verdächtigen nach oben setzen. Möglich wäre natürlich auch ein von ihm in Auftrag gegebener Mord. Sie hatte nur leider keine Idee, wie sie das herausfinden sollte. Herr Gejdt hatte wohl kaum von seinem Telefon aus beim Mörder angerufen. Mal abgesehen davon gab es keinerlei Handhabe, Einsicht in seine Verbindungsnachweise zu erhalten. Und selbst wenn, würde sie allein anhand der Nummern keinen Mörder finden.

Die junge Kommissarin seufzte. Dann war da noch der vermaledeite Einbruch in die Wohnung des Mordopfers. Ihr Lieblings-Kriminaltechniker Gonzo hatte ihr am Telefon die kurze Liste der gefundenen Schmuckstücke aufgezählt, was zumindest Frau Sterz beruhigt hatte. Laut ihren Angaben fehlte nichts. Hierdurch war leider endgültig klar, dass es sich um keinen normalen Einbruch handelte. Nur hatte Uta bedauerlicherweise keine Idee, was die Einbrecher gesucht haben könnten. Es war zum Verzweifeln!

Bei ihren anregenden Gesprächen verlor Anne rasch ihre Vorbehalte und war froh, Herrn Gejdts Einladung gefolgt zu sein. Der Sandkastenfreund ihrer Mutter war ein feiner Mensch und ausgezeichneter Erzähler. Vor ihrem inneren Auge entstand eine viel lebendigere und lustigere Version des Lebens im alten Katharinenstadt als aus den melancholischen Worten ihrer Eltern. Dank seiner Erzählungen konnte sie jetzt zumindest ansatzweise nachvollziehen, um was ihre Eltern Zeit ihres Lebens getrauert hatten.

Am stärksten berührte es sie, dass sich Herr Gejdt ernsthaft für sie, für ihr Leben und ihre Sicht auf die

Welt interessierte. Er stellte ihr hierzu viele kluge Fragen und hörte ihr äußerst aufmerksam zu. Anne kam sich gesehen und wichtig vor, was schön und traurig zugleich war. Traurig, weil ihr hierdurch erst richtig deutlich wurde, wie wenig sich ihre Eltern, auch ihr Vater, für sie interessiert hatten.

In gewisser Weise versöhnt und äußerst nachdenklich fuhr sie mit dem Bus zum Bahnhof. Vom Zug nach Hamburg aus rief sie bei Elias an und entschuldigte sich bei ihm. Er äußerte erneut Verständnis, schließlich befinde sie sich gerade in einer emotionalen Ausnahmesituation. Sie plauderten noch lange miteinander. Anne versprach ihm, ihn noch in dieser Woche in Hannover zu besuchen.

Zurück in ihrer Wohnung kochte sie sich einen Tee. Mit dem Heißgetränk, einer Wärmflasche und einer kuscheligen Decke richtete sie es sich dann bequem auf ihrem Sofa ein. Nach kurzer Überlegung holte sie sich den Stapel Zeichnungen und Dankesbriefe der Kinder des russischen Waisenhauses an ihren Vater. Bedächtig nahm sie jedes einzelne Stück in die Hand und betrachtete es eingehend. Sie nahm sich vor, ein schönes Album zu kaufen, in das sie alle Exponate einkleben würde. Vorne hinein käme ein Foto ihres Vaters. Diesen Gedenkband würde sie Zeit ihres Lebens achten und sorgfältig aufbewahren.

In der Mitte des Stapels stieß sie auf einen leeren, grauen Briefumschlag. Irritiert hielt sie ihn in Händen. Warum löste ein leeres Kuvert eine derart starke emotionale Reaktion in ihr aus? Er erinnerte sie an etwas, sie kam nur nicht darauf, an was. Aber es war eine äußerst schmerzhafte Erinnerung. Plötzlich schoss eine Erkenntnis in ihr Bewusstsein. Das war exakt der gleiche Umschlag wie jener, in dem ihr Vater ihr die fünfhundert Euro zugesteckt hatte! Einer Intuition folgend steckte sie ihn in eine Klarsichthülle, wobei sie sorgfältig darauf achtete, keine weiteren Fingerabdrücke zu hinterlassen.

Dann durchsuchte sie vorsichtig den restlichen Stapel und fand darin zwei weitere leere, graue Briefumschläge. Sie schaffte es, jene in separate Klarsichthüllen zu stecken, ohne einen einzigen Fingerabdruck darauf zu hinterlassen. Dann dachte sie intensiv nach. Konnte es sein, dass die Bargeldzahlungen an ihren Vater mit den Spenden für das Waisenhaus zusammenhingen? War ihr Vater etwa doch kein so guter Mensch gewesen, wie sie Zeit seines Lebens gedacht hatte? Ein anderer Gedanke kam ihr. Einer, der äußerst bedeutsam sein könnte.

Der Gedanke ließ ihr keine Ruhe. Schließlich rief sie bei der Kieler Kripo an, wo man sie mit Kommissarin Meyer verband.

„Frau Sterz? Ist Ihnen noch etwas eingefallen?"

„Eigentlich wollte ich Sie nur fragen, ob die Einbrecher auch den Hobbyraum meines Vaters im Keller des Gebäudes durchwühlt haben."

Uta rief sich das Protokoll der Spurensicherung ins Gedächtnis.

„Soweit ich mich erinnere, hat unsere Spurensicherung nur von einem kleinen Vorratskeller berichtet, der hauptsächlich voller Konserven war."

„Den meine ich nicht! Offiziell gehört sein Hobbyraum nicht zu unserer Wohnung. Ein anderer Mieter hat ihn meinem Vater überlassen. Außerdem habe ich vor dem Einbruch den einzigen Schlüssel des Raumes vom Schlüsselbord in der Wohnung genommen und ihn in die Reisetasche für meine Mutter im Krankenhaus gesteckt. Wahrscheinlich befindet sich der Schlüssel noch immer dort!"

„Das klingt interessant. Ich danke Ihnen für die Information. Wie sind Sie darauf gekommen?"

„Ich habe aus dem Hobbykeller einen Stapel Dankesbriefe und Kinderzeichnungen von dem russischen Waisenhaus mitgenommen. Zwischen denen fand ich drei leere Kuverts, die exakt jenem entsprechen, in dem mein Vater mir die fünfhundert Euro zusteckte.

Jetzt frage ich mich zweierlei. Erstens, ob sein plötzlicher Geldsegen mit den gesammelten Spenden für das Waisenhaus zusammenhängt. Die Kartons mit den Spenden sind übrigens ebenfalls im Hobbyraum gelagert. Und zweitens frage ich mich, ob sich die von den Einbrechern gesuchte Sache vielleicht noch in diesem Keller befindet, versteckt unter den Spenden für das Waisenhaus!"

Bei diesen Worten erfasste Uta die Erregung der Jägerin. Sie ließ sich die genaue Lage des Hobbykellers beschreiben und bedankte sich dann bei der Tochter für den Anruf. Es kostete sie einige Hartnäckigkeit, aber schließlich versprach Gonzo ihr, sich trotz der späten Stunde gemeinsam mit einer Kollegin noch den Keller anzuschauen. Schließlich bestand die Gefahr, dass die Einbrecher ihnen ansonsten zuvorkämen, sollten jene bisher noch nicht im Keller gewesen sein.

Uta fuhr in die Uniklinik, wo sie bei Frau Sterz den Schlüssel holte. Zeitgleich mit dem Bus der Kriminaltechnik traf sie in Holtenau bei der Wohnung in der Richthofen Straße ein. Gespannt stiegen sie zu Dritt hinab in den Keller. Gonzo nahm Uta den Schlüssel aus der Hand und sperrte die schwere Tür auf, wobei er sorgfältig darauf achtete, keine eventuell vorhandenen Spuren zu vernichten. Endlich ließ sich die schwere Tür öffnen. Er knipste das Licht an. Alles im Raum sah ordentlich aus. Also waren sie den Einbrechern zuvorgekommen!

In Anbetracht der Masse an Material im Keller stöhnten die beiden Kriminaltechniker auf, versprachen aber, gleich noch zumindest eine erste Sichtung vorzunehmen. Daraufhin bedankte und verabschiedete Uta sich. Sie wollte die Techniker nicht bei deren Arbeit stören. Zurück in ihrem Dienstwagen ließ die Anspannung des Tages etwas nach. Endlich besaßen sie eine vielversprechende Spur! Außerdem freute sie sich auf ihren unmittelbar bevorstehenden Feierabend. Als letzte Amtshandlung des Tages forderte sie über Funk einen Streifenwagen an, dessen Besatzung die Spurensicherer vor einer Überraschung durch die Einbrecher schützen sollte. Die Kommissarin erteilte als Ermittlungsleiterin strenge Anweisung, den Kellerraum so lange durchgehend zu überwachen, bis alles gründlich durchsucht und gesichert wäre. Schließlich bestand durchaus die Möglichkeit, dass die Einbrecher auf dieselbe Spur wie sie stießen, auf welchen verschlungenen Pfaden auch immer.

Leise vor sich hin pfeifend fuhr sie durch den dichten Berufsverkehr in Richtung Autobahn und auf der A 7 dann nach Süden. Kurz bevor sie in ihrem Einfelder Reihenhäuschen eintraf, brach im Polizeifunk das Chaos aus. Alarm! In Holtenau war auf Beamte geschossen worden! Eine schreckliche Vorahnung erfasste Uta. Alle verfügbaren Fahrzeuge wurden nach Holtenau beordert. Über Funk wurden Straßensperren organisiert. Ohne zu zögern, wendete Uta, setzte das Blaulicht aufs Dach und raste zurück nach Holtenau. Als im Funkverkehr die Richthofen Straße als Ort des Geschehens konkretisiert wurde, erfüllten sich ihre schlimmsten Befürchtungen. Hoffentlich war keinem der von ihr dort eingeteilten Kollegen etwas passiert!

Schon weit vor dem Haus verwandelten zuckende Blaulichter den Stadtteil in eine Albtraum-Szenerie. Uta schluckte schwer. Mehrere Rettungswagen und Notarzt-Fahrzeuge parkten direkt vor dem Haus. Bei deren Anblick verwandelte sich ihr Magen in einen schmerzenden Klumpen. Leicht zitternd stieg sie aus und eilte auf das Zentrum des Geschehens zu. Als sie

Gonzo hinten in einem der Einsatzfahrzeuge sitzen sah, fiel ihr ein erster Stein vom Herzen. Ihn ängstlich fixierend lief sie in seine Richtung. Als spüre er ihre Nähe, wandte er seinen Kopf. Sobald er sie erkannte, sprang er auf. Die um seine Schultern gelegte Decke landete auf dem Boden. Alle Konventionen vergessend stürmte sie zu ihm und schlang ihre Arme um seinen Körper. Ihre Anspannung entlud sich in zuckendem Schluchzen, das ihren Körper schüttelte. Gonzo streichelte behutsam ihre Schultern und flüsterte beruhigend:

„Keine Sorge, wir sind alle wohlauf, zumindest körperlich."

„Echt? Gott sei Dank!"

Uta löste sich von ihm und wischte ihre Tränen weg, ehe sie zu ihm aufsah.

„Ist wirklich keinem von den Kollegen etwas passiert?"

„Wie gesagt, körperlich nicht. Aber einen ziemlichen Schock stellt das Ganze schon dar."

„Was ist überhaupt passiert?"

„Du warst kaum fort, wir hatten mit unserer Arbeit noch nicht einmal richtig angefangen, als plötzlich zwei dunkle, vermummte Gestalten in der Tür auftauchten. Der eine packte mich, der andere zeitgleich Sarah hinten am Schlafittchen. Sie drückten uns entschieden auf den Boden. Mit einer Pistole fuchtelnd gab uns einer von ihnen zu verstehen, bloß keinen Ton von uns zu geben. Auf dem Bauch liegend wurden uns die Hände mit Kabelbindern auf dem Rücken gefesselt. Währenddessen drang ein weiterer Vermummter in den Keller ein und begann sofort damit, die Kartons auszuschütten. Dann wurde mir ein Sack über den Kopf gestülpt und ich sah nichts mehr. Den Geräuschen nach haben die sehr flott und entschieden den Inhalt der Kartons auf dem Boden des Kellerflurs verteilt.

Es war unheimlich. Während des ganzen Überfalls sagte keiner der drei Männer auch nur ein einziges Wort! Meiner Meinung nach waren das Profis, die so etwas nicht zum ersten Mal machten. Vielleicht auch Männer, die über eine exzellente Ausbildung bei einer Spezialeinheit verfügen. Der vorausschauend von dir angeforderte Streifenwagen war mittlerweile eingetroffen. Einer der Kollegen stieg aus, um uns Bescheid zu geben. Glücklicherweise war er aufmerksam genug, die aus dem Keller in den Flur dringenden Geräusche richtig einzuordnen – nämlich, dass die nicht zu unserer sorgfältigen Arbeitsweise passten. Über Funk informierte er flüsternd seinen im Streifenwagen wartenden Kollegen und forderte ihn als Unterstützung an, ehe er mit der Waffe im Anschlag um die Ecke am linken Ende des Flurs bog und schrie: „Keine Bewegung, Polizei!"

Die Typen zögerten keine Sekunde, zogen ihre Waffen und feuerten auf ihn. Er konnte sich gerade noch rechtzeitig wieder zurück hinter die Ecke in Sicherheit bringen. Regelmäßig weitere Schüsse abgebend, zogen die Männer sich nach rechts zurück, wo ein Aufgang aus dem Keller auf die Rückseite des Hauses führt. Glücklicherweise kam der andere Beamte nicht auf die

Idee, um das Haus herumzugehen, sondern nahm den gleichen Weg wie sein Kollege. Sonst hätte es garantiert Tote gegeben!“

Gonzo wirkte sichtlich erschüttert. Mittlerweile waren auch Frauke und Andreas eingetroffen. Beiden stand ihre Erschütterung ebenfalls ins Gesicht geschrieben. In welches Wespennest hatten ihre Ermittlungen da nur hineingestochen? Die Beamten berieten sich kurz, nahmen dann den Keller in einen ersten Augenschein. Gonzo ließ es sich nicht nehmen, sie zu begleiten.

Kinderkleidung, Spiel- und Schulsachen, sowie leere Kartons lagen wild über den Flur des Kellerbodens verstreut. Die Kartons hatten ungefähr die Größe von Umzugkartons und waren dunkelblau mit der Aufschrift „Spenden Waisenhaus Marx / Wolga“ bedruckt. In kyrillischen Buchstaben und in einer weiteren Sprache waren ebenfalls Wörter aufgedruckt, vermutlich mit derselben Bedeutung.

Was auch immer die Räuber suchten, sie vermuteten es unter den Spenden für das Waisenhaus. Die Chancen standen gut, dass sie es dank des aufmerksamen und beherzten Eingreifens des Streifenbeamten nicht gefunden hatten. Gonzo verkündete grimmig, er werde gemeinsam mit allen aufzutreibenden Kollegen die Nacht durcharbeiten, um den miesen Räubern ins Handwerk zu pfuschen und ihnen auf die Spur zu kommen.

Die drei übrigen Kriminalisten berieten sich kurz. Herrn Sterz’ Spendensammlung für das Waisenhaus rückte in den Fokus ihrer Ermittlungen. Sie mussten schnellstmöglich mehr über seine karitative Tätigkeit in Erfahrung bringen. Frauke und Uta fragten bei den Hausbewohnern nach, wer mehr darüber wisse. Schnell wurde ihnen ein gewisser Hendrik Boyko genannt. Wenig später saßen die beiden ihm in seinem Wohnzimmer gegenüber. In seinem Fernseher lief ein ausländischer Sender, der über Russlands Truppenstationierung an der Grenze zur Ukraine berichtete. Herr Boyko schaltete den Ton zwar leise, aber konnte sich nicht ganz von der Berichterstattung lösen. Zunächst hörte er ihnen nur mit halbem Ohr zu. Auf ihre Erklärung, warum sie bei ihm waren, reagierte er sichtlich erschüttert.

„Wollen Sie damit andeuten, Friedrich wurde wegen seiner Spendensammlung für das Waisenhaus ermordet?"

„Zumindest existiert höchstwahrscheinlich ein Zusammenhang zwischen dem Mord, den Einbrüchen und seiner Spendensammlung. Was können Sie uns über letztere erzählen?"

„Puh, wo soll ich da anfangen?"

Er schaltete den Fernseher jetzt doch stumm.

„Am besten ganz vorne. Wann hat Herr Sterz damit begonnen?"

„Das war vor ungefähr zwei Jahren. Nach einer Reise in seine alte Heimat war er tief betroffen davon, wie schlecht es den Menschen dort geht. Besonders die Kinder taten ihm leid. So entstand sein Wunsch, etwas dagegen zu unternehmen.

Seit ich Friedrich kenne, hing er jeden Samstag auf dem Gelände des SV Holtenau herum. Es fing wohl damit an, dass sein Sohn Alexander als Bambini im Verein kickte. Alexander hörte irgendwann wieder auf zu spielen. Friedrich schaffte hingegen nie den Absprung vom Vereinsheim. Jedenfalls startete er Weihnachten vor zwei Jahren seinen ersten Spendenaufruf. Völlig überraschend stieß er auf ein großes Echo. Vor allem die Eltern der Spieler brachten bergeweise ihre aussortierten Sachen vorbei. Der Verein stellte ihm einen abschließbaren Schrank zur Verfügung, der eigentlich zur Aufbewahrung von Bällen gedacht war. Der Schrank reichte allerdings schnell nicht mehr aus.

Auch nachdem er die gesammelten Spenden Richtung Russland geschickt hatte, drückten ihm an den Samstagen vereinzelt weiterhin Mütter und Väter Tüten mit Kleidung und Spielsachen in die Hand. Dann trafen erste Dankesbriefe und Fotos glücklicher Kinder aus Russland ein, die er im Vereinsheim aushängte. Das fachte die Sache noch weiter an. So richtig Fahrt bekam das Ganze dann, als Jugendliche die Dankesbezeugungen mit ihren Smartphones fotografierten und in den sozialen Medien darüber berichteten. Ab da kamen immer mehr Menschen, die nichts mit dem SV Holtenau zu tun hatten, um Spenden vorbeizubringen.

Vor ungefähr einem halben Jahr half ich Friedrich, seine Werkstatt im Keller auszuräumen. Nur die Werkbank und ein paar stabile Regale blieben darin stehen. Ab da lief er jeden Samstag gegen Abend mehr oder weniger schwer bepackt vom Vereinsheim nach Hause. Manchmal fuhr ihn auch jemand, weil es einfach zu viele Spenden waren. Friedrich war ein guter Mensch. Ich kapiere echt nicht, wie jemand ausgerechnet ihn erschießen konnte."

Traurig starrte der Nachbar durch das Fenster in die dunkle Nacht hinaus. Uta räusperte sich.

„Wie gelangten die Spenden von hier aus nach Russland zum Waisenhaus?"

Herrn Boyko wandte sich der Kommissarin zu. Dabei tupfte er sich verstohlen eine einzelne Träne aus dem Augenwinkel.

„Friedrich trieb eine Spedition auf. Wenn auf einem Lastwagen mit dem entsprechendem Ziel Platz frei war, nahm sie seine Spenden mit. Die fahren erst mit der LKW-Fähre über die Ostsee bis Klaipeda in Litauen. Von dort aus geht es dann über die Straße weiter über die Grenze nach Russland.

Soweit ich weiß, transportieren sie die Spenden für das Waisenhaus kostenlos. Aber die Organisation und den ganzen Papierkram erledigte Friedrich immer alleine. Damit hatte ich nie was zu tun. Ich holte nur, wenn es wieder soweit war, den Kleinbus des Vereins. Dann schleppte ich mit ihm die Kartons aus dem Keller und wir fuhren zur Spedition. Friedrich erledigte dort den Papierkram, während ich die Kartons auf eine Palette stapelte und sie mit Folie umwickelte."

„Sie haben die Kartons auf eine Palette gestapelt? Kamen so viele Spenden zusammen?"

Der Nachbar nickte, wirkte dabei durchaus stolz.

„Wie oft fanden diese Transporte denn statt?“, hakte Frauke nach.

„Den Takt und die Menge gab die Spedition vor. Für Montagvormittag war übrigens ein Transport geplant. Aber dazu kam es ja leider nicht mehr.“

Die beiden Kriminalistinnen tauschten Blicke. Hatte Herr Sterz sich als Schmuggler nach Russland betätigt? Und war ihm letztlich die Schmuggelei zum Verhängnis geworden?

DONNERSTAG, 24. FEBRUAR 2022

Nach einer viel zu kurzen Nacht brummte Frauke unwillig, als ihr Smartphone sie weckte. Verwundert registrierte sie, dass Rolands Bettseite leer war. Sie schnupperte erwartungsvoll. Leider duftete es nicht nach Kaffee. Mürrisch quälte sie sich aus den Federn und schlurfte in die Küche, die sie ordentlich aufgeräumt vom Abend zuvor empfing. Komisch, sonst bereitete er immer das Frühstück zu, wenn er ausnahmsweise einmal früher als sie aufstand. Beunruhigt ging sie weiter. War er einfach abgehauen?

„Roland?"

Er reagierte nicht. Besorgt durchquerte sie den Essbereich. Im Wohnbereich sah sie ihn gebannt in den Computer starren, mit einem Kopfhörer auf den Ohren. Erleichtert ging sie zu ihm, setzte sich neben ihn auf die Couch und gab ihm einen Kuss. Er wirkte abwesend, reagierte kaum. Was gab es im Computer, das spannender als sie sein konnte? Missmutig wandte sie ihren Blick ebenfalls dem Bildschirm zu und erstarrte.

Was kaum jemand für möglich gehalten hatte, war eingetreten. Putins Truppen fielen von drei Seiten gleichzeitig in die Ukraine ein! Frauke sog scharf die Luft ein.

„Schrecklich, die armen Menschen!", meinte Roland. „Das wird unglaublich viele Tote und noch viel mehr Leid und Elend mit sich bringen."

Er nahm den Kopfhörer ab und sah sie besorgt an.

„Furchtbar!", antwortete sie. „Dabei dachte ich, die Zeiten der Kriege wären vorbei, zumindest bei uns in Europa."

Roland klappte das Notebook entschlossen zu.

„Genug von dem Wahnsinn! Du bist heute Nacht verdammt spät heimgekommen. Habt ihr wenigstens endlich den Mörder des Rentners geschnappt?"

„Leider nicht. Zu allem Überfluss wurde im Zusammenhang mit unseren Ermittlungen auch noch auf einige Kollegen geschossen. Zum Glück wurde dabei niemand verletzt."

„Geschossen? Wieso das denn?"

„Der Rentner war anscheinend keineswegs so ein großer Menschenfreund und so harmlos, wie wir dachten, sondern bei einer Schmuggelei nach Russland aktiv. Wir vermuten, dass er Waffen geschmuggelt hat und dass der Mord damit in Verbindung steht."

„Waffen? Von Kiel nach Russland?"

„Ja, getarnt als Spielzeug und Kinderkleidung für ein Waisenhaus."

„Verfügen die Russen nicht selbst über genügend Waffen?"

„Was sollte man sonst von hier nach Russland schmuggeln? Drogen etwa? Davon haben die Russen ebenfalls mehr als genug!"

Beide verstummten. Schließlich erhob Frauke sich seufzend.

„Ich habe einen Bärenhunger. Frühstückst du mit mir?“

„Klar. Vorher habe ich noch eine letzte Frage zu dem russischen Angriff auf die Ukraine: Was bedeutet der für unser ganz persönliches Problem?“

Frauke stutzte, runzelte kurz die Stirn, lächelte aber dann.

„Wenn wir Glück haben, löst sich damit unser Problem von selbst, und zwar für immer!“

Das wäre schön. Aber an so viel Glück mochte Roland nicht glauben.

Für den späten Nachmittag hatte Kriminaloberrat Andreas Bode eine große Besprechung angesetzt. Als es soweit war, betrat er in Begleitung eines Fremden in einem mausgrauen Anzug als letzter den Besprechungsraum. Ohne den Herrn vorzustellen, eröffnete er die Sitzung und erteilte als erstem Gonzo von der Spurensicherung das Wort.

„Wen hat Andreas da mitgebracht?“, flüsterte Uta in Fraukes Ohr.

„Keine Ahnung, vermutlich den Vertreter einer übergeordneten Behörde wie dem Landes- oder Bundeskriminalamt. Wahrscheinlich müssen wir die Ermittlungen dorthin abgeben oder sie zumindest mit in unsere Arbeit einbinden.“

Gonzo räusperte sich laut.

„Wenn die werten Kolleginnen fertig sind", er warf den beiden einen mahnenden Blick zu, „würde ich euch und Ihnen gerne die Ergebnisse unserer harten Nachtschicht vorstellen! Genau genommen, sind ich und einige Kollegen seit sechsunddreißig Stunden auf den Beinen!"

„Entschuldige bitte Gonzo!", murmelte Uta halblaut und errötete.

Frauke wunderte sich über ihre sonst so taffe Kollegin. Was war los mit ihr? Als sie den Glanz in Utas Augen beim Betrachten Gonzos bemerkte, wurde es ihr klar. Uta mochte ihn offensichtlich deutlich mehr, als man Kollegen normalerweise mochte.

Frauke grinste und betrachtete ihn ebenfalls genauer. Trotz seiner dunklen Ringe um die Augen und seinen schärfer als sonst gezeichneten Gesichtszüge sah Gonzo heute ausgesprochen gut aus. Das lag hauptsächlich am fiebrigen Glanz seiner Augen und an dem in sein Gesicht getackerten Grinsen. Strahlte er so, weil er Utas Interesse erwiderte? Oder weil er so etwas Tolles zu verkünden gedachte? Und warum trug er heute ein Jackett? In einem solchen hatte sie ihn noch nie gesehen. Hatte er sich etwa extra für Uta fein gemacht?

„Ich mache es kurz. Wir alle haben viel Arbeit hinter uns und unseren Feierabend mehr als verdient. Aber wenigstens hat sich unser Einsatz gelohnt. Wir haben hierauf ..."

Gonzo verstummte und hielt einen in einem Plastikbeutel steckenden, grauen Umschlag in die Höhe,

„... Teile zweier Fingerabdrücke gefunden. Beide Abdrücke stammen nicht von Familie Sterz. Da Herr Sterz für seinen Schmuggel vermutlich mit in solchen Umschlägen steckendem Bargeld bezahlt wurde, handelt es sich höchstwahrscheinlich um Teile des Daumen- und Zeigefingerabdrucks seines Auftraggebers. Jener hat unvorsichtigerweise in etwa so ..."

Gonzo öffnete sein Jackett und zog mit spitzen Fingern einen ähnlichen Umschlag aus der Innentasche. Jetzt war Frauke auch klar, warum er es heute trug.

„... den Umschlag aus der Innentasche seiner Jacke gezogen. Zu unserem Glück trug er dabei in einem Fall keine Handschuhe. Sobald ihr uns einen Verdächtigen liefert, können wir dementsprechend euren Verdacht erhärten oder eben nicht."

Er grinste breit in die Runde und nickte Uta auffordernd zu.

„Viel wichtiger ist jedoch das hier!"

Er streckte einen weiteren Beweismittel-Beutel in die Höhe. Frauke kniff die Augen zusammen und beugte sich nach vorne, konnte jedoch nicht wirklich etwas erkennen. Es handelte sich um einen unscheinbaren, braunen Karton, der etwas größer als eine Zigarettenschachtel war.

„Diesen Schatz entdeckte ich hinter der Werkbank, wo er vermutlich schon länger lag. Die hohe Qualität der Kartonage und der darin befindlichen Form aus Schaumstoff weckten meine Neugierde. Außen ist ein langer Code aus Ziffern und Zahlen aufgedruckt. Da wurde ich neugierig, was in ihm wohl gewesen sein mochte. Als ich den Code in unsere Systeme eingab, erhielt ich zwar keine konkrete Angabe zum Inhalt des Kästchens, allerdings …"

Gonzo machte eine Kunstpause und starrte auffordernd in die Runde.

„… dafür eine Warnmeldung, dass der Artikel unter das Kriegswaffen-Kontrollgesetz fällt!"

Ein lautes Raunen ging durch die Runde und aufgeregtes Flüstern setzte ein. Gonzo grinste erfreut über die Wirkung seiner Worte, ehe er mit erhöhter Lautstärke fortfuhr: „Konkret gehe ich davon aus, dass Herr Sterz keine ganzen Waffen, aber deren teuerste und wichtigste Bauteile nach Russland schmuggelte – also Steuermodule, Sensoren, Prozessoren, High-End-Chips und ähnliche westliche Hochtechnologie.

Auch die übrigen Ermittlungsergebnisse wurden vorgestellt. Sie waren aber allesamt nicht annähernd so spektakulär.

Anschließend wurde gemeinsam versucht, aus den einzelnen Puzzleteilen eine stringente Theorie darüber zu entwickeln, was in Holtenau geschehen war. Vorschläge wurden gemacht und wieder verworfen, weil einzelne Puzzleteile einfach nicht ins Gesamtbild passen wollten. Frauke, die normalerweise vorne stand und solche Diskussionen moderierte, saß stumm an ihrem Platz und brütete dumpf vor sich hin.

„Was ist mit dir Frauke", sprach Uta sie schließlich an, „hast du auch eine Idee?"

Die Angesprochene zuckte zusammen, als hätte Uta sie bei etwas Verbotenem ertappt. Dabei fiel es ihr einfach wegen ihrer persönlichen Sorgen zunehmend schwer, sich auf die Arbeit zu konzentrieren.

„Ähm ...“, Frauke räusperte sich. „Jedenfalls bin ich mir sicher, dass Mord und Einbruch nicht vom selben Täterkreis begangen wurden.“

Sie ließ den Blick über die versammelten Kollegen kreisen. In den Augen ihrer Kollegen erkannte sie viel Neugierde. Das damit verbundene Vertrauen in ihren Beitrag spornte sie an.

„Was haltet ihr von dieser Hypothese: Der unbekannte Auftraggeber brachte die Schmuggelware samstags beim Sportverein vorbei und überreichte sie Herrn Sterz. Die Leute beim SV Holtenau sind es gewohnt, dass Unbekannte vorbeischauen, um Spenden für das russische Waisenhaus abzugeben. Die Übergabe fiel also niemandem auf.

Herr Sterz sollte die Ware am Wochenende gut unter den Spenden verstecken und die verschlossenen Kartons dann am Montagvormittag gemeinsam mit seinem Nachbarn zur Spedition bringen. Da er aber sonntags starb, war das nicht mehr möglich. Der Auftraggeber wurde am Montag informiert, dass die Ware nicht wie geplant geliefert wurde. Er wollte Herrn Sterz daraufhin zur Rede stellen und erfuhr erst dadurch, dass jener am Tag zuvor erschossen worden war.

Um wieder an seine Ware zu kommen, brach er in Herrn Sterz' Wohnung ein. Allerdings wusste er nichts von dem Hobbykeller, in dem die Spenden gelagert waren. Auch in der Wohnung fand er keinen Hinweis auf den Keller, weil der entsprechende Schlüssel nicht am Bord hing. Die Tochter hatte ihn mit ins Krankenhaus zu ihrer Mutter genommen. Als der Auftraggeber gestern dann vom Aufbewahrungsort der Spenden erfuhr, überfiel er mit zwei Helfern unsere Leute."

Schweigend ließen sich die übrigen Ermittler Fraukes Vorschlag durch den Kopf gehen. Keiner fand eine offensichtliche Unstimmigkeit. Letztendlich fand also auch dieses Mal ihr Entwurf allgemeinen Anklang, was Uta einen Stich versetzte.

„Das würde bedeuten, auch der Schmuggel steht in keinem Zusammenhang mit dem Mord", merkte Andreas an.

„... außer", ergänzte Uta, „ein Konkurrent oder ein den Russen feindlich gesinnter Dienst erschoss Herrn Sterz wegen seines Schmuggels. Immerhin fehlt die Schmuggelware."

„Um diesen Aspekt der Tat brauchen Sie sich nicht zu kümmern. Das übernehmen wir!", meldete sich der neben Andreas sitzende Unbekannte zu Wort.

Empörtes Gemurmel setzte ein.

„Ruhe Leute!", rief Andreas. „Das ist Amtsrat Sperber von der Zollfahndung. Ihr werdet ihm alle wichtigen, neuen Erkenntnisse umgehend mitteilen! Außerdem erhält er Einblick in unsere Ermittlungsakten und wird vorläufig an unseren Besprechungen zum Fall teilnehmen!"

Damit konnten sie leben. Hauptsache, ihnen wurden die Ermittlungen nicht komplett entzogen.

„Im Gegenzug kann ich Ihnen verraten", meldete Sperber sich erneut zu Wort, „dass wir schon länger wegen des Verdachts auf illegale Ausfuhr kritischer Hochtechnologie nach Russland ermitteln. Durch den gerade gestarteten Angriffskrieg der Russen gegen die Ukraine haben unsere Ermittlungen erheblich an Brisanz gewonnen. Die von Ihnen gefundene Verpackung passt zu der von uns gesuchten Schmuggelware. Wir hegen sogar einen konkreten Verdacht bezüglich Herrn Sterz' Auftraggeber."

Wenige Minuten später beendete Andreas die Besprechung. Die meisten Ermittler eilten erleichtert in ihren verdienten Feierabend.

Einzig Frauke wurde von dem Kriminalrat gebeten, noch mit in sein Büro zu kommen. Uta registrierte seine exklusive Einladung mit einer Mischung aus Neid und Sorge. Hatte sie versagt? Würde er Frauke wieder an ihrer statt als Ermittlungsleiterin einsetzen?

In Andreas Büro wartete bereits Amtsrat Sperber von der Zollfahndung.

„Nehmen Sie doch Platz!", forderte Sperber Frauke auf und zeigte auf den Stuhl neben sich.

Überrascht und gleichzeitig misstrauisch setzte Frauke sich zu ihm in die Besprechungsecke.

„Gratulation Frau Kommissarin, Sie haben da eine sehr stringente Theorie entwickelt."

„Danke. Was wollen Sie von mir?"

„Gemeinsam mit Ihnen die Antwort auf eine Frage finden, die Sie sich bereits selber stellen."

Er lächelte sie einladend an. Frauke zauderte, überwand aber schließlich ihre Antipathie gegen den Zollamtsrat.

„Sie meinen, auf welchem Wege Herrn Sterz' Auftraggeber so schnell die Information von dem Lager im Keller des Wohnhauses erhalten hat?"

„Bingo!"

Sein Lächeln wurde breiter. Auffordernd sah er sie an. Frauke beschloss jedoch, ihn erst einmal vorlegen zu lassen.

„Sie zuerst!"

„Nun, naheliegend wäre eine undichte Stelle hier bei Ihnen!"

Genau davor fürchtete sie sich, besonders seit Roland ihr immer wieder mit undichten Stellen bei der Polizei in den Ohren lag. Auch wenn es ihr nicht passte, schloss sie die Möglichkeit eines korrupten Beamten dennoch keineswegs aus. Trotzdem erwiderte sie trotzig: „Ich vertraue meinen Kollegen hundertprozentig!"

„Das ehrt Sie!" Sperber nickte knapp. „Aber Sie sind Profi genug, die Möglichkeit nicht völlig auszuschließen. Sonst hätten Sie vorhin die Frage laut gestellt!"

Es störte sie, dass er sie so leicht durchschaute. Andererseits gewann er hierdurch ihren Respekt.

Zumindest hatte der Zoll ihnen keinen Dummkopf geschickt. Bevor sie ihm vertraute, musste er aber zumindest ein paar seiner Karten auf den Tisch legen.

„Was wissen Sie über die Schmuggler?"

Sperber grinste, hatte er doch genau diese Frage von ihr erwartet.

„Wir überwachen schon seit ihrer Gründung die Geschäfte der *Old Hanseatic Trading Company.* Der Name suggeriert alte Hamburger Tradition, dabei wurde die Firma erst vor zehn Jahren gegründet. Der Besitzer, übrigens ein ehemaliger russischer General, betreibt einen immensen Aufwand mit Briefkastenfirmen in Steuerparadiesen, um die wahren Besitzverhältnisse zu verschleiern.

Anfangs kaufte die *Old Hanseatic Trading Company* bei deutschen Traditionsfirmen wie Heckler & Koch Handfeuerwaffen und verkauften sie an ehemalige Sowjet-Republiken wie Kasachstan oder Kirgisistan weiter. Einfache und legale Geschäfte, wenngleich es rund ein Drittel billiger gewesen wäre, wenn die Kasachen direkt in Oberndorf bestellt hätten."

„Warum sind die Kasachen dann über die *Old Hanseatic Trading Company* gegangen?"

„Weil der jeweils bestellende General so schätzungsweise zehn Prozent der Summe als Bestechungsgeld auf ein anonymes Konto erhielt. Wir informierten die zuständigen Behörden der jeweiligen Länder. Es interessierte die aber allesamt nicht. Trotzdem behielten wir die Firma im Blick. Meistens weiten solche Firmen ihre

Tätigkeitsfelder früher oder später aus. Tatsächlich liegen uns Erkenntnisse vor, dass die Firma seit zwei Jahren Güter, die sowohl zivilen als auch militärischen Zwecken dienen können, nach Russland schmuggelt. Nur fanden wir die Schmuggelroute dieser Dual-Use-Güter nicht heraus, bis wir vor wenigen Tagen vom Geheimdienst einer befreundeten Nation den Hinweis erhielten, doch einen gewissen Friedrich Sterz aus Kiel und seine Spendensammlung für ein russisches Waisenhaus zu überprüfen."

Einem ausländischen Geheimdienst fiel Herr Sterz auf? Und jetzt war er tot? Frauke verbarg ihre Skepsis nicht, starrte Herrn Sperber jedoch stumm weiter fragend an.

„Ich weiß, was Sie jetzt denken!", schob jener nach. „Aber so arbeitet dieser Geheimdienst nicht! Wenn die mit seinem Tod etwas zu tun hätten, würden sie uns kaum auf ihn hinweisen!"

„Vielleicht fiel die Schmuggelei von Herrn Sterz aber nicht nur denen auf!"

„Das ist natürlich durchaus möglich."

„Was ist mit der Spedition? Wenn die den Auftraggeber der Schmuggelei informierten, stecken die doch sicher mit drinnen!"

„Davon gehen wir fest aus, zumal sich deren Besitzverhältnisse ebenfalls in einem Labyrinth aus Briefkastenfirmen verlieren. Vermutlich steckt auch hier ein russischer Oligarch dahinter."

„Was wollen Sie von mir?"

„Nun, zunächst bitte ich Sie darauf zu achten, ob die *Old Hanseatic Trading Company* im Zuge Ihrer Ermittlungen auftaucht. Außerdem interessiert mich wirklich Ihre Vermutung, wie die Schmuggler auf den Hobbykeller des Ermordeten gestoßen sind."

„Die Schmuggler könnten das Haus von Herrn Sterz überwacht haben!", schlug Frauke vor.

„Möglich, aber unwahrscheinlich. Hätten sie die Sachen dort vermutet, hätten sie gleich beim ersten Einbruch einfach alle Kellerräume aufgebrochen. Außerdem beinhaltet eine solche Überwachung in einem ruhigen, übersichtlichen Wohngebiet ein erhebliches Risiko."

„Die Tochter des Ermordeten könnte ihre Erkenntnis nicht nur mit uns, sondern auch noch mit jemand anderem geteilt haben!"

Sperber lächelte.

„Ich sehe, wir verstehen uns! Das halte ich ebenfalls für die wahrscheinlichste Variante. Die spannende Frage lautet, ob sie es freiwillig tat oder nicht."

„Wie meinen Sie das?" Schockiert starrte Frauke Sperber an. „Glauben Sie, man zwang die junge Frau Sterz oder folterte sie womöglich gar?"

„Nein, nein!" Sperber winkte demonstrativ ab. „Ich dachte eher, dass man die Tochter überwacht, ob mit Menschen, Elektronik oder mit beidem, lasse ich hierbei offen. Aber es liegt in unserem gemeinsamen Interesse, es schnellstmöglich herauszufinden. Schließlich würde dann auch der Verdacht gegen Ihre Kollegen gegenstandslos."

Misstrauisch sah Frauke ihn an.

„Was soll ich also tun?"

„Nicht viel." Erneut lächelte er. „Nur nach Hamburg fahren und die junge Frau Sterz fragen, wem sie die Sache mit dem Keller noch verraten hat."

„Das ist alles?"

Sperber nickte.

Eine dunkle, bedrohliche Angst kroch aus Fraukes Eingeweiden hoch. Sie schluckte schwer.

„Warum machen Sie das nicht selbst oder schicken Ihre Leute?"

„Ganz einfach, weil Frau Sterz uns nicht kennt und ich nicht riskieren will, dass sie unsere Fortschritte verlangsamt, indem sie blockiert und die Aussage verweigert. Frau Sterz kennt Sie, Ihnen vertraut sie. Denken Sie doch bitte auch an die junge Frau! Die redet sicher lieber mit Ihnen als mit uns!"

Frauke überlegte. Der Zollamtsrat wartete geduldig.

„Tut mir leid, aber ich muss vor allen Dingen daran denken, was meinen Kollegen im Keller passiert ist."

„Keine Sorge, die ZUZ ist bereits vor Ort. Bisher ..."

„ZUZ?"

„Entschuldigen Sie, das ist die Abkürzung von *Zentrale Unterstützungsgruppe Zoll*. Das entspricht in etwa Ihrem SEK. Jedenfalls fanden die Kollegen keine Hinweise darauf, dass feindliche Kräfte die Wohnung von Frau Sterz überwachen. Sollten die doch aus ihren Löchern kriechen, schalten wir sie aus. Aber vermutlich ist ohnehin nur die Wohnung verwanzt. Deshalb möchte ich Sie auch bitten, gemeinsam mit der jungen Dame ihre Wohnung zu verlassen."

Zur gleichen Zeit stand im Süden der Republik ein Rumäne unter der Dusche. Das alleine wäre keine Erwähnung wert, aber Funar stand nicht etwa unter der mit echtem Marmor aus Carrara ausgekleideten Dusche in seiner Villa, sondern in einer schäbigen Gemeinschaftsdusche mit schmutzig-grauen, teils gesprungenen Fliesen in der Justizvollzugsanstalt Bruchsal. Dumpf starrte er vor sich hin, während das heiße Wasser seine Schultern und seinen Rücken rötete.

Funar wartete. Seit seinem ersten Tag in der JVA wartete er. Leider wartete er keineswegs, wie die übrigen Gefangenen, auf seine Entlassung aus dem Knast. Der Mafiosi wusste, dass seine Haft nicht mit seiner Entlassung enden würde. Wie im ungeschriebenen Codex verlangt, hatte er geschwiegen. Streng war er dem Gesetz der Omertà gefolgt. Aber das würde ihn selbst nicht retten. Vielleicht aber, so hoffte er, half es wenigstens seiner Frau und seinen Kindern.

In seinen ersten Knasttagen war er schier durchgedreht. Funar wusste, dass sein Ende bald käme, aber nicht, durch wessen Hand. Jeder Häftling, der sich ihm näherte, hatte eine Panikattacke ausgelöst. Vor Kurzem hatten sie alle noch vor ihm gezittert. Jetzt zitterte er selbst sogar vor kleinsten Halunken. Glücklicherweise hatte der Gefängnisarzt ein Einsehen und verschrieb ihm Pillen. Mit deren Hilfe nahm er alles nur noch durch eine dicke Schicht Watte und eine fette Scheibe Panzerglas wahr. Funar, einst stolz und selbstherrlich, war nur noch ein Schatten seiner selbst. Er schnaubte. Selbstherrlich! Genau das, sein Glaube, für ihn gälten andere Regeln, war sein Untergang gewesen! Niemals hätte er Constantin vertrauen dürfen! Die kleine Ratte hatte ihn verraten! Wenn er doch wenigstens den Verräter noch vor seinem eigenen Ende in die Finger bekäme! Funars Zähne knirschten, während er sich ausmalte, der vor ihm knienden Ratte mit bloßen Händen so lange den Hals zuzudrücken, bis ihr die Augen aus den Höhlen quollen, ihr Gesicht puterrot anlief und endlich ihr verräterisches Leben erlosch. Dank des pharmakologischen Cocktails flaute Funars Ärger rasch wieder ab. Erneut starrte er dumpf vor sich hin. Constantin! Warum hatte er geglaubt, ihn auch ohne Frau und Kinder in seinen Händen zu haben?

Eine schwielige Hand packte Funar entschlossen an der Schulter und riss ihn herum. Noch ehe jener wusste, wie ihm geschah, fuhr die Klinge tief in seine Gedärme. Er sah an sich herunter, sah, wie sein Blut sich mit dem Wasser der Dusche mischte und Richtung Abfluss floss, während ringsum alle Mithäftlinge ihm ihren Rücken zukehrten. Es war soweit. Das Warten war vorbei. Wieder und wieder fuhr die Klinge in seinen Bauch und zerfetzte seine Organe. Mit Tränen in den Augen und einem Lächeln auf den Lippen dachte er ein letztes Mal an seine Frau und an ihre gemeinsamen Kinder.

Siebenhundert Kilometer nördlich fuhr Frauke, wie von Zollamtsrat Sperber gewünscht, alleine von Kiel nach Hamburg. Seit Wochen litt sie unter einem diffusen Gefühl ständiger Bedrohung. Jetzt tobte in Europa wieder ein Krieg und ausgerechnet bei ihrem aktuellen Fall bestand eine Verbindung zu Waffenschmuggel an eine der Kriegsparteien. Die russischen Agenten würden nicht zögern, eine deutsche Kommissarin zu töten, wenn sie ihnen in die Quere kam. Dementsprechend hart rang sie darum, dass ihre Angst nicht die Überhand gewann.

Viel zu rasch erreichte sie Hamburg und verließ bei der Ausfahrt Othmarschen die A 7. Wenig später erreichte sie laut ihrem Navigationsgerät Frau Sterz' Adresse. Trotz der Dunkelheit sah sie das gesichtslose Wohngebäude, vermutlich aus den Sechzigern. Mehrmals fuhr sie die Straße auf und ab, hielt neben offensichtlich zu kleinen Parklücken und tat, als versuche sie, in jene einzuparken. So nutzte sie jeden Vorwand, um sich gründlich umzusehen. Sie konnte jedoch nichts Verdächtiges entdecken. Keine Menschenseele war zu sehen, alle Autos schienen leer zu sein, zumindest die PKW. Bei den abgestellten Kleintransportern konnte es von ihr nicht mit Sicherheit beurteilt werden. Saßen in einem von ihnen die Agenten eines feindlichen Nachrichtendienstes? Und in einem anderen die Zollfahnder?

Als sie sich endlich für einen Parkplatz entschieden hatte und vor Frau Sterz' Tür stand, zitterten ihre Hände leicht, während sie klingelte. Es dauerte ziemlich lange, bis sich die junge Frau meldete.

„Ja?"

„Hier ist Kommissarin Knoop aus Kiel! Ich habe noch ein paar Fragen!"

„Jetzt? Um diese Uhrzeit?"

„Es ist äußerst wichtig! Öffnen Sie bitte die Tür!"

„Aber ..."

„Öffnen Sie bitte die Tür! Es dauert auch nicht lange!"

Die solchermaßen Bedrängte verstummte. Nach einem Augenblick des Zögerns ertönte tatsächlich der Türsummer. Frauke drückte die Tür auf und trat ein. Das Treppenhaus muffelte leicht nach Fußschweiß und nassem Hund. Der Bodenbelag aus Kunststein war seit den Sechzigern nicht mehr erneuert worden und wirkte schäbig. Die Kommissarin stieg energisch die Stufen hoch. Im dritten Stock stand eine der vier Wohnungstüren einen Spaltbreit offen. Über eine Sicherungskette hinweg lugte die Tochter des Mordopfers in Richtung ihrer Besucherin. Als sie die Beamtin erkannte, schloss sie die Tür und öffnete sie wenig später ganz.

„Was gibt es so Dringendes?"

„Lassen Sie uns in Ihrer Wohnung reden!"

Anne zögerte kurz, ließ dann aber die Polizistin eintreten. Vor ihr hergehend zeigte sie ihr den Weg ins Wohnzimmer. Frauke erkannte auf den ersten Blick, dass es sich um eine bescheidene Zweizimmerwohnung handelte.

„Sie haben sicher mitbekommen, was sich im Haus Ihrer Eltern zugetragen hat!“

„Ja. In meinem Elternhaus wurde geschossen. Schrecklich!“

Ihr Blick flackerte.

„Wem außer meiner Kollegin haben Sie noch von der ehemaligen Werkstatt Ihres Vaters erzählt, in dem er die gesammelten Spenden lagerte?“

„Niemandem.“

„Das kann nicht sein!“

Anne schüttelte bedächtig ihren Kopf, sah dabei aus, als dächte sie darüber nach, ob sie es nicht doch jemandem erzählt hatte. Dann fasste sie sich jedoch und erwiderte: „Ich habe es wirklich niemandem außer Ihrer Kollegin Meyer erzählt! Bitte, glauben Sie mir doch!“

Flehentlich sah sie Frauke an. Diese blieb unnahbar und streng.

„Wenn dem wirklich so ist, reicht die informelle Befragung hier nicht. Dann müssen Sie mich jetzt aufs Revier begleiten und dort eine ordentliche Aussage machen. Diese müssen Sie dann auch unterschreiben! Immerhin wurde auf Polizeibeamte geschossen! Es war pures Glück, dass keiner meiner Kollegen getroffen wurde!“

„Ist das wirklich nötig?“

„Ja!“

„Jetzt sofort?“

„Ja!“

„Nach Kiel?“

Missmutig starrte sie Frauke an.

„Wir können auch hier in Altona auf's Revier."

Die junge Frau zauderte noch kurz, nickte aber schließlich.

„Also gut, wenn es denn sein muss."

Anne erhob sich. Im Flur zog sie sich eine dicke Jacke über und griff nach einem kleinen Rucksack. Wenig später verließen die beiden Frauen die Wohnung.

Uta war nach Ende der großen Besprechung nicht direkt nach Hause gegangen. Dass ihr Chef Andreas Bode Frauke noch mit zu sich in sein Büro genommen hatte, weckte ihr Misstrauen. Dringend musste sie vor dem Feierabend ebenfalls noch mit ihm sprechen. Sie musste aus dem Mund ihres Vorgesetzten hören, dass sie ihre Sache gut machte. Ansonsten lägen ein schrecklicher Abend und eine schlaflose Nacht vor ihr. Immerhin hatte sie als Ermittlungsleiterin doch äußerst vorausschauend gehandelt, als sie zum Schutz der beiden Kriminaltechniker einen Streifenwagen angefordert hatte!

So nahm Uta sich in ihrem Büro ein weiteres Mal alle bisherigen Akten des Falles vor. Dabei ließ sie ihre Türe einen Spaltbreit offen, um mitzubekommen, wann Frauke ging. Vermutlich würde Andreas anschließend auch nicht mehr lange bleiben und sie wollte ihn auf keinen Fall verpassen.

Nachdem Frauke das Büro ihres Chefs verlassen hatte, wartete Uta noch einige Minuten. Dann fasste sie sich ein Herz und lief rüber zu seinem Büro. Gerade als sie an die Tür klopfen wollte, hörte sie Stimmen aus dem Inneren. Telefonierte Andreas? Sie legte ihr Ohr an das Holz und lauschte. Dabei konnte sie deutlich zwei Stimmen voneinander unterscheiden, die aufgeregt miteinander diskutierten. Leider konnte sie nicht verstehen, worum es ging, sondern bekam nur einzelne Wortfetzen mit. Plötzlich hörte sie deutlich: „Dann bis morgen!"

Uta schaffte es gerade noch in ihr Büro, ehe die Tür schräg gegenüber aufging. Sperber von der Zollfahndung trat heraus und wandte sich Richtung Ausgang. Also hatten die beiden mit Frauke noch über die weiteren Ermittlungen gesprochen! Und das ohne sie, die offizielle Ermittlungsleiterin! Ganz kurz verspürte sie den Impuls, Andreas zur Rede zu stellen. Aus Angst vor seinen Antworten verzichtete sie jedoch darauf. Es reichte schließlich, wenn er ihr morgen die Leitung wegnahm, wozu sollte sie das heute schon provozieren? Mit Tränen in den Augen schaltete sie ihren Rechner aus und zog ihre Jacke an. Wie ein geprügelter Hund schlich sie Richtung Parkplatz.

„Hey, Uta!"

Sie hielt inne und drehte sich um. Gonzo stand vor ihr und strahlte sie an.

„Nach dieser Dauerschicht bin ich zwar fix und fertig, habe aber gleichzeitig einen Bärenhunger und zu viel Adrenalin im Blut. Darf ich dich noch auf eine Pizza einladen?"

Ihr Herz machte vor Freude einen Sprung. Trotzdem zögerte sie, weil sie gerade ganz sicher keine gute Gesellschaft war.

„Komm schon, ich lade dich ins *Pizza Originale Italiana* am Westring ein! Dort backen sie die beste Pizza Kiels! Lass uns unter Kollegen schnell was essen, ganz ohne Hintergedanken!"

„Na, zu so einem Angebot kann ich wohl nicht Nein sagen."

Ob Gonzo tatsächlich keinerlei Hintergedanken hegte? Eigentlich würde sie sich keineswegs daran stören. Im Gegenteil, sie wäre enttäuscht, sollte es tatsächlich nur ein einfaches Essen unter Kollegen sein.

In Hamburg dauerte es Stunden, bis Anne endlich wieder ihre Wohnung betrat. Total erledigt und voller widersprüchlicher Gefühle sank sie auf ihr kleines Sofa. Wut köchelte in ihr, sie wusste nur noch nicht so recht, wegen was und auf wen sie sauer war. Sicherlich auch auf die Kommissarin Knoop, stärker noch auf den Mörder ihres Vaters, aber irgendwie auch auf sich selbst. Missmutig schnappte sie sich ihr Telefon und rief ihre Freundin Lina an.

„Hey Anne! Ich habe mir auch schon mehrmals überlegt, dich anzurufen, wollte dich aber nicht stören!"

„Du störst nicht! Im Gegenteil!"

„Total irre, was bei euch los ist! Erst wurde dein Vater erschossen, jetzt wurde in eurem Keller auch noch auf Polizisten geschossen!"

„Ja, völlig irre!“

„Was hat die Polizei denn im Keller gesucht?“

„Keine Ahnung! Die Polizei glaubt, mein Vater habe irgendetwas geschmuggelt. Aber ich halte das für totalen Quatsch!“

„Echt? Geschmuggelt? Krass! Was soll er denn geschmuggelt haben?“

„Keine Ahnung, dass wissen die selbst nicht so genau! Im Keller haben die jedenfalls nichts gefunden! Daraufhin haben die mich gerade stundenlang gelöchert, wo mein Vater etwas versteckt haben könnte! Stell dir vor, diese unverschämte Kommissarin Knoop kreuzte einfach ohne Vorankündigung hier auf und behandelte mich wie eine Schwerverbrecherin! Ich musste mit aufs Revier kommen und wurde dort in einem düsteren Raum verhört! Darüber war ich so sauer, dass ich völlig gebockt habe! Du kennst mich ja!“

„Oh ja! Das konntest du schon in der Schule prima! Einige unserer Lehrer hast du damit zur Verzweiflung getrieben!“

„Eben! Und ich habe es nicht verlernt!“

Anne lachte leicht hysterisch los, Lina fiel in ihr Lachen ein.

„Anfangs hatte ich auch wirklich keine Idee, wo Papa etwas versteckt haben könnte. Später fiel mir dann unser Schrebergarten in der Fliegerhorstkoppel ein. Das denen zu stecken, hatte ich aber keinen Bock. Vielleicht rufe ich die Kommissarin in ein paar Tagen mal an und sage ihr, mir sei noch was eingefallen. Das haben die nun davon, dass sie mich so blöd behandelt haben! Selbst schuld!“

„Genau! Wir brauchen uns von den Bullen schließlich nicht alles bieten lassen! Wir sind auch wer!“

„Erinnerst du dich noch an unseren Garten? An das leuchtend blau gestrichene Häuschen darauf? Wir haben dort mit den Jungs gesoffen und gegrillt.“

„Ja, das waren coole Zeiten!“

Das Gespräch versiegte. Anne war plötzlich nur noch müde und fühlte sich schrecklich einsam.

„Wann kommst du wieder Mal nach Kiel?“

„Ich weiß noch nicht, melde mich dann aber auf jeden Fall bei dir! Du Lina, ich bin fix und foxi! Sei mir nicht böse, aber lass uns ein andermal weiterquatschen. Okay?“

„Klar! Ist ja auch wirklich viel, was du gerade alles durchmachen musst! Melde dich aber wirklich wieder! Hörst du?“

„Mach ich, versprochen! Gute Nacht, Lina.“

„Gute Nacht, meine Liebste.“

Anne beendete das Gespräch, froh, dass dieser schreckliche Tag endlich ein Ende fand. Wobei, so ganz ein Ende musste er ihretwegen jetzt noch nicht haben. Ihr Blick fiel auf den größten Strauß roter Rosen aller Zeiten. Am liebsten würde sie jetzt noch nach Hannover fahren. Aber das würde sie wohl bei aller Liebe nicht mehr schaffen. Außerdem, was würde Elias über sie denken, wenn sie ihn jetzt anriefe und anböte, sofort zu ihm zu kommen!

Sie schüttelte den Kopf. Nee, das ging gar nicht! Aber anrufen konnte sie Elias schon noch. Vielleicht könnte sie ihn dann morgen treffen? Ein warmes Kribbeln durchströmte ihren Körper. Also zog sie sich ihre warme Jacke über, schnappte sich ihr Telefon und trat hinaus auf ihren winzigen Balkon. Dort wählte sie seine Nummer, während ihr Herz wild pochte. Nach dem ersten Klingeln kam die Ansage, der Teilnehmer wäre vorübergehend nicht erreichbar.

Er konnte sein Glück kaum fassen. Dank seiner geschickt platzierten Wanze hatte er jedes Wort verstanden. Die Russen hatten die Tochter entführen und ihr mit Gewalt mögliche Verstecke entlocken wollen. Er war strikt dagegen gewesen. Schon die Aktion im Keller war für seinen Geschmack viel zu dramatisch abgelaufen. Bisher war er immer gut damit gefahren, unter dem Radar zu fliegen. So sollte es auch bleiben. Gut, dass er sich gegenüber den Russen durchgesetzt hatte.

Wobei sich die ganze Angelegenheit gerade dramatisch wandelte. Bis heute hatte er fest an das Prinzip Wandel durch Handel geglaubt, gedacht, in wenigen Jahren wären die Russen ohnehin ihre Verbündeten. Was machte es da schon, wenn er ihnen vorab ein bisschen deutsche Hochtechnologie verkaufte? Schröder und Merkel taten schließlich auch nichts anderes!

Plötzlich marschierten jedoch russische Truppen in die Ukraine ein. Manche Medien verkündeten, wenn man sie nicht gewaltsam stoppe, stünden sie bald in

Berlin. Er schluckte. Eigentlich wäre ihm selbst das egal. Hauptsache, er machte seinen Schnitt.

Aber was, wenn die deutschen Behörden plötzlich in die Gänge kämen und ihm auf die Schliche? Würde er dann wegen Hochverrats verurteilt und für den Rest seines Lebens eingelocht? Allein der Gedanke, auf welche kaputten Gestalten er im Knast treffen würde, ließ ihn schaudern. Deshalb war es seiner Meinung nach absolut nicht hilfreich, dass seine russischen Geschäftspartner auf deutsche Polizisten geschossen hatten! Ahnte die Polizei wirklich noch nicht, worum es hier ging?

Egal! Er musste seine Waren auftreiben! Die Russen waren dieses Mal schärfer als je auf seine Lieferung. Seit heute Morgen verstand er auch, warum. Beim aktuellen Geschäft ging es um mehr Ware als sonst. Seine ganze Kohle steckte da drin. Wenn er die Ware nicht auftrieb und an seine russischen Partner lieferte, war er pleite.

Warum musste auch ausgerechnet jetzt die Sache schiefgehen? Bisher war der alte Sterz absolut zuverlässig gewesen. Aber an ihm lag es schließlich nicht. Der hatte sich bestimmt nicht selbst erschossen.

„Stopp! Das bringt nichts!“, mahnte er sich.

Um sich auf andere Gedanken zu bringen, setzte er sich an seinen Computer und suchte im Internet nach den Kleingärten auf der Fliegerhorstkoppel. Scheiße! Das waren verdammt viele, zumindest deutlich mehr, als ihm lieb waren. Ein weiterer herzhafter Fluch entschlüpfte seinen Lippen. Egal! Einer wie er gab nicht auf! Das war nicht seine Art! So viele Gärten waren es nun auch wieder nicht. Leider wusste er keine Hausnummer oder so. Aber allzu viele Gartenhäuschen waren in dem Gebiet hoffentlich nicht blau gestrichen. Also würde er das richtige schon finden.

Entschlossen zog er seine schwarzen Klamotten für heikle Fälle an, setzte seine ebenfalls schwarze Rollmütze *Elbe* auf und schnappte sich seinen Rucksack mit dem Einbruchswerkzeug sowie dem Feuerlöscher. Die U-Bahn brachte ihn zur Feldstraße. Kurz darauf fuhr er in einem Mercedes SUV Richtung Kiel.

Keine Stunde später erreichte er Holtenau. Bevor er in die Richterstraße einbog, warf er einen Blick auf die mit einem Saugnapf an der Windschutzscheibe befestigte Wärmebildkamera. Sie funktionierte einwandfrei. Sollten die Bullen ihm hier eine Falle stellen, würde er es rechtzeitig merken. Schon während der Fahrt über die A7 hatte ihn die Frage beschäftigt, ob das Ganze nicht zu glatt lief. Die Tochter des Ermordeten hatte nur zwei Minuten mit ihrer Freundin telefoniert, aber dabei ausgerechnet das vermutliche Versteck ihres Vaters ausgeplaudert. Hatte er wirklich so viel Glück?

Langsam fuhr er die Richterstraße Richtung Kleingartenanlage. In der Mitte der Straße parkte auf der linken Seite ein großer Transporter, der sein Misstrauen erregte. Ein Blick auf die Wärmebildkamera bestätigte seinen Verdacht. Beim Näherkommen war auf dem Display der Wärmekamera deutlich zu erkennen, dass sich drei Personen in dem Kleinlaster aufhielten. Er fluchte leise, zwang sich aber zur Ruhe und bog ordentlich blinkend nach links in die Hayßenstraße ab.

Es drängte ihn, das Gaspedal durchzutreten und die zweihundertvierundzwanzig Pferde lossprinten zu lassen. Aber er beherrschte sich mühsam. Nur immer den Ball möglichst flach halten! Nur nicht auffallen! So schlich er mit fünfzig die leere, dunkle Straße hinunter. Am Ende angekommen, atmete er gerade auf, als hinter ihm plötzlich ein Blaulicht aufflackerte. Heftig schrak er zusammen. Wo kam das Auto auf einmal her? In roter Schrift erschien die Aufforderung „STOPP – POLIZEI!“ zwischen den Blaulichtern des Polizeiwagens. Natürlich folgte er ihr nicht, sondern trat das Gaspedal durch. Mit quietschenden Reifen schlitterte er durch eine scharfe Kurve rechtsherum in den Eekbrock.

Scheiße! Holtenau war die reinste Mausefalle! Im Süden lag der Kanal, im Osten die Förde, im Norden der Flughafen und im Westen die mehrspurige Bundesstraße! Von Anfang an hatte er gewusst, wie schwer es im Ernstfall werden würde, von hier zu entkommen. Die Polizei brauchte einfach nur die wenigen Zufahrtsstraßen abzuriegeln. Hinter ihm schalteten seine Verfolger ihr Martinshorn ein.

Er war vorsichtig und vorausschauend. Nur deshalb hatte er bisher sein gefährliches Geschäft heil überlebt. Als akribischer Planer hatte er sich äußerst intensiv mit der bestmöglichen Fluchtroute beschäftigt. Genau deshalb war er mit einem der verhassten Stadtgeländewagen unterwegs. Jetzt musste die Kiste zeigen, was sie konnte!

Sperber hatte es sich nicht nehmen lassen, die gestellte Falle persönlich zu überwachen. So stammte eine der drei Wärmesignaturen, die der Flüchtende in dem Transporter gesehen hatte, von ihm. Sperber persönlich war der an der Kreuzung vor ihnen abbiegende SUV mit Hamburger Kennzeichen verdächtig erschienen. So hatte er den versteckt in einer Hofeinfahrt bereitstehenden Streifenwagen angewiesen, den Mercedes zu überprüfen. Sobald er hörte, dass der Wagen flüchtete, ordnete er an, alle drei aus Holtenau hinausführenden Straßen abzuriegeln. Er grinste zufrieden. Sie hatten ihn. Er konnte ihnen nicht entkommen!

„Verdächtiger flüchtet nach Norden, Richtung Friedrichsort!“, ertönte es aus dem Funkgerät.

Sperber blieb cool, schließlich standen dort zwei Wagen bereit.

„Er verlässt die Straße Richtung Westen, rast einfach quer über den Fußballplatz!“

„Was bedeutet das?“, fragte Sperber den neben ihm sitzenden Einsatzleiter.

Jener warf einen kurzen Blick auf die Karte und bellte dann ins Mikrofon:

„Torero an Stier 3, Flüchtender versucht eure Sperre westlich zu umfahren ...“

„Jetzt rast er quer über die Wiese zwischen zwei Mietshäusern durch!“

„... Sperre sofort auflösen und auf dem Schusterkrug Richtung Bundesstraße ...“

„Er hat soeben den Schusterkrug überquert! Wir versuchen dranzubleiben!“

„... Habt ihr gehört Stier 3? Nehmen Sie ebenfalls sofort die Verfolgung auf!“

„Wir verfolgen ihn auf dem Diekmissen weiter in Richtung Norden ...“

„Das ist eine Sackgasse!“, freute sich der Einsatzleiter.

„... jetzt wieder quer über eine Wiese ...“

Deutlich waren über Funk ein lautes Poltern und die durchschlagenden Federbeine des verfolgenden Streifenwagens zu hören.

„... wir sind wieder auf einem Feldweg Richtung Norden. Er ist schneller als wir! Gleich verlieren wir ihn aus den Augen ... Scheiße! Ist der wahnsinnig!“

Über Funk ertönte lautes Geratter, dem ein Knall folgte. Dann herrschte gespenstige Ruhe.

„Was ist los? Habt ihr den Flüchtenden verloren?“

Alle lauschten gebannt. Ein Stöhnen erklang.

„Der Irre ist auf eine Bahnstrecke abgebogen! Unser Wagen ist am Arsch.“

„Scheiße! Ist euch was passiert?“

„Wir sind okay, glaube ich zumindest.“

Der Einsatzleiter orientierte sich kurz auf der auf dem Bildschirm angezeigten Karte und zeigte dann mit dem Finger auf einen Punkt.

„Wahrscheinlich fährt er hier Richtung Altenholz und unterquert dabei die Bundesstraße. In dem Abschnitt haben wir keine Einsatzfahrzeuge verfügbar. Außerdem gibt es rund um Altenholz viele kleine Straßen und Wege, auf denen er entkommen kann!"

„Egal!", beruhigte ihn Sperber. „Wir haben sein Kennzeichen. Schreibt den Wagen zur Fahndung aus."

Der Zollfahnder gab das Kennzeichen des Flüchtenden in seinen Computer ein. Als Halter wurde ein Hartmut Engel, wohnhaft in der Hamburger Feldstraße, angezeigt. Sperber runzelte seine Brauen, sagte ihm der Name doch nichts. Enttäuschung machte sich in ihm breit, hatte er doch fest damit gerechnet, endlich einen der Verdächtigen von seiner Liste dingfest machen zu können. Aber egal! Er zuckte mit den Achseln. Sobald dieser Engel in seine Wohnung zurückkehrte, würde er dort die ZUZ, die zentrale Unterstützungstruppe Zoll, vorfinden. Wer seinen teuren Stadtgeländewagen auf einer Bahnstrecke ruinierte, um der Polizei zu entkommen, hatte definitiv etwas ausgefressen!

So ganz falsch lag Sperber mit seiner Einschätzung nicht, hatte jener Engel an diesem Abend doch bereits mehr als einen Joint geraucht. Auch hatte er sich noch weit spektakulärere Verfolgungsjagden mit der Polizei geliefert als sein biederer Mercedes in Holtenau. Nur hatten jene wilden Verfolgungsjagden nicht im eher beschaulichen Kiel stattgefunden, sondern in Los Santos, einer virtuellen Version von Los Angeles.

Bekifft wie er war, hatte er, als es plötzlich laut an seiner Tür hämmerte und jemand „Polizei! Sofort aufmachen!"

brüllte, gedacht, er hätte soeben ein neues, bisher unerreichtes Spiel-Level erklommen. Als die Wohnungstür Sekunden später ohne sein Zutun aufflog, schwarz vermummte Polizisten in ihrer Schutzkleidung sein Appartement stürmten, ihn vom Sofa zerrten und seine Hände auf dem Rücken fesselten, war Hartmut Engel von der Authentizität des neuen Levels tief beeindruckt.

Erst als einer der Beamten Bildschirm und Spielkonsole ausschaltete und ein anderer sich so nah zu ihm beugte, dass er die Knoblauch-Mayonnaise seines zum Abendessen verspeisten Döners roch, wurde ihm klar, dass er sich nicht mehr in seinem Spiel *Grand Theft Auto V* befand.

„Was wollen Sie von mir?“, stammelte er.

„Wo waren Sie in der letzten Stunde?“

„Natürlich hier! Wo sollte ich denn sonst gewesen sein?“

Der Beamte wandte sich von ihm ab und tuschelte leise mit zwei Kollegen. Anschließend ließen sie ihn unbeachtet auf seinem Sofa liegen. Wenig später traf Zollamtsrat Sperber ein. Dieser ließ sich alles schildern. Mit einem Blick auf Herrn Engel erkannte der Zollfahnder, dass es sich nicht um den Gesuchten handelte. Immerhin hatte eine ihrer Überwachungskameras eine kleine Sequenz aufgezeichnet, die den Fahrer des geflüchteten Mercedes zeigte. Auch wenn eine tief in die Stirn gezogene Rollmütze und ein üppiger, vermutlich angeklebter Schnauzer nicht viel von seinem Gesicht zeigten, war jenes doch deutlich jünger und schmäler als jenes von Herrn Engel.

„Bindet ihn los!“, forderte er daher energisch.

Ein Beamter folgte seiner Aufforderung. Der Hausherr setzte sich auf und rieb sich die schmerzenden Handgelenke.

„Was wollen Sie von mir?“

„Wo ist Ihr Mercedes?“

Engel überlegte kurz, entschied sich dann aber zu kooperieren.

„Der steht unten auf der Straße, etwas links von der Tür.“

„Nein, dort steht er nicht!“

Sperber schüttelte entschieden mit dem Kopf.

„Nicht?“

Engel sprang auf, lief zur Glastür, öffnete sie und trat hinaus auf seinen Balkon. Zwei Beamte schauten Sperber fragend an. Er signalisierte den Polizisten, ihn gewähren zu lassen. Engel blieb so lange draußen, dass Sperber allmählich begann, sich Sorgen zu machen. Gerade als er nach ihm sehen wollte, kehrte der Hausherr zurück und ließ sich schwer auf sein Sofa plumpsen.

„Er ist tatsächlich weg! Gestohlen! Sind Sie deswegen hier?“

„Wie man's nimmt.“

Sperber wog bedächtig seinen Kopf.

„Zumindest interessieren wir uns für den Mann, der mit Ihrem Auto unterwegs ist.“

Engel brütete dumpf vor sich hin.

„Wer auch immer es war, der hat das nicht zum ersten Mal gemacht!“ Engel hob seinen Kopf. „Ich meine damit, er hat nicht zum ersten Mal mein Auto gestohlen, um damit durch die Gegend zu gondeln!"

„Wie kommen Sie darauf?"

Skeptisch musterte der Zollamtsrat den Autobesitzer.

„In letzter Zeit dachte ich schon, mein Oberstübchen lässt langsam nach, weil mein Auto manchmal woanders stand, als ich es geparkt hatte! Außerdem stimmte der Kilometerstand immer wieder nicht. Ich meine, ich führe da kein genaues Buch, aber so ungefähr weiß ich immer, was ich fahre. Einmal war der Fahrersitz falsch eingestellt und die Spiegel verstellten sich auch manchmal von alleine. Obwohl ich der Einzige bin, der das Auto nutzt!"

Das war interessant! Theoretisch bestand dank elektronischer Funkschlüssel durchaus die Möglichkeit, dass jemand regelmäßig den Mercedes ohne Wissen seines Eigentümers fuhr. Sollte der gesuchte Waffenhändler wirklich regelmäßig mit Herrn Engels Auto nach Kiel gefahren sein? Dann wohnte er vermutlich nicht allzu weit von hier entfernt.

Mit seiner Einschätzung lag Sperber absolut richtig. Allerdings befand der Waffenhändler sich momentan auf einer Nachtwanderung entlang der Küste nach Eckernförde. Den ramponierten Mercedes hatte er in einem Wäldchen bei Noer versteckt. Zwar hatte er immer Handschuhe und Mütze getragen, aber eine seiner Hautschuppen oder auch mehrere mochten trotzdem in dem entliehenen Mercedes liegen. Darum hätte er jenen am liebsten abgefackelt. Aber das war ihm als zu riskant erschienen. Also hatte er sich damit begnügt, den Schaum des Feuerlöschers auf und um den Fahrersitz zu versprühen, damit seine DNA chemisch aufgelöst wurde. Sollte das Glück ihm hold sein, würde der Wagen erst in einigen Tagen gefunden werden.

Mochte die Polizei ruhig Straßensperren errichten, soviel sie wollte und fleißig nach dem Auto fahnden. Er lief in aller Ruhe entlang der Küste bis nach Eckernförde. Von dort würde er am nächsten Morgen mit dem Zug zurück nach Hamburg fahren. Je länger er lief, desto unruhiger wurde er. Heute war es gerade noch einmal gut gegangen. Aber die Behörden waren ihm dicht auf den Fersen. Würde in seiner Hamburger Wohnung die Polizei auf ihn warten?

Freitag, 25. Februar 2022

Wie von Zollamtsrat Sperber vermutet, war die Wohnung von Anne Sterz verwanzt worden. Jemand hatte auf diesem Weg mitgehört, wie die junge Frau am Telefon der Polizei vom Lager ihres Vaters im Keller berichtet hatte. Und dieser jemand hatte sich mit ihrer Hilfe fast in eine Falle locken lassen. Leider war er jedoch knapp entkommen. Zur Überraschung aller war auf einer der installierten Wanzen ein Fingerabdruck gefunden worden, der mit einem der Abdrücke auf dem Kuvert aus dem Keller des Toten übereinstimmte. Sie kamen dem Waffenhändler näher. Auch wenn seine Fingerabdrücke bisher noch nicht in der Kartei erfasst waren.

Der Gesuchte hatte die ihm gestellte Falle rechtzeitig genug durchschaut, so dass ihm die Flucht geglückt war. Sein Fluchtfahrzeug war noch nicht wieder aufgetaucht. Aber immerhin besaßen sie eine kurze Videoaufnahme von ihm. Während der Morgenbesprechung lief diese mehrmals auf der großen Leinwand ab. Keiner der Anwesenden hatte den Mann im Zuge der bisherigen Ermittlungen gesehen. Die tief in die Stirn gezogene Mütze und der überdimensionale Schnäuzer verbargen allerdings auch große Teile seines Gesichts. Da die Aufnahme schräg von oben gemacht worden war, eignete sie sich auch nicht für biometrische Vergleiche.

Man einigte sich darauf, dass die Kriminaltechnik Bilder anfertigte, die zeigten, wie er vermutlich ohne Mütze und Bart aussah. Vier Kollegen wurden eingeteilt, um am morgigen Samstag die Bilder mit und ohne Schnäuzer sowie mit und ohne Mütze auf dem Gelände des SV Holtenau herumzuzeigen. Vielleicht konnte jemand sich daran erinnern, dass der Gesuchte letzten Samstag auf dem Gelände gewesen war und hatte eine Beobachtung zu ihm gemacht.

Andreas Bode erinnerte sich an das brandneue Projekt mit den Super-Recognizern. Das sind Menschen mit einer phänomenalen Fähigkeit, Gesichter wiederzuerkennen, sei es im Zuge einer Fahndung in Menschenmengen oder auch auf Bildern. In anderen Teilen Deutschlands arbeiteten Polizeibehörden fest mit ihnen zusammen. In Kiel gab es immerhin ein Pilotprojekt. Eine Forscherin der Uni Kiel hatte in einem aufwendigen Verfahren getestet, ob einige der Kieler Polizisten Super-Recognizern waren und sie hatte tatsächlich welche gefunden. Oberkriminalrat Bode wollte persönlich dafür sorgen, dass diese Beamten sie jetzt mit ihren einzigartigen Fähigkeiten unterstützten. Auch wenn er selbst noch nicht wusste, ob das überhaupt möglich war und was jene für eine erfolgreiche Arbeit benötigten. Ansonsten steckten die Ermittlungen in einer Sackgasse.

In Hamburg befand Anne sich am Rande eines Nervenzusammenbruchs. Letzte Nacht waren Polizisten in weißen Ganzkörperanzügen in ihrer Wohnung gewesen, um sie auf den Kopf zu stellen. Zuvor auf dem Revier war Anne schon schockiert gewesen, als diese Kommissarin Knoop ihr plötzlich eröffnet hatte, dass ihre Wohnung höchstwahrscheinlich verwanzt wäre und sie abgehört werden würde. So etwas kam doch nur in Filmen vor!

Kommissarin Knoop hatte sie eindringlich darum gebeten, dem Mörder ihres Vaters eine Falle zu stellen. Eigentlich hatte sie das nicht gewollt, aber natürlich war es unmöglich gewesen, diese Bitte abzulehnen. Ihre Eltern hatten nie einen Schrebergarten besessen. Aber sie hatte so tun müssen, als ob dort versteckt wäre, was auch immer der Mörder ihres Vaters suchte. Dann hatte sie eine Kieler Telefonnummer erhalten, unter der sich eine eingeweihte Polizistin meldete, die so tat, als sei sie ihre Freundin Lina.

Brav hatte Anne alles getan, was die Polizei von ihr verlangte. Anschließend hatte sie vom Balkon aus noch kurz Elias angerufen, ihn jedoch leider nicht erreicht. Danach hatte sie leise ein paar Sachen für die Nacht eingepackt und ihre Wohnung der Polizei überlassen. Zum Schlafen war sie bei einer Hamburger Freundin untergeschlüpft. Ihre Freundin war schon bei der Arbeit. Anne saß in einer Bäckerei mit einem gemütlichen Café-Bereich voller roter Polstermöbel, dunklen Holzstühlen und -tischen sowie alten Fotografien an den Wänden und frühstückte.

Seit dem Aufstehen hatte sie dreimal vergeblich versucht, Elias zu erreichen. Jedes Mal war umgehend die Ansage erfolgt, der Anschluss sei vorübergehend nicht erreichbar. Ob Elias etwas passiert war? Er musste doch sehen, dass sie angerufen hatte! Warum meldete er sich nicht? Sie vermisste ihn, wollte ihn unbedingt wiedersehen, ihn wieder spüren. Sie seufzte.

Oder hatte er bereits genug von ihr? Würde auch er zum Geist werden? Bitterkeit erfasste sie. Er wäre nicht der erste Typ, der nach einem kurzen Techtelmechtel mit ihr komplett abtauchte, nie wieder was von sich hören ließe! Eine Welle fiesen Frustes erfasste sie und drohte, sich zum Tsunami auszuweiten.

Entschlossen sprang sie von der Bank aus rotem Kunstleder auf und schnappte sich ihren kleinen Rucksack. Sie würde sich jetzt keinen trüben Gedanken hingeben! Energischen Schrittes brachte sie ihr Frühstückstablett weg und verließ die Bäckerei. Vor der Tür erlahmte bereits nach wenigen Schritten ihr Elan wieder. Was sollte sie jetzt tun? Zurück in ihre Wohnung wollte sie nicht. Erstens wusste sie nicht, ob die Polizei dort schon fertig war. Außerdem fand sie es einfach zu gruselig, dass sie dort abgehört worden war. Wie mochte der Typ aussehen, der sie belauscht hatte? Ob er bereits zugehört hatte, als Elias da gewesen war und sie … Anne stockte der Atem, dann schüttelte sie sich.

Nach kurzem Überlegen zückte sie ihr Handy und rief ein weiteres Mal bei Elias an. Beim ersten Tuten keimte leichte Hoffnung in ihr auf, die durch die leidige Ansage „Der Teilnehmer ist vorübergehend nicht erreichbar“ brutal im Keim wieder erstickt wurde. Schweren Herzens fasste sie den Entschluss, nach Kiel zu fahren und ihre Mutter im Krankenhaus zu besuchen. Was der sympathische Herr Gejdt ihr über sie und ihre Vergangenheit erzählt hatte, stimmte sie etwas versöhnlicher.

Außerdem war sie bei ihrem letzten Besuch gar nicht dazu gekommen zu fragen, ob Papa vor seinem Tod bedroht worden war.

Auf dem Weg zu ihrem Auto klingelte ihr Telefon. Mit pochendem Herzen kramte sie es aus ihrem Rucksack, um enttäuscht festzustellen, dass es nicht Elias war, der anrief. Das Display zeigte eine ihr unbekannte Kieler Nummer.

„Ja!“

„Hier Kommissarin Meyer, unsere Hamburger Kollegen sind fertig. Wenn Sie wollen, können Sie zurück in Ihre Wohnung.“

„Danke für die Auskunft. Sagen Sie, wurde ich wirklich abgehört?“

„Ja, unsere Techniker haben aus Ihrer Wohnung drei Wanzen entfernt.“

„Aber wie sind die dorthin gelangt? Ich schließe doch meine Wohnung immer ab!“

Anne wartete gespannt auf eine Antwort. Die Polizistin zögerte jedoch. Schließlich rang sie sich doch dazu durch, die Frage ehrlich zu beantworten.

„Hören Sie, ich will Ihnen jetzt keine Angst machen, aber so ein einfaches Sicherheitsschloss knackt ein Profi innerhalb kürzester Zeit."

„Knackt? Müssten dann nicht Spuren zu sehen sein?"

„Leider nein, aber wir haben einen Verdacht, wer hinter der Sache steckt, und würden Ihnen gerne ein paar Bilder des Mannes zeigen. Vielleicht kennen Sie ihn ja oder haben ihn zumindest schon einmal gesehen. Kommen Sie zufällig demnächst wieder nach Kiel?"

„Sie haben Glück, ich bin gerade auf dem Weg zu meiner Mutter ins Uniklinikum."

„Das ist ja prima! Ihrer Mutter wollte ich die Fotos ebenfalls zeigen. Wann sind Sie dort?"

„Frühestens in einer Stunde!"

Als Anne eine knappe Stunde später das Krankenzimmer ihrer Mutter betrat, traf sie dort zu ihrer Überraschung ihren Bruder Alexander an. Verärgert presste sie ihre Lippen fest aufeinander. Ein weiteres Mal hatte er es nicht für nötig befunden, sie über sein Kommen zu informieren. Wenn es für ihre Eltern etwas zu tun gab, sollte sie springen, und zwar immer möglichst sofort.

Ihre Mutter strahlte hingegen und konnte vor Freude nicht ruhig sitzen. Hippelig rutschte sie in ihrem Bett hin und her. Anne hatte sie schon lange nicht mehr so glücklich gesehen. Der Sohn war eben ihr Augenstern, die Tochter nur der hässliche Fleck. Einmal mehr breitete sich die altbekannte Bitterkeit in ihr aus.

„Kann Berlin ausnahmsweise einen Tag auf dich verzichten!“, begrüßte sie Alexander schärfer als beabsichtigt.

„Klar.“ Er zuckte mit den Schultern. „Warum nicht!“

Mit einer gewissen Befriedigung stellte sie fest, dass er langsam fett wurde. Wahrscheinlich mästete seine Frau ihn, damit ihn bloß keine andere Frau mehr ansah.

„Ach Kinder, jetzt streitet euch doch nicht! Ist es nicht schön, dass wir wieder mal alle beisammen sind?“

Voller Mutterliebe blickte sie Alexander an. Sie hing förmlich an seinen Lippen. Das Objekt ihrer Liebe rang sich mühsam ein schmales Lächeln ab. Anne lag eine spitze Erwiderung auf der Zunge. Sie behielt diese jedoch für sich. Wie so oft in dieser Dreierkonstellation setzte verlegenes Schweigen ein. So war Anne froh, als sich nach kurzem Anklopfen die Tür öffnete. Statt der von ihr erwarteten Kommissarin schob jedoch eine Krankenschwester einen kleinen Wagen ins Zimmer.

„So, die Herrschaften! Jetzt ist Visite! Ich möchte Sie bitten, so lange vor der Tür zu warten.“

„Jetzt? Mein Sohn ist doch gerade erst angekommen! Können wir die Visite heute nicht ausfallen lassen?“, maulte ihre Mutter.

„Das dauert doch nicht lange und ist nur zu deinem Besten!“, wandte Alexander ein und strich seiner Mutter flüchtig über den Arm. „Wir warten draußen.“

Ohne ihre Antwort abzuwarten, erhob er sich und sah seine Schwester auffordernd an. In seinem Blick lag etwas, das ihre Neugierde weckte. So folgte sie ihm leicht angespannt nach draußen. Im Flur sah er sich kurz um und steuerte dann zielstrebig eine Ecke am Ende des Ganges an, ohne sich nach ihr umzudrehen. Anne überlegte kurz, ihn alleine davonziehen zu lassen. Aber ihre Neugierde war stärker. Also folgte sie ihm.

In der Ecke angelangt, blickte er sich prüfend um, ehe er flüsterte: „Papas Pistole ist verschwunden!"

„Was?"

Anne starrte Alexander verständnislos an. Wovon sprach er? Papa hatte doch nie eine Pistole besessen! Sie musste sich verhört haben. Er verdrehte genervt die Augen.

„Ich war vorhin kurz in der Wohnung. Papa hatte in der Schlafzimmer-Kommode unter seiner Unterwäsche eine alte Militärpistole versteckt. Die ist weg!"

Auffordernd starrte er sie an. Frauke war noch immer nicht klar, worauf er hinauswollte.

„Ich verstehe nicht ..."

„Vielleicht hat Mama ihn mit seiner eigenen Pistole erschossen!"

Vor Schreck blieb ihr der Mund offen stehen. Fassungslos sah sie ihn an. Das konnte er unmöglich ernst meinen! Sie schnappte nach Luft.

„Traust du ihr das wirklich zu?"

„Ich weiß nicht."

Er zuckte mit den Achseln, richtete den Blick in die Ferne.

„Bis vor kurzem hätte ich ihr auch nicht zugetraut, dass sie Papa mit einem anderen Mann betrügt."

„Betrügt!" Anne schnaubte. „Sie hat sich mit einem Freund aus der alten Heimat getroffen. Was ist denn schon dabei? Herr Gejdt ist übrigens sehr sympathisch!"

„So heißt er?"

Anne nickte. Mit gerunzelter Stirn schweifte der Blick ihres Bruders erneut in die Ferne. Sie wartete kurz, dann meinte sie:

„Ich hätte es bis vor kurzem für unmöglich gehalten, dass Papa in kriminelle Machenschaften verstrickt sein könnte! Vielleicht trug er zu seinem Schutz seither die Waffe bei sich? Dann könnte der Mörder sie ihm entwendet haben. Als er versuchte zu flüchten, erschoss er Papa mit seiner eigenen Waffe!"

Alexander schloss die Augen und schüttelte unwillig seinen Kopf. Als er sie wieder öffnete, räusperte er sich.

„Ehrlich gesagt wäre mir das deutlich lieber! Die Vorstellung, die eigene Mutter könnte zur Mörderin am eigenen Vater geworden sein, ist wirklich furchtbar! Wie können wir herausfinden ..."

„Sei still! Da hinten kommt die Polizistin!"

An ihrem Bruder vorbei sah Anne, wie Kommissarin Meyer die Station betrat. Jene sah sich prüfend um und kam dann auf die Geschwister zu. Im Hintergrund verließ das Personal des Krankenhauses soeben wieder das Zimmer von Mutter Sterz. Als die Polizistin vor ihnen stand, nickte sie ihnen zur Begrüßung zu und sah Alexander neugierig an.

„Moin, ich bin Kommissarin Meyer von der Mordkommission."

„Moin Frau Meyer, das hier ist mein Bruder Alexander."

„Ich heiße Alexander Sterz. Guten Morgen Frau Kommissarin."

Er streckte ihr seine Hand hin, in die sie einschlug.

„Wie geht es Ihrer Mutter?"

„Besser, viel besser, schließlich hat sich ihr toller Sohn zu einem Besuch herabgelassen!"

Anne war die Bitterkeit ihrer Worte peinlich, während ihr Bruder sie verärgert anstarrte. Die Polizistin stutzte kurz, zuckte dann ihre Schultern und kramte ihr Handy aus ihrer Jackentasche.

„Ich wollte Sie fragen, ob Sie diesen Mann hier kennen. Bitte sehen Sie sich das Bild genau und in aller Ruhe an."

Sie streckte Anne das Display ihres Smartphones hin. Ein Mann mit einer tief in die Stirn gezogenen Mütze und einem riesigen Schnauzbart war zu sehen. Anne schüttelte ihren Kopf.

„Tut mir leid, den kenne ich nicht!"

„Sind Sie sicher? So sieht er vermutlich ohne Bart aus."

Die Polizistin wischte über das Display und hielt ihr das Gerät erneut hin.

Anne stutzte und ging ganz nahe an das Display ran. Irgendwie kam er ihr tatsächlich vage bekannt vor. Sie grübelte, kam aber nicht darauf.

„Und?"

„Er kommt mir irgendwie bekannt vor. Aber ich … Ach!"

Mit offenem Mund starrte sie auf das Display.

„Ja?"

Utas Anspannung stieg. Kamen sie jetzt endlich den entscheidenden Schritt weiter?

„Moment, ich hab's gleich!"

Anne zückte ebenfalls ihr Smartphone, tippte flink darauf herum und wischte dann durch das Menü.

„Hier irgendwo hat er doch ..."

Sie verstummte wieder. Die Polizistin und der Bruder wechselten einen Blick, woraufhin Alexander entschuldigend seine Achseln hob.

„Ich hab ihn! Er heißt Albrecht Schuch!"

Triumphierend streckte Anne der Polizistin ihr Smartphone hin. Das Display zeigte das Bild eines Mannes, der tatsächlich dem von der Kriminaltechnik erstellten Bild des Verdächtigen ohne Mütze und Schnauzbart ähnelte.

„Wo wohnt Her Schuch?", fragte Uta, während sie ihr Notizbüchlein zückte.

„Das weiß ich doch nicht! Da müssen Sie seinen Agenten fragen!"

„Seinen Agenten? Welchen Agenten?"

Ratlos starrte die Polizistin die junge Frau an.

„Keine Ahnung." Anne zuckte mit ihren Schultern. „Hat nicht jeder Schauspieler einen? Das können Sie doch leicht raus finden, immerhin sind Sie von der Polizei!"

„Moment! Sie glauben, der Gesuchte ist ein Schauspieler?"

„Das weiß ich doch nicht! Aber er ähnelt auf jedem Fall dem Hauptdarsteller des Films *Lieber Thomas*, den ich erst kürzlich gesehen habe."

Uta schnaubte unwillig und steckte ihr Notizbüchlein wieder ein.

„Welches Kaliber hat eigentlich die Pistole, mit der mein Vater erschossen wurde?"

Die Beamtin wandte sich verwundert dem Sohn des Toten zu.

„Warum wollen Sie das wissen?"

Der Mann, dessen Foto die Kommissarin herumzeigte, befand sich in diesem Moment in einer äußerst ungemütlichen Situation. Vitali und Wladimir, die Kontaktpersonen seines russischen Auftraggebers, waren unzufrieden, sogar äußerst unzufrieden mit ihm, was sie auch deutlich zeigten.

„Wir brauchen die Ware! Deine Fortschritte sind mehr als unbefriedigend! Wir wissen immer noch nicht, wo der Alte sie versteckt hat!"

„Vielleicht hat die deutsche Polizei sie ja längst gefunden?"

„Nein, haben sie nicht!"

Vitali schüttelte bedächtig seinen Kopf.

„Woher willst du das wissen?"

„Ich weiß es halt. Wir müssen die Bauteile vor den Deutschen finden. Mütterchen Russland braucht sie nötiger denn je!"

„Aber wie sollen wir sie finden? Seine Tochter weiß nichts und ..."

„Vielleicht hast du die Tochter nicht mit genügend Nachdruck befragt!"

Vitali sah ihn streng an, während sein vierschrötiger Kompagnon seine Finger knacken ließ. Der Mann schluckte.

„Wie meinst du das?"

Vitali antwortete nicht, sah ihn stattdessen einfach nur eindringlich an. Schließlich lächelte er.

„Du weißt genau, wie ich das meine! Ihr Deutschen seid zu zimperlich geworden. Wenn man die Menschen nachdrücklich genug befragt, erfährt man alles, was man wissen will."

Aufruhr tobte in ihm. Alles in ihm sträubte sich gegen das, was sein Geschäftspartner soeben von ihm verlangte. Er wollte doch nur Geschäfte machen! Ware gegen Geld, so einfach war es! Er war kein schlechter Mensch und schon gar kein Schläger! Wobei, seit Putins Überfall auf die Ukraine musste er sich eingestehen, dass er vielleicht doch ein schlechter Mensch war. Denn in gewisser Weise hatte er dabei geholfen – auch wenn er immer im guten Glauben gehandelt hatte, durch den Handel einen Wandel in Russland zu erwirken.

Vitali sah den Deutschen weiter an, wartete auf seine Antwort.

„Willst du die Tochter etwa foltern?"

„Nenne es, wie du willst. Sie weiß ohnehin zu viel über dich. Wir müssen sie verschwinden lassen. Da können wir vorher auch noch ein bisschen mit ihr plaudern."

„Sie verschwinden lassen!" Der Mann sprang auf. „Ohne mich! Ich bin Geschäftsmann, kein Mörder!"

Wladimir trat auf ihn zu, legte ihm seine Hände auf die Schultern und drückte ihn mühelos zurück auf seinen Stuhl.

„Du steckst mit drinnen! Entweder zeigst du, dass du zu uns gehörst und wir dir voll und ganz vertrauen können! Oder wir müssen das Risiko eliminieren, dass du bei der Polizei redest!"

Die von Vitali ausgehende Kälte und Entschlossenheit ließ den Mann frösteln. Er schluckte schwer. Angst fraß sich durch seine Eingeweide. Plötzlich musste er aufpassen, dieses Treffen hier zu überleben.

„Wie soll ich euch denn zeigen, dass ich zu euch gehöre?"

„Ganz einfach, du entführst die Tochter und tötest sie vor unseren Augen. Wir filmen das Ganze. Dann wissen wir, dass du zu uns gehörst und zwar für immer!"

Vitali lachte meckernd.

Zur Überraschung fast aller im Westen hatte Putin doch einen Krieg begonnen. Der russische Überfall war eindeutig ein Krieg, auch wenn man ihn in Russland nicht so nennen durfte. Eugène Onegin war die Wahrheit egal. Worte wurden seiner Meinung nach gnadenlos überschätzt. Wirklich zählten alleine Taten! Und aus dieser Perspektive betrachtet gefiel es ihm, dass er sich mit seiner Truppe in einer endlosen Kolonne in Richtung Kiew bewegte. In ein paar Tagen wäre die Sache hier vorbei, dachte er. Dann wäre in Kiew eine Putin genehme Marionetten-Regierung installiert. Er selbst wäre dann hoffentlich ebenfalls in Kiew, dieser großen Stadt voller Banken, und käme endlich an sein Geld heran.

Wobei *bewegen* nicht ganz stimmte. Seit vierundzwanzig Stunden steckte seine Einheit auf der Straße mitten in einem bewaldeten Talabschnitt fest. Angeblich war die gesamte Marschkolonne über hundert Kilometer lang. Man munkelte, dass die vorderen Truppenteile in schwere Kämpfe mit den Ukrainern verwickelt wären.

Hatten die Überfallenen also vielleicht doch eine Chance? Lag es tatsächlich an schweren Kämpfen um Kiew, dass sie nicht vorankamen? Unwillig brummte er. Es spielte keine Rolle, schließlich hatte er es keineswegs eilig. Im Gegenteil, es käme ihm sogar entgegen, wenn seine Truppe nicht in Kampfhandlungen verwickelt werden würde. Sollten sich die Truppen vorne ruhig blutige Nasen holen. Er war hier wenigstens sicher.

Trotz der Kälte hatten sie einen Klapptisch neben ihrem Sanitätslastwagen aufgebaut. Seit Stunden spielten sie Karten. Soeben mischte Juri die Karten, als Onegin ein Surren hörte. Suchend sah er sich um und wollte seinen Augen nicht trauen.

Von der Seite kommend schwebte eine Drohne, ein sogenannter Quadrokopter, auf die Kolonne zu. Im Westen war ein solches Spielzeug unter männlichen Großstädtern bereits weit verbreitet. Seit seiner Ankunft in Sankt Petersburg hatte er jedoch keine mehr gesehen. War etwa außer ihm noch jemand aus dem Westen hier dabei?

Eugène musste ihn finden! Ohne die ihm unterstellten Sanitäter weiter zu beachten, erhob er sich und lief auf die Drohne zu.

Einige Fahrzeuge hinter ihnen stand in der Kolonne ein Tanklastwagen. Genau über diesem schwebte die Drohne in der Luft. Seltsam, was faszinierte ihren Piloten an dem alten Laster? In diesem Moment fiel ein Teil der Drohne hinunter auf den Tank des Lastwagens, der im nächsten Moment in einem gewaltigen Feuerball explodierte.

Frauke starrte Uta misstrauisch an. Sie konnte einfach nicht glauben, was jene ihr soeben berichtete hatte.

„Herr Sterz soll also wenige Tage vor seinem Tod von einem alten, russischen Offizier mit einer Tokarev bedroht worden sein? Also mit genau jener Pistole, zu der das seltene Kaliber passt und die wir daher als Tatwaffe vermuten?“

Uta nickte.

„So hat es zumindest sein Sohn Alexander ausgesagt."

„Und die Tochter und die Witwe wissen nichts davon?"

„Wahrscheinlich wollte er die Frauen schonen und erzählte ihnen deshalb nichts."

„Und den Unbekannten, der knapp unserer Falle entkam, erkannte keiner der drei?"

Uta zögerte.

„Was? Nun sag schon!"

„Die Tochter meinte, er ähnle einem Schauspieler. Hier, sieh selbst!"

Sie streckte Frauke ihr Smartphone hin, wischte zwischen dem von der Kriminaltechnik bearbeiteten Bild und einem Foto von Herrn Schuch hin und her. Frauke musterte beide Bilder eingehend. Schließlich meinte sie:

„Beide weisen eine entfernte Ähnlichkeit auf. Aber das Gesicht des Gesuchten ist deutlich schmäler, seine Wangenpartie anders geformt und seine Lippen stimmen ebenfalls nicht."

„Die Lippen waren bei der Videosequenz weitgehend unter dem Schnauzbart verborgen!", protestierte Uta.

„Trotzdem sind es zwei verschiedene Menschen! Da bin ich mir absolut sicher!"

„Vielleicht besitzt du ja auch die Fähigkeiten eines Super-Recognizers!"

Andreas, der ihren Disput belauscht hatte, trat zu ihnen und lächelte Frauke an. Uta spürte einen Stich Neid in sich. Lange konnte es nicht mehr dauern, bis er seinem Liebling die Leitung der Ermittlungen zurückübertragen würde. Ihr Kopf sank tiefer. Sie könnte es sogar verstehen, war Frauke doch eindeutig die bessere Ermittlerin, nicht nur was das Unterscheiden von Gesichtern anbelangte!

„Und dir, liebe Uta ...“, Andreas wandte sich ihr zu und lächelte, „... gratuliere ich zu deiner gründlichen Arbeitsweise! Dank deiner peniblen Aktenführung konnten die Super-Recognizer den Flüchtigen identifizieren! Deren Erfolg geht zur Hälfte auf deine Kappe!“

„Wer ist es?“

„Wie haben die das geschafft?“, riefen die beiden Kommissarinnen gleichzeitig.

Anne fuhr innerlich aufgewühlt von Kiel zurück nach Hamburg. Dass Elias sich nicht meldete, frustrierte sie zutiefst. Hatte er sie wirklich nur benutzt und wollte nichts mehr von ihr wissen? Der Gedanke schmerzte sie schrecklich. Mehr als einmal war sie schon von Männern benutzt worden.

Noch stärker wühlte es sie aber auf, dass ihr Bruder es ernsthaft für möglich hielt, ihre Mutter könnte ihren Vater erschossen haben! Wie konnte Alexander so etwas auch nur denken? Den Blödsinn, ihr Vater sei kurz vor dem Mord von einem alten Russen mit einer Tokarev bedroht worden, hatte Alexander der Kommissarin nur erzählt, um ihre Mutter aus der Schusslinie zu halten.

Anne grübelte dumpf vor sich hin. Es war wieder mal typisch, dass Alexander von der Pistole wusste, sie hingegen keine Ahnung davon gehabt hatte. Angeblich handelte es sich um eine alte, sowjetische Militärpistole. Ihr Vater hatte in der Roten Armee dienen müssen, war dort an Waffen ausgebildet worden. Aber sie glaubte nicht, dass ihre Mutter jemals eine Pistole in der Hand gehalten hatte. Auch wenn sie einander nicht gut verstanden, Mama konnte Papa unmöglich erschossen haben!

Komisch war es schon, dass die Waffe verschwunden war. Vielleicht trug ihr Vater sie tatsächlich bei sich, weil er sich von seinen kriminellen Komplizen bedroht fühlte? Sie atmete auf. So musste es gewesen sein! Wahrscheinlich hatten seine verbrecherischen Komplizen ihm die Pistole weggenommen und ihn mit seiner eigenen Waffe erschossen! Das würde zu ihm passen, gutmütig und leicht tollpatschig, wie er gewesen war. Der scharfe Schmerz ihres bitteren Verlustes meldete sich, trieb ihr erneut Tränen in die Augen. Letzten Endes hatte ihr Vater, der erste und wichtigste Mann in ihrem Leben, sie permanent enttäuscht, am stärksten zum Schluss mit seinem gewaltsamen Tod als Verbrecher. Wie konnte er ihr das nur antun? Sie schiss auf seine fünfhundert Euro! Ihn als anständigen Kerl in Erinnerung behalten zu können, wäre ihr entschieden lieber!

Erneut kam ihr Elias in den Sinn. Die Stunden mit ihm waren so wunderbar gewesen. Hatte er seine Gefühle wirklich nur geheuchelt, den Verliebten nur gespielt? Wie sollte sie da je wieder einem Mann vertrauen können?

Anne erreichte ihre Straße und fand einen Parkplatz fast direkt vor ihrem Haus. Gekonnt parkte sie rückwärts in die enge Lücke ein. Dann zog sie die Handbremse an, schaltete den Motor aus, griff sich ihren Rucksack und verließ den Wagen. Auf den wenigen Metern durch die dunkle Straße zu ihrem Haus sah sie sich ängstlich um. Ob die Polizei sie noch überwachte? Oder schlimmer, die Spießgesellen ihres Vaters? Plötzlich überfiel sie die Ahnung, die Verbrecher könnten sie in der Hoffnung entführen, sie kenne das Versteck ihres Vaters.

Anne hastete die letzten Meter zur Tür, fummelte zitternd den Schlüssel aus der Tasche und benötigte mehrere Anläufe, um ihn ins Schloss einzuführen. Endlich drinnen, schlug sie die Haustür hinter sich zu und lehnte sich von innen dagegen. Ihr Herz raste, ihr Atem keuchte. Hier drinnen fühlte sie sich zumindest etwas sicherer. Da erst fiel ihr ein, dass die Polizei ja ihre Wohnung durchsucht hatte. Hoffentlich hatten die kein allzu schreckliches Chaos hinterlassen! Sie wollte soeben die erste Stufe erklimmen, als eine vertraute Stimme erklang.

„Pst Anne! Bitte erschrecke dich nicht, ich bin hier!"

Sie zuckte erschrocken zusammen, starrte dann die Treppe in den Keller hinunter. Elias stand auf dem Absatz und lächelte sie warm an.

„Du? Was machst du denn in meinem Keller?"

„Ich habe auf dich gewartet."

Sie flog die Stufen hinunter und warf sich ihm an den Hals. Er schlang seine Arme um sie und hielt sie ganz fest. Es tat so schrecklich gut, ihn zu spüren. In diesem

Moment war sie sich sicher, dass alles wieder gut werden würde.

Im Kieler Kommissariat genoss währenddessen Andreas die Verblüffung der beiden Ermittlerinnen.

„Nun sag schon!", drängte Frauke.

„Also die Super-Recognizer arbeiten folgendermaßen: Sie rufen von jedem im Rahmen der Ermittlung auftauchenden Namen das Passbild auf und vergleichen es mit dem Bild des Gesuchten. Da wir einen Mann suchen, reichten in diesem Fall alle männlichen Namen. Und bei einem Namen, der nur ganz am Rande auftauchte, und auch das nur, weil Uta so eine akribische Aktenführerin ist, landeten sie einen Treffer."

Andreas unterbrach seinen Bericht erneut und lächelte die beiden erwartungsvoll an.

„Jetzt rücke doch endlich mit dem Namen raus!", stöhnte Uta.

„Erkennst du ihn?"

Andreas hielt ihr sein Handy hin, auf dessen Display die Frontalansicht eines jungen Mannes erschien. Offensichtlich handelte es sich um ein biometrisches Bild für einen Ausweis. Uta runzelte die Stirn. Sie sollte den Namen des Mannes in den Akten vermerkt haben? Sein Gesicht sagte ihr rein gar nichts.

„Tut mir leid ...", sie schüttelte den Kopf, „... aber den Mann kenne ich nicht!"

„Erstaunlich!" Andreas schüttelte ebenfalls nachdenklich den Kopf. „Du hast ihn als Einzige von uns live gesehen, erkennst ihn aber weder auf dem Passbild noch auf unserem Fahndungsfoto wieder."

Er wandte sich Frauke zu.

„Was sagst du, ist das der Mann, den wir suchen?"

Frauke warf Uta einen kurzen Blick zu, deren Gesicht sich verfinsterte und die ihre Lippen aufeinander presste. Dann ließ sie sich Zeit und verglich die beiden Fotos.

„Sicher bin ich mir nicht, aber das Bild passt jedenfalls deutlich besser als das des Schauspielers."

„Anscheinend hat diese Psychologin von der Kieler Uni recht. Die Fähigkeit, Gesichter wiederzuerkennen, ist recht ungleich verteilt und lässt sich auch nur sehr begrenzt trainieren. Daher lohnt es sich, unter uns Polizisten jene zu suchen, die über eine außergewöhnlich gute Fähigkeit in der Wiedererkennung verfügen, und sie gezielt für entsprechende Aufgaben einzusetzen."

Er brach ab, blinzelte und fixierte dann einen imaginären Punkt in der Ferne.

Die beiden Kommissarinnen tauschten einen Blick und verdrehten ihre Augen. Andreas war ihr Vorgesetzter, im Grunde war er auch schwer in Ordnung, nervte aber manchmal ziemlich.

„Also, ich muss langsam nach Hause!", brach Frauke das Schweigen. „Du kannst mir dann ja morgen den Namen verraten."

Sie wandte sich ab.

„Elias Michler! Der Gesuchte heißt Elias Michler!"

Frauke runzelte ihre Stirn.

„Der Name sagt mir nichts. Bist du sicher, dass er in unseren Akten erscheint?“

„Der Freund der Tochter!“, platzte Uta heraus.

In Hamburg löste Anne sich aus der Umarmung jenes Mannes und fragte: „Vor wem versteckst du dich eigentlich hier im Keller?“

„Ach, ich wollte verhindern, dass deine Nachbarn mich sehen. Außerdem kam ich ohnehin hinten über den Hof.“

„Aber die Hoftür ist immer abgeschlossen!“ Sie runzelte die Stirn. „Und du besitzt doch gar keinen Schlüssel für sie!“

Elias sah sie ernst an, knetete mit den Zähnen dabei seine untere Lippe und meinte schließlich leichthin: „So ein billiges Schloss ist für mich kein Hindernis.“

Anne blinzelte und schaute ihn verständnislos an. Dann erinnerten sie seine Worte an eine Bemerkung der Kommissarin Meyer. Ihre Augen weiteten sich vor Entsetzen, auch wenn ein Teil von ihr sich weiterhin weigerte zu begreifen, was seine Worte bedeuteten.

„Du …, du …, du hast meine Wohnung ...“, stammelte sie, brach dann jedoch hilflos ab.

Das Ausmaß seines Verrats war zu grausam, als dass sie bereit war, es zu akzeptieren. Er presste jedoch seine Lippen aufeinander und nickte.

„Ja, ich habe deine Wohnung verwanzt. Dazu brauchte ich allerdings dein Schloss nicht zu knacken. Es tut mir sehr leid, dass ich es getan habe.“

„Es tut dir leid!“, jaulte sie auf. „Was fällt dir ein! Wie kommst du dazu, so etwas zu tun? Bist du so ein Perverser, der sich daran aufgeilt, eine Frau abzuhören? Warum ausgerechnet ich? Was habe ich dir getan?“

„Du hast mir gar nichts getan! Im Gegenteil, du warst wunderbar zu mir! Deshalb bin ich hier, um dich zu beschützen!“

„Mich zu beschützen?“ Sie lachte hysterisch auf. „Vor wem willst ausgerechnet du mich beschützen? Etwa vor dir selber?“

„Nein, vor meinen Geschäftspartnern natürlich!“

„Deinen Geschäftspartnern? Welche Geschäftspartner? Ich kenne sie nicht, habe denen also auch mit Sicherheit nichts getan!“

„Das musst du auch nicht! Die glauben, dass du sie zu ihrer Ware führen kannst. Das reicht denen.

Sie wollen dich foltern, damit du ihnen das Versteck ihrer Ware verrätst!“

„Foltern?“ Anne schnaubte. „Ich glaube, du hast in letzter Zeit zu viele schlechte Filme gesehen! Außerdem kapiere ich nicht, von welcher Ware du hier andauernd faselst!“

„Na, von der Ware, die ich deinem Vater geliefert habe.“

„Meinem Vater?“ Sie sah ihn erst an, dann weiteten sich ihre Augen. „Du meinst Waffen! Du bist der Waffenhändler!“

„Nein, bin ich nicht! Aber kannst du bitte etwas leiser reden? Ich will weder, dass deine Nachbarn gleich hier auftauchen, noch dass die Bullen draußen im Auto vor deiner Tür auf uns aufmerksam werden!"

„Draußen sitzen Bullen im Auto? Das ist ja prima!"

Anne stieg einige Stufen höher.

„Wo willst du hin? Bleib bitte hier!"

„Natürlich der Polizei sagen, dass du hier bist! Du Verbrecher!"

„Ich bin kein Verbrecher! Um ..."

Er stieg zwei Stufen in ihre Richtung empor, woraufhin Anne sich entschlossen zur Haustür wandte und diese einen Spalt öffnete.

„Nicht! Bitte nicht!"

Elias blieb stehen, sah sie flehend an. Anne zauderte. Er stieg sofort wieder hinunter auf den Absatz.

„Bitte mach das nicht! Warte damit zumindest solange, bis ich dir alles erklärt habe!"

„Schön, dann leg los!"

„Hier?"

Verdutzt sah er sie an.

„Genau hier! Wenn du auch nur eine Stufe in meine Richtung steigst, renne ich laut schreiend vors Haus!"

„Na gut! Wir machen es so, wie du es willst. Aber du brauchst keine Angst vor mir zu haben, ich tue dir nichts! Im Gegenteil, ich will dich vor der Folter durch meine Geschäftspartner beschützen!"

„Ich höre! Du hast drei Minuten!"

„Drei Minuten? Oh Gott, wo soll ich da nur anfangen?"

„Zwei Minuten fünfundvierzig Sekunden!"

„Als wir beide uns am Tiessenkai begegneten, hatte ich keine Ahnung, wer du bist! Als ich dich taumeln sah, wollte ich dir wirklich einfach nur helfen! Ich bin ein hilfsbereiter Mensch, auch wenn du es mir vielleicht nicht glaubst!"

„Eine Minute fünfzig Sekunden! Warum hast du meinen Vater in deine kriminellen Machenschaften verwickelt?"

„Aber das habe ich doch gar nicht!"

„Nicht?"

„Ehrlich nicht! Außerdem will ich dir noch sagen, dass meine Gefühle für dich nicht geheuchelt waren! Ich habe mich auf Anhieb in dich verliebt. Die Nacht mit dir war die schönste Nacht meines Lebens! Und für dich alleine bin ich bereit, mein Leben zu verändern! Ich gehe sogar freiwillig in den Knast, um für meine Fehler zu büßen! Und ich verspreche dir, dass ich nie wieder so einen Mist machen werde! Aber bitte, lass mich vorher zu dir gehen und dich ein letztes Mal ganz fest in den Arm nehmen!"

Samstag, 26. Februar 2022

Selbst bei einem einfachen Mord gab es zu Beginn der Ermittlungen für Frauke und ihre Kollegen kein Wochenende. Die Ermittlungen hier waren mittlerweile größer, viel zu groß, um überhaupt einen Gedanken an einen freien Tag zu verschwenden. So kamen auch am Samstag alle brav in das Kommissariat. Uta bat Frauke, gemeinsam mit ihr die nächsten Ermittlungsschritte zu planen.

„Dieser Elias Michler kann nicht der Gesuchte sein!", meinte Frauke.

„Warum nicht?", fragte Uta.

Misstrauisch beäugte sie ihre Kollegin. Schoss Frauke gerade einfach quer, weil Andreas ihr die Leitung der Ermittlungen entzogen hatte?

„Weil der Gesuchte bei unserer Falle in der Fliegerhorstkoppel extreme Vorsicht walten ließ! Er tarnte sich mit Mütze und riesigem Schnauzbart, kam mit einem Wagen, von dem er eine Kopie des digitalen Schlüssels angefertigt hatte, damit nur ja keine Spur zu ihm führt! Zudem handelte er extrem vorsichtig und vorausplanend, indem er vorab einen komplizierten Fluchtweg auskundschaftete!

Gleichzeitig soll er die junge Frau Sterz in Tatortnähe unter seinem wirklichen Namen angesprochen haben?"

Frauke schüttelte entschieden den Kopf.

„Beides passt für mich absolut nicht zusammen! Einmal handelt er übervorsichtig, dann wiederum dilettantisch?"

Spontan flammte Neid in Uta auf, dem unmittelbar Unsicherheit folgte. Fraukes Überlegungen waren nicht von der Hand zu weisen. Warum war sie nicht selbst darauf gekommen?

„Was vermutest du?", fragte sie.

„Vielleicht hat der Schmuggler sich bei Herrn Michler dessen Identität geliehen, genau wie er von Herrn Engel sein Auto geliehen hat?"

Uta starrte ihre Kollegin entgeistert an.

„Wie meinst du das?"

„Der von uns Gesuchte könnte schlicht Herrn Michler ähnlich sehen und sich diese Ähnlichkeit zu Nutze machen, indem er als Herr Michler auftritt, inklusive gefälschtem Ausweis, Führerschein und Kreditkarte."

„Warum erreichen wir den echten Herrn Michler dann nicht auf seinem Handy?"

„Vielleicht ist das einfach nur Zufall ..." Frauke zuckte mit den Schultern, dachte kurz nach, „... oder der Gesuchte hat ihn beseitigt."

Uta überlegte kurz.

„Wir müssen dringend die junge Frau Sterz nach ihm befragen. Ich rufe sie gleich an."

Das Handy von Anne Sterz war ausgeschaltet und ans Festnetz ging sie nicht ran. Von den ihre Wohnung überwachenden Kollegen erfuhr Uta, dass sie am Vorabend das Haus betreten und seither nicht wieder verlassen hatte. Ein Kollege von der Nachtschicht hatte beobachtet, wie sie kurz nach Betreten des Gebäudes im Treppenhaus erregt mit einem Mann diskutierte. Er sei überhaupt nur wegen der lauten Stimmen ausgestiegen, um nachzusehen. Als er durch das Glas der Eingangstür schaute, hätten die beiden sich aber bereits einigermaßen beruhigt gehabt und er konnte nicht verstehen, worüber sie sprachen. Frau Sterz machte auf ihn nicht den Eindruck, Angst vor dem Mann zu haben. Daher begnügte der Kollege sich damit, ein Foto des Mannes zu schießen.

Die Hamburger sendeten das Foto nach Kiel, wo es Bestürzung auslöste, entpuppte der Mann sich doch als der von ihnen Gesuchte, sei es Herr Michler oder ein im ähnlich sehender Unbekannter. Wollte er den Fehler, der Tochter des Toten seine Identität preisgegeben zu haben, ausmerzen und sie als Zeugin beseitigen?

Getrieben von Angst um das Leben der jungen Frau, ordnete Uta an, dass die Hamburger Kollegen erst bei ihr Sturm läuten und sich, falls sie daraufhin nicht öffnete, gewaltsam Zugang zur Wohnung von Frau Sterz verschaffen sollten.

Die beiden Kieler Polizistinnen warteten bange Minuten. Dann hörten sie von den Hamburger Kollegen, dass die junge Frau spurlos verschwunden war. Hatte der Gesuchte sie sich geschnappt? Lebte die junge Frau noch?

Noch immer steckten sie in dem verfluchten Tal auf dem Gebiet der Ukraine fest. Auch wenn darüber nicht offen gesprochen werden durfte, war Onegin klar, warum die Kolonne feststeckte. Wenn die Ukrainer in der Lage waren, selbst in der hinteren Hälfte der Kolonne gezielt die Tanklastwagen voller Treibstoff zu zerstören, verfügten die vorderen Teile der Angreifer schon längst über kein Benzin und keinen Diesel mehr.

Warum erkannte die Armeeführung nicht die Gefahr ihrer Lage? Warum befahl sie nicht den Rückzug? Onegin hatte versucht, seinen eigenen Kommandeur davon zu überzeugen, wenigstens oben auf den bewaldeten Höhen zu beiden Seiten des Tals starke Wachen aufzustellen. Schließlich war das Gelände geradezu prädestiniert für einen ukrainischen Überfall. Aber der Kommandeur hatte nichts davon wissen wollen, sondern ihm verärgert das Wort abgeschnitten.

Ein lautes Zischen schreckte ihn auf. Aus dem Wald schoss eine Flammenkugel auf einen der mitten in der Kolonne stehenden Panzer zu. Als die Rakete ihn traf, explodierte die Munition im Inneren des Panzers und katapultierte seinen Geschützturm in den Himmel. Noch während Onegins Augen ungläubig dem Flug des Monstrums in die Höhe folgten, wurden sie von den bewaldeten Höhen auf beiden Seiten mit Raketen sowie leichten und schwereren Schusswaffen unter Feuer genommen.

Harry war ein harter Hund. Deswegen liebte er seinen Job bei einem Hamburger SEK. Gerade bereiteten seine Kollegen und er sich auf die Stürmung einer Wohnung vor und es war unklar, was sie darin erwartete. Vielleicht wurde eine junge Frau in der Wohnung gefangen gehalten. Dann galt es zu verhindern, dass ihr Entführer sie als Schutzschild missbrauchte. Vielleicht fanden sie nur den bewaffneten Bewohner vor, einen Waffenhändler, dem mindestens zwei Morde zur Last gelegt wurden, vielleicht stießen sie auch nur auf seine Leiche. Sie mussten auf alles gefasst sein und wie immer entschlossen und schnell handeln.

Auf das Zeichen des Einsatzführers hin sprengte der Mann mit der Ramme die Tür auf. Die Beamten stürmten unter lauten „Polizei"-Rufen die Wohnung. Harry rannte hinter seinen Kollegen hinein, die sich den links und rechts abzweigenden Türen der großzügigen Altbauwohnung widmeten. Für ihn blieb die letzte Tür auf der linken Seite übrig. Der Raum dahinter war dämmrig und erwies sich als verwinkelter, nach rechts abknickender Schlauch voller Möbel und Kartons. Harry fluchte leise, war der Raum doch ideal für einen Hinterhalt. Entschlossen streckte er seinen behelmten Kopf um die Ecke, zog ihn jedoch sofort wieder zurück. Als es ruhig blieb, sprang er um die Ecke und lief mit seiner Maschinenpistole im Anschlag weiter hinein in den Raum, der zahlreiche Verstecke bot.

„Hey Süßer!", erklang es hinter ihm.

Harry fuhr herum und sah sich einer in Leder gekleideten Frau gegenüber, die mit einem großen Revolver auf ihn zielte. Ohne weiter nachzudenken drückte

Harry ab und sah die Kugeln seiner Waffe in ihren Körper eindringen.

Frauke und Uta machten sich große Sorgen um die Tochter Sterz. Ihr Handy war seit gestern kurz nach Betreten ihres Hauses ausgeschaltet. Weder ihre Familie noch ihre Freunde wussten, wo sie sich aufhielt. Ihr Bruder Alexander meinte, sie habe sich eigentlich heute Vormittag bei ihm melden wollen, es aber bisher nicht getan.

Auch wenn es in ihrer Wohnung keine Kampfspuren gab, stand zu befürchten, dass sie sich in Herrn Michlers Gewalt befand. Daher mussten sie dringend herausbekommen, ob Herr Michler selbst der Schmuggler war oder ob der Schmuggler nur seine Identität benutzte. Hierfür mussten sie in die Firmenräume seines Arbeitgebers, und zwar sofort, auch wenn in der *Old Hanseatic Trading Company* wegen des Wochenendes niemand sein sollte.

Hierbei wollte die Richterin jedoch nicht mitspielen. Für eine Entführung von Frau Sterz gab es schließlich keine Beweise. Die Polizei sollte bis Montag warten, ob er auftauche und ansonsten zunächst ganz normal seine Sekretärin nach ihm fragen. Vielleicht sei Herr Michler einfach nur zum Angeln nach Norwegen gefahren und habe, um richtig abschalten zu können, sein Telefon ausgeschaltet. Die Sekretärin wisse bestimmt, wie er in Notfällen zu erreichen wäre.

Uta gab sich damit nicht zufrieden und rief, von Frauke ermutigt, trotz des Wochenendes bei ihrem

Chef Andreas Bode an. Der Kriminalrat versprach, sich darum zu kümmern. Nach langem Hin und Her bekam er schließlich heraus, dass die Zollfahndung bereits seit dem Vortag in der *Old Hanseatic Trading Company* zugange war. Andreas ärgerte sich maßlos über die äußerst einseitige Auffassung von Zusammenarbeit der Zollfahnder. Als alter Kämpe wusste er jedoch, dass Vorwürfe und emotionsüberladenes Agieren nichts brachten. Also blieb er ruhig und warb beharrlich dafür, dass eine Zusammenarbeit auf Informationsfluss in beide Richtungen basiere. Seine ruhige Beharrlichkeit hatte ihm zu seiner Position verholfen. Schon oft war er mit ihr erfolgreich gewesen. In diesem Falle biss er jedoch auf Granit.

Als Uta das von ihm hörte, war sie außer sich. Sie verkündete, sofort nach Hamburg zur *Old Hanseatic Trading Company* zu fahren und Sperber zur Rede zu stellen.

„Kommst du mit?"

Hoffnungsvoll sah sie Frauke an. Vor nicht langer Zeit hätte jene keine Sekunde gezaudert. Jetzt überlegte sie, schüttelte erst bedächtig, dann entschieden den Kopf.

„Fahr du besser alleine hin. Falls der Vogel wirklich vor Ort ist ..."

„Welcher Vogel?"

Uta starrte Frauke mit gerunzelter Stirn an, woraufhin diese errötete.

„Ähm…", sie schluckte, „… ich meine natürlich den Kollegen Sperber!"

„Nennst du den für dich etwa Vogel?"

Ihre Kollegin lachte laut auf.

„Sag jetzt bitte nichts weiter dazu, verrate aber vor allen Dingen dem Kollegen Sperber nichts davon! Er nervt mich halt manchmal, da habe ich ihn für mich so getauft. Okay?"

„Okay."

So etwas hatte Uta von Frauke nicht erwartet.

„Jedenfalls erfährst du am ehesten etwas von dem Zollfahnder, wenn du unter vier Augen mit ihm sprichst. Vor Zeugen wird der schön die Klappe halten, also störe ich nur."

Uta starrte ihre Kollegin an. Ihre Lippen wurden schmal. Schließlich nickte sie einmal knapp.

„Was machst du solange?"

„Mit Roland essen und spazieren gehen."

„Du willst Feierabend machen? Jetzt schon?"

„Ich kann gerade einfach nicht so wie sonst! Akzeptiere das bitte und mache es mir nicht noch schwerer, als es ohnehin schon für mich ist! Immerhin wurde dir deshalb die Leitung der Ermittlungen übertragen!"

Über den Lauf seiner Waffe hinweg starrte Harry weiter auf die Frau. Seine Kugeln hatten sie eindeutig getroffen. Sie stand jedoch völlig unberührt davon da, als sei nichts gewesen und lächelte ihn mit über den Kopf erhobenen Händen an. Nanu? Wo war ihre Pistole? Das Ding, mit dem sie ihn bedroht hatte, war riesig gewesen. Jetzt war von ihm nichts mehr zu sehen. Hatte sie ihre Waffe einfach fallen lassen? Nein, dann hätte er sie auf das Parkett poltern hören. Er warf einen schnellen Blick auf den Boden vor ihr. Von der Waffe war nichts zu sehen.

Erneut hob er den Blick. Sie lächelte ihn an. Ihr Lächeln war verführerisch und löste ein warmes Prickeln in ihm aus. Rasch scannte er ihren Körper. Was er sah, gefiel ihm. Sie sah gut aus, sogar verdammt gut. Warum zum Teufel hatte er nur auf sie geschossen? Und warum schienen seine Kugeln ihr nicht das Geringste auszumachen?

„Lage?", schallte es aus dem Flur.

„Alles unter Kontrolle!", rief Harry zurück.

In diesem Moment verschwamm sein Bild von der Frau und mit einem kleinen Blitz verschwand sie spurlos. Harry blinzelte überrascht. Suchend sah er sich im Raum um, konnte sie jedoch nirgends entdecken. Er wollte seinen Augen nicht trauen. War das Hexerei?

Kommissar Enderlein, der Leiter seiner Einsatzgruppe, betrat mit seiner Waffe im Anschlag den Raum.

„Hast du eben geschossen?"

„Ja."

„Warum?"

„Weil plötzlich hinter meinem Rücken eine Frau auftauchte, die mich mit einem Revolver bedrohte."

„Eine Frau?" Sein Einsatzführer sah sich suchend um. „Ich sehe hier nirgendwo eine."

„Die hat sich auch eben in Luft aufgelöst! Sie war aber da! Ganz sicher!"

Skeptisch sah der Kommissar seinen Kollegen an. „Und wo soll sie dann hin sein?“

Roland holte Frauke mit ihrem Auto in der Blumenstraße ab. Er wusste, wie nötig sie wegen ihrer Dauerbelastung seiner vollen Aufmerksamkeit und Liebe bedurfte. Beides schenkte er ihr äußerst gerne. Dementsprechend aufmerksam lauschte er ihr, als sie von ihren Ermittlungen und ihrer Sorge um die verschwundene junge Frau Sterz erzählte, während er sie über die B 503 bis zur Ausfahrt Lutterbek und weiter nach Stein an der Ostsee kutschierte.

Seine Aufmerksamkeit war in ihrer Situation hilfreich. Eine angenehme Ablenkung tat ihr aber mindestens genauso gut. Also führte er sie zum Essen aus. Im *Kaffeeklatsch* bestellten sie eine Süßkartoffel-Erdnuss-Suppe, die Roland spontan begeisterte. Er beschloss, diese zu Hause nachzukochen und das Rezept noch zu verfeinern. Die Suppe im *Kaffeeklatsch* war lecker, aber für seinen Geschmack nicht sämig genug. Außerdem war er sich sicher, dass ein kleiner Schuss Whiskey den Geschmack abrunden würde. Als Hauptgang aßen sie Spagetti mit Thunfisch Arrabiata, an denen er nicht das Geringste auszusetzen hatte. Auf einen Nachtisch verzichteten die beiden.

Trotz einer steifen Brise direkt aus der Polarregion, die dunkle Wolken über den Himmel jagte, schlossen sie zur Verdauung einen Strandspaziergang an. Frauke hakte sich bei Roland unter. Geistesabwesend starrte sie mit leerem Blick vor sich hin, während er das eisige Prickeln des frischen Windes in seinem Gesicht genoss. Tief inhalierte er den Geruch von Salz und Tang. In der Brandung suchte ein einzelner Austernfischer nach Nahrung, setzte hierzu seinen langen, roten Schnabel als Speer ein, während am Himmel die Möwen kreischten.

„Den sieht man im Winter eigentlich nur an der Nordsee", meinte Frauke.

Roland wandte sich ihr zu und lächelte sie an.

„Du bekommst also doch etwas von deiner Umwelt mit?"

„Warum auch nicht!"

Sie knuffte ihn in die Seite, woraufhin er tat, als müsse er sich vor Schmerz krümmen. Immerhin entlockte er ihr damit ein müdes Lächeln. Schließlich fragte er:

„Wen sieht man im Winter nur an der Nordsee?"

„Na, den Austernfischer!"

„Ach so! Kennst du dich mit Vögeln aus?"

„Geht so!"

Frauke zuckte mit den Schultern. Ein junges Pärchen kam ihnen, übers ganze Gesicht strahlend, entgegen und grüßte sie freundlich. Die Frau war im Alter der Vermissten.

„Ob die junge Frau Sterz noch lebt?"

„Hey! Du musst abschalten! Es hilft der Tochter auch nichts, wenn du dich kaputtmachst!"

„Du hast recht!"

Seine Geliebte seufzte.

„Außerdem sucht Uta nach ihr. Sie ist eine gute Polizistin und wird sie finden!“

Frauke erwiderte nichts darauf, sondern blieb stumm.

„Oder etwa nicht?“

Sie zögerte.

„Doch, schon, Uta arbeitet akribisch und zuverlässig alle ihr übertragenen Aufgaben ab.“

„Aber?“

„Ihr fehlen halt manchmal die unkonventionellen Ideen und der nötige Weitblick, um als Verantwortliche eine Ermittlung voranzubringen.“

In Herrn Michlers Hamburger Wohnung wusste Kommissar Enderlein nicht so recht, was er von Harrys Behauptung, eine Frau habe ihn mit einem Revolver bedroht, halten sollte.

„Bist du ganz sicher, dass es eine Frau war? Könnte es nicht nur ein Schatten gewesen sein? Ich meine, hier drinnen ist es ziemlich dämmrig.“

„Ich bin mir absolut sicher, dass hier eben noch eine Frau war! Sie zielte mit einem riesigen Revolver auf mich und sagte *Hallo Süßer* zu mir. Außerdem sah sie ziemlich scharf aus.“

Enderleins Zweifel an Harrys Angaben verstärkten sich. Dabei hatte er ihn bisher als äußerst zuverlässig und nervenstark erlebt.

Das Deckenlicht wurde eingeschaltet. Paul gesellte sich zu ihnen. Er schien ihre Unterhaltung mitangehört zu haben. Zumindest fragte er:

„Wo genau stand die Frau denn?"

„Ungefähr dort, wo du jetzt stehst, vielleicht einen Schritt weiter links."

Paul trat einen Schritt nach links, blickte dann zwischen Harry und den Einschusslöchern in der Wand hin und her. Er stand genau in der Schusslinie. Also musste dort die Frau gestanden haben, in deren Körper er seine Kugeln hatte eindringen sehen. Harry stutzte. Wieso waren die Kugeln eigentlich in sie eingedrungen und durch sie hindurchgeflogen, ohne ihr Schaden zuzufügen? Müsste hier nicht wenigstens Blut auf dem Boden zu sehen sein? Er schüttelte sich.

„Vielleicht habe ich sie mir doch nur eingebildet", räumte er dann kleinlaut ein.

Enderleins Sorgenfalten gruben sich tiefer. Das würde er melden müssen. Harry war ein guter Mann. Es tat ihm leid um ihn.

„Vielleicht aber auch nicht!", entgegnete Paul. „Seht ihr den Apparat dort an der Decke hängen?"

Mit ausgestrecktem Arm zeigte er auf ein teuer aussehendes, mattschwarzes Elektrogerät.

„Was ist das?"

„Ein 3-D Projektor."

„Ein was?"

„Eine Art von Beamer, mit dem man dreidimensionale Bilder, sogenannte Hologramme, erzeugen kann."

Harry starrte seinen Kollegen fassungslos an. Es dauerte, bis er langsam den Sinn von Pauls Worten begriff.

„Willst du damit sagen, ich habe auf ein von einem Projektor erzeugtes Bild einer bewaffneten Frau geschossen?“

„Genau.“

Paul grinste breit.

„So ein Quatsch!“ Enderlein schnaubte. „Hologramme! Das klingt doch nach Science-Fiction!“

„Das mag sein, ist allerdings schon längst zur Realität geworden.“

Gerade als Uta Richtung Hamburg aufbrechen wollte, meldete ihr der Pförtner, dass eine junge Frau sie dringend wegen der verschwundenen Anne Sterz zu sprechen wünschte. Also lief Uta nach vorne, um die Zeugin abzuholen. Die Frau trug braune Leggings in Leder-Optik, kombiniert mit einem dicken Pullover im XXL-Format und groben Stiefeln sowie einer zum Pullover passenden Bommelmütze in Grobstrick. Sichtlich nervös starrte sie der Kommissarin entgegen. Uta stellte sich vor und fragte:

„Wissen Sie, wo Anne Sterz sich derzeit aufhält?“

„Leider nicht, das habe ich Ihnen doch bereits am Telefon gesagt.“

Die junge Frau führte ihre Hand zum Mund, als wolle sie auf ihren Nägeln kauen, besann sich im letzten Augenblick jedoch und starrte die Polizistin mit sichtlich schlechtem Gewissen an.

„Am Telefon? Wie heißen Sie denn?“

„Lina Silber.“

„Silber? Sind Sie dann nicht die beste Freundin der Verschwundenen?“

„Hoffentlich nicht!“

Lina schluckte. Uta beäugte sie misstrauisch.

„Wie meinen Sie das?“

„Als Anne noch in Kiel wohnte, waren wir sicherlich beste Freundinnen. Aber seit ihrem Umzug nach Hamburg pflegen wir nur noch sporadischen Kontakt miteinander. Ich fände es furchtbar, wenn Anne dort niemanden kennengelernt hätte, der ihr nähersteht als ich!“

Uta überlegte. Sollte sie der jungen Frau sagen, dass es vermutlich so war? Zumindest waren sie im Zuge ihrer bisherigen Ermittlungen auf niemanden gestoßen.

„Was führt Sie hierher?“

„Ich mache mir riesige Sorgen um Anne und habe ein schrecklich schlechtes Gewissen, sie nicht hartnäckiger ausgequetscht zu haben. Ich könnte mir nie verzeihen, wenn ihr etwas passiert ist und ich es versäumt habe, es zu verhindern!“

Gequält sah sie Uta so an, als erhoffte sie sich Absolution von ihr.

„Hätten Sie es denn verhindern können?“

„Ich weiß nicht, vielleicht schon.“

Lina zuckte mit den Schultern.

„Wie denn?“

„Nun …“, sie zauderte, „Wissen Sie schon, dass Anne wieder einen neuen Typen kennengelernt hat?“

„Meinen Sie damit Herrn Elias Michler?“

„Seinen Namen kenne ich nicht!“ Sie biss sich auf die Lippe. „Genau das werfe ich mir ja vor, nicht zu wissen, wie er heißt und wo er wohnt! Bestimmt ist sie bei ihm!“

Uta dachte nach. Offensichtlich wusste die junge Frau nichts. Lohnte es sich dann überhaupt, weitere Zeit in ein Gespräch mit ihr zu investieren?

„Nein, Ihre Freundin ist nicht bei Herrn Michler. Zumindest nicht in seiner Wohnung. Wenn Sie weiter nichts wissen …“

„Haben Sie mit ihm gesprochen?“

Die Kommissarin zögerte, sah aber keinen Grund, in diesem Punkt nicht offen zu sein.

„Das ging nicht, er ist ebenfalls verschwunden.“

„Neeeein!“, schrie Lina. „Ich habe es doch gleich gewusst!“

„Was haben Sie gleich gewusst?“

„Ihr Freund steckt hinter Annes Verschwinden! Sie müssen sofort nach ihm fahnden!“

„Wie kommen Sie darauf?“

„Anne besitzt ein unglaubliches Händchen für die falschen Männer! Sie sucht sich ganz gezielt immer solche aus, die ihr nichts als Schwierigkeiten bereiten!“

Die Polizistin grübelte. War das nun eine relevante Information? Oder einfach nur die moralische Bewertung einer sittenstrengen Freundin?

„Ich weiß genau, was Sie jetzt denken! Aber so eine bin ich nicht! Einer von Annes Lovern hat sie schwer misshandelt, meiner Meinung nach sogar vergewaltigt! Aber davon wollte Anne nichts hören! Ein anderer bedrängte sie solange, bis sie sich für ihn verschuldete. Ein dritter verprügelte sie mehrfach und landete nach einer Messerstecherei im Knast! Zielsicher verliebt Anne sich in übergriffige, gewaltbereite und kriminelle Typen! Manchmal denke ich, sie ist hauptsächlich nach Hamburg geflüchtet, um ihr desaströses Liebesleben vor mir zu verbergen. Dieser Elias Michler gehört bestimmt zur gleichen Kategorie, wenn nicht gar zu einer noch schlimmeren! Sie müssen Anne finden, ehe es zu spät ist!“

In der Wohnung ebenjenes Herrn Michler hatten mittlerweile die Spurensicherer übernommen. Mit ihnen erschien ein IT-Forensiker, der fasziniert dem Bericht über das Hologramm lauschte und darum bat, dass Harry noch eine Zeit lang bleiben durfte. Jener folgte diesem Wunsch aus zwei Gründen gerne. Erstens gab ihm dies die Möglichkeit, sich vom Verdacht, einen Schatten mit einer Bewaffneten verwechselt zu haben, komplett reinzuwaschen. Zweitens verspürte er den Wunsch, die Frau in Leder erneut zu sehen.

Vorläufig langweilte er sich jedoch. Der Nerd hackte flink auf die Tastatur des mit dem 3-D Projektor verbundenen Computers ein. Das eintönige Klappern der Tasten wirkte ungemein beruhigend auf Harry. Langsam, aber sicher fielen ihm die Augen zu, als plötzlich eine vertraute Begrüßung erklang.

„Hey Süßer!"

Wie von der Tarantel gestochen sprang er auf. Erneut zielte die in Leder gekleidete Schönheit mit einem riesigen Revolver auf ihn. Obwohl er wusste, dass es sich um eine Projektion handelte, wirkte die Leder-Lady erstaunlich echt auf ihn.

„Faszinierend!", rief der Nerd. „Bewegen Sie sich bitte erst nach links und anschließend nach rechts!"

Harry zauderte, tat dann aber wie geheißen und machte drei kleine Schritte nach links. Nichts geschah. Das Hologramm zielte weiter auf die Stelle, an der er eben noch gestanden hatte.

„Ziehen Sie bitte Ihre Waffe und zielen Sie damit auf das Hologramm!"

„Wozu soll das gut sein?"

„Machen Sie es einfach!"

Harry wollte widersprechen, fügte sich dann aber leicht seufzend und tat wie geheißen. Ohne dass er eine Bewegung gesehen hatte, zielte die virtuelle Schönheit plötzlich mit ihrem Revolver wieder auf ihn. Unwillkürlich zuckte der kampferprobte Kerl zusammen, so echt und bedrohlich wirkte sie erneut auf ihn. Langsam, mit seiner Waffe weiter auf sie zielend, lief er wieder zurück zu seinem ursprünglichen Standort. Die Frau folgte seinen Bewegungen. Ununterbrochen zielte sie mit ihrem Revolver auf ihn, bis er die gegenüberliegende Wand erreichte.

„Haben Sie zufällig Platzpatronen dabei?", fragte der IT-Forensiker.

„Wie bitte? Was soll ich denn mit Platzpatronen bei einem Einsatz!“

„Schade! Hier im Raum sind diverse Kameras versteckt, mit denen eine KI Ihren Bewegungen folgt und das Hologramm entsprechend steuert. Offensichtlich kann sie sogar erkennen, ob Sie mit einer Waffe auf das Hologramm zielen oder nicht! Faszinierend!“

Er lächelte breit, während Harry ihn ratlos ansah.

„Was bitteschön ist eine KI?“

„Eine Künstliche Intelligenz wird KI abgekürzt. Sie haben vorhin doch erzählt, dass, als Sie schossen, der Revolver plötzlich verschwunden war und das Hologramm mit erhobenen Händen vor Ihnen stand. Ich würde gerne wissen, ob diese Veränderung durch Schüsse eines Eindringlings gesteuert wurde.“

Verblüfft starrte Harry den Nerd an.

„Wozu soll so etwas gut sein?“

„Keine Ahnung!“ Er zuckte mit den Achseln. „Vielleicht wurde alles aufgezeichnet.“

„Und wozu soll das erst gut sein?“

„Nun, stellen Sie sich vor, im Netz taucht ein Video auf, in dem ein SEK-Beamter auf eine mit erhobenen Händen vor ihm stehende Unbewaffnete feuert.“

Der neugierige Nerd sah Harry fragend an. Der fühlte sich schlagartig extrem unwohl. Ein solches Video von ihm in den sozialen Medien wäre eine Katastrophe! Zumindest dann, wenn es viral ginge. Und das täte es mit Sicherheit. Schließlich nutzen viele Leute jede Möglichkeit, ihn und seine Kollegen von der Polizei zu diffamieren.

Die Sache würde sich rasch zu einem Politikum auswachsen und er massiven Ärger bekommen. Harry schluckte schwer. Hoffentlich würde es nie so weit kommen.

„Ich würde ja schon gerne wissen", murmelte der Nerd vor sich hin, „wozu Herr Michler diesen Wahnsinnsaufwand hier betreibt. Was verspricht er sich davon?"

Bei anderen Menschen mochten die Fortschritte der Künstlichen Intelligenz Weltuntergangsängste und ähnliche erschreckende Zukunftsbilder hervorrufen. Elias Michler war hingegen begeistert von den Möglichkeiten, die sie ihm boten. Seine KI hatte ihn umgehend darüber informiert, dass die Polizei in seine Wohnung eingedrungen und ihm somit auf den Fersen war. Ursprünglich hatte er seine aufwändige Heimüberwachung einfach nur dafür installiert. Später war ihm der Gedanke gekommen, dass ein heikles Video seine Verhandlungsposition gegenüber den Behörden im Ernstfall verbessern könnte. Eine Kopie des Filmchens war bereits für die Polizei unerreichbar auf einem Server gespeichert.

Auf ihrer Fahrt von Kiel nach Hamburg war Uta sich sicher, dass Anne Sterz längst in der Elbe versenkt oder in sandigem Boden verscharrt war. Es sagte sich so leicht, dass sie die junge Frau rechtzeitig aus Herrn Michlers Fängen befreien sollte. Leider war es das nicht. Sie hatte nicht einmal eine Idee, wo der Gesuchte sich versteckte. Wie sollte sie da erst Anne Sterz finden?

Mehr und mehr zweifelte sie an ihrer Eignung als Ermittlungsleiterin. Bei der Ausfahrt Neumünster-Nord wäre sie am liebsten nach Einfeld abgefahren, um sich in ihrem Reihenhäuschen auf das Sofa zu verkriechen.

Aber das kam nicht infrage! Uta straffte ihre Schultern. Nach der Mittleren Reife war sie Polizistin geworden. Sie hatte immer vollen Einsatz gezeigt, bis sie endlich zum Studium an der Fachhochschule der Polizei in Altenholz zugelassen worden war. Auch dann hatte es noch Jahre gedauert, bis man sie endlich zur Kriminalkommissarin ernannt hatte. Daraufhin hatte sie sich endlich erlaubt, etwas durchzuatmen. Schließlich bestand das Leben nicht nur aus Arbeit. Trotzdem hatte ihre Leistung weiterhin immer gestimmt, darauf hatte sie peinlichst geachtet.

War jetzt das Ende ihrer Karriere erreicht? Taugte sie nur zur soliden Kommissarin? Uta atmete tief durch. Nein! Sie würde Frauke und vor allen Dingen Andreas beweisen, dass sie auch für Führungsaufgaben taugte! Der Fall hier war ihre Chance. Versagte sie, käme so schnell keine neue. Angst fraß sich durch ihre Eingeweide. Egal! Ihr Bauch mochte grimmen, sie würde trotzdem ihr Bestes geben!

So redete sie sich während der restlichen Fahrt nach Hamburg Mut zu. Unter dessen brüchigem Firnis lauerte ihre Angst darauf, erneut zuzuschlagen. Als Uta in Hamburg-Harburg an der Adresse der Firma von Herrn Michler eintraf, schlug ihr Herz bis zum Hals. Zwei Schutzpolizisten bewachten gelangweilt einen Transporter, in den Beamte in Zivil unentwegt Kartons und Körbe schleppten. Als die Kommissarin langsam vorbeifuhr, musterte sie einer der Uniformierten scharf, die Hand demonstrativ an seine Waffe gelegt.

Uta fuhr etwa fünfzig Meter weiter, bis sie endlich einen freien Parkplatz fand. Beim Aussteigen zitterte sie leicht. Sie ermahnte sich selbst, schon Schlimmeres geschafft zu haben und bemühte sich, auf dem Weg zurück zur *Old Hanseatic Trading Company* möglichst energisch zu wirken. Der Kollege von eben starrte ihr misstrauisch entgegen. Sich möglichst breit auf dem Gehweg aufbauend, die Hand erneut an der Waffe, stellte er sich ihr in den Weg.

„Polizeieinsatz! Hier können Sie nicht durch!"

„Genau wegen Ihres Einsatzes bin ich hier! Können Sie dem Zollamtsrat Sperber bitte durchgeben, dass Kriminaloberkommissarin Meyer aus Kiel ihn sprechen will?"

Mit neutralem Gesichtsausdruck sah sie den Uniformierten an. Der Beamte überlegte kurz.

„Können Sie sich ausweisen?"

„Aber selbstverständlich kann ich das!"

Betont langsam zückte sie ihren Dienstausweis und streckte ihm den alten, grünen Papplappen hin. Er nahm ihn entgegen, schlug ihn auf und studierte ihn akribisch. Uta verdrehte die Augen. Schließlich war es kein Geheimnis, wie leicht sich die Dienstausweise der Polizei im nördlichsten Bundesland fälschen ließen. Trotzdem verglich der Hamburger Uniformierte auch das alte Foto darin genau mit ihrem Gesicht, ehe er ihn zurückreichte.

Anschließend drückte er auf sein Funkgerät und sprach ins Mikrofon.

„Eine Kriminaloberkommissarin Meyer aus Kiel will den Einsatzleiter sprechen."

Er wartete, ließ sie dabei nicht aus den Augen. Es wirkte auf Uta, als fürchte er, sie zöge gleich ihre Dienstwaffe, um auf ihn zu schießen. Angespannt standen die beiden einander einige Minuten lang gegenüber. Schließlich bekam der Beamte eine Antwort, die sie jedoch wegen seines Knopfes im Ohr nicht mithören konnte.

„Okay, ich richte es ihr aus!"

Der Uniformierte räusperte sich. So wie er sie ansah, rechnete sie fest damit, dass er sie gleich wegschicken würde. Fieberhaft überlegte Uta, wie sie das abwenden könnte.

„Der Einsatzleiter kommt runter. Warten Sie hier."

Im ersten Moment glaubte sie, sich verhört zu haben. Aber als er sich sichtlich entspannte, da sein Boss diese dubiose Frau vor ihm anscheinend kannte, atmete auch sie auf. Ihre Erleichterung hielt jedoch nicht lange an. Mit jeder weiteren Minute der nervtötenden Warterei auf Sperber kehrte ihre Nervosität stärker zurück, bis sie schließlich in Ärger umschlug. Wo blieb der Zollfahnder nur? Was bildete der Typ sich ein, sie so lange warten zu lassen! War das etwa seine Masche? Zu sagen, er käme runter, und sie dann so lange warten zu lassen, dass sie sich lächerlich machte?

Gerade als sie den Polizisten erneut ansprechen wollte, trat Sperber aus dem Gebäude und blickte sich suchend um. Er sah schrecklich aus. Seine Haut war blass, die Augen rot entzündet und tiefe Furchen durchzogen seine unrasierten Wangen. Als er sie erkannte, nickte er knapp und machte einige Schritte auf sie zu.

„Haben Sie Neuigkeiten für uns?"

„Die junge Frau Sterz ist spurlos verschwunden. Wir befürchten, sie befindet sich in der Gewalt von Herrn Michler."

„Scheiße!"

„Das darf man ruhig mal laut sagen. Liegen Ihnen Hinweise auf sein Versteck vor?"

Sperber reagierte nicht auf ihre Worte, sondern starrte abwesend auf das Gebäude gegenüber. Uta wartete, aber nichts passierte. Schließlich räusperte sie sich.

„Liegen Ihnen Hinweise auf sein Versteck vor? Wie Sie sicherlich wissen, reduziert jede zusätzliche Minute in seiner Gewalt ihre Überlebenschancen!"

Langsam drehte Sperber den Kopf in ihre Richtung, fokussierte seinen Blick auf ihre Augen.

„Wie kommen Sie darauf, dass die junge Frau noch leben könnte?"

Bei seinen Worten griff eine kalte Hand nach ihrem Herzen. Uta schluckte schwer, stammelte dann:

„Ich … ich muss einfach … daran … glauben."

Er schnaubte laut.

„Glauben? Wenn Sie das brauchen, sind Sie definitiv im falschen Job! Guten Tag, Frau Meyer ich wünsche Ihnen bei der Suche nach der Vermissten viel Erfolg!"

Sperber wandte sich ab, Uta hielt ihn energisch an seiner Schulter zurück.

„Hey! Jetzt verraten Sie mir zumindest, ob Ihnen Hinweise ..."

Der Angesprochene hielt inne, holte tief Luft und wandte sich dann langsam wieder in ihre Richtung.

„Wir jagen hier gerade skrupellose Menschen, die ihrem Profit zuliebe den Tod tausender Unschuldiger in Kauf nehmen. Denen ist es scheißegal, wenn durch ihr Tun Kinder, Frauen und Alte sterben oder grausam verstümmelt werden. Hauptsache ihr Profit stimmt. Tut mir leid, aber ich kann Ihnen nichts sagen, sondern muss mich dringend um meinen eigenen Kram kümmern, getrieben von meiner Hoffnung, hierdurch das Leben Unschuldiger zu retten!"

Erneut wandte er sich ab und lief zurück Richtung Eingang.

„Hier geht es ebenfalls um das Leben einer Unschuldigen!", rief Uta hinter ihm her. „Und Sie weigern sich einfach, uns zu helfen, die junge Frau Sterz zu finden! Lässt Sie deren Schicksal wirklich völlig kalt?"

Sperber zauderte, warf einen nervösen Blick in Richtung der Geschäftsräume. In diesem Augenblick erinnerte Uta sich an Fraukes Worte.

„Schon gut, so war es nicht gemeint! Lassen Sie uns wenigstens einen kleinen Spaziergang machen. Nur eine harmlose Runde unter Kollegen."

Der Zollamtsrat zögerte, wirkte sichtlich unentschlossen.

„Bitte!“

„Also gut!“ Er nickte. „Mir dröhnt nach den vielen Akten ohnehin der Kopf und ich kann mich kaum noch konzentrieren. Da kann ein bisschen frische Luft nichts schaden. Ich gebe nur noch kurz meinen Kollegen drinnen Bescheid!“

Fünf Minuten später spazierten sie einträchtig nebeneinander gehend in Richtung des Harburger Stadtparks. Sperber sah Uta nachdenklich an.

„Nach dem Zweiten Weltkrieg verkaufte die englische Firma Rolls Royce mit Billigung der britischen Regierung fünfundzwanzig der seinerzeit modernsten und leistungsfähigsten Düsentriebwerke an die Sowjets. Warum sollten sie das auch nicht? Schließlich waren die Sowjets noch wenige Jahre zuvor die Verbündeten Britanniens im Krieg gegen Nazi-Deutschland gewesen. Zudem regierte mit Clement Attlee ein Sozialist in Großbritannien.

Dann brach der Korea-Krieg aus. Die Amerikaner wähnten sich bald dank ihrer technologischen Überlegenheit kurz vor dem Sieg. Ihre Erfolge basierten stark auf ihrer absoluten Luftüberlegenheit. Doch dann folgte der große Schock. Die Russen griffen mit ihren MIG 15 Düsenjägern an, gegen welche die amerikanischen Mustangs nicht die geringste Chance besaßen. Die Mustang war zwar das beste Propeller-Jagdflugzeug aller Zeiten, aber verglichen mit der MIG 15 eben einfach nur eine lahme Ente. Auch die zur Hilfe gerufenen amerikanischen Düsenjäger der ersten Generation waren den russischen MIGs unterlegen.

Den sowjetischen Ingenieuren war es gelungen, rund um die britischen Triebwerke den besten Düsenjäger seiner Zeit zu bauen. Der Export weiterer Triebwerke wurde zwar untersagt, aber es war bereits zu spät. Die Sowjets hätten selbst keine derart leistungsstarken Düsentriebwerke entwickeln können, aber zu kopieren und die exzellente britische Vorarbeit sogar zu verbessern, dass gelang ihnen."

Sperber brach ab. Sie liefen eine Weile schweigend durch den Stadtpark.

„Warum erzählen Sie mir das?"

„Weil der Schock der Amerikaner während des Korea-Krieges der Anfang dessen war, was mich und meine Kollegen hier antreibt. 1950 wurde die COCOM in Paris gegründet. Sie sollte verhindern, dass rüstungsrelevante Hochtechnologie aus dem Westen an Russland oder an andere kommunistische Staaten verkauft wird. Noch ehe die entsprechenden Gesetze durch die Parlamente waren, hatten die Russen ein Netz von Spionen und Firmengeflechten geschaffen, um die westlichen Sanktionen umgehen zu können. Deutschland spielte dabei, von Beginn an und bis heute, eine Schlüsselrolle. In der DDR wurde hierzu unter anderem die Kommerzielle Kooperation gegründet. Dieser Organisation und den übrigen sowjetischen Spionen fiel es nie schwer, in der BRD korrupte Geschäftsleute zu finden, mit deren Hilfe sie die Sanktionen umgehen konnten. Bestimmt haben Sie mitbekommen, dass in Europa wieder Krieg herrscht. Ich reiße mir gemeinsam mit meinen Kollegen hier seit über zwölf Stunden am Stück den Arsch auf, um zu verhindern, dass Russland mit deutscher Hilfe noch effizientere und noch tödlichere Waffen für seinen Krieg erhält! Und wissen Sie was? Alles, was ich Ihnen jetzt gleich sagen werde, habe ich offiziell nie gesagt!“

Sperber sah sie eindringlich an und Uta nickte, gespannt darauf, was sie gleich zu hören bekäme.

„Weil meine Kollegen und ich hier äußerst akribisch die Akten der *Old Hanseatic Trading Company* studieren und über das notwendige Hintergrundwissen verfügen, um entschlüsseln zu können, was sich darin verbirgt, wurde vor einer Stunde in Litauen eine aus den USA stammende Hochpräzisions-Schleifmaschine gestoppt. Ansonsten wäre sie mit falschen Papieren nach Russland geliefert worden. Mit ihr kann man beispielsweise Atombomben bauen. Eingefädelt wurde der Deal durch Elias Michler, einen absolut skrupellosen Drecksack! Falls sich Frau Sterz tatsächlich in seiner Gewalt befindet, sehe ich schwarz für sie! Allerdings fürchte ich, er hält sich nicht lange genug mit ihr auf, um Ihnen eine Chance zu geben, die junge Frau zu retten.“

Hundert Kilometer weiter nördlich standen Frauke und Roland Arm in Arm an der Durchfahrt zur Marina Wendtorf. In einvernehmlicher Stille betrachteten sie den gegenüberliegenden Bottsand.

„Ich finde“, meinte Roland schließlich, „Uta besitzt durchaus den notwendigen Biss, um die Ermittlungen zu leiten! Vielleicht hat sie sich bisher aus Bequemlichkeit oft auf dich verlassen. Aber bei eurem letzten Fall hatte sie ganz alleine die zündende Idee, die letztendlich den Frauenmörder überführte!“

Roland spürte, wie Frauke bei dessen Erwähnung zusammensackte. Er könnte sich ohrfeigen! Da hatte sie ihn endlich mal vergessen und er Idiot erinnerte sie wieder an ihn!

„Hast du etwas Neues über ihn gehört?“

Die Augen voller Furcht blickte sie zu ihm auf. Er schüttelte bedauernd seinen Kopf, presste seine Lippen aufeinander, holte tief Luft und erwiderte schließlich: „Nein, tut mir leid.“

Seine Partnerin schluckte schwer.

„Jedes Mal bevor ich in ein Auto steige, öffne ich zuerst die hintere Türe. Erst nachdem ich mich vergewissert habe, dass er sich nicht auf der Rückbank versteckt, steige ich ein. Trotz dieses absurden Rituals überfällt mich beim Fahren immer wieder die Angst, es könnte sich im nächsten Moment von hinten eine Schlinge um meinen Hals legen, die mir keine Chance lässt. Ob ich diese Angst wohl jemals wieder loswerde?“

„Ja, dass wirst du! Ich habe anfangs auch hinter jeder Ecke einen Mafia-Killer ...“

Das Prepaid-Handy in seiner Jackentasche vibrierte. Roland zuckte erschrocken zusammen. Da hatte er doch glatt vergessen, dass er es überhaupt bei sich trug.

Mit einer Mischung aus Hoffnung auf gute Neuigkeiten und Angst vor Enttäuschung zückte er es. Frauke runzelte fragend ihre Stirn, als sie das billige, ihr unbekannte Gerät erblickte.

„Mein russischer Informant!", flüsterte er in ihre Richtung, ehe er das Gespräch annahm.

Aus den Nachrichten wusste Roland, dass der Krieg für die Russen unerwartet schlecht lief. Besonders die aus Weißrussland eindringenden Truppen, mit denen der Frauenmörder marschierte, wurden von den Ukrainern energisch bekämpft. Glaubte man den Medien, erlitten sie enorm hohe Verluste.

„Ja", meldete Roland sich.

„Ich habe jemanden gefunden, der dein Problem löst."

Roland schwieg betroffen. Folgte jetzt der Moment in seinem Leben, in dem er zum Mörder wurde? Erteilte er Igor jetzt den Auftrag, seinen Feind töten zu lassen, wurde er juristisch gesehen zum Mörder. Zumindest, sofern der Killer erfolgreich war.

„Und?"

„Keine Sorge, du brauchst ihn nicht!"

„Wen?"

„Na, den Mann, den ich für dich gefunden habe!"

„Warum das denn?"

„Weil die Götter dich lieben."

Roland verdrehte die Augen.

„Wie kommst du denn darauf?"

„Weil sie ganz ohne mein Zutun die Sache selbst in die Hand genommen haben."

„Das heißt …“, Roland schluckte, „er ist … tot?“

„Seine Einheit geriet in einen Hinterhalt der Ukrainer und wurde komplett aufgerieben.“

„Und er ist dabei gestorben? Da bist du dir absolut sicher?“

Igor schnaubte hörbar ins Telefon.

„Was ist schon sicher? Der Krieg ist definitiv ein Krieg, darf aber in Russland nicht so genannt werden. Dementsprechend dürfen die Gefallenen auch nicht gefallen sein. Mein Informant ist zuverlässig. Er will weiterhin Geld von mir, also lügt er mich nicht an.

Für das Kriegsministerium in Moskau existiert die Einheit deines Feindes nicht mehr. So viel kann ich dir mit Sicherheit sagen. Sollten einzelne Soldaten den Angriff der Ukrainer überlebt haben, wurden die natürlich anderen Einheiten zugeschlagen. Jedenfalls stehen die Chancen gut, dass sich dein Problem von selbst erledigt hat! Mein Informant bleibt dran. Sollte ich etwas von ihm hören, melde ich mich wieder bei dir.“

Roland bedankte sich und beendete das Telefonat. Frauke hatte ihn die ganze Zeit gespannt angesehen, aber kein Wort Igors gehört.

„Und?“

„Wie es aussieht, hat sich unser Problem von selbst erledigt. Der Frauenmörder ist auf dem Weg nach Kiew in einem Hinterhalt der Ukrainer gestorben.“

Frauke starrte vor sich hin, brauchte Zeit, das Gehörte zu verarbeiten. Gab es doch eine höhere Gerechtigkeit? Tränen der Erleichterung rannen ihre Wangen hinab. Sie versuchte, diese zurückzuhalten. Erst als Roland sie ganz fest umarmte, ließ sie los und weinte ungehemmt. In diesem Moment keimte erstmals die Hoffnung in ihr auf, dass alles wieder gut werden würde. Roland ahnte, was in ihr vorging. Dementsprechend brachte er es nicht übers Herz, ihr die ganze Wahrheit zu sagen.

Auf Sylt, in der Braderuper Heide, frage Anne sich währenddessen, ob Elias ihr die ganze Wahrheit gesagt hatte. Konnte sie ihm vertrauen? Im Treppenhaus ihres Hamburger Wohnhauses hatte er sie dazu überredet, gemeinsam mit ihm nach Sylt zu fahren. Elias konnte dort das Appartement eines Freundes benutzen, der sich gerade in San Francisco aufhielt. Eigentlich hatte sie nicht mitkommen wollen, sondern fest vorgehabt, sich vor ihm hoch in ihre Wohnung zu flüchten und, geschützt durch eine verriegelte Tür zwischen sich und ihm, die Polizei anzurufen.

Aber er hatte so erschüttert und verängstigt im Kellerabgang gestanden, dass sie Mitleid mit ihm bekommen hatte. Vorsichtig, bereit, jederzeit laut um Hilfe zu schreien, war sie auf ihn zugegangen.

Mit Tränen in den Augen hatte er ihr versichert, sein Handeln zutiefst zu bereuen. Er habe fest an eine dauerhaft friedliche Koexistenz des Westens mit Russland geglaubt. Jetzt sei er zutiefst schockiert darüber, dass die durch seine Vermittlung nach Russland gelangten Elektronik-Bauteile möglicherweise in einem Krieg eingesetzt werden würden. Im schlimmsten Falle könnten sogar Menschen als Folge seines Handelns sterben. Er beteuerte Anne mehrmals, sie wirklich zu lieben, und bat sie eindringlich darum, mit ihm nach Sylt zu kommen. Auf der Insel sollte sie ihm helfen, einen Ausweg aus dem ganzen Schlamassel zu finden.

Ihr Verstand hatte sich gegen seine süßen Worte gewehrt, allerdings nur kurz. Ihr Herz war bei seinem Liebesgeständnis wehrlos geschmolzen. Herz über Hirn lautete ihr Motto und so hatte sie rasch eingewilligt, ihn zu begleiten. Seinen Porsche hatte er in Hamburg stehen lassen. Ganz profan waren sie am Freitag mit der Bahn nach Sylt gereist.

In ihrer Phantasie hatte sie sich die ganze Zugfahrt über ihre gemeinsamen Tage auf Sylt hoffnungslos romantisch ausgemalt. Bisher entsprach die Realität dem leider in keiner Weise. Dumpf vor sich hin brütend verkroch Elias sich im Appartement, während Anne beim Bäcker alles für ein leckeres Frühstück besorgte. Weder der Duft des frischen Gebäcks noch der liebevoll von ihr gedeckte Tisch entlockten ihm eine Reaktion. In sich gekehrt antwortete er auf ihre Fragen nur einsilbig und vermittelte ihr das Gefühl, ihm lästig zu sein.

Anne war schwer enttäuscht und ziemlich verärgert. Sie war sogar so verärgert, dass sie ernsthaft erwog, einfach wieder abzureisen. Als sie ihm ihre Abreise schließlich ankündigte, wurde er blass, kniete sich vor ihr nieder und presste seinen Kopf in ihren Bauch, während er sie unter Tränen anflehte, ihn nicht allein zu lassen. Wie einem kleinen Jungen streichelte sie ihm über den Kopf, was zwar ihr Herz erweichte, sie als Frau aber keineswegs befriedigte.

Elias schlug schließlich einen Spaziergang in der Braderuper Heide vor. Mit dem Bus fuhren sie von Wenningstedt dorthin. Alle Passanten, denen sie begegneten, grüßten sie freundlich. Anne freute sich über die höfliche Aufmerksamkeit der Menschen, zeigte gerne, zu welch tollem Mann sie jetzt gehörte. Elias schienen deren Blicke hingegen unangenehm zu sein. Zumindest sah er meist weg und grüßte nicht oder nur einsilbig zurück.

In der Braderuper Heide empfing sie ein böiger Wind. Anne sog tief die frische Luft ein, genoss den leicht metallischen Geruch nach Salz und Meer. Das hier war besser, sogar viel besser, als sich in dem engen Appartement zu langweilen. Hier konnte immerhin ihr Blick über das Heidekraut, das weiße Kliff und eine bleigraue Nordsee hinweg bis zu den dänischen Windmühlen schweifen. Das herrliche Gefühl von Weite öffnete ihr Herz. Sie schmiegte sich noch enger an Elias, worauf er jedoch nicht reagierte. Selbst in dieser herrlichen Umgebung, während ihres gemeinsamen Spazierganges, zollte Elias ihr keinerlei Aufmerksamkeit. Stattdessen brütete er weiter dumpf vor sich hin. Warum teilte er seine Sorgen nicht mit ihr? Was hielt ihn davon ab, sie um ihren Rat zu bitten?

Verärgert kickte sie gegen eine leere Getränkedose, die jemand frevelhafter Weise achtlos in dem Naturschutzgebiet weggeworfen hatte.

„Bist du eigentlich so etwas wie ein Lover-Boy?"

Elias blinzelte zwei Mal, wandte ihr dann sein Gesicht zu.

„Was?", fragte er sichtlich irritiert.

„Ob du ein Lover-Boy bist?"

„Oh Gott!" Er wirkte sichtlich erschrocken. „Wie kommst du denn darauf?"

„Na, vor dem Schiffercafé hast du mich doch gezielt angesprochen und mit deinem Charme umgarnt, um mir Informationen zu entlocken!"

Der derart Beschuldigte stoppte abrupt und blickte sie an.

„Das denkst du von mir? Im Ernst? Wie schrecklich!"

„Klar! Was sollte ich sonst von dir denken!"

„Aber liebste Anne, ich wusste am Tiessenkai doch gar nicht, wer du bist!"

„Wie?"

„Du fielst mir sofort auf, als ich dich am Tiessenkai erblickte! Deshalb habe ich dich beobachtet und mitbekommen, wie dir schwindelig wurde! Ich wollte dir einfach nur helfen und, okay, auch die günstige Gelegenheit dich anzusprechen nutzen, als ich zu dir hinging und dir half! Das musst du mir bitte glauben!"

Eindringlich sah er sie an und ergriff ihre Hand. Prüfend blickte sie zurück.

„Du warst also gar nicht wegen mir am Schiffercafé?"

„Nein, natürlich nicht! Bis wir einander begegnet sind, wusste ich überhaupt nichts von deiner Existenz!"

„Also warst du wirklich einfach nur rein zufällig dort?“

Er zögerte, zwar nur kurz, aber dennoch zu lang. Sofort ließ sie seine Hand los.

„Also doch nicht! Du lügst mich schon wieder an! Mir reicht es jetzt endgültig mit dir! Ich nehme gleich von hier aus den Bus nach Westerland und von dort aus den nächsten Zug heim nach Hamburg!“

Sie drehte sich um und stapfte wütend davon.

„Aber nicht doch! Liebste Anne! Ich kann dir alles erklären!“, rief er, während er hinter ihr her rannte.

„Ach ja?“

Die junge Frau stoppte so abrupt, dass er auf sie auflief.

„Entschuldige!“

„Du kannst immer alles erklären! Und zwar immer so, dass du das unschuldige Opfer abgibst! Dabei bist du …“

Anne brach ab, biss sich auf die Lippe.

„Was?“

Elias sah sie mit dem Blick eines Rehs nachts auf der Landstraße an, während das Auto mit Fernlicht auf es zuraste.

„Was!“, äffte sie ihn nach.

Er schluckte.

„Was bin ich in deinen Augen?“

„Ein skrupelloser Waffenhändler!“

Endlich war es raus! Irgendwie tat es gut. Und irgendwie tat es ihr auch augenblicklich wieder leid.

„Entschuldige!“ Anne griff nach seiner Hand. „So habe ich es nicht gemeint.“

Elias schluckte erneut, schüttelte den Kopf und antwortete:

„Doch! Es war genauso gemeint! Und weißt du was? … Ich habe es verdient!“

Mit festem Blick forschte er in ihren Augen, ehe er fortfuhr:

„Zumindest den Teil mit dem Waffenhändler habe ich verdient! So schwer es mir auch fällt es zuzugeben, da ich mir viel zu lange alles schöngeredet habe. Aber ich muss wohl schmerzlich eingestehen, dass ich genau das war: ein Waffenhändler! Aber dass ich skrupellos war, weise ich entschieden zurück! Du musst mir glauben, dass ich in den letzten Tagen wirklich alles getan habe, um Schaden von dir abzuwenden!“

„Von mir?“

Ungläubig und entsetzt starrte sie ihn an, während er bekräftigend nickte.

„Von dir! Meine russischen Geschäftspartner wollten dich entführen und mit Gewalt aus dir herauspressen, wo dein Vater die Dual-Use-Bauteile versteckt hat! Unentwegt redete ich mit Engelszungen auf sie ein, damit sie es mich auf die sanfte Tour versuchen lassen!“

„Dann warst du also doch gezielt wegen mir am Schiffercafé!“

„Nein! Vitali und Wladimir tauchten am Montag ohne Vorwarnung bei mir auf. Die beiden waren stinksauer, weil dein Vater die Ware nicht wie verabredet abgeliefert hatte. Ich sollte mit ihnen zu deinem alten Herrn fahren, um ihm deutlich zu machen, dass wir uns nicht verarschen lassen. Mir blieb nichts anderes übrig, als umgehend mit ihnen von Hamburg aus nach Kiel zum SV Holtenau zu fahren.

Vitali und Wladimir warteten dort im Wagen, während ich ins Vereinsheim hineinging und den Wirt nach Friedrich fragte. Der Wirt musterte mich daraufhin misstrauisch und antwortete unwirsch, Friedrich sei nicht dort. In diesem Augenblick fiel mir siedend heiß ein, dass ich nicht einmal wusste, wo dein Vater wohnte. Mir war sofort klar, dass die beiden Russen mich fertigmachen würden, sollten sie das mitbekommen. Also fragte ich den Wirt erst, wo Friedrich wohnte, und als er mir keine Auskunft geben wollte, flehte ich ihn regelrecht an, es mir doch bitte zu sagen. Er wurde immer misstrauischer, weil ich ihm wohl immer suspekter wurde.

Schließlich fragte er mich, ob ich denn noch nichts von dem Mord gehört habe. Ich reagierte total konsterniert, starrte ihn nur ratlos an. Daraufhin klärte er mich darüber auf, dass am Tag zuvor ein Mann am Tiessenkai erschossen wurde, und wenn die Gerüchte stimmten, es sich bei dem Mann um Friedrich Sterz handelt.

Schockiert taumelte ich nach draußen zu den in ihrem Wagen wartenden Männern. Die sahen mir gleich an, dass etwas nicht stimmte. Als ich ihnen sagte, Friedrich sei am Tiessenkai erschossen worden, behaupteten sie, ich wolle sie verarschen. Daraufhin wurde ich sauer und bestand darauf, dass wir zusammen hinfahren und nachsehen. Es dauerte, aber letztendlich ließen sie sich darauf ein.

Am Tiessenkai war nicht zu übersehen, dass dort tatsächlich jemand erschossen worden war. Ich befragte die Passanten. Die beiden standen hinter mir und lauschten. Eine Frau meinte schließlich, hier sei der alte Mann vom SV Holtenau erschossen worden, der so fleißig die Spenden für die armen Waisenkinder gesammelt hatte. Da begriffen endlich auch Vitali und Wladimir, dass ich die Wahrheit gesagt hatte. Und in diesem Augenblick erkannte ich erstmals Angst in ihren Augen.

Sie vergaßen mich für den Moment, während sie auf Russisch miteinander diskutierten, was das bedeute und was jetzt zu tun sei. Währenddessen ließ ich meinen Blick schweifen und entdeckte dabei …", er machte eine Pause und lächelte sie warm an, „… die schönste Frau auf der ganzen Welt!"

„Deinen Charme kannst du ruhig stecken lassen!", fuhr sie ihn an, obwohl es warm in ihrem Bauch kribbelte. „Willst du allen Ernstes behaupten, du hast meinen Vater als Schmuggler engagiert, ohne zu wissen, wo er wohnt?"

„Aber genau das zeigt doch, was für ein Dilettant ich bin! Also zumindest als Verbrecher!"

Anne schüttelte ihren hübschen Kopf.

„Ich kann dir das einfach nicht glauben!"

„So war es aber! Jetzt, im Rückblick, verstehe ich selbst nicht, wie ich so etwas tun konnte! Aber als alles anfing, wusste ich nicht einmal, dass die Spendensammlung das Ding deines Vaters war! Ich dachte, der Verein sammelt die Spenden und dein Vater ist eben einer von vielen, die sich darum kümmern. Schließlich lagerte er die Spenden anfänglich alle im Verein. Er nahm sie dort entgegen und ein anderer Mann fuhr sie mit einem Kleinbus des Vereins zur Spedition!"

Anne sah ihn prüfend an. Diesmal hielt er ihrem Blick stand.

„Wie bist du überhaupt auf meinen Vater gekommen?"

„Meine Geschäftspartner sagten mir, es gebe in Kiel einen Verein, der Spenden für ein Waisenhaus sammle. Die eingesammelten Sachen würden dann über die Ostsee nach Litauen transportiert. Die litauischen Zöllner an der Grenze nach Russland würden die Kartons mit den Spenden nicht oder nur sehr nachlässig kontrollieren.

Beim ersten Mal haben wir die Bauteile bei der Spedition heimlich in die Kartons geschmuggelt. Aber dein Vater war äußerst misstrauisch. Er verklebte die Kartons mit extra stark klebendem Band und unterschrieb halb auf dem Klebeband, halb auf dem Karton. Wir hatten Angst, die litauischen Zöllner könnten misstrauisch werden, wenn wir nachträglich die Kartons öffneten und wieder zuklebten. Es erschien mir wirtschaftlicher und vor allen Dingen weniger riskant, deinem Vater pro Transport eine kleine Summe zu bezahlen, als den Verlust der Ware und des ganzen Schmuggelwegs zu riskieren."

Anne war während seiner Erzählung schweigend neben ihm hergelaufen, den Blick auf den Boden vor sich gesenkt. Elias konnte daher nicht abschätzen, wie seine Worte auf sie wirkten. Nachdem er geendet hatte, trottete sie noch ein Stück weiter. Plötzlich hielt sie abrupt an, hob den Kopf und wandte sich ihm zu.

„Wie viel?"

„Wie viel von was?"

Sie verdrehte die Augen und seufzte.

„Jetzt stell dich doch nicht wieder doof! Von was wohl? Natürlich will ich wissen, wie viel ihr meinem Vater für den Schmuggel bezahlt habt!"

Wütend blitzte sie ihn an. Er schluckte.

„Fünfhundert."

„Fünfhundert Euro? Pro Transport?"

Elias nickte.

„So billig verkaufte mein Vater sein Gewissen!"

„Friedrich dachte, er schmuggele Chips für russische Fabriken, damit diese nicht ganz so chancenlos gegenüber der Konkurrenz im Westen wären. Genau genommen habe ich auch gar keine Waffen an die Russen verkauft, sondern sogenannte Dual-Use-Güter. Also Güter, die man sowohl zivil als auch militärisch nutzen kann.

Wobei bei einigen gelieferten Komponenten die zivile Nutzung höchstens äußerst theoretisch möglich wäre. Deren Zweck besteht schließlich ganz eindeutig darin, Hightech-Waffensysteme zu steuern. Aber davon wusste dein Vater natürlich nichts. Wir versteckten die Komponenten in alten Gameboys und ähnlichem Gerät. Sei also bitte nicht zu hart mit ihm. Der Gute glaubte ganz eindeutig daran, durch den Schmuggel den Menschen in seiner alten Heimat zu helfen!"

Sie wandte sich ab und lief schweigend, mit gesenktem Kopf weiter neben ihm durch die einzigartig schöne Heidelandschaft. Er beobachtete sie genau, konnte jedoch nicht abschätzen, ob seine Worte sie diesmal erreicht hatten. Schließlich begann ihr Körper zu beben, erst leicht, kaum wahrnehmbar, dann immer deutlicher. Elias drängte sich sachte an sie, legte behutsam seinen Arm um ihre Schultern.

„Es ist so ungerecht!", stieß sie schließlich hervor. „Warum ausgerechnet Papa? Er war doch ein ganz Lieber, der keiner Fliege etwas zuleide tun konnte!"

„Du hast recht! Ausgerechnet Friedrich hatte wirklich in keiner Weise einen so frühen und derart brutalen Tod verdient!"

Elias blieb stehen und zog Anne in eine feste Umarmung. Sie ließ es geschehen, gab die Kontrolle auf und schluchzte hemmungslos. Froh, ihr Vertrauen zurückgewonnen zu haben, lächelte er still vor sich hin, während er ihr beruhigend über den Rücken streichelte. Langsam beruhigte sie sich. Er sah unterdessen den Windrädern an der dänischen Küste dabei zu, wie sie sich drehten.

Schließlich löste sie sich aus seiner Umarmung, tupfte sich mit einem Taschentuch die Augen und sah ihn erwartungsvoll an.

„Wann sagst du das Ganze der Polizei?"

Er schluckte.

„Dass dein Vater unschuldig war?"

„Ja."

Elias holte tief Luft.

„Meine Geschäftspartner haben damit gedroht, mich umzubringen, sollte ich zu den Behörden gehen!"

„Aber du musst!"

„Ich will ja auch! Aber …" Er stockte, wandte den Kopf wieder Richtung Meer.

„Aber?"

„Es würde sich bestimmt strafmildernd auswirken, wenn ich der Polizei die letzte Lieferung aushändigen könnte. Ich darf auf keinem Fall in den Knast kommen, dort bringen die Russen mich garantiert um. Daher …"

„Wie sollten die dich dort umbringen? Hinter Gittern bist du wenigstens sicher vor ihnen!"

„Du hast ja keine Ahnung! Die haben überall ihre Leute! Da kann ich mir genauso gut gleich selbst eine Kugel in den Kopf jagen!"

Anne starrte ihn entsetzt an.

„Weißt du wirklich nicht, wo dein Vater die Komponenten versteckt haben könnte? Wenn ich die Ware erst hätte und den Behörden geben könnte, käme ich sicher mit einer Bewährungsstrafe davon. Vielleicht verschaffen die mir im Zuge einer Kronzeugenregelung sogar eine neue Identität. Dann tauche ich unter und starte woanders neu. Falls du magst, nehme ich dich natürlich liebend gerne mit."

„Wie kommst du eigentlich darauf, dass mein Vater deine Ware versteckt haben könnte?“

Elias zuckte mit den Schultern.

„Wer sollte sie sonst haben? Also denk bitte genau nach! Fällt dir ein trockener, sicherer Ort ein, zu dem dein Vater Zugang haben könnte?“

Als er sah, wie sie vor lauter Anstrengung ihre Augenbrauen runzelte und sich steile Falten auf ihrer Stirn bildeten, frohlockte er innerlich. Es lohnte eben doch, sich in Geduld zu üben und Vertrauen aufzubauen!

Auf der Rückfahrt vom Strand in Wendtorf war Frauke so gesprächig, wie schon lange nicht mehr. Der Wegfall der Bedrohung durch den rachsüchtigen Frauenmörder tat ihr offensichtlich gut. Roland fragte sich, warum er seine Freundin nicht schon viel früher durch die Behauptung entlastet hatte, der Mörder wäre tot. Hätte er ihr so nicht Wochen des Leids und der Anspannung ersparen können? Ja, allerdings nur solange, bis der Mörder vor ihr gestanden und Rache genommen hätte.

Diese Gefahr bestand auch jetzt noch, nicht akut, aber mittelfristig. Eines Tages würde er Frauke vielleicht gestehen müssen, dass sein russischer Informant sich leider getäuscht hatte. Auf diesen Tag freute er sich absolut nicht. Vielleicht würde dieser aber auch überhaupt nicht kommen, da Onegin tatsächlich tot war.

Kaum hatte er dies gedacht, als sein Prepaid-Handy erneut klingelte. Hoffentlich rief nicht Igor an, um ihm mitzuteilen, dass der Frauenmörder doch noch lebte. Da Frauke fuhr, zückte er das Handy und sah auf das Display. Erleichtert stellte er fest, dass nur Hartmann anrief, sein wichtigster Kontakt im Stuttgarter LKA.

„Ja?", meldete er sich.

„Wir haben via Interpol die rumänischen Behörden um Amtshilfe gebeten. Sie sollen für uns den Mafia-Paten Adrian Popescu verhaften."

Roland holte tief Luft. Dass ihm und Frauke nach wie vor auch Gefahr durch die Killer des rumänischen Mafia-Paten drohte, hatte er gerade ziemlich erfolgreich verdrängt.

„Und?"

„Leider konnte Popescu rechtzeitig abtauchen. Du weißt, was das bedeutet."

„Ja."

Roland überlegte kurz und hakte dann nach:

„Warum wolltet ihr ihn denn gerade jetzt verhaften? Ist etwas passiert?"

„Allerdings! Funar, sein bisheriger Statthalter in Deutschland, wurde in der JVA Bruchsal ermordet. Das Ganze war eine äußerst blutige Angelegenheit, wodurch ausnahmsweise der Täter durch Anhaftungen vom Blut seines Opfers ermittelt werden konnte. Damit nicht genug, fanden die Kollegen in der Zelle des Mörders ein Handy, auf dem wenige Tage zuvor ein direkt Popescu zuordbarer Anruf eingegangen war."

„Was? Kaum zu glauben! Anscheinend wird er leichtsinnig!"

„Zum Glück, ohne solche Fehler wären unsere Erfolge noch magerer! Außerdem hält er sich in Rumänien für unangreifbar. Vermutlich hat er die entsprechenden Stellen geschmiert und ist vor polizeilichem Zugriff sicher. *Wir* können da leider nichts weiter machen!"

Roland hörte Hartmanns Appell durch die Betonung des „*Wir*" durchaus.

„Okay, ich habe verstanden. Schick mir bitte Bilder, möglichst blutige."

„Von Funar?"

„Klar, von wem denn sonst!"

„Wird erledigt. Was hast du vor?"

„Glaub mir, das willst du gar nicht wissen!"

„Nicht im Detail, aber du könntest wenigstens eine Andeutung machen."

Sein Gesprächspartner wartete. Roland wollte allerdings vor Frauke, die bereits neugierig die Ohren spitzte, nicht mehr sagen.

„Natürlich will ich damit ein Problem lösen. Das muss dir reichen! Sobald es etwas Neues gibt, gebe ich dir Bescheid."

„Okay, ich vertraue dir. Dann viel Erfolg dabei! Tschüss!"

„Danke! Tschüss!"

Roland beendete das Gespräch.

„Wer war das?"

Fraukes gute Laune war wie weggewischt. Sorgenvoll starrte sie ihn an.

„Schau bitte auf die Straße! Das war mein wichtigster Kontakt im Stuttgarter LKA."

„Ist in Stuttgart jemand gestorben?"

„Funar wurde in der JVA Bruchsal ermordet."

Frauke wusste genug, um den Namen richtig einordnen zu können.

„Ist das gut für uns? Bist du dann endlich vor deren Rache sicher?"

„Leider nicht, er wurde wohl selbst Opfer der Rache des Paten."

„Und wozu willst du blutige Bilder von ihm?"

Der skeptische Blick, den sie ihm bei ihrer Frage zuwarf, schmerzte ihn.

„Keine Sorge, die sind nicht für mich! Bilder meiner toten Feinde bereiten mir keinerlei Genugtuung!"

Wobei ehrlicherweise die nackte Tatsache von Funars Tod Roland durchaus erleichterte. Wollte er nicht selbst zum Mörder werden und trotzdem zukünftig Sicherheit vor der Rache des Paten, musste er die Mafiosi dazu bringen, sich gegenseitig zu zerfleischen. Funars Ende sah er auf dem Weg dorthin als seinen ersten Erfolg an.

„Wozu willst du die Bilder dann?"

„Um weitere Steine ins Rollen zu bringen! Steine, die hoffentlich Adrian Popescu zermalmen."

Frauke brauchte einen Augenblick, aber schließlich hellte sich ihre Miene wieder auf.

„Aber das sind ja wunderbare Neuigkeiten! Dann wären wir nicht nur die Rache des Frauenmörders, sondern auch die Bedrohung aus dieser Richtung los!“

„Wenn es klappt!“

„Ach! Wird schon werden! Sei kein Miesepeter!“

Gut gelaunt boxte sie ihm gegen den Oberarm. Ihr Knöchel traf genau den Nerv, was ziemlich schmerzte. Er empfand den Schmerz als gerecht, hatte er es doch erneut nicht übers Herz gebracht, ihr die volle Wahrheit zu sagen. Sie brauchte einfach eine Pause.

Auf Sylt hatten Anne und Elias sich geliebt, und zwar deutlich zärtlicher, aufmerksamer und langsamer als wenige Tage zuvor. Jetzt lagen sie entspannt nebeneinander im Bett. Elias drehte sich auf die Seite, stützte den Kopf auf seinen rechten Arm, streichelte mit dem linken Annes Rücken und sah nachdenklich auf sie hinab. Trotz all seiner Bemühungen hatte er ihr noch immer keinerlei Hinweis darauf entlocken können, wo ihr Vater seine wertvolle Ware versteckt haben könnte. Langsam wurde die Zeit knapp und erschöpfte sich seine Geduld.

„Wenn du deine Ware findest“, meinte Anne ohne ihn anzusehen, „händigst du sie den Russen aus und nicht der Polizei, oder?“

Elias stutzte. Offensichtlich beschäftigte sie sich mit derselben Frage wie er.

„Aber nein, nicht doch! Wie kommst du darauf?“

Anne rollte sich zur Seite, wodurch sie sich von ihm entfernte und stützte ebenfalls ihren Kopf auf den Arm. Wütend blitzte sie ihn an.

„Die illegalen Waffenteile sind doch sicherlich ein Vermögen wert! Ich kann mir nicht vorstellen, dass du einfach so auf das viele Geld verzichtest!“

Elias sah sie lange an. Offenbar hatte er sie unterschätzt. War es Zeit, ihr mit roher Gewalt Informationen zu entreißen? Aber was dann? Sie umbringen? Er zögerte. Ein Mord würde ihm vielleicht nicht einmal schwerfallen. Schon vor Langem hatte er erkannt, dass er Gefühle viel weniger intensiv erlebte als normale Menschen. Durch Angst, Scham oder Ekel ließ er selbst sich von nichts abhalten.

Aber er empfand auch keine Freude dabei, jemanden zu quälen oder ihm sonstigen Schaden zuzufügen. Schließlich war er kein Sadist! Auch in den Augen anderer wollte er keiner sein. Außerdem hatte er keinen Bock, sich für den Rest seines Lebens auf der Flucht vor den Behörden zu befinden.

„Wieviel würden die Russen dir für die Sachen zahlen?“, unterbrach sie seine Gedanken.

Er zögerte, antwortete dann aber ehrlich.

„Eineinhalb Millionen.“

„Was?“ Anne schaute ihn entsetzt an. „So viel!“

„In der Ware steckt mein ganzes Geld! Wenn die Bauteile nicht wieder auftauchen, bin ich pleite.“

Die junge Frau in seinem Bett starrte ihn lange forschend an. Das gefiel ihm, vermittelte es ihm doch den Eindruck, dass sie ihn ernst nahm.

„Immerhin bleibt dir noch dein Porsche“, meinte sie schließlich.

„Nein.“ Er schüttelte seinen Kopf. „Der war geliehen. Ich besitze kein eigenes Auto.“

„Was?“ Anne war baff erstaunt. „Warum das denn?“

„Um dich zu beeindrucken.“

Obwohl sie es nicht wollte, fühlte sie sich geschmeichelt.

„Welches Auto fährst du denn sonst?“

„Je nach Anlass.“

Er zuckte seine Schultern. Sie betrachtete ihn ratlos.

„Hast du so viele verschiedene in deiner Garage stehen?“

„Nein, ich besitze weder eine Garage noch ein Auto. Wenn ich eins brauche, borge … äh, leihe ich mir eins.“

„Du bist also reich, aber du besitzt kein Auto?“

Ungläubig starrte sie ihn an, was ihm nicht entging.

„Ich bin auch nicht reich, also zumindest nicht wirklich.“

„Eineinhalb Millionen! Und du willst nicht reich sein!“

Ihre Empörung war echt. Er zuckte erneut nur mit den Schultern. Sie überlegte.

„Warum besitzt du kein Auto?“

„Weil ich in einer Großstadt wohne. Da stört ein Auto meistens nur. Außerdem will ich ein guter Mensch sein. Und gute Menschen fahren nun einmal möglichst selten mit dem Auto.“

Wollte er sie verarschen? Scharf musterte sie ihn. Elias blieb äußerlich ungerührt.

„Kann es sein, dass mit dir irgendetwas nicht stimmt?“

Kaum merklich zuckte er zusammen.

„Wie meinst du das?“

„Findest du es normal, dass ein Waffenhändler von sich behauptet, er wolle ein guter Mensch sein und fahre aus diesem Grund möglichst wenig Auto?“

Elias sah sie lange an.

„Ach, das meinst du! Nicht nur dein Vater hat daran geglaubt, dass wir mit der Lieferung westlicher High-Tech an Russland im Endeffekt etwas Gutes tun. Ich habe es ebenfalls gehofft.“

Misstrauisch beäugte sie ihn, forschte intensiv in seinem Gesicht. Er reagierte mit einem freundlichen Lächeln. Ihr Misstrauen schien ihn nicht weiter zu stören.

„So? Was stimmt denn dann nicht mit dir?“

Er zögerte, entschied sich dann, es zu riskieren.

„Ich empfinde keine Gefühle, oder zumindest keine so starken wie ihr. Das stört mich sehr! Gerne wäre ich ganz normal, ein guter Mensch wie du einer bist. Hilfst du mir dabei?“

„Du empfindest keine Gefühle? Also auch keine Angst? Dabei hast du in meiner Wohnung nach der Szene im Treppenhaus doch behauptet, dass du Angst vor deinen Geschäftspartnern hättest!“

„Mein Verstand sagt mir, dass sie gefährlich sind. Also hätte ein normaler Mensch Angst vor ihnen.“

„Und Liebe?“ Sie schluckte. „Kannst du etwa auch keine Liebe empfinden?“

Während Frauke, mit Stirn und Nase an seiner Schulter, friedlich schlief, wollte sich bei Roland keine Müdigkeit einstellen. Die immer gleichen Gedanken kreisten in seinem Hirn, fuhren seine Sorgen Karussell. Lebte es sich tatsächlich mit einer Lüge leichter? Noch vor kurzem hätte Roland diese Frage empört verneint. Andererseits, belog sich nicht jeder selbst? Jeder, der Fotos von sich oder seinem Leben für die sozialen Medien aufhübschte, oder sich auf seinem E-Bike sportlich vorkam?

So viele Menschen konnten sich nicht irren. Heute hatte Roland sich spontan entschieden, ihnen zu folgen. Er hatte Frauke gesagt, Eugène Onegin sei in der Ukraine gefallen. Sie hatte ihm ohne zu zögern geglaubt, einfach deshalb, weil sie ihm gerne glauben wollte. Es war leichter und angenehmer für sie, ihm zu glauben, als ihren kritischen Ermittlerinnen-Verstand zu bemühen. Weil sie ihm glaubte, schlief sie so gut wie schon lange nicht mehr. Morgen wäre sie bestimmt deutlich entspannter, als sie es in den letzten Wochen je war.

Auch er selbst hatte sich fest vorgenommen, an Onegins Tod zu glauben. Zumindest solange ihm Igor nichts Gegenteiliges berichtete und die Fahndung nach Onegin nichts erbrachte.

Die deutschen Behörden hatten die rumänischen um Amtshilfe ersucht. Das hatte prompt dazu geführt, dass der Pate abgetaucht war. Offensichtlich hatte er in den rumänischen Behörden einflussreiche Informanten und würde von denen nie festgesetzt werden. Aber selbst das war gut für ihn, beschloss er. Dadurch waren nämlich hoffentlich andere auf der Liste der vom Paten meistgehassten Polizisten vor ihn gerückt.

Also würde er ebenfalls fest daran glauben, dass alles prima in Ordnung wäre und ein möglichst normales Leben an Fraukes Seite führen. Vielleicht würde das nicht auf Dauer gutgehen, aber hoffentlich sehr lange. Bei diesem tröstlichen Gedanken schlief auch er endlich ein.

Anne Sterz lag hingegen noch immer wach im Bett. Neben ihr schlief Elias tief und fest. Von draußen fiel genug Licht ins Zimmer, um seine Gesichtszüge zu erkennen. Er war hübsch. Wenn er so friedlich schlief, glich er sogar einem Engel. Dabei hielten sie zwei Fragen, die so absolut nicht zu einem Engel passten, vom Schlafen ab: War Elias ein Psychopath? Und falls er einer war, wofür einiges sprach: Warum lebte sie immer noch, obwohl sie dumm genug gewesen war, ihm zu glauben und mit ihm nach Sylt zu kommen?

Bis vor kurzem hatte sie intensiv True-Crime-Podcasts gelauscht. Frauen wie sie konnten mit braven Langweilern nichts anfangen. Anne präferierte die bösen Typen. Psychopathen übten auf sie eine seltsame Faszination aus. Während diverse Experten in den Podcasts ihr erklärten, woran man einen Psychopathen erkannte, hatte sie immer überlegt, welcher ihrer Ex-Lover wie stark psychopathisch war. Hauptmerkmale von Psychopathen waren, dass sie nicht nur keine Angst kannten, sondern allgemein Gefühle nicht oder nur sehr schwach spürten und Menschen gerne manipulativ benutzten, um ihre Ziele zu erreichen. Genau darauf fuhr die dunkle Seite in ihr ab. Sie lechzte danach, von ihm benutzt zu werden, sein Werkzeug zu sein.

Dabei war ihr durchaus bewusst, worauf ihre Überlegungen hinausliefen. Mit ihr selbst stimmte ebenfalls etwas nicht. Litt sie unter dem Bonnie-und-Clyde-Syndrom? Jenes bezeichnete Frauen, die sexuell auf Mörder und Vergewaltiger abfuhren. Die junge Frau seufzte gequält. Immerhin hatte sie bisher noch keinem Knacki ein Bikini-Foto von sich zugeschickt. Aber auch das konnte noch werden. Obwohl das gebrannte Kind in ihr sie eindringlich vor ihm warnte, fuhr sie total auf Elias ab. Käme er in den Knast, würde sie ihm wahrscheinlich eines Tages sogar ein Foto von sich im sexy Outfit schicken, damit er sie bloß nicht vergäße. Immerhin wäre er dann kein Wildfremder, dem sie sich allein auf der Basis reißerischer Presseberichte schamlos feilbot.

Aber mit was für einem nebensächlichen Bullshit beschäftigte sie sich hier überhaupt? Im Kern ging es ihr doch um eine ganz andere Frage: Sollte sie ihm helfen, das Versteck ihres Vaters zu finden oder nicht? Würde Elias sie zum Dank für ihre Hilfe umbringen? Sah er in ihr nicht mehr als ein bloßes Werkzeug zur Erreichung seines Zieles? Oder würde er sie aus Dankbarkeit für immer lieben? Ein warmes Kribbeln durchströmte sie. An seiner Seite könnte sie ein aufregendes Leben führen, voller Glamour und Reisen zu exotischen Zielen. Sie entkäme endlich ihrem eigenen, armseligen Dasein am Rande des Existenzminimums, geprägt von Frust und Langeweile. Hierfür müsste sie ihn zuvor zu seinem Geld führen. Anderthalb Millionen Euro! Was sie beide damit alles anstellen könnten! Zuerst würden sie in die Karibik fliegen. Dort würden sie in einem kleinen Hotel absteigen, um sich gegenseitig nach Strich und Faden zu verwöhnen. Sie könnte sich nach Belieben hübsche Kleider kaufen und jeden Abend würde er sie in ein anderes Lokal ausführen. Die übrigen Gäste würden Ihnen Blicke voller Neid oder Bewunderung zuwerfen, während Elias nur Augen für sie hätte. Bei dieser schönen Vorstellung schlief sie mit einem Lächeln auf den Lippen ein.

Sonntag, 27. Februar

In aller Frühe rannte Uta bei klirrender Kälte rund um den Einfelder See. Der Himmel strahlte kobaltblau über dem schwarzen Wasser, auf dem braunen Schilfgürtel glänzte der Raureif weiß und ihr Atem kondensierte zu ebenfalls weißen Wölkchen. An der Badestelle schnarrten die Gänse aufgeregt, als sie vorbeirannte. Sie hasste die Viecher, deren Kot den Strand verunreinigte. Müde und erschöpft erreichte sie ihren Golf, mit dem sie zurück zu ihrem Reihenhäuschen fuhr.

Ihre Freundinnen hatten letzte Nacht gefeiert. Zu so früher Stunde schliefen sie bestimmt alle ihren Rausch aus. Uta hätte gerne mitgefeiert, aber das ging nicht, lastete auf ihren Schultern doch die Verantwortung für das Leben der unschuldigen Tochter Sterz! Feiern konnte sie mit ihren Freundinnen auch noch nächstes Wochenende. Zumindest hoffte sie, dass sie dann Zeit dafür haben würde.

Gestern hatten die Verantwortlichen endlich grünes Licht gegeben, öffentlich nach Anne Sterz und Elias Michler suchen zu lassen. Hoffentlich nahmen möglichst viele Schleswig-Holsteiner beim Frühstück die Fotos der Vermissten wahr. Vielleicht hatte der eine oder andere die beiden gesehen und könnte ihnen nützliche Hinweise geben. Dann wüssten sie wenigstens, wo sie nach ihnen suchen sollten.

Eine Hotline war eingerichtet. Bestimmt gingen dort bereits die ersten Hinweise ein. Sie als Ermittlungsleiterin würde persönlich dafür sorgen, dass die erfolgversprechenden Hinweise gründlich überprüft werden würden. Sogar Frauke, der es wieder besser ging, würde dafür heute zur Arbeit kommen. Nach einer heißen Dusche und einem schnellen Frühstück machte die Kommissarin sich hoffnungsvoll auf den Weg nach Kiel.

Auf dem Weg dorthin befanden sich ebenfalls Anne und Elias. Soeben waren sie in Husum umgestiegen. Jetzt warteten sie darauf, dass sich der Regionalexpress nach Kiel endlich in Bewegung setzte. Elias scrollte auf seinem Smartphone durch diverse Nachrichtenseiten, während Anne aus dem Fenster schaute und träumte.

„Sie suchen nach uns."

Er hielt ihr sein Telefon hin. Sie warf einen Blick auf den kleinen Bildschirm. Er zeigte zwei hässliche Fotos von ihnen, vermutlich ihre Passbilder. Sie beide so dicht nebeneinander abgebildet zu sehen, gefiel Anne. Damit waren sie offiziell ein Paar, oder etwa nicht?

„Wir machen es, wie besprochen! Ich zeige dir die alte Werkstatt meines Vaters, wo er vielleicht deine Ware versteckt hat. Anschließend gehst du zur Polizei und stellst dich ihnen!"

„Klar! Es sei denn, ich werde vorher erkannt und verhaftet!"

„Keine Sorge, unter der Kappe erkennt dich keiner!"

Anne langte nach seiner Hand und drückte sie fest, während sie ihm aufmunternd zulächelte. Er zeigte keinerlei Regung. Anne war sich sicher, dass niemand sie erkennen würde. Elias trug eine hässliche Basecap à la Mark Forster und eine entsprechende Brille mit fettem Gestell. In dieser Aufmachung ähnelte er kein bisschen seinem Passfoto. Sie hatte ihre Haare unter einer Wollmütze versteckt und den Kragen ihrer Jacke hochgeschlagen. Es würde schon gutgehen.

Tatsächlich liefen sie zwei Stunden später händchenhaltend durch ein Gewerbegebiet in Elmschenhagen. Das Kieler Viertel lag reizvoll an den Ausläufern der Holsteinischen Schweiz. Hier hatte ihr Vater kurz nach dem Umzug der Familie vom russischen Katharinenstadt nach Kiel zu arbeiten begonnen. Ein knappes Jahr vor seinem regulären Rentenbeginn war er zwangsweise in den Vorruhestand geschickt worden. Die Firma hatte wegen Corona einen Großteil ihrer Mitarbeiter in Kurzarbeit oder ins Homeoffice geschickt und das älteste Gebäude auf dem Werksgelände komplett eingemottet. Bis zuletzt hatte ihr Vater hier als Hausmeister gearbeitet. Im Keller des Gebäudes befand sich seine Werkstatt.

Im Ton eines Verschwörers hatte er als Rentner ihr erzählt, dass er einen Schlüssel zum Gebäude behalten habe. Hin und wieder schleiche er sich heimlich in seine alte Werkstatt. Wo, wenn nicht dort, sollte er die Sachen versteckt haben? Sie wusste nicht, wo der Schlüssel ihres Vaters für seine alte Werkstatt abgeblieben war. Aber Elias hatte ihr signalisiert, er könne problemlos, leise und ohne es zu beschädigen, ein Schloss öffnen.

Für Anne stellte ihr gemeinsames Vorhaben ein aufregendes Abenteuer dar. Sie verschwendete keinen Gedanken daran, dass ihr dabei etwas passieren könnte. Zielstrebig führte sie Elias zur Rückseite des Betriebsgeländes. Die Anlage war rundum durch einen hohen Zaun aus metallisch-grauen, spitz zulaufenden Vierkantstäben gesichert. Das alte, eingemottete Gebäude in Klinkerbauweise mit der Werkstatt ihres Vaters grenzte direkt an die Straße. Sämtliche Fenster des schlichten Ziegelbaus, dessen Fassade in diversen Rottönen dem Auge des Betrachters auch nach über hundert Jahren wohltat, waren vergittert. Der Zugang von der Straße aus war zusätzlich mit einem hohen Bauzaun aus stabilen, verzinkten Stahlstäben gesichert, der mit Ketten an der Wand fixiert war. Elias wollte eben darauf hinweisen, dass es keine gute Idee wäre, hier einzudringen, als Anne scharf links abbog und eine unscheinbare Treppe hinabstieg. Jene endete auf einem kleinen Absatz, hinter dem eine rostige, mattgrün gestrichene Stahltür den Zugang versperrte. Elias sah sich prüfend um. Sie waren weder von der Straße aus noch vom Gebäude gegenüber zu sehen.

„Perfekt!“

Er trat an die Tür, bückte sich und spritzte aus einer kleinen Tube Öl in den Schließzylinder. Dann zückte er ein schmales Etui, dem er einen kleinen Haken und ein seltsames Instrument entnahm. Elias setzte den Haken an und fuhr mit dem Instrument behutsam in den Schließzylinder und wieder zurück. Mehrmals wiederholte er den Vorgang, bis sich der Zylinder mittels des Hebels drehen ließ. Fasziniert sah Anne ihm dabei zu, wie er in weniger als einer Minute das Schloss knackte. Seine Routine ließ darauf schließen, dass er so etwas schon oft gemacht hatte.

Ihr Geliebter drückte die Klinke herunter. Mit einem leisen Quietschen schwang die massive Stahltür nach innen auf. Drinnen war es stockfinster. Anne kräuselte die Nase. Ein muffiger Geruch schlug ihnen entgegen.

„Ladys first!"

Elias verbeugte sich mit einem kleinen Lächeln und wies mit seinem Arm in das Gebäude. Anne schaltete die Taschenlampenfunktion ihres Smartphones ein, holte tief Luft und betrat den nach Feuchtigkeit und Schimmel miefenden Keller. Elias folgte ihr dicht. Als die Stahltür hinter ihr ins Schloss fiel, pochte ihr Herz bis zum Hals. War die ganze Aktion vielleicht doch ein Fehler? Jetzt war sie ihm völlig ausgeliefert. Brächte er sie hier, in dem vergammelten Gebäude, um, würde ihre Leiche wohl erst etliche Jahre später entdeckt werden. Ihre Nackenhaare sträubten sich. Sie schluckte schwer.

Bei der eigens für die Suche nach Anne Sterz und Elias Michler eingerichteten Hotline der Polizei gingen etliche Anrufe ein. Natürlich meldeten sich zuvorderst die üblichen Wichtigtuer und Querulanten, deren Anrufe gleich aussortiert wurden. Aber auch danach blieben noch immer etliche Hinweise übrig, die überprüft werden mussten. Frauke und Uta sahen sie gemeinsam durch.

„Die beiden wurden mehrfach auf Sylt gesichtet, noch dazu in einem eng umschriebenen Bereich. Mehrere Anrufer wollen sie in Wenningstedt gesehen haben, eine junge Frau bei einem Spaziergang in der Braderuper Heide, die nicht weit entfernt davon liegt. Alle ernst zu nehmenden Anrufer betonen, sie hätten sich darüber gewundert, einem so jungen Pärchen um diese Jahreszeit auf der Insel zu begegnen."

„Den Hinweisen müssen wir natürlich nachgehen. Ich frage mich nur, wo sie untergekommen sein sollen. Uns liegt keine Meldebestätigung eines Hotels, einer Pension oder auch einer Ferienwohnung vor, die auch nur zu einem der beiden Namen passt."

Trotzdem informierte Uta als Ermittlungsleiterin die Sylter Kollegen und bat sie, die Augen nach den beiden offen zu halten. Zur Verstärkung setzte sie zudem ein Team vom Festland in Marsch, um die Kollegen auf der Insel zu unterstützen, während Frauke die Protokolle der weiterhin eintrudelnden Anrufe sichtete.

Diese Arbeit benötigte ihre Zeit. Als ihr Magen deutlich Hunger meldete, war sie überrascht, dass es bereits Mittag war. Frauke wollte gerade Uta fragen, ob sie mit zum Essen käme, als der Pförtner meldete, Herr Elias Michler stehe dort in Begleitung eines Anwalts, um sich zu stellen. Schlagartig verloren profane körperliche

Bedürfnisse an Relevanz und so saßen die beiden Kriminalistinnen wenig später Herrn Michler und seinem Anwalt Doktor Winkel gegenüber.

„Mein Mandant möchte ein umfassendes Geständnis ablegen, um Ihnen bei Ihren Ermittlungen zum Schmuggel von Militärtechnik nach Russland zu helfen. Allerdings möchte er, dass seine komplett freiwillige und vollumfängliche Aussage von den Ermittlungsbehörden entsprechend gewürdigt wird. Daher wird er erst aussagen, wenn der zuständige Staatsanwalt zugegen ist und uns entsprechende Zusagen macht."

Uta schwieg, sah fragend in Fraukes Richtung, die sich daraufhin vorbeugte und räusperte.

„Können Sie uns zunächst bitte erklären, warum Ihr Mandant seine Aussage hier in Kiel machen möchte? Warum sagte er nicht in Hamburg aus, wo er wohnt und arbeitet?"

„Ganz einfach, weil Sie hier in Kiel die Ermittlungen gegen ihn führen."

„Wir ermitteln zwar gegen ihn, aber nicht wegen Waffenschmuggels. Wir interessieren uns für ihn im Rahmen einer Mordermittlung, oder soll ich präzisieren: Im Rahmen zweier Mordermittlungen?"

Frauke beobachtete Herrn Michler genau, der jedoch keinerlei Reaktion zeigte. Dafür war sein Anwalt sichtlich irritiert. Offensichtlich hatte sein Mandant ihm nicht alles gesagt.

„Hinsichtlich einer Aussage zum Waffenschmuggel müssen Sie sich an die Hamburger Kollegen, die Zollfahndung oder wen auch immer wenden, jedenfalls nicht an uns!", setzte Frauke noch einen drauf.

„Nun, äh, dann würde ich mich gerne kurz mit meinem Mandanten beraten."

„Machen Sie das! Weisen Sie ihn bei dieser Gelegenheit bitte gleich darauf hin, dass kein Deal mit der Staatsanwaltschaft tragen wird, wenn er nicht zugleich vollumfänglich zum Verschwinden von Frau Anne Sterz aussagt!"

„Äh, wer bitteschön ist das?"

Fragend sah er seinen Mandanten an. Der überlegte kurz und warf dann der Kommissarin ein Lächeln zu.

„Zu Frau Sterz kann ich gleich vollumfänglich aussagen, ganz ohne Deal mit der Staatsanwaltschaft. Ihr bin ich am Montag zufällig auf dem Tiessenkai, in der Nähe des Schiffercafés, begegnet. Sie erlitt einen kleinen Schwächeanfall. Ich half ihr. Als ich daraufhin von ihr erfuhr, dass sie die Tochter des dort ermordeten Friedrich Sterz ist, konnte ich mein Glück kaum fassen. Ich bezirzte sie, um von ihr Informationen hinsichtlich eines möglichen Verstecks ihres Vaters für seine Schmuggelware zu erhalten. Wir beide waren uns auf Anhieb sympathisch. Wie es bei jungen Menschen in einer solchen Konstellation vorkommt, verbrachten wir die Nacht miteinander. Das nutzte ich aus, um ihre Wohnung zu verwanzen.

Am Dienstag trennten wir uns. Später hörte ich ein Telefonat von ihr mit, wodurch ich von der Werkstatt ihres Vaters im Keller des Wohnhauses erfuhr. Danach hatte ich keinen Kontakt mehr mit ihr. Das ist alles, was ich dazu sagen werde. Natürlich bin ich bereit, meine diesbezügliche Aussage zu unterschreiben!"

Mit unbewegtem Gesichtsausdruck sah er Frauke in die Augen. Diese hielt seinem Blick stand und ließ sich für ihre Antwort Zeit. Sollten sie auf sein Angebot eingehen? Dabei sprach er bereits jetzt nicht die Wahrheit, zumindest nicht die volle.

„Okay!" Frauke nickte. „Wir nehmen Ihr Angebot zur Kenntnis. Nur noch eine kleine Frage: Was sollen wir dem Staatsanwalt sagen? Dass Sie bloß eine Aussage machen wollen? Oder verfügen Sie auch über Beweise, die Ihre Aussage untermauern?"

„Nun, ich verfüge über einige Videos, auf denen die von mir beschuldigten Personen sehr gut zu erkennen sind und die viele Punkte meiner Aussage untermauern werden."

Frauke hielt weiter seinem Blick stand und wartete, aber es kam nichts mehr. Also nickte sie erneut, wandte sich ab und stand auf.

„Übrigens *habe ich gerade ein Video gesehen*, auf dem ein Kollege von Ihnen zu sehen ist."

Frauke hielt inne, wandte sich ihm erneut zu. Er schwieg, sah sie einfach nur ausdruckslos an. Sie überlegte kurz, wandte sich dann aber wieder ab.

„Wollen wir doch alle hoffen, dass dieses Video nicht den Weg in die Öffentlichkeit findet!", rief er den Beamtinnen hinterher, als jene den Verhörraum verließen. Die beiden konnten es zwar nicht mehr sehen, aber diesmal grinste er breit. Schweigend liefen sie in Fraukes Büro. Dort angekommen, schimpfte Uta laut:

„Der lügt uns einfach frech ins Gesicht! Natürlich hat er die junge Sterz später noch gesehen und weiß ganz genau, wo wir ihre Leiche finden könnten! Ich bin mir absolut sicher, dass er sie getötet hat!"

„Das glaube ich nicht", widersprach Frauke ihr.

Uta stockte, schluckte und starrte aus dem Fenster. Das war der Moment, den Frauke gefürchtet hatte, seit sie die Leitung der Ermittlungen freiwillig an Uta abgegeben hatte. Jene fasste sich wieder und sah Frauke herausfordernd an.

„So? Und was glaubst du?"

„Genau wie du halte ich ihn für einen Lügner, allerdings für einen äußerst gerissenen, der ..."

Frauke, verunsichert durch ihren Rollenwechsel, zögerte. Konnte sie Uta alles offen sagen? Würde jene ihre Kritik als getrieben vom Ringen um die Suche nach der Wahrheit ansehen? Oder würde Uta ihre Kritik persönlich nehmen, gar als Illoyalität auffassen?

„Ja?", zischte Uta scharf. „Das war doch noch nicht alles!"

„Der Herr Michler hat heimlich Videos von seinen Geschäftspartnern aufgenommen, die jene schwer belasten! Bei ihnen handelt es sich mit Sicherheit um gerissene und äußerst gefährliche Männer! Elias Michler ist also jemand, der weit vorausdenkt und sich absichert. Wenn er aussagt, dass er die junge Sterz seit Dienstag nicht mehr gesehen hat, werden wir ihre Leiche nicht finden ..."

„Weil er sie so gut versteckt hat!“

„Das ist, wie du weißt, verdammt schwer! Früher oder später, meist eher früher, tauchen fast alle Leichen auf. Und dieses Risiko würde er nicht eingehen, wenn er sich gleichzeitig in unsere Hände begibt. Ich meine, er muss doch mindestens mit Untersuchungshaft rechnen!“

„Dann hat er ihre Leiche eben besonders gut versteckt und hegt den Irrglauben, es gebe keinerlei Spuren, die ihn mit Frau Sterz in Verbindung bringen. Aber dank der Anrufer haben wir die bereits!“

Uta sah triumphierend auf Frauke hinab, die sich gesetzt hatte. Jene wollte darauf hinweisen, dass hierzu die Anrufer erst einmal offizielle Gegenüberstellungen machen müssten, bei denen sie sowohl Frau Sterz als auch Herrn Michler innerhalb einer Gruppe entfernt ähnlich sehender Menschen eindeutig zu identifizieren hätten. Das stellte eine hohe Hürde dar. Sie schluckte ihren Einwand jedoch hinunter und fragte stattdessen:

„Hast du eine Ahnung, was Herr Michler mit dem Video von einem unserer Kollegen meint?“

Zu ihrer Überraschung verfinsterte sich Utas Miene drastisch.

„Der Irre hat in allen Zimmern seiner Wohnung Videoüberwachung.“

„Und?“

„Ein Kollege gab bei der Durchsuchung seiner Wohnung versehentlich zwei Schüsse ab.“

Frauke wartete, sah fragend zu ihrer Kollegin auf, die jedoch nicht mehr sagen wollte.

„Mensch Uta, jetzt lass dir doch die Wörter nicht wie Würmer einzeln aus der Nase ziehen! Was ist in der Wohnung passiert? Wieso gab der Kollege zwei Schüsse ab? Und wieso weiß ich von dem Ganzen nichts?"

„Wieso du davon nichts weißt? Ganz einfach, weil du nicht mehr die Ermittlungsleiterin bist! Weil du sie nicht mehr sein wolltest!"

„Aber es muss doch trotzdem in unseren Akten ..."

„Muss es nicht! Die Hamburger haben im Rahmen ihrer Ermittlungen zum Waffenschmuggel die Wohnung durchsucht!"

Frauke wollte widersprechen, hielt sich jedoch zurück und fragte stattdessen:

„Und was steht in den Akten der Hamburger Kollegen über den Vorfall?"

Uta zauderte, starrte Frauke mürrisch an.

„Einer der Beamten wurde bei der Durchsuchung von hinten angesprochen. Als er sich daraufhin erschrocken umdrehte, sah er sich einer schwarz gekleideten Gestalt gegenüber und schoss. Erst danach merkte er, dass es sich um ein Hologramm handelte."

„Ein Hologramm? Du meinst, so eine Art dreidimensionale Projektion?"

Uta nickte mürrisch. Frauke überlegte. Es mochte für den Kollegen peinlich sein, ein Hologramm mit einem Menschen verwechselt zu haben, aber unter Stress auch verständlich.

„Das kann nicht alles sein!"

„Als er auf die Frau schoss, war diese unbewaffnet und stand ihm mit erhobenen Händen gegenüber."

„Wieso Frau? Ich dachte, er schoss auf ein Hologramm!"

„Davon gibt es eben auch weibliche."

In Fraukes Kopf ratterten ihre Gedanken wild durcheinander.

„Willst du mir damit sagen, Herr Michler besitzt ein in seiner Wohnung aufgezeichnetes Video, auf dem ein SEK-Beamter auf eine mit erhobenen Händen vor ihm stehende Unbewaffnete schießt?"

„Exakt. Das lässt sich nicht ändern und wir lassen uns von ihm nicht erpressen!"

„Aber ..."

„Es reicht! Ich bin die Ermittlungsleiterin und du bist jetzt still! Und als Ermittlungsleiterin kümmere ich mich darum, dass die Suche nach der jungen Frau Sterz nicht einschläft!"

Die alte Frau Sterz hatte in diesem Moment Besuch von ihrem Sohn Alexander. Freute sie sich sonst stets, wenn ihr Sohn etwas von sich hören ließ, sie gar besuchte, war sie heute verstimmt.

„Und Anne hat sich ganz sicher in den letzten Tagen nicht bei dir gemeldet?"

„Aber nein, mein Schatz! Du kennst deine Schwester doch! Sie besitzt einen schwierigen Charakter! Manchmal meldet sie sich wochenlang nicht bei mir. Was sind da schon ein paar Tage?"

„Anne ist deine Tochter!"
Klara Sterz seufzte.
„Das ist sie. Leider."
„Und du machst dir keine Sorgen um sie?"
„Warum sollte ich? Wie gesagt ..."
„Papa wurde mit einer Pistole erschossen, deren extrem seltenes Kaliber exakt zu seiner Tokarev passt. Seine Pistole ist ebenso spurlos verschwunden wie meine Schwester beziehungsweise deine Tochter. Ich finde, damit habe ich allen Grund, mir Sorgen zu machen!"
Erneut seufzte Frau Sterz, lauter und leidender als zuvor.
„Du siehst Zusammenhänge, wo es keine gibt! Oder willst du jetzt etwa auch noch deine Schwester des Mordes an eurem Vater bezichtigen?"
„Natürlich nicht!"
„Also beschuldigst du mich des Mordes!"
Ihre Empörung wirkte echt auf ihn. Alexander presste seine Lippen fest aufeinander und schwieg. Herausfordernd starrte sie ihn so lange an, bis er klein beigab.
„Natürlich nicht!"
„Wen denn dann?"
„Jetzt tu bloß nicht so! Wen schon!"
„Aber er hat nicht nur ein Alibi, die Polizei hat es sogar überprüft!"
„Ich weiß, irgendwie muss er sich das Alibi besorgt haben. Oder er ..."
In diesem Moment klopfte es, und ohne zu abzuwarten, öffnete sich die Tür. Herr Gejdt trat ein.

„Du kommst im richtigen Moment Eugen! Wir reden gerade über dich!“

„So? Ich hoffe nur Gutes.“

Zögernd trat er näher, warf dabei einen fragenden Blick in Alexanders Richtung.

„Störe ich?“

„Keineswegs! Ich wollte ohnehin gerade gehen.“

„Jetzt schon? Aber du bist doch eben erst gekommen!“

„Tschüss Mama, mach's gut.“ Er küsste sie auf beide Wangen. „Und melde dich sofort bei mir, wenn Anne was von sich hören lässt!“

Alexander nickte Herrn Gejdt knapp zu, wandte sich Richtung Tür und verließ das Krankenzimmer. Kaum hatte er die Tür hinter sich geschlossen, als diese wieder aufgerissen wurde.

„Warten Sie Herr Sterz! Einen Augenblick bitte!“

Unwillig hielt Alexander an und drehte sich um.

„Was wollen Sie?“

„Sie inständig darum bitten, ihre Mutter in ihren letzten Tagen nicht noch unglücklich zu machen. Seien Sie doch bitte so nett, ihr noch eine schöne Zeit zu bescheren!“

Ohne die Antwort des Angesprochenen abzuwarten, drehte der alte, hagere Mann sich um und schlurfte gebeugt zurück in Richtung des Krankenzimmers. Dabei wirkte er, als laste ein ungeheuerliches Gewicht auf seinen Schultern. In Alexanders Hirn wirbelten die Gedanken wild durcheinander.

„Ihre letzten Tage? Wie meinen Sie das? Ist Mama etwa unheilbar krank?"

Der alte, heute noch zerbrechlicher als sonst wirkende Mann hielt inne und drehte sich langsam um.

„Im Gegenteil, Ihre Mutter ist gerade lebendiger, als sie es die meiste Zeit ihres Lebens war! Trotzdem, beherzigen Sie meine Worte! Ich bitte sie inständig darum!"

Völlig verwirrt fand Alexander keine Antwort, bis der Zausel wieder im Refugium seiner Mutter verschwunden war. Was zum Teufel wollte der ihm sagen? Woran sollte seine Mutter plötzlich sterben? War Herr Gejdt etwa doch der Mörder seines Vaters? Und wollte er, aus welchen Gründen auch immer, demnächst auch seine Mutter umbringen?

Obwohl es Sonntag war, trafen in Rekordzeit Zollamtsrat Sperber und die zuständige Hamburger Staatsanwältin in Kiel ein. Uta durfte an der Vernehmung zwar nicht aktiv teilnehmen, aber diese zumindest aus dem Nebenraum live mitansehen und -hören. So wurde sie Zeugin, wie die Staatsanwältin tatsächlich einen Deal mit Herrn Michler abschloss. Missmutig schüttelte die Kommissarin ihren Kopf darüber. Ihre vorab vorgetragenen Bedenken gegen eine solche Vereinbarung waren von den beiden kaum zur Kenntnis genommen worden.

Herr Michler berichtete dann, dass er zwei Jahre zuvor noch bei einer größeren Handelsfirma angestellt war und in dieser Funktion auch mit den Verkäufern von Herstellern sogenannter Dual-Use-Güter Kontakt gepflegt habe. Dann habe ihn, während er allein beim Lunch saß, ein Mann angesprochen und ihn gefragt, ob er an einem Geschäft interessiert sei, das besondere Verschwiegenheit verlange, im Gegenzug aber auch besonderen Profit für ihn verspreche. Er habe gleich geahnt, dass es sich um etwas Illegales handeln müsse. Trotzdem habe er aus reiner Neugierde mehr über das Geschäft erfahren wollen. Der Fremde habe jedoch darauf hingewiesen, dass ein solches Gespräch einen vertraulicheren Ort benötige, woraufhin Herr Michler ihn zu sich nach Hause eingeladen habe. An dieser Stelle zog der Anwalt einen Tablet-Computer aus seiner Aktentasche und spielte das erste Video ab.

Immer verdrießlicher folgte Uta der Vernehmung. Herr Michler räumte seine eigene Schuld vollumfänglich ein. Dabei betonte er allerdings, anfänglich gedacht zu haben, dass die über ihn vermittelten Bauteile tatsächlich ziviler Nutzung dienten. Sein erstes Video belegte, dass dies der Mann ihm gegenüber genau so dargestellt hatte. Herr Michler betonte, er habe nur das Prinzip Wandel durch Handel befolgt, welches ja die offizielle Doktrin des Westens darstelle. Durch Putins Angriff auf die Ukraine habe er seinen Fehler erkannt und es habe ein Umdenken bei ihm eingesetzt, das ihn schließlich hierher geführt habe.

Er nannte Namen und geflossene Bestechungssummen an die Verkäufer der Dual-Use-Güter und erklärte detailliert, wie die Güter anfänglich über eine Firma in Ungarn nach Russland gelangt waren. Uta stellte missmutig fest, dass Herr Michler höchstwahrscheinlich mit einer Bewährungsstrafe davonkommen würde. Am meisten ärgerte es sie jedoch, dass auch seine Angaben hinsichtlich des Mordes an Herrn Sterz und dessen vermisster Tochter stimmig waren. Alles, was er sagte, passte zu ihren bisherigen Ermittlungsergebnissen. Sein letztes Video zeigte, wie am Montag nach dem Mord die beiden Russen ihn in seine Wohnung schoben und dort in bedrohlicher Manier Aufklärung über die ausgebliebene Lieferung verlangten. War er womöglich doch nicht der Mörder vom Tiessenkai? Und hatte er vielleicht sogar wirklich nichts mit dem Verschwinden der jungen Frau Sterz zu tun?

Mit genau jenen Zweifeln war Frauke schon Stunden zuvor zum Haus von Kriminalrat Andreas Bode gefahren.

„Du? Was ist passiert?", begrüßte Andreas sie.

„Ich fürchte, Uta verrennt sich gerade. Außerdem besitzt ein von ihr Verdächtigter für die Polizei vermutlich hochnotpeinliche Videos. Sie tut so, als spiele das keine Rolle."

Andreas sah sie prüfend an.

„Ich vermute, du hast mit ihr darüber gesprochen?"

„Natürlich! Wofür hältst du mich?"

„Wie hat sie reagiert?"

„Gesagt, dass sie jetzt der Chef ist und mir den Mund verboten."

Andreas seufzte und bat Frauke herein. Dort trug sie ihm knapp und präzise ihre Bedenken und Hypothesen vor. Mit seinem Segen kehrte sie zurück ins Kommissariat. Als Erstes rief sie von dort aus in der Einsatzzentrale der Hamburger Polizei an.

„Hauptkommissarin Frauke Knoop aus Kiel. Eine Zivilstreife von euch überwacht doch nach wie vor das Haus in Altona, in dem eine gewisse Anne Sterz wohnt."

„Augenblick … ja, tut sie!"

„Können Sie mich bitte mit den Kollegen vor Ort verbinden?"

„Okay."

Wenig später hatte sie eine der Beamtinnen vor dem Haus in Altona in der Leitung.

„Hier spricht Kriminalmeisterin Blessing. Was wollen Sie?"

„Ich bin Kriminalhauptkommissarin Knoop aus Kiel! Bitte gehen Sie hoch zur Wohnung von Frau Sterz. Läuten Sie, und falls Frau Sterz nicht öffnet, klopfen Sie laut an der Wohnungstür und geben sich als Polizistin zu erkennen."

„Aber die Vermisste ist nicht in ihrer Wohnung!"

„Tun Sie es bitte trotzdem!"

„Aber ..."

„Hat das Haus einen Hintereingang?"

Die Beamtin antwortete nicht gleich. Frauke hörte, wie sie leise mit ihrem Kollegen sprach.

„Mit Sicherheit gibt es einen."

„Dann gehen Sie bitte ..."

„Moment!“

Die Verbindung wurde stumm geschaltet. Frauke ärgerte sich. Was bildete die Kollegin sich eigentlich ein? Wenig später war Frau Blessing wieder in der Leitung.

„Frau Sterz verließ soeben das Haus. Mein Kollege hielt sie an und spricht in diesem Moment mit ihr!“

„Prima, er soll sie fragen, wo sie die letzten Tage gewesen ist!“

„Ich richte es ihm aus! Einen Augenblick bitte!“

Erneut wurde die Verbindung stumm geschaltet. Diesmal lächelte Frauke. Zum einen, weil Frau Sterz noch lebte, aber durchaus auch, weil ihre Vermutung sich bestätigt hatte. Wenige Minuten später berichtete die Hamburger Beamtin atemlos:

„Frau Sterz behauptet, sie habe sich aus Angst vor dem Mörder ihres Vaters einige Tage in der Wohnung einer Nachbarin verkrochen. Jene habe ihr den Schlüssel gegeben, damit sie während ihres Urlaubs ihre Pflanzen gießt.“

„Danke! Bitte fertigen Sie ein offizielles Protokoll der Vernehmung und lassen Sie es Frau Sterz unterschreiben!“

Also hatte Herr Michler es irgendwie geschafft, die junge Frau auf seine Seite zu ziehen und sie zu einer Falschaussage anzustiften. Eine, die nicht wirklich überprüfbar war und die sie dementsprechend kaum widerlegen konnten. Gegenüberstellungen lieferten häufig ein unbefriedigendes Ergebnis. Mit dem Beamten, der Herrn Michler im Treppenhaus von Frau Sterz gesehen hatte, brauchten Sie gar nicht erst eine Gegenüberstellung zu versuchen. Er hatte bereits Fahndungsfotos von Herrn Michler gesehen. Dementsprechend würde vor Gericht jeder einigermaßen gewiefte Anwalt das Ergebnis einer Gegenüberstellung zerpflücken.

Was mochte Herr Michler der Tochter des Ermordeten im Gegenzug für ihre Falschaussage versprochen haben? Seine endlose Liebe? Frauke schnaubte.

Am Vormittag dieses Tages, in der ehemaligen Hausmeister-Werkstatt ihres Vaters, hatte Anne eine Entdeckung gemacht, die sie zutiefst erschütterte. Zunächst war sie mit Elias durch den feuchten, nach Schimmel und Fäulnis stinkenden Kellergang des einfachen Nachkriegsbaus geirrt. Die Lichtkegel seiner Taschenlampe und ihres Smartphones waren über stockfleckige Wände und rostige Kellertüren gehuscht, während es im Hintergrund beharrlich tropfte. Entweder war ein Wasserrohr geborsten oder drang durch das Dach Regenwasser bis in den Keller. Der Verfall des Gebäudes hatte definitiv bereits eingesetzt. War das hier also doch kein gutes Versteck? Anne befürchtete, sich geirrt zu haben, als sie Fußspuren in der dicken Staubschicht auf dem Boden entdeckte.

Ihr Herz pochte wild. Sie drückte vergeblich mehrfach den Lichtschalter, aber das Gebäude war wohl vom Netz genommen. Also folgten sie mit ihren kümmerlichen Lampen den Fußspuren, die vor einer blau gestrichenen Brandschutztüre endeten. Das Schild neben der Tür wies den Raum als Hausmeisterwerkstatt aus. Handelte es sich bei der Fährte also tatsächlich um die Fußspuren ihres Vaters?

Diesmal brauchte Elias deutlich länger, um das Schloss zu knacken. Anne gelang es kaum stillzustehen, während sie ihm dabei zusah. Endlich schwang die Pforte auf. Ein Geruch nach Harz und Sägemehl schlug ihnen entgegen. Anne trat als Erste ein. Aus reiner Gewohnheit betätigte sie auch hier den Lichtschalter. Unter leichtem Flackern erwachten die Neonröhren an der Decke zum Leben. Strom, es gab hier Strom!

Wegen des gleißenden Lichts musste sie ihre Augen zusammenkneifen, bis sie sich an die blendende Helligkeit gewöhnt hatte. Dann sah Anne sie dort stehen, mitten auf der Werkbank ihres Vaters: zwei Kinderstühlchen und ein dazu passendes, kreisrundes Tischchen. Sprachlos trat Anne näher heran und strich behutsam über die herzförmigen Rückenlehnen der Stühlchen. Als sie selbst noch ein kleines Mädchen war, hatte Papa ihr exakt die gleichen Kindermöbel gebaut! Sie war damals so verliebt in und stolz auf ihre Möbel gewesen! Tränen rannen ihre Wangen hinunter, als sich die von ihr verdrängte Trauer um den Verlust ihres Vaters Bahn brach.

Elias trat dicht an sie heran, legte seinen Arm um ihre Schulter und drückte sie fest an sich.

„Hat dein Vater die süßen Kindermöbel gebaut?"

Unfähig zu sprechen, nickte sie heftig.

„Für wen?"

„Ich …“, fiepte sie, ehe sie aufgeregt schluckte und sich räusperte, um einen zweiten Anlauf zu machen: „… ich weiß nicht, bestimmt für ein kleines Mädchen. Wahrscheinlich das Töchterchen einer armen, alleinerziehenden Mutter, die es sich nicht leisten kann, so schöne Möbel für ihren Liebling zu kaufen.“

Stille trat ein. Ihre Worte erhielten hierdurch den notwendigen Raum, um ihre volle Wucht zu entfalten. Selbst Elias spürte das starke Band zwischen der neben ihm stehenden Tochter und ihrem verstorbenen Papa.

„Dein Vater war ein guter Mensch.“

„Ja, das war er definitiv! Als ich klein war, baute er mir exakt die gleichen Möbel!“

Als Frauke spät abends erschöpft, aber zufrieden wie schon lange nicht mehr, nach Hause kam, stand Rolands Entschluss. Sein Vorhaben fiel ihm schwerer als fast alles, was er zuvor in seinem Leben getan hatte. Aber es half nichts, es war höchste Zeit, Frauke in zwei wesentlichen Punkten die Wahrheit zu sagen. Frauke erkannte bereits bei der Begrüßung an seinem Gesichtsausdruck, dass etwas nicht stimmte. Die Sorge, die sich daraufhin bei ihr einstellte und in ihrem Blick ausdrückte, schmerzte ihn.

Frauke schnupperte.

„Hier riecht es so gut. Hast du gebacken?“

„Deiner Spürnase entgeht aber auch nichts.“

Roland lächelte. Sie schnupperte demonstrativ in Richtung Küche.

„Es riecht nach deinem leckeren Apfelkuchen.

„Die Kandidatin erhält einhundert von hundert Punkten!“

Um das von ihr gefürchtete Gespräch hinauszuschieben, lief sie an ihm vorbei in die Küche. Dort blieb sie wie angewurzelt stehen und drehte sich zu Roland um, der ihr gefolgt war.

„Da stehen ja zwei Apfelkuchen!“

Der Bäcker nickte.

„Einen für uns beide heute Abend und einen als Gastgeschenk für mich morgen.“

Sie schluckte.

„Musst du wieder verreisen?“

„Leider ja. Es gibt schlechte Neuigkeiten. Die Einheit des Frauenmörders wurde in der Ukraine zwar fast vollständig aufgerieben, aber sein Name taucht in der Liste der Gefallenen nicht auf.“

„Heißt das, er lebt noch?“

Frauke erblasste.

„Offiziell gilt er als vermisst. Entweder wurde seine Leiche nicht gefunden, oder die Ukrainer haben ihn gefangen genommen oder aber er hat das Chaos des Überfalls genutzt, um abzuhauen.“

„Schade!“ Sie schluckte schwer. „Ich hatte gehofft, mein altes Leben wiederzuhaben!“

Bedrückt wandte sie sich Richtung Schlafzimmer.

„Das ist leider noch nicht alles!“

Sie hielt inne, wandte sich ihm wieder zu. Ihre Tränen zu sehen, schmerzte ihn körperlich.

„Was denn noch?“

„Popescu, der rumänische Mafia-Pate, konnte sich nicht nur seiner Verhaftung entziehen, sondern zeigt sich ganz ungeniert in der Öffentlichkeit. Wenn meine Informationen stimmen, lebt er sogar weiterhin in seiner Villa. Seinen kriminellen Geschäften kann er ohne jede Beeinträchtigung weiter nachgehen. Außerdem hat er aus Ärger über den Versuch der deutschen Polizei, ihn verhaften zu lassen, die auf meinen Kopf ausgesetzte Belohnung verdoppelt.“

„Auf dich ist ein Kopfgeld ausgesetzt? Davon hast du mir noch gar nichts erzählt!“

Er zuckte mit den Schultern.

„Wie viel ist es?“

„Jetzt ist es eine Million Euro.“

Frauke schluckte schwer, schüttelte dann ungläubig den Kopf.

„Was hast du vor?“

„Steine ins Rollen zu bringen.“

Seine Geliebte fixierte ihn, während ihre Gedanken wild durcheinander rasten. Schließlich nickte sie.

„Ich hätte nie geglaubt, dass ich als Mordermittlerin jemals so etwas sagen oder auch nur denken könnte. Aber ich habe lange und gründlich über unsere Situation nachgedacht. Vor allen Dingen halte ich sie auch schlicht und einfach nicht mehr aus!

Unsere Feinde sind keine bürgerlichen Verbrecher, die sich weit genug an unsere Regeln halten, dass wir mit rechtsstaatlichen Mitteln gegen sie ankommen! Wir befinden uns im Krieg mit Mafiosi! Folge deinen Plänen, was immer du vorhast!

Montag, 28. Februar 2022

Am Kieler Hauptbahnhof bestieg Roland ein weiteres Mal in aller Frühe den ICE über Frankfurt nach Basel. In Karlsruhe stieg er um und erreichte am frühen Nachmittag den Schwarzwald. Sein Ziel verbarg sich in einem engen Nebental des Flüsschens Nagold. Schon mit der Verbreitung der Dampfmaschinen hatte der Niedergang der alten Mühle eingesetzt, jetzt wirkten sie und ihre Nebengebäude mehr denn je wie aus der Zeit gefallen. Die mit Patina überzogenen Gemäuer waren heruntergekommen und wirkten abweisend, wie sie sich in dem dunklen Tal zwischen moosbewachsenen Felsen, riesigen Tannen und dem reißenden Bach aneinander duckten. Wer sich hiervon allein nicht abschrecken ließ, wurde von dem wütenden Gekläff zweier Rottweiler eindringlich davor gewarnt, näherzukommen. Sollte jemand so dumm sein, über Tor oder Mauer in den Hof zu klettern, würden die Bestien ihn zerreißen.

Roland trat an das Tor aus rissigen, mit Grünspan bedeckten Brettern und drückte eine verrostete Klingel, an der kein Name stand. Das Läuten der Glocke stachelte die Hunde zu noch giftigerem und lauterem Gebell an. Kurz nachdem das wütende Bellen in ein Jaulen überging, wurde mit einem scharrenden Geräusch ein schwerer Riegel beiseitegeschoben. Der linke Flügel des altertümlichen Tores schwang knarrend auf. Ein hagerer Sechzigjähriger mit tiefen Furchen im Gesicht, an dessen Hals Adern und Sehnen deutlich hervortraten, blickte dem Besucher grimmig entgegen. Mit seiner Linken hielt er das Halsband eines der Rottweiler, der sofort wieder drohend losbellte und mit Macht am Halsband zerrte, während er in seiner Rechten lässig eine abgesägte Schrotflinte von seiner Wehrhaftigkeit zeugte. Als er sein Gegenüber erkannte, hellten sich seine Gesichtszüge auf.

„Dr' Roland! Komm rei!"

„Hallo Gerhard."

Beim freundlichen Klang der Stimme ihres Herrn verwandelte sich das Kläffen der Rottweiler in ein freudiges Winseln, unterstrichen vom Wackeln ihrer Hinterteile. Roland hielt ihnen vorsichtig seine Hand hin, die jene zuerst beschnüffelten, dann leckten. Behutsam streichelte er nacheinander den beiden über ihre Köpfe, ehe er eintrat.

„Mogsch n´ Kaffee?"

„Ich habe gehofft, dass du mich genau das fragen würdest, und uns vorsorglich einen Apfelkuchen gebacken."

Roland folgte dem Hausherrn in die Küche des Mühlengebäudes. Im Gegensatz zum unwirtlichen, heruntergekommenen Äußeren der Mühle war das Innere liebevoll restauriert. Über alten Dielen aus Tannenholz verteilten sich bunte Teppiche. Die dicken Wände waren frisch verputzt und weiß gekalkt, während ein flaschengrüner Kachelofen vor sich hin bullerte und wohlige Wärme ausstrahlte. Die Küchenmöbel waren alle massiv, aus verschiedenen Obstbaum-Hölzern von Hand geschreinert. Am Tisch in der Mitte des Raumes fände bequem eine komplette Fußballmannschaft Platz.

Der Hausherr bereitete mittels einer italienischen Siebträger-Maschine zwei Cappuccinos zu, während Roland aus seiner Tasche einen kleinen, gedeckten Apfelkuchen auspackte, ihn in dicke Stücke schnitt, die er in den Ofen schob, ehe er Sahne schlug.

Wenige Minuten später saßen die beiden Männer einträchtig einander gegenüber und genossen ihr Kaffeekränzchen. Der Hausherr bat um ein zweites Stück Kuchen, was Roland ihm gerne auf den Teller packte, ehe er sich selbst ebenfalls noch eines gönnte. So dauerte es, bis Gerhard den leeren Teller von sich schob, sich zufrieden zurücklehnte und behaglich die letzten Krümel von seinen Lippen leckte. Forschend sah er Roland an.

„Wenn du hier aufkreuzt, gibt es doch sicher Neuigkeiten."

„Die gibt es tatsächlich. Unsere Behörden haben via Interpol die Rumänen beauftragt, Adrian Popescu zu verhaften."

„Ist das der Ober-Drecksack?"

Roland nickte. Aus gutem Grund hatte er dessen Namen Gerhard bisher verschwiegen. Jener sah ihn forschend an.

„Lass mich raten: Er ist ihnen entwischt."

Erneut nickte Roland.

„So ein korruptes Pack! Er hat sie natürlich alle bestochen!"

„Mit Sicherheit, zumindest einige von ihnen."

„Wo finde ich ihn?"

Gerhard griff unter den Tisch. Mit einer Hand holte er von dort ein Jagdgewehr mit Zielfernrohr hervor, das er zwischen sich und Roland ablegte. Roland musterte die todbringende Waffe. Der Lauf war ungewöhnlich lang, mutete beinahe wie ein Scharfschützen-Gewehr an. Bestimmt trainierte Gerhard regelmäßig mit ihr, hatte er doch zu diesem Zweck hier im Schwarzwald eine Jagd gepachtet. Auf wie viele Meter Entfernung konnte Gerhard damit einen tödlichen Schuss abgeben? Roland hatte keine Ahnung, war sich aber sicher, dass es zu wenige waren. Der alte Deutsche käme mit dieser Waffe nie nahe genug an den Mafia-Paten ran.

Roland langte über den Tisch, legte seine Hand auf die seines Gegenübers und drückte sie kurz.

„Das ist nichts für dich! Denk an deine Kinder!"

„Monika ist schwanger. Ich werde demnächst Opa."

„Das ist doch wunderbar! Dann denk an deine Enkel, werde ihnen ein liebevoller Großvater!"

„Aber Marlies darf es nicht mehr erleben! Sie hätte sich so unglaublich viel mehr über unseren ersten Enkel gefreut als ich!"

Mit Tränen in den Augen sah er Roland herausfordernd an. Jener presste die Lippen aufeinander. Gerhard war Schreiner, hatte gemeinsam mit seiner Frau Marlies begonnen, Holzmöbel aus Südostasien zu importieren und zu verkaufen. Das Geschäft hatte sich prächtig entwickelt. Sie hatten immer mehr Produkte in ihr Sortiment aufgenommen.

Eines Tages war ohne Termin ein fremdländischer Geschäftsmann in einem schwarzen Mercedes S 600 vorgefahren. Mit einem vierschrötigen Leibwächter und einem Dolmetscher hatte er das Gebäude betreten und verlangt, mit dem Besitzer zu sprechen. Gerhard war von dem Besuch überrumpelt, aber auch neugierig, was der Typ von ihm wollte. Der Besucher ließ seinen Dolmetscher verkünden, dass er den Betrieb zu kaufen gedenke. Gerhard war verblüfft, lehnte aber resolut ab, da er nicht verkaufen wollte. Sein Gegenüber reagierte verärgert, ließ den Dolmetscher einen durchaus ordentlichen Preis nennen. Dabei starrte er Gerhard in einer Weise an, dass jenem mulmig wurde. Dennoch dachte er nicht daran, klein beizugeben, und wies auch dieses Angebot zurück. Daraufhin erhob der andere sich, blitzte ihn zornig an und drohte, dass ihm seine Weigerung noch leidtun werde. Während der Unbekannte mit seiner Entourage abzog, verspürte Gerhard starkes Unbehagen.

Zwei Tage später war seine Frau Marlies abends mit zwei Freundinnen unterwegs, als plötzlich ein Maskierter mit einem Messer vor ihnen stand. Er verlangte von den Frauen Geld und Schmuck, und obwohl sie nach kurzem Schreck alle drei ihre Handtaschen öffneten, schnellte er vor und stach Marlies blitzschnell viermal hintereinander in die Brust, ehe er davonrannte.

Zwei der Stiche hatten das Herz seiner geliebten Frau perforiert. Sie verblutete, ehe der Notarzt eintraf. Die Polizei stufte die Tat als missglückten Raubüberfall ein. Der Täter wurde nie gefunden. Als Gerhard nach der Trauerfeier im Dunkeln alleine zu seinem Wagen lief, packte ihn plötzlich ein kräftiger Mann von hinten und presste ihm eine scharfe Klinge an den Hals. Der Unbekannte zischte ihm ins Ohr, wenn er seinen Betrieb nicht verkaufe, ereile erst seine Tochter, dann seinen Sohn das gleiche Schicksal wie seine Frau. Gleiches gelte, solle er sich an die Polizei wenden. Daraufhin verschwand der Unbekannte wieder im Dunkeln.

In jener Nacht schlief Gerhard nicht. Am nächsten Tag erhielt er über einen Stuttgarter Rechtsanwalt das Kaufangebot einer rumänischen Gesellschaft für seine Firma. Der gebotene Preis war exakt die Hälfte dessen, was ihm der fremdländische Geschäftsmann ursprünglich geboten hatte. Kommentarlos unterschrieb Gerhard. Jeder Versuch zu handeln, bedeutete schließlich ein Spiel mit dem Leben seiner Tochter.

Gerhard wurde zu einem trauernden Witwer und überbehütenden Vater, der versuchte, das Geschehene zu akzeptieren. Letzteres gelang ihm nicht. Ihm war klar, dass er Opfer einer mafiösen Organisation geworden war. Er beschäftigte sich von da an exzessiv mit der Mafia. Er schwor Rache, machte den Jagdschein und trainierte wie besessen den Schuss auf die große Distanz.

Nach der Lesung eines Journalisten aus seinem Buch über die Mafia kam er mit diesem in ein tiefergehendes Gespräch. Der Mann bestätigte Gerhards Vermutung, wusste über rumänische Mafia-Organisationen jedoch nicht Bescheid. Er riet ihm aber dringend davon ab, Nachforschungen bezüglich deren Paten anzustellen. Damit riskiere er nur sein Leben und jenes seiner Kinder.

So schwebte Gerhard in einem Zustand quälender Unentschlossenheit, als die Meldung durch die Medien ging, ein Polizist habe auf einem Waldparkplatz kurz vor der österreichischen Grenze zwei Killer der rumänischen Mafia erschossen. Gerhard war sofort elektrisiert, fragte sich, ob es sich bei einem der beiden Killer um den Mörder seiner Frau handelte. Er las jedes Wort über den Vorfall, das er finden konnte, schüttelte verständnislos den Kopf über den Shitstorm, mit dem die Mehrheit der Journalisten den Polizisten überschüttete. Der Polizist hatte die Spur der beiden Killer aufgenommen, unmittelbar nachdem sie bestialisch eine fünfköpfige Familie inklusive deren drei kleinen Kindern erschossen hatten. Dem Beamten wurde vorgeworfen, er habe in einem Akt archaischer Selbstjustiz die beiden Mörder erschossen, statt wie vorgeschrieben ein SEK für deren Verhaftung anzufordern!

Als dem Polizisten am Stuttgarter Landgericht der Prozess gemacht wurde, saß Gerhard unter den Zuschauern. Er glaubte Roland jedes Wort, als dieser ruhig und sachlich erklärte, dass er wegen seines leeren

Handy-Akkus keine Unterstützung habe anfordern können. Außerdem sei von dem zuständigen Staatsanwalt, kurz bevor die rumänischen Killer eintrafen, der Personenschutz für die fünfköpfige Familie abgezogen worden. Daher sei er davon ausgegangen, keine Unterstützung zu erhalten, da der Staatsanwalt offensichtlich auf der Lohnliste der Mafia stand. Diese Äußerung sorgte für reichlich Wirbel und zog bei einer eigens dafür einberufenen Pressekonferenz die Androhung einer Verleumdungsklage durch den Staatsanwalt nach sich. Diese Androhung konterte ein Journalist mit der Frage, ob es stimme, dass der Staatsanwalt unmittelbar vor seiner Anordnung zum Abzug des Personenschutzes sieben Minuten mit einem Anrufer aus Rumänien telefoniert habe. Und ob es stimme, dass dieser Anruf von einem anonymen Prepaid-Handy erfolgt sei, von dem aus nur dieser eine Anruf getätigt worden sei. Allen war sofort klar, dass der Journalist eine gute Quelle besaß. Der Staatsanwalt hatte daraufhin kommentarlos die Pressekonferenz verlassen und sich wenige Stunden später im Keller seines Hauses erhängt.

Gerhard war es gelungen, in der Toilette des Landgerichts neben Roland am Pissoir zu stehen. Als ein weiterer Pissoir-Benutzer den Raum verlassen hatte und sie allein waren, hatte er sich Roland zugewandt und ihm angeboten, für ihn den Paten der rumänischen Mafia zu erledigen, wenn er ihm dessen Name verrate und wo er ihn finde. Roland war zunächst verblüfft. Anhand des schmerzvollen Gesichtsausdrucks des Unbekannten begriff er rasch, dass jener eine geliebte Person durch Mafia-Killer verloren haben musste.

An jenem Abend erzählte Gerhard bei einer Pizza Roland seine Geschichte. Es war das erste und einzige Mal, dass er sie erzählte. Dadurch entstand zwar keine richtige Freundschaft, aber zumindest eine tiefe Komplizenschaft. Roland kannte damals den Namen des Paten noch nicht. Hätte er ihn gekannt, hätte er ihn Gerhard trotzdem nicht verraten. Später, als Roland sein bisheriges Leben verloren hatte und er in permanenter Bedrohung durch die Killer des rachsüchtigen Paten lebte, hatte er erwogen, Gerhard dessen Namen und die Adresse seiner Villa zu verraten. Aber ihm war klar gewesen, dass er hierdurch eher ein Todesurteil über Gerhard als über den Paten gefällt hätte. Ein Fremder, der weder ihre Sprache beherrschte noch ihre Kultur verstand, wäre in der ländlichen Gegend sofort aufgefallen und nie und nimmer nahe genug an den Paten herangekommen, um ihn ernsthaft attackieren zu können.

Bis heute hatte Roland geschwiegen. Es war kein Versehen, dass er just an diesem Tag sein Schweigen brach.

„Wie geht es unserem Gefangenen?“, fragte er Gerhard.

„Der lässt sich zunehmend gehen. Vielleicht hat der sich auch bereits aufgegeben. Manchmal habe ich auf dem Weg zu seinem Kerker die Vorstellung, ihn dort erhängt vorzufinden.“

„Das darf nicht geschehen!“

„Warum nicht? Er hat den Tod genauso verdient wie alle anderen aus seinem Verein!“

Hass loderte durch Gerhards Gesicht, erlosch jedoch rasch wieder.

„Ich habe dir schon viel zu lange viel zu viel zugemutet! Wir lassen ihn morgen frei. Hilfst du mir dabei?"

Gerhard betrachtete seinen Gast eingehend. Schließlich schüttelte er ungläubig den Kopf.

In Kiel war Frauke morgens als erste im Kommissariat eingetroffen. Ihr Instinkt als erfahrene Ermittlerin sagte ihr, dass sie sich verrannt hatten. Die Spur mit dem Waffenschmuggel war spektakulär. Dadurch hatten sie sich blenden lassen. Sie zumindest hielt es mittlerweile allerdings für extrem unwahrscheinlich, dass der Mord an Herrn Sterz mit dem Schmuggel zusammenhing.

Also tat sie das, was eine gute Ermittlerin in einer solchen Situation tut: Sie ging zurück zum Anfang ihrer Ermittlungen und forschte gründlich nach, was sie übersehen hatten. Dazu nahm sie sich die Ermittlungsakten vor und las Seite für Seite alles gründlich von vorne an durch.

Als Uta eintraf und den Stapel an Ordnern auf Fraukes Schreibtisch erblickte, nahm sie ihr gegenüber Platz.

„Du glaubst also nicht mehr an die Spur mit dem Waffenschmuggel?"

„Nein."

„Warum nicht? Wer den Tod verkauft, für den zählt ein Leben nichts."

„Das mag stimmen, aber wer sollte aus welchem Grund den alten Mann ermordet haben?"

„Wie wäre es mit den Ukrainern, den Amerikanern oder auch unseren eigenen Diensten? Vielleicht wollten letztere Deutschland nicht ganz so erbärmlich vor aller Welt dastehen lassen."

Frauke erwiderte nichts, sah stattdessen Uta einfach nur an. Jene wusste selbst, dass ihre Worte wenig überzeugend klangen.

„Du hast recht." Sie seufzte. „Es schadet wohl nicht, wenn du dir alles noch einmal gründlich vornimmst!"

Mit einem Nicken verabschiedete Uta sich. Frauke nahm sich den vor ihr liegenden Ordner vor und las Wort für Wort das Protokoll der Vernehmung Herrn Demirs über seine lautstarke Auseinandersetzung mit Herrn Sterz am Tag vor dem Mord.

Nachdenklich hielt sie inne. Unglückliche Umstände hatten dazu geführt, dass die beiden Männer aneinandergeraten waren. Frauke mochte aus deren Streit kein ernsthaftes Mordmotiv ableiten. Allerdings verwunderte sie nach allem, was sie zwischenzeitlich über Herrn Sterz gehört hatte, dass dieser überhaupt so lautstark in die Sache eingestiegen war. Sie hätte ihn eher so eingeschätzt, dass er sich bei Herrn Demir für sein Vordrängeln entschuldigt hätte. Nach kurzem Zögern rief sie bei der Tochter des Toten an.

„Ja?"

„Hier ist Kommissarin Frauke Knoop, eine kurze Frage noch: Haben Sie es jemals erlebt, dass ihr Vater sich lautstark mit jemandem gestritten hat?"

„Papa? Nie! Selbst wenn er zu hundert Prozent im Recht war, hätte er sich lieber entschuldigt, als jemanden anzuschreien! Wie kommen Sie darauf?"

„Sind Sie sich da ganz sicher?"

„Klar! Wie oft habe ich mir als Jugendliche gewünscht, dass er wenigstens ein einziges Mal den Mut aufbrächte Mama zu widersprechen, wenn sie ihn mal wieder wegen nichts und wieder nichts dumm anpflaumte! Nie brachte er den Mumm hierfür auf! Stattdessen duckte er sich weg und versuchte, sie zu beschwichtigen. Ob sie ausnahmsweise Mal im Recht war oder, wie meist, eben nicht, spielte dabei keine Rolle!"

„Und außer Ihrer Mutter? Hat er sich ansonsten jemals mit jemandem gestritten?"

„Nein, hat er nicht! Niemals!"

Frauke bedankte sich und beendete das Gespräch. Also war sie auf eine Anomalie gestoßen, keine vierundzwanzig Stunden vor dem Mord, welcher eine weitere Anomalie darstellte! Die beiden mussten miteinander zusammenhängen! Fragte sich nur, wie dieser Zusammenhang aussah?

Zumindest war der Streit ein Hinweis darauf, dass Herr Sterz an dem Samstag unter starker Anspannung oder Druck gestanden hatte.

Plötzlich fiel ihr ein, dass es an diesem Tag einen weiteren Streit gegeben hatte. Sie blätterte durch die Unterlagen bis zur Aussage von Frau Widmann, die in der Wohnung unterhalb des Ehepaars Sterz lebte. Tatsächlich, hier stand, dass sich an jenem Abend die Eheleute gegenseitig so laut angeschrien hatten, dass die Nachbarin kaum noch ihren Fernseher gehört hatte. Moment! Gegenseitig angeschrien? Hatte die Tochter nicht soeben behauptet, das sei nie vorgekommen?

Frauke griff erneut zum Telefon. Wenig später hatte sie die Bestätigung von Frau Widmann. Jene war sich ganz sicher. Am Abend vor dem Mord hatten die beiden Eheleute einander lautstark angeschrien. Die Nachbarin bestätigte ebenfalls, dass dies sehr ungewöhnlich gewesen sei, da normalerweise nur Frau Sterz geschrien hätte. Herr Sterz habe hingegen seine Frau immer nur beschwichtigt.

Frauke verspürte die Erregung der Jägerin. Sie war auf eine weitere Anomalie gestoßen, nur wenige Stunden vor dem Mord! Sie war sich sicher, auf der richtigen Spur zu sein! Also blätterte sie weiter zur Aussage der Witwe, um zu erfahren, worüber die beiden gestritten hatten. Kurz darauf fluchte sie vor sich hin. Zwar hatten sie Frau Sterz danach gefragt, aber von jener keine Antwort erhalten. Deutlich erinnerte die Kommissarin sich an den emotionalen Ausbruch der Witwe im Krankenbett, der ihr eine Antwort erspart hatte.

Frauke kritisierte sich selbst dafür, der Witwe nicht spätestens am nächsten Tag die gleiche Frage erneut gestellt zu haben! Aber sie selbst war durch ihre persönliche Situation eben zu abgelenkt gewesen, das musste sie akzeptieren. Die Kommissarin seufzte, sah auf die Uhr und beschloss, der Witwe einen erneuten Besuch im Krankenhaus abzustatten.

Eine halbe Stunde später klopfte sie an der Tür des Krankenzimmers. Nichts geschah. Also drückte sie behutsam die Klinke hinunter und öffnete vorsichtig die Tür. Frau Sterz lag mit geschlossenen Augen im Bett, dessen Kopfteil leicht schräg gestellt war. An ihrer Seite saß Herr Gejdt. Er hielt zärtlich ihre Hand und betrachtete sie liebevoll. Frauke erschrak. Kam sie zu spät? War die Witwe verstorben?

Sie räusperte sich laut und trat ein. Herr Gejdt drehte sich langsam in ihre Richtung, ohne die Hand seiner Angebeteten loszulassen. Jene öffnete ihre Augen, sah sich verwirrt um, lächelte ebenfalls liebevoll, als ihr Blick kurz auf Herrn Gejdts Gesicht verweilte und erschrak sichtlich, als sie Frauke erkannte. Jene atmete auf. Endlich kam sie der Wahrheit näher!

„Guten Tag Frau Sterz. Ich habe noch ein paar Fragen."

„Muss das sein? Sie sehen doch, dass es Klara noch immer nicht gut geht!"

„Schon gut Eugen!" Sie tätschelte seine Hand. „Die Frau Kommissarin macht doch nur ihre Arbeit. Wartest du bitte draußen?"

Der alte Mann sah sie prüfend an, nickte dann und erhob sich. Zumindest wollte er es, aber es gelang ihm nicht auf Anhieb. Zunächst fiel er zurück auf den Stuhl. Ächzend stemmte er sich erneut hoch. Frauke erschrak, als sie erkannte, wie zerbrechlich er seit ihrer ersten Begegnung geworden war. Der Krebs fraß ihn mit rasender Geschwindigkeit von innen auf.

Langsam schlurfte er davon. Frauke wartete, bis er die Tür hinter sich schloss. Nach kurzem Zögern nahm sie auf dem von ihm vorgewärmten Stuhl Platz.

„Haben Sie den Mörder von Fritz endlich gefunden?"

„Nun, zumindest sind wir ihm …", Frauke machte eine Kunstpause, sah die Witwe herausfordernd an, „… oder genauer gesagt ... *ihr* ... ein Stück nähergekommen."

Die Witwe erblasste, schluckte aufgeregt, fasste sich aber sofort wieder.

„Eine Frau soll meinen Fritz erschossen haben? Kaum zu glauben!"

„Sie haben sich am Abend vor dem Mord lautstark mit ihrem Mann gestritten. Worum ging es in Ihrem Streit?"

„Ich kann mich an keinen Streit erinnern. Wann soll das gewesen sein?"

„Laut der unter Ihnen wohnenden Frau Widmann stritten Sie so gegen halb acht miteinander. Ihr Mann gab Ihnen an diesem Abend lautstark Contra, was sonst nie vorkam! Insofern halte ich es für ausgeschlossen, dass Sie sich nicht daran erinnern!"

„So, so!" Die Witwe lächelte schmallippig. „Sind Sie verheiratet?"

„Das tut nichts zur Sache! Beantworten Sie meine Frage!"

„Also sind Sie nicht verheiratet! Sonst wüssten Sie, dass man sich in einer Ehe so oft streitet, dass man die meisten Streitigkeiten fast umgehend wieder vergisst!"

„Gilt das auch, wenn Ihnen Ihr Mann an jenem Abend erstmals Contra gegeben hat?"

„Wer behauptet denn so etwas?"

Die Alte sah sie forschend an. Frauke wollte soeben ihre Worte wiederholen, als die Witwe bereits die Schultern zuckte.

„Ist eigentlich auch egal! So unschuldig, wie der liebe Fritz manchmal tat, war er jedenfalls keineswegs! Nicht nur, weil ihm wohl auch keiner einen Waffenschmuggel zugetraut hat!"

Frau Sterz lächelte fein.

„Worum ging es bei dem Streit?"

„Um nichts Wichtiges, sondern eines jener kleinen Dinge, über die man sich oft völlig unnötigerweise streitet. Fritz hatte meine Zeitschriften vergessen. Ich hatte mich schon darauf gefreut, sie abends in Ruhe zu lesen und war dementsprechend enttäuscht."

Sprachlos starrte Frauke die Alte an, fasste sich jedoch wieder.

„Das ist jetzt nicht ihr Ernst, oder?"

„Doch! In Anbetracht seines Todes kommt es mir selbst lächerlich vor. Aber in jenem Moment regte ich mich halt deswegen furchtbar auf und war alles andere als nett zu ihm."

Die Polizistin war sich sicher, soeben dreist angelogen zu werden.

„Ihr Mann war an jenem Samstag also einzig um Ihre Zeitschriften zu kaufen im Kiosk?"

„Ja!"

Nun, sie würde noch herausfinden, ob das wirklich stimmte.

„Wo befanden Sie sich eigentlich am Morgen seines Todes?"

„Wo sollte ich schon gewesen sein? Im Bett natürlich! Ich pflege sonntags um diese Zeit noch zu schlafen!"

Frauke war sich absolut sicher, dass die Alte nicht die Wahrheit sagte. Nur half ihr das nichts. Sie würde es beweisen müssen. Dafür müsste sie zunächst selbst verstehen, was an jenem Wochenende zwischen den Eheleuten vorgefallen war.

Wenig später verabschiedete die Kommissarin sich. Kaum vor der Tür, rief sie erneut die Tochter an. Doch Annes Telefon war ausgeschaltet. Die Ermittlerin fluchte. Wer unter Dreißig schaltete heutzutage noch sein Handy aus? Und warum?

Im Schwarzwald zog Gerhard eine Motorradmaske über den Kopf, griff nach dem Elektro-Schocker und legte den kräftigeren und aggressiveren seiner Rottweiler an die kurze Leine. Jede weitere ausgetretene Sandsteinstufe hinab in den Keller wuchs seine Nervosität. Letztes Jahr hatte Roland ihn gebeten, die Nummer zwei der rumänischen Mafia im Ländle für einige Zeit in seinem Keller einzusperren. Ohne Zögern hatte er zugesagt. Roland sperrte den Mann schließlich nicht ein, um ihn zu quälen. Der leidenschaftliche Polizist verfolgte einen Plan zur Vernichtung des rumänischen Mafia-Clans. Gerhard begriff auch ohne lange Erklärungen, warum Roland ihm seinen Plan nicht verriet. Um ihn vor einer

Verurteilung als Mitwisser zu schützen und um seinen Plan nicht zu gefährden.

Es war Gerhard sogar recht gewesen, nicht einmal den Namen seines Gefangenen zu kennen. Die so geschaffene Distanz zu dem Rumänen hatte es ihm erleichtert, einmal am Tag Essen, Wasser und einen leeren Eimer hinunterzubringen sowie die Sachen vom Vortag hochzutragen und zu entsorgen. Dabei hatte er, genau wie ihm zuvor von Roland eingeschärft, immer nur die kleine Klappe auf Bodenhöhe geöffnet, nie die komplette Kerkertür. Sein Gefangener war schließlich eine Bestie, für die ein Menschenleben nichts zählte. Gerhard war der einzige menschliche Bewohner der alten Mühle. Daher galt es, jedes Risiko für ihn zu minimieren.

Heute war es erstmals anders. Heute würde er die Tür öffnen. Obwohl er wünschte, dass ihn dies kaltließe, hatte er Angst davor. Seine Nervosität übertrug sich auf Hasso. Der Rottweiler jaulte und bellte immer wieder. Vielleicht bellte er aber auch nur, weil der Rottweiler sonst nie in den Keller durfte. Oder wegen des beißenden Geruchs des Fremden, der Hassos feine Nase reizte?

Als Constantin in seinem Kerker das sich nähernde Jaulen und Bellen vernahm, sprang er von seiner Pritsche auf. Was hatte das zu bedeuten? Bisher hatte er die Hunde nur gedämpft oben im Freien gehört. Zu ihm, in sein dunkles, stinkendes Verlies, war bisher keine der Bestien gekommen. Würden seine Entführer ihn jetzt endlich, wie versprochen, freilassen? Oder würden sie sich seiner endgültig entledigen? Angst erfasste ihn. Wenn er wenigstens wüsste, wer ihn gefangen hielt und was er damit bezweckte!

Das wütende Bellen klang, als befinde sich der Hund direkt vor der modernen Stahltür, die wohl extra seinetwegen in das uralte Gemäuer eingebaut worden war. Direkt nachdem das Kläffen in ein bedrohliches Knurren übergegangen war, wurde ein Schlüssel ins Schloss gesteckt. Wenig später schwang die Pforte schwungvoll auf. Eine schwarze Bestie schoss in den Raum, wurde durch ihr Halsband hoch auf die Hinterpfoten gerissen und kläffte ihn aggressiv an, während ihr Speichel in alle Richtungen spritzte. Constantin wich den letzten halben Schritt zurück an die Wand aus grob behauenem, rotem Sandstein. Hinter dem Rottweiler erschien eine schwarz vermummte Gestalt mit einer Maske, die nur ihre Augen frei ließ.

„Mitkommen!“

Sein Wärter wich, den Hund vor sich, einen Taser in der anderen Hand haltend, langsam in den Flur nach rechts zurück und zeigte mit der Waffe in die andere Richtung des Ganges. Offensichtlich sollte er dort entlanggehen. Constantin schluckte, setzte sich dann aber in Bewegung. Da der Mann sein Gesicht verbarg, würde er ihn womöglich tatsächlich lebend freilassen. Wollten sie ihn umbringen, wäre es egal, dass er sein Gesicht sah. Also folgte er wie gefordert dem Gang und gelangte in einen anderen Raum. Vor einem quadratischen

Tisch stand ein Stuhl, dahinter ein anderer Stuhl, auf dem ein unmaskierter Mann saß. Vor dem Mann lag eine Mappe. Über dem Tisch hing eine Lampe. Deren Schirm warf einen engen Lichtkegel auf den Tisch, ließ den Rest des Raumes jedoch weitgehend im Dunkeln. Auch der zweite Mann saß halb im Dunkeln, beugte sich in diesem Augenblick jedoch vor und kommandierte:

„Hinsetzen!"

Constantin zögerte einen winzigen Augenblick, folgte angesichts des wütenden Rottweilers in seinem Rücken der Aufforderung jedoch.

„Was wollen Sie von mir?"

„Dich freilassen! Morgen!"

„Wirklich?"

Obwohl er sich dafür schämte, konnte er seine Tränen nicht stoppen. Ungehindert rannen sie seine Wangen hinab. Der Mann nickte.

„Warum?"

„Wir brauchen dich nicht mehr. Du hast alles erledigt, was wir von dir wollten."

„Aber ich habe doch gar nichts ..."

Beschämt hielt er inne. Doch, hatte er. Am ersten Tag seiner Gefangenschaft hatte er in seiner Todesangst geplaudert wie ein Waschweib. Alles, von dem er glaubte, dass es seine Kidnapper auch nur im Geringsten interessieren könnte, hatte er ausgeplaudert, getrieben von der Hoffnung, dadurch sein erbärmliches Leben zu retten. Wozu hatten sie seine Informationen benutzt?

Wer waren sie überhaupt? Bullen? Nein. Ein konkurrierendes Syndikat? Wohl eher, aber warum lebte er dann noch?

Plötzlich überfiel ihn Angst vor der Freiheit. In den Augen Funars, seines Bosses, war er nach so langer Zeit bestimmt ein Verräter. Abgesehen davon hatte er ihn auch tatsächlich verraten. Und Constantin wusste, was mit Verrätern geschah.

Oder lebte Funar selbst schon längst nicht mehr? Popescu, der *Naşu* des *Clanuri Interlope*, sah seinen deutschen Statthalter bestimmt ebenfalls als Verräter an, zumindest aber als Versager. Was sollte er nur tun?

„Wir legen dich gefesselt hinten in einen Transporter. Der Hund wird dir dort Gesellschaft leisten, also benimm dich gefälligst und verhalte dich schön ruhig. Die Fahrt wird viele Stunden dauern. Kurz bevor wir unser Ziel erreichen, müssen wir dich leider betäuben."

Der Mann verstummte wieder und sah ihn erwartungsvoll an. Constantin begriff nichts. Wovon redete der Mann? Wohin wollten die ihn bringen? Etwa doch in den Knast?

„Welches Ziel?"

„Dein Ziel!" Der Mann lächelte. „DEIN Ziel ist natürlich DER Waldparkplatz kurz vor der österreichischen Grenze."

Mit offenem Mund starrte Constantin sein Gegenüber an. Bei Waldparkplatz klingelte etwas in ihm, er wusste nur nicht, was. Wer zum Teufel war der Typ? Und warum präsentierte er sich ihm ohne Maske, obwohl er ihn angeblich freilassen wollte? Der schien richtig davon auszugehen, dass er ihn kannte!

„Wer zum Teufel sind Sie eigentlich? Ein Bulle?"

Erneut lächelte der Mann, dann nickte er.

„Nicht ganz, ich bin nicht irgendein Bulle, sondern DER Bulle!"

Constantin brauchte noch einen Moment, dann fiel endlich der Groschen. Vor Schreck sprang er auf. Sein Stuhl kippte polternd nach hinten um, was der Rottweiler mit lautem Kläffen beantwortete.

„Sie haben kaltblütig zwei unserer besten Männer erschossen! Popescu hat eine halbe Million auf Ihren Kopf ausgesetzt!"

Der Panik nahe starrte er sein Gegenüber an.

„Mittlerweile hat er das Kopfgeld auf eine ganze Million verdoppelt. Willst du versuchen, sie dir zu holen?"

Roland erhob sich. Instinktiv sank Constantin auf die Knie, senkte den Blick und hob die Hände.

„Nein! So war das nicht gemeint!"

„Schön! Dann setz dich sofort brav wieder auf deinen Stuhl!"

Eilig folgte Constantin der Aufforderung. Wo zum Teufel war er da nur hineingeraten? Führte der irre Bulle seinen Privatkrieg gegen Popescu? Was ging ihn das an! Oder machte die ganze Bullerei undercover eine Geheimaktion gegen Popescus *Clanuri Interlope*?

„Wir waren dabei stehen geblieben, dass wir dich auf der Fahrt betäuben werden. Wenn du morgen früh aufwachst, liegst du in einem Wagen. In dessen Kofferraum wird sich das hier befinden, natürlich ordentlich zerlegt in einem Alu-Koffer."

Roland griff unter den Tisch, holte Gerhards Jagdgewehr hervor und legte es zwischen sie auf den Tisch. Constantin starrte die Waffe entsetzt an.

„Was soll ich damit?"

„Nun, du hast uns geholfen, den deutschen Ableger von Popescus Clan zu zerschlagen. Alle wichtigen Personen sitzen im Knast. Popescu ist mächtig sauer auf dich und will deinen Kopf fast genauso sehr wie meinen. Das hier erwartet dich als Lohn."

Der Mann schob die vor ihm liegende Mappe über den Tisch zu Constantin. Jener betrachtete den dunkelblauen Karton misstrauisch.

„Was ist das? Was soll ich damit?"

„Sieh es dir an! Es beißt nicht."

Constantin hätte sich gerne unbeeindruckt gezeigt und die Mappe einfach zurückgeschoben, wagte es jedoch nicht. Zaudernd öffnete er den Pappdeckel und erstarrte. Gebannt starrte er auf das oberste Foto. Ein nackter Körper lag auf einem schäbigen, grauen Fliesenboden. Schlaffes, weißes Bauchfett war durch zahllose Stiche perforiert, gleiches galt für die Brust mit Männerbusen. Das Gesicht des Toten war nicht auf dem Foto. Er wusste aber auch so, um wen es sich handelte. Um sich Gewissheit zu verschaffen, schob er das oberste Bild zur Seite und starrte in das Gesicht des toten Funar. Obwohl er es nicht wollte, musste er sich die restlichen Fotos ansehen. Es war zweifellos Funar und er war tot. Jemand hatte ihn brutal ermordet.

„Wann ist Funar gestorben?“

„Vor ein paar Tagen. In der Gemeinschaftsdusche eines Gefängnisses. Natürlich hat angeblich keiner der anderen Insassen irgendetwas gesehen.“

Constantin schluckte schwer. Er kämpfte gegen den Drang an, sich zu übergeben.

„Funar hat bis zuletzt geschwiegen“, fuhr der Bulle fort. „Nicht ein Wort hat er über Popescu und seine dreckigen Geschäfte ausgesagt. Geholfen hat es ihm nichts.“

„Ich werde trotzdem nicht vor Gericht aussagen!“

„Über dich hat Funar hingegen geredet wie ein Wasserfall. Er ließ uns über seinen Anwalt sogar die Pistole zukommen, mit der du den Wirt im Bohnenviertel erschossen hast. Das war damals deine Eintrittskarte in den Popescu-Clan. Deine Fingerabdrücke darauf sind noch super erhalten. Du brauchst nichts auszusagen. Wenn ich will, duscht du ebenfalls bald im Gefängnis.“

Roland nickte in Richtung der Bilder. Constantin zitterte. Er würde in dem Knast keine Woche überleben.

„Bitte nicht!“

Constantin wusste, wie erbärmlich er war. Trotzdem sah er den Bullen flehentlich an, die Hände wie zum Gebet gefaltet.

„Keine Sorge! Wie gesagt, hast du uns sehr geholfen. Das weiß dein Ober-Mafioso in Rumänien natürlich ebenfalls. Aus Dankbarkeit geben wir dir eine Chance, dich damit zu verteidigen.“

Sein Gegenüber zeigte auf die Jagdwaffe. Meinte der Bulle das ernst? Constantin schluckte. Glaubte man Popescu, war der Bulle eine Reinkarnation des Leibhaftigen. Ihm durfte man nichts glauben, ihm konnte man nicht trauen.

„Was soll ich damit?“ Er schob die Waffe in Rolands Richtung. „Mit so etwas kann ich gar nicht umgehen.“

Roland lächelte. Constantin wurde heiß. Konnte es sein, dass ...

„Oh doch, du kannst damit umgehen, sehr gut sogar! Als Jugendlicher war es dein Traum, als Scharfschütze zum Militär zu gehen. Dein Onkel hat dich oft mit auf die Jagd genommen und dich mit seinen Gewehren üben lassen!“

„Woher wissen Sie ...“

„Ich weiß noch sehr viel mehr über dich! Der Wirt war nicht der einzige Mord, den du begangen hast ...“

Zurück in seinem Verlies zitterte Constantin am ganzen Leib. Das gerade war eine einzige Machtdemonstration des Bullen gewesen. Zwar hatte der es mit keinem Wort klar ausgesprochen, aber der Bulle wollte, dass er Popescu für ihn erschoss. Irgendwie verständlich, war der Bulle seines Lebens doch erst wieder sicher, wenn der *Nașu* tot war.

In diesem Punkt deckten sich ihre Interessen. Auch er wäre erst wieder sicher, wenn der *Nașu* tot wäre und sich die zweite Reihe des *Clanuri Interlope* im Kampf um dessen Nachfolge gegenseitig zerfleischte. Constantin zuckte seine Schultern. Ihm lag nichts am *Clanuri*

Interlope. Er hatte sich mit Händen und Füßen dagegen gewehrt, eines der schrecklichen Popescu-Weiber zu heiraten. Auch verachtete er den stumpfen Machismo und die herzlose Brutalität der Popescus. Für ihn waren sie nur ein Ticket raus aus der Armut, hinein in den reichen und kultivierten Westen gewesen. Vielleicht sollte er den Auftrag übernehmen? Er überlegte. Viel besser wäre es natürlich, er fände einen Weg, sich die auf den Kopf des Bullen ausgesetzte Million zu verdienen. Würde der *Nașu* ihm verzeihen, wenn er ihm den Kopf des Bullen brächte?

Anne Sterz hatte ihr Telefon nicht nur ausgeschaltet, sondern es sogar zu Hause in ihrer Wohnung gelassen. Nervös warf sie zum tausendsten Mal einen Blick in den Rückspiegel. Soweit sie es beurteilen konnte, wurde sie nicht verfolgt. Das war gut. Gerade wurde es dunkel, was eventuellen Verfolgern ihr Treiben hoffentlich erschweren würde.

Eine Viertelstunde später fuhr sie in Kiel-Elmschenhagen mit ihrem Kleinwagen rückwärts an das Gebäude heran, in dessen Keller die ehemalige Hausmeisterwerkstatt ihres Vaters lag. Das war nicht ohne Risiko. Aber eineinhalb Millionen waren es wert. In diesem Moment hatte Elias hoffentlich, wie vereinbart, den Behörden in fast allen Punkten die Wahrheit gesagt. Er hätte denen am liebsten auch das Versteck ihres Vaters verraten. Aber sie war dagegen gewesen. Seine Schmuggelware sollte ihr ein besseres Leben ermöglichen. Schließlich wollte sie nicht wie ihre Eltern nur von einem Leben in Wohlstand träumen. Jeden Samstag hatte ihre Mutter gehofft, dass „ihre" Zahlen endlich gezogen und sie erlöst würden. Und? Was hatte es ihr gebracht? Anne schnaubte unwillig. Sie würde ihre Zukunft selbst in die Hand nehmen!

Während Elias durch seine Aussage die Behörden beschäftigte und dafür sorgte, dass er bald wieder freikäme, würde sie die Kartons holen und den Russen aushändigen. Daraufhin würden jene das Geld auf eine verschwiegene Bank in der Karibik überweisen. Die Vorstellung von azurblauem Wasser, weißen Sandstränden und sich sanft im Wind wiegenden Palmen, über die sich ein strahlend blauer, wolkenloser Himmel spannte, ließ Anne sanft schwindeln. Dort würde sie mit Elias ihr Glück finden!

Dafür musste sie nur die drei Kartons aus dem Keller holen und mit ihnen bis zur Alten Schleuse Strohbrück fahren. Dort würde sie die Kartons um Mitternacht Elias' Geschäftspartnern übergeben, die sie dann an Bord eines ihrer Frachter brächten, der von Hamburg kommend, den Nord-Ostsee-Kanal passierte. Der Kahn brächte die Kartons nach Sankt Petersburg. Und dann … Sie schluckte. Dann würden die Chips zu Kriegswerkzeug werden, eingebaut in russische Raketen.

Anne schüttelte sich. Egal! Sie konnte sich jetzt keine Sentimentalitäten erlauben! Entschlossen stieg sie aus und eilte die Treppe in den Keller hinab. Die rostige Stahltür war zwar zu, aber nicht abgeschlossen. Als sie die Klinke drückte, gab jene mit einem knarzenden Geräusch nach. Die junge Frau schaltete ihre Stirnlampe ein und stiefelte durch den Flur zum Lagerraum für Toilettenpapier. Noch immer lagen etliche Packungen in den dortigen Regalen. Und in einem krummen, schäbigen Schrank warteten drei Kartons auf sie, von denen jeder eine halbe Million wert war. Ganz schön leichtsinnig von ihrem Vater, die Ware dort zu verstecken.

Plötzlich durchfuhr es sie siedend heiß. Warum hatte er das eigentlich getan? Warum hatte er die Sachen nicht einfach weiterhin in seiner Werkstatt unten in ihrem Wohnhaus gelagert? Die Antwort war so naheliegend, dass sie wie vom Donner gerührt stehen blieb. Natürlich, weil sie in seinen Augen dort nicht mehr sicher waren! Hatte er bemerkt, dass seine Werkstatt dort vor dem Eintreffen der neuen Schmuggelware durchsucht worden war? Hatte er daraufhin dann entschieden, zur Sicherheit die Sachen hier zu lagern?

Anne setzte sich wieder in Bewegung. Ihre Überlegungen klangen plausibel. Allerdings … Sie hielt erneut abrupt inne. Wie hatte der alte Mann ohne Auto und ohne Führerschein die drei Kartons hierhergebracht? Gar nicht, zumindest nicht alleine! Was wiederum bedeutete, noch jemand außer ihr wusste, dass die Sachen hier waren! Schweiß trat ihr aus allen Poren. Wer mochte das sein? Und war er gefährlich? Hatte etwa er ihren Vater ermordet, um sich die Schmuggelware selbst unter die Nägel zu reißen?

Plötzlich wusste sie, um wen es sich handeln musste: natürlich um Hendrik Boyko! Er wohnte im Haus ihrer Eltern und war ihrem Vater gegen ein kleines Taschengeld immer gern zur Hand gegangen. Bestimmt hatte Herr Boyko Papa durch die Gegend kutschiert. Auch wenn sein Name nicht daraufhin deutete, stammte er ebenfalls aus der alten Sowjetunion. Wenn sie sich richtig erinnerte, kam die Familie aus Kiew.

Kiew! Ukraine! Was mochte in Hendrik vorgegangen sein, als er ihrem Vater auf die Schliche kam? Hendriks Eltern und seine Geschwister lebten noch in der Ukraine, die jetzt von Krieg überzogen wurde. Ein Krieg, für den ihr Vater Waffen schmuggelte. Anne erkannte, dass hierin durchaus ein Motiv für den Mord an ihrem Vater liegen konnte. Und wie dumm es von ihr war, sich zu dieser Stunde an diesem düsteren Ort alleine herumzutreiben!

In diesem Moment fiel laut scheppernd eine schwere Tür ins Schloss. Anne kippte vor Schreck fast um.

„Hallo? Ist da wer?"

Ihr schriller Ruf verhallte in der Dunkelheit. Niemand antwortete. Sie lauschte angespannt, während ihr Herz aus der Brust zu springen drohte.

Frustriert davon, Tochter Sterz nicht auf ihrem Telefon erreichen zu können, kehrte Frauke zurück aufs Kommissariat. Dort fand sie eine mindestens ebenso frustriert wirkende Uta vor.

„Was ist los?"

„Herr Michler hat seinen Deal mit der Staatsanwaltschaft bekommen. Vor einer halben Stunde verließ er als freier Mann das Haus."

„Was haben wir im Gegenzug dafür bekommen?"

„Seine umfassende, äußerst detaillierte Aussage. Nur ist die leider kaum etwas wert."

„Warum nicht?"

„Weil sie uns dem Mörder keinen Meter näherbringt. Die Russen, mit denen er Geschäfte machte, gehören zur Botschaft. Sie besitzen daher diplomatische Immunität und werden einfach nur des Landes verwiesen. Mehr passiert ihnen nicht. Was bleibt, sind die Mitarbeiter einiger Rüstungsfirmen. Aber auch bei denen wird es höchstens für eine Bewährungsstrafe reichen. Und mit dem Mord hat von denen ohnehin keiner etwas zu tun."

„Immerhin wurde der Waffenschmuggel gestoppt!"

„Die finden bestimmt ruckzuck andere Wege für ihren Schmuggel. Da mache ich mir nichts vor."

Uta zuckte resigniert mit den Schultern.

„Und du? Hast du etwas erreicht?"

Frauke erzählte ihr von den Anomalien, auf die sie gestoßen war, und dass sie Frau Sterz nicht glaubte, dass ihr Mann und sie sich samstags um halb acht nur um die von ihm angeblich vergessenen Zeitschriften gestritten hätten. Uta hörte aufmerksam zu und zog die Stirn kraus.

„Samstags um halb acht? Da werden die Lottozahlen gezogen. Frau Sterz war eine passionierte Spielerin.

Wahrscheinlich kam ihr Göttergatte an diesem Tag zu spät zum Kiosk, um den Tippschein noch abzugeben. Das fiel ihr erst nach der Ziehung auf, woraufhin sie ihm die Leviten gelesen hat!"

Uta grinste. Da sie selbst jede Woche spielte, wusste sie, wie gravierend so etwas sein konnte.

„Bist du dir sicher, dass sie Lotto spielen? Ich konnte in unseren Akten nichts dazu finden!"

„Nicht? Ich dachte, Frau Widmann hätte es in einem Halbsatz erwähnt. Vielleicht haben wir vergessen, es ins Protokoll aufzunehmen? Normalerweise spielt so etwas ja auch keine Rolle. Es sei denn …"

Sie brach ab, beide bekamen große Augen. Uta zückte ihr Smartphone und tippte wild darauf herum.

„Für sechs Richtige mit Zusatzzahl hätte es an diesem Samstag fünf Millionen gegeben!", verkündete sie wenig später. „Allerdings hat da kein Tipper den Jackpot geknackt!"

Entgegen ihrer Gewohnheit pfiff Frauke laut auf.

„Wow! Ein formidables Mordmotiv, zumal für jemanden, der sein ganzes Leben auf so einen Gewinn gewartet hat!"

„Dann lief die Sache möglicherweise so ab: Herr Sterz stürmte samstags kurz vor Ladenschluss in den Kiosk, der gleichzeitig auch eine Lotto-Annahmestelle ist. Er war stark unter Stress, weil er unbedingt den Lottoschein noch rechtzeitig abgeben musste. Durch diesen Druck verwickelt er sich in diesen absolut sinnlosen Streit mit Herrn Demir. Vor lauter Aufregung kommt er deswegen nicht dazu, sein Vorhaben auszuführen. Theoretisch könnte er zu dieser Stunde noch woanders hin, aber das vergisst er in dem ganzen Trubel.

Abends werden die Zahlen gezogen, auf die seine Frau getippt hat. Jene ist auf Wolke sieben, kann ihr Glück kaum fassen. Endlich ist es soweit! Endlich ist sie reich! Endlich kann sie es allen in der alten Heimat zeigen! Genau davon hat sie Zeit ihres Lebens geträumt!

Dann kommt heraus, dass ihr Gatte ausgerechnet an diesem Tag den vermaledeiten Schein nicht abgegeben hat. Es kommt zum Streit.

Zusätzlich ist einige Wochen zuvor ihre alte Liebe aufgetaucht. Klara Sterz steht zwischen beiden Männern, blieb bisher bei ihrem Fritz, eher aus Loyalität als aus Liebe. Das galt zumindest bis zu diesem Zeitpunkt, an dem er ihr den Rest ihres Lebens versaut. Klara Sterz ist klar, mehr als einmal hat keiner einen Sechser im Lotto. Das wäre ihre Chance gewesen!

Die Nacht über liegt sie wach, findet einfach keinen Schlaf. Als ihr Gatte dann frühmorgens zu seinem üblichen Spaziergang aufbricht, beschließt sie, ihn zu bestrafen und sich gleichzeitig von ihm zu befreien. Sie nimmt die Pistole und lauert ihm am Schiffercafé auf, damit er nie wieder zu ihr zurückkehrt und sie frei ist!“

Frauke grinst.

„Du hast es wunderbar plastisch beschrieben! Es klingt in meinen Ohren äußerst schlüssig!“

„Durchaus!“ Uta errötete vor Stolz. „Die Frage lautet, ob wir ihr je etwas davon werden beweisen können.

Das fängt doch schon bei den getippten Zahlen an. Wie sollen wir beweisen, dass Frau Sterz an jenem Samstag ausgerechnet die Gewinnzahlen tippte?"

Elias befand sich auf dem Weg zum Hiroshimapark in Kiel. Wie er es von Vitali und Wladimir gelernt hatte, prüfte er beim Gehen möglichst unauffällig, ob ihm jemand folgte. Kommissarin Meyers Unzufriedenheit mit dem Ablauf der Vernehmung war ihm nicht entgangen. Er traute ihr durchaus zu, ihn trotz seines Deals mit der Staatsanwaltschaft observieren zu lassen. Elias konnte jedoch keinen Verfolger entdecken.

Bevor er sich der Polizei gestellt hatte, hatte er gemeinsam mit Anne zwei Prepaid-Handys gekauft. Seines hatte er wasserdicht verpackt im Hiroshimapark verborgen. Jetzt holte er es aus seinem Versteck und rief die darin gespeicherte Nummer des anderen Handys an. Umgehend kam die Ansage, der Teilnehmer sei vorübergehend nicht erreichbar.

Missmutig brach Elias den Anruf ab. Was sollte das? Sie hatten vereinbart, dass er sich unmittelbar nach seiner Entlassung bei ihr melden würde. Anne hatte ihm zugesichert, dass Handy stets eingeschaltet bei sich zu tragen. Warum hielt sie sich nicht an ihre Abmachung? Wollte sie ihn reinlegen? Aber das ergab überhaupt keinen Sinn! Sie konnte Vitali nicht selbst kontaktieren. Er hatte mit ihm Ort und Zeit der Übergabe der Ware vereinbart und die Russen würden nach erfolgter Übergabe das Geld auf sein Konto überweisen!

Was wollte Anne mit den Bauteilen? War sie etwa so naiv zu glauben, sie würde selbst Käufer für die Ware finden? Er seufzte. Sollte Anne es versuchen, würde sie entweder in den Fängen der Behörden landen oder sterben. Seine Kompagnons ließen ihn auch nur am Leben und bezahlten ihn, solange sie sich weitere Ware von ihm erhofften. Bei Anne wäre jedem Deppen sofort klar, dass sie nichts weiter zu bieten hatte.

Oder hatte die junge Frau schlicht kalte Füße bekommen? Elias seufzte. Ihm blieb nichts anderes übrig, als nach Elmschenhagen zu fahren, um nachzusehen, ob die Ware noch dort war. Mit dem Bus fuhr er hin. Unterwegs versuchte er noch mehrmals erfolglos, sie telefonisch zu erreichen. Als er in Elmschenhagen vor der rostigen Stahltür stand, war es bereits dunkel. Die von ihm absichtlich wegen Anne offen gelassene Tür war versperrt. Er fluchte in sich hinein. Anne besaß keinen Schlüssel. Hatte der Wachdienst die offen stehende Tür bemerkt und sie abgeschlossen? Möglich, aber unwahrscheinlich. Also gab es einen weiteren Mitspieler. Einen, den er nicht kannte, der aber mit Sicherheit brandgefährlich war.

Hoffentlich war die Tür bereits verschlossen gewesen, als Anne vor ihr gestanden hatte. Dann hatte sie wahrscheinlich einfach aufgegeben. War sie hingegen dort drinnen auf ihren unbekannten Gegner gestoßen, hatte jener bestimmt kurzen Prozess mit ihr gemacht.

Elias musste dringend in das alte Gebäude hinein, um nachzusehen. Aber sein Lock-Picking-Set befand sich außer Reichweite! Er dachte intensiv nach. Die Fenster auf der Rückseite des Gebäudes waren nicht vergittert. Ein gewaltsamer Einbruch dort würde früher oder später auffallen. Aber das war ihm jetzt egal!

Von einer Baustelle, an der er auf seinem Weg vorbeigekommen war, holte er eine spitze Eisenstange. Mit ihr in der Hand kletterte er über den Zaun und brach ein Fenster des Gebäudes auf. Wenige Minuten später stand er im Keller des alten Hauses vor dem Schrank, in dem sie seine Ware gefunden hatten. Die Schranktüren standen offen, seine drei Kartons waren weg. Ihm schwante dunkel, dass sie nicht von seiner Partnerin abgeholt worden waren. Dementsprechend würden seine Geschäftspartner um Mitternacht vergeblich am vereinbarten Treffpunkt warten.

Uta und Frauke planten noch ihre nächsten Schritte. Die Tochter Sterz war nach wie vor nicht erreichbar. Eine Hamburger Streife fuhr extra bei ihrer Wohnung vorbei, aber auch dort hielt sie sich nicht auf. Dafür erreichte Frauke telefonisch den Sohn Alexander und bestellte ihn für den nächsten Morgen ins Kommissariat ein. Das Telefonat mit ihm verlief seltsam. Alexander Sterz schien regelrecht darauf zu warten, endlich zum Verhältnis seiner Eltern zueinander befragt zu werden.

Anschließend verabschiedete Frauke sich endlich von ihren Kollegen und lief hinaus in die kalte Winternacht. Auf dem Parkplatz wartete ihr Auto auf sie. Noch immer verspürte Frauke den Drang, zunächst die hintere Tür zu öffnen, um zu überprüfen, ob sich dort jemand versteckte. Dabei übte sie auf Anweisung ihrer Psychologin seit Tagen, zur Normalität zurückzukehren und ihr Kontrollbedürfnis zu unterdrücken. Meistens war es ihr gelungen, direkt vorne einzusteigen. Sie holte tief Luft, überwand erneut den Kontrollimpuls und stieg vorne ein. Sofort lobte sie sich selbst für ihren Mut. Trotzdem blieb ihr Unbehagen. Mit dem Gefühl, von hinten beobachtet zu werden, startete sie den Motor. Anschließend legte sie den Gurt an und verließ den Parkplatz.

In Holtenau wartete ihre kalte, leere Wohnung auf sie. Sie seufzte. Wie schön es doch wäre, wenn Roland sie heute Abend dort erwarten würde, sie gar mit einem leckeren Essen überraschte. Aber der kümmerte sich lieber um die Mafia. Bei der Erinnerung daran, dass sie ihn gestern förmlich bedrängt hatte, die Mafiosi zu töten, stieg Scham in ihr auf. Sie mochte kaum glauben, wozu Angst und Verzweiflung sie getrieben hatten. Natürlich hoffte sie, dass er einen mit ihren rechtsstaatlichen Werten konformen Weg fand, die Bedrohung zu eliminieren. Ob er damit vorankam? Wo trieb er sich überhaupt herum?

Leider waren die Mafia-Killer nicht die einzige tödliche Bedrohung. Sollte der Kieler Frauenmörder noch leben, würde er sich früher oder später an ihr rächen. Da war sie sich absolut sicher. Er war so ein Typ, der nicht vergaß und nie verzieh. Wahrscheinlich wäre es für ihn nicht einmal besonders schwer, mit dem

Flüchtlingsstrom aus der Ukraine nach Deutschland zurückzugelangen. Sie schluckte. Vielleicht sollte sie doch lieber wieder vor dem Einsteigen die Rückbank ihres Autos überprüfen? Nervös warf sie einen prüfenden Blick in den Rückspiegel. Im nächsten Augenblick schrie sie laut auf. Von der Rückbank starrte ihr eine schrecklich entstellte Fratze entgegen!

Im Schwarzwald entriegelte Roland die Tür des Kellerverlieses. Unmaskiert und unbewaffnet betrat er es, ohne zu zögern. Muffige, abgestandene Luft schlug ihm entgegen. Constantin lag rücklings auf dem schmalen Bett, die Hände hinter dem Kopf verschränkt. Bei Rolands Anblick verzog er das Gesicht zu einer Grimasse.

„Seit Stunden zerbreche ich mir den Kopf darüber, ob ich nicht lieber Sie töten und Pospescu Ihren Kopf bringen soll!"

Roland setzte sich zu ihm auf die Pritsche. Seine Hüfte berührte den Oberschenkel des Gefangenen. Jenem war diese Nähe sichtlich unangenehm.

„Was hält Sie davon ab, es zu probieren?"

„Nun, zum einen bin ich durch den Aufenthalt hier etwas außer Form."

Roland lächelte herausfordernd, war das doch nicht einmal die halbe Wahrheit. Constantin war kein Zweikämpfer. Der Rumäne mordete feige aus dem Hinterhalt.

„Und zum anderen?"

„Zum anderen?"

Constantin richtete sich leicht auf, stützte sich auf seinen Ellenbogen ab.

„Nun, zum anderen würde mir Popescu im Falle meines Erfolgs vielleicht sogar die versprochene Million für Ihren Kopf bezahlen. Aber in der nächsten Sekunde würde er mich töten und nähme mir das Geld wieder weg. Ich hätte also rein gar nichts davon."

Der Besitzer jenes Kopfes nickte zustimmend.

„Schätze, damit liegen Sie richtig. Im Gegensatz zu Ihrem Paten bieten wir Ihnen eine faire Chance. Also drehen Sie sich mal schön auf den Bauch!"

Der Ex-Polizist zückte Handschellen und ließ sie vor dem Gesicht des Gefangenen baumeln.

„Muss das sein?"

Ohne eine Antwort zu erwarten, drehte Constantin sich wie verlangt auf den Bauch. Roland fesselte ihm beide Hände hinter dem Rücken, drehte ihn ein Stück zurück in Seitenlage und öffnete seine Hose.

„Hey! Was soll das!"

Den Protest ignorierend zog Roland mit einem Ruck Hose und Unterhose herunter, bis ein weißer Arsch hell aufleuchtete. Maskiert trat Gerhard ein und reichte Roland eine seltsam aussehende Pistole.

„Was machen Sie da! Ich kooperiere doch voll und ganz mit Ihnen!"

Roland fixierte den sich windenden Gefangenen mit seinem Knie, setzte die Pistole auf dessen linker Arschbacke auf und drückte ab. Ein lautes Zischen ertönte.

„Aua!", brüllte der Besitzer der Arschbacke. „Was zum Teufel machen Sie da!"

Roland besah sich sein Werk. Es blutete kaum. Gerhard reichte ihm ein Pflaster. Im Gegenzug erhielt er die Pistole zurück. Roland klebte das Pflaster stramm auf, zog Unterhose und Hose wieder hoch und knöpfte letztere wieder zu.

„Was soll das?"

„Zur Sicherheit haben wir dich gechipt. Jetzt können wir via Satellit verfolgen, wo du dich herumtreibst. Sollte dein Weg nicht direkt nach Rumänien führen, werde ich dich problemlos finden!"

Mit einem Ruck zog er den Gefangenen hoch und stellte ihn auf seine Füße. Constantin schluckte. Musste der Bulle ihm immer wieder demonstrieren, wie chancenlos er gegen ihn war?

„Übrigens solltest du dir nicht zu lange Zeit lassen. Früher oder später wird Popescu einen Hinweis erhalten, wer sich auf dem Weg zu ihm befindet."

„Was? Von wem?"

Erneut grinste Roland.

„Und versuche nicht, einen Quacksalber den Chip in deinem Allerwertesten entfernen zu lassen! So etwas geht fast immer schief und endet äußerst schrecklich!"

Nach dieser letzten Drohung stülpte er seinem Gefangenen einen schwarzen Sack über den Kopf. Durch die Kellergänge und die Treppe führte er ihn nach oben. Constantin hörte das drohende Knurren der

Hunde, ehe er in einen Transporter verfrachtet und dort abgelegt wurde.

„Träum süß! Wenn du erwachst, bist du frei! Vorläufig zumindest.“

„Aber …“

Der Rumäne spürte einen Stich in seiner heilen Arschbacke, dann dämmerte er weg.

Als Constantin wieder zu sich kam, fror er erbärmlich. Zitternd richtete er sich auf. Eine schäbige Wolldecke glitt von ihm. Er blickte sich um. Gekrümmt lag er auf der Rückbank eines alten Kombis. Draußen wurde es langsam hell. Er öffnete die Tür, stolperte aus dem Wagen. Obwohl er eine dicke Jacke trug, war ihm eiskalt. Also klaubte er die schäbige Decke aus dem Fußraum des rostigen Kombis und schlang sie fest um seinen Oberkörper.

Dann sah er sich um. Er befand sich alleine auf einem Waldparkplatz. In der Ferne hämmerte ein einzelner Specht. Ansonsten herrschte eine geradezu gespenstige Ruhe. Hier hatten also Popescus Killer ihr Ende gefunden! Von hier sollte er losziehen, um selbst zum Todesengel für seinen *Nașu* zu werden!

Constantin öffnete den Kofferraum, fand darin einen unscheinbaren Alukoffer. Er schob ihn zurecht, ließ seine Verschlüsse aufschnappen und hob den Deckel. Das Jagdgewehr kam zum Vorschein, fein säuberlich in seine Einzelteile zerlegt. Constantin strich behutsam, nahezu zärtlich über den Lauf. Ja, das hier war genau sein Ding. Damit käme er zurecht. Ein Mord war seine

Eintrittskarte in den *Clanuri Interlope* gewesen. Würde ein weiterer Mord ihm den Austritt ermöglichen? Sollte er sich hierfür nach Osten wenden oder doch lieber Richtung Westen flüchten?

In diesem Augenblick meldete sich schmerzend seine linke Arschbacke. Hatten der Irre ihn wirklich gechipt? Unwillkürlich hob er seinen Blick zum Himmel. Konnten die jetzt tatsächlich jeden seiner Schritte verfolgen? Existierte so eine Technik überhaupt? Oder bluffte der verfickte Bulle bloß?

Constantin schob seine kalten Hände in die Jackentaschen. Nanu, was war das? Er zog eine leicht zerknautschte Zigarettenschachtel aus seiner Jackentasche. Es handelte sich um seine Lieblingsmarke. Das war kein Zufall, sondern eine weitere Drohung des Bullen. Der wusste alles über ihn. Er würde ihn finden, mit oder ohne Chip! Missmutig klopfte Constantin eine Zigarette aus der zerknautschten Schachtel, zündete sie an und inhalierte tief.

Der Specht war mittlerweile verstummt. Dafür begrüßten die übrigen Vögel freudig zwitschernd das erste Dämmern im Osten. Eine Vorahnung von Frühling lag in der Luft. Es fühlte sich verdammt gut an, wieder frei zu sein. Constantin nahm sich in diesem Moment fest vor, ab sofort etwas aus seinem Leben zu machen. Er würde sich nie wieder einsperren lassen, sich auf keinem Fall erneut den Zwängen eines Verbrechersyndikats fügen. Er wollte frei sein! Einen letzten Zug inhalierte er tief in seine Lunge, dann warf er die Kippe weg.

Es war höchste Zeit, mit seinem Leben etwas Sinnvolles anzufangen. Musste er hierfür zunächst nach Caracal in der Walachei fahren, um Popescu auszuschalten? Oder würde es ihm auch so gelingen?

Dienstag, 1. März 2022

Als Uta das Kommissariat betrat, spürte sie sofort die Veränderung. Kollegen standen in kleinen Grüppchen beisammen, wirkten allesamt schockiert.

„Was ist passiert?“

Kriminalrat Andreas Bode kam aus seinem Büro, sah sie aus rotunterlaufenen Augen müde an.

„Uta, komm doch bitte kurz rein zu mir. Ich muss dich über etwas Schreckliches informieren.“

Ihre Eingeweide wurden zu einem kalten Klumpen. War Frauke etwas zugestoßen? Wortlos folgte sie ihm, schloss die Tür hinter sich und nahm Platz.

„Frauke? Es geht um Frauke, oder?“

„Leider …“

„Was ist mit ihr?“

„Es gab einen Unfall. Wobei es eigentlich kein richtiger Unfall war. Unabhängig voneinander sagten mehrere Zeugen aus, dass Frauke in der Gutenbergstraße plötzlich beschleunigte, im Zick-Zack durch den Verkehr raste, bis ihr Wagen sich mehrfach überschlug. Vermutlich provozierte sie mit Absicht den Überschlag ihres Wagens.“

Verständnislos starrte Uta ihren Vorgesetzten an. Offensichtlich war der gerade nicht ganz bei sich.

„Warum sollte Frauke so etwas getan haben?“

„Das haben die Kollegen sich auch gefragt. Bis sie das hier in ihrem Wagen fanden."

Andreas holte einen Beweissicherungsbeutel aus seiner Schublade, legte ihn zwischen ihnen ab. Uta betrachtete ratlos dessen Inhalt, ein dünnes Stahlseil mit einem Griff an jedem Ende.

„Was ist das?"

„Eine selbstgebaute Garotte."

„Eine Garotte? Ich verstehe nicht …"

Entsetzt brach sie ab, starrte Andreas mit riesigen Augen an.

„Heißt das, der Frauenmörder ist zurückgekommen, um sich an ihr zu rächen?"

Andreas nickte langsam.

„Genau das hat Frauke doch immer befürchtet! Und wir haben ihr nicht geglaubt!"

Der Kriminalrat holte tief Luft.

„Genau das werfe ich mir seit Stunden vor."

„Habt ihr ihn?"

„Er ist tot, brach sich das Genick, als sich der Wagen mehrfach überschlug."

„Und Frauke?"

„Ein Schleudertrauma, Schnittwunden und natürlich einen Schock. Sonst hat sie unglaubliches Glück gehabt, zumindest soweit die Ärzte das bisher beurteilen können."

„In welchem Krankenhaus liegt sie?"

Uta war aufgesprungen und starrte fragend auf ihren Chef hinab.

„Du kannst dort jetzt nicht hin! Sie darf keinen Besuch empfangen! Also setz dich bitte wieder!"

Langsam nahm die Kommissarin wieder Platz.

„Frauke hat das mit Absicht gemacht! Er war nicht angeschnallt! Sie benutzte ihr Auto, um ihn zu töten!"

Fassungslos starrte Uta ihren gemeinsamen Vorgesetzten an.

„Wie kannst du so etwas behaupten! Sie war in Lebensgefahr und handelte in Notwehr! Oder in Panik! Was weiß denn ich!"

Andreas blickte sie stumpf an, zuckte schließlich mit den Schultern.

„Hoffen wir, dass es tatsächlich so …"

„Aber …"

„… war! Ich könnte es aber tatsächlich auch ... verstehen, sollte es anders gewesen sein."

Die beiden sahen sich an.

„Und jetzt?", fragte Uta schließlich.

„Jetzt machen wir unsere Arbeit und hoffen, dass Frauke klug genug ist, sich an nichts zu erinnern."

Andreas erhob sich.

„Was steht bei dir heute an?"

Uta warf einen Blick auf die Uhr.

„Gleich kommt der Sohn des ermordeten Herrn Sterz. Wir vermuten mittlerweile, dass seine Mutter seinen Vater ermordete."

„Was?"

Andreas sah sie entsetzt an.

„Ist das euer Ernst?"

Uta bejahte und führte knapp die Hintergründe zu dieser Annahme aus. Andreas hörte ihr konzentriert zu. Am Ende nickte er zur Bestätigung, dass er die Überlegungen der beiden Ermittlerinnen für plausibel hielt. Nachdenklich betrachtete er die Kommissarin.

„Das wird bestimmt kein einfaches Gespräch. Fühlst du dich dem gerade überhaupt gewachsen?"

„Muss."

Sie zuckte mit den Schultern. Wie immer schonte sie sich nicht, stellte den Dienst in den Vordergrund. Er überlegte kurz, bot ihr dann an, die Vernehmung gemeinsam zu führen. So kam es, dass sie eine Viertelstunde später zu zweit Herrn Alexander Sterz gegenübersaßen. Jener wirkte bedrückt und äußerst ernst.

„Stimmt es, dass Ihre Eltern leidenschaftlich Lotto spielten?"

Utas Frage überraschte ihn sichtlich. Skeptisch runzelte er die Stirn.

„Ja. Wozu soll das von Bedeutung sein?"

„Haben Ihre Eltern auch am Samstag vor dem Tod Ihres Vaters Lotto gespielt?"

„Meine Eltern haben an jedem Samstag Lotto gespielt, also auch an diesem!"

„Sind Sie sich da ganz sicher?"

„Klar! Mama hat die Kreuzchen gesetzt, dabei ihre Gebete oder auch Beschwörungen gesprochen und Papa hat den Schein dann zum Griechen gebracht. Ich ..."

„Zum Griechen? Zu welchem Griechen?"

„Na zu Herrn Papadakis, dem das Kiosk in Holtenau gehört! Aber ...“

„Hat ihr Vater immer dort den Lottoschein abgegeben?“

„Ja, aber ...“

„Einen Moment! Gleich dürfen Sie Ihre Fragen stellen!“, mischte Andreas sich ein.

Er flüsterte Uta ins Ohr, dass er jemand hinschicken werde, um den Kioskbesitzer zu befragen, dann verließ er den Raum. Alexander Sterz sah ihm nach, wandte sich der verbliebenen Polizistin zu.

„Hat sie ihn deswegen erschossen? Weil sie endlich mal gewonnen haben?“

Fragend sah er Uta an, die ihren Ohren nicht traute.

„Können Sie das bitte noch einmal wiederholen?“

Irritiert blickte er die Polizistin an.

„Sie haben mich schon richtig verstanden! Ich bin doch hier, weil Sie mittlerweile ebenfalls davon ausgehen, dass meine Mutter meinen Vater erschossen hat! Oder etwa nicht?“

„Wie kommen Sie zu dieser Annahme?“

„Verraten Sie mir lieber, wie ich damit zurechtkommen soll! Wie soll ich es verarbeiten, dass meine eigene Mutter meinen eigenen Vater getötet hat? Ihnen begegnet so etwas doch hoffentlich nicht zum ersten Mal! Also sagen Sie mir bitte, wie ich damit zurechtkommen soll!“

Schmerz, Verzweiflung und ein kleiner Funke Hoffnung lagen in seinen Augen. Er tat Uta leid. Aber sie durfte sich nicht auf diese Ebene herunterziehen lassen!

„Wieso glauben Sie, dass Ihre Mutter Ihren Vater erschossen hat?“

Er schnaubte.

„Mir fällt einfach niemand anderes ein, der meinen Vater gehasst haben könnte. Außerdem ist die Tokarev meiner Eltern verschwunden und passt das Kaliber der Mordwaffe zu ihr. Ach ja, meine Mutter kann nicht nur mit der Pistole umgehen, sie ist sogar eine ausgezeichnete Schützin. Nur habe ich bis eben nicht verstanden, warum sie Papa nicht einfach verlassen hat, um mit diesem Kretin ein neues Leben anzufangen, worauf sie so sichtlich scharf ist.

Liegt es daran, dass die beiden ein paar Tausend Euro gewonnen haben und sie nicht mit Papa teilen wollte? Wie erbärmlich ist das denn!“

Der große, breitschultrige Kerl sackte in sich zusammen und schluchzte los. Uta schluckte schwer, räusperte sich.

„Momentan gehen wir davon aus, dass die tödlichen Schüsse möglicherweise daraus resultierten, dass sie nicht gewonnen haben!“

Sein Schluchzen stoppte abrupt. Er hob seinen Kopf und sah die Polizistin verständnislos an.

„Wie bitte? Ich verstehe nicht! Das war doch der Normalfall! Die beiden haben nie etwas gewonnen!“

„Schon, aber vermutlich hat Ihr Vater es an jenem Samstag nicht geschafft, rechtzeitig den Lottoschein abzugeben. Der Streit mit dem anderen Mann im Kiosk kam ihm dazwischen.“

„Er hat den Lottoschein nicht abgegeben?"

Andreas hörte bei seinem Wiedereintreten den Satz und beantwortete ihn: „Noch gehen wir nur davon aus. Soeben habe ich aber eine Kollegin gebeten, die Sache zu überprüfen. Hat Ihr Vater ganz sicher den Lottoschein immer bei dem Kiosk in Holtenau abgegeben? Oder nicht vielleicht doch manchmal auch woanders?"

„Immer dort, nie woanders! Da sie ohnehin immer die gleichen Zahlen tippen, habe ich ihnen vor Jahren einmal zu Weihnachten einen Dauerschein geschenkt. Anstatt sich darüber zu freuen, war Mama richtiggehend unglücklich. Später machte sie mir sogar Vorwürfe, es sei meine Schuld, dass sie in diesem Jahr nichts gewonnen hätten, weil ich sie daran gehindert hätte, die Kreuze an der richtigen Stelle zu setzen!"

Er verdrehte seine Augen und schüttelte seinen Kopf, ehe er fortfuhr.

„Die beiden sind … waren … furchtbar abergläubisch. Wenn Papa den Schein an dem Samstag nicht zum Griechen gebracht hat, dann hat er ihn bestimmt gar nicht abgegeben!"

„Habe ich Sie richtig verstanden, dass Ihre Eltern immer die gleichen Zahlen tippten?"

Sterz Junior nickte müde.

„Wie lange schon?"

„Seit Mama in Deutschland lebt, tippt sie Samstag für Samstag die gleichen Zahlen! Seit etlichen Jahren jammert sie mir die Ohren voll, dass sie eigentlich gar kein Lotto mehr spielen will. Sie könne nur nicht damit aufhören, weil sie seit vierzig Jahren immer auf die gleichen Zahlen setzt. Mama würde es nicht überleben, sollten diese eines Tages gezogen werden, ohne dass sie getippt hat! Welche Zahlen wurden vorletzten Samstag denn gezogen?"

Uta las sie ihm vor. Seine Augen wurden immer größer, schließlich schlug er die Hände über dem Kopf zusammen.

„Heilige Scheiße! Das sind exakt Mamas Zahlen! Und ausgerechnet da hat Papa den Schein nicht abgegeben! Wie konnte das nur passieren?"

Nachdem Alexander Sterz sich verabschiedet hatte, saßen Uta und Andreas erschöpft beieinander. War es das? Hatten sie den Fall tatsächlich gelöst? Die zur Bestätigung losgeschickte Kollegin berichtete, dass Friedrich Sterz an jenem Samstag tatsächlich keinen Lottoschein abgegeben hatte. Seit Herr Papadakis vor zweiunddreißig Jahren den Kiosk übernommen hatte, war Herr Sterz jeden Samstag mit einem Lottoschein bei ihm aufgekreuzt. Manchmal war nur ein Feld ausgefüllt, manchmal auch mehrere. Wie viele seiner Kunden setzte auch Familie Sterz immer wieder auf die gleichen Zahlen, die der Kioskbesitzer jedoch nicht kannte.

„Laden wir die Witwe zum Verhör? Konfrontieren wir sie mit der Aussage ihres Sohnes?"

Andreas zauderte.

„Wir haben zwar eine plausible Theorie, aber keinen einzigen Beweis. Nur die Aussage ihres Sohnes belastet sie …"

„Und die Aussage der Nachbarin, dass der Streit zwischen den Eheleuten kurz nach Ziehung der Lottozahlen ausbrach!"

„Stimmt, aber das ist auch nicht mehr als ein Indiz. Was, wenn Sterz Junior seine Aussage zurückzieht oder auch korrigiert, indem er sagt, er habe die Zahlen seiner Eltern verwechselt?"

„Das wird er nicht!" Uta schüttelte entschieden ihren Kopf. „Der vermutet schon die ganze Zeit, dass seine Mutter seinen Vater erschossen hat und hat sie bereits damit konfrontiert! Er kommt damit nicht klar, aber deswegen wird er nicht seine Mutter schützen! Außerdem geht es nicht nur um die Lottozahlen. Er weiß von der Tokarev seiner Eltern. Frau Sterz hat uns diesbezüglich belogen!"

„Was sagt eigentlich die Tochter zu der Sache? Bestätigt sie die Aussage ihres Bruders?"

„Die Tochter ist wieder seit Tagen nicht erreichbar."

„Versuche es weiter, schicke meinetwegen eine Streife bei ihr vorbei, auch mehrmals, wenn es sein muss! Es würde helfen, wenn die Tochter die Aussage ihres Bruders hinsichtlich des Lottospielens und der verschwundenen Pistole bestätigt.

Mir ist absolut nicht wohl bei der Sache! Die alte Frau läuft uns ohnehin nicht weg. Wo sollte sie auch hin? Befragt die Nachbarn! Nicht nur die im Haus, sondern alle Anwohner auf dem Weg Richtung Tiessenkai. Jemand muss doch Frau Sterz zur Tatzeit gesehen haben!

Außerdem muss sie die Tatwaffe irgendwo entsorgt haben. Haben Taucher schon den Meeresgrund rund um den Tiessenkai abgesucht?"

„Nein."

„Warum nicht?"

Uta war versucht zu erwidern, dass Frauke nicht daran gedacht hatte, schluckte ihre Antwort jedoch hinunter. Andreas war das jedoch auch selbst klar.

„Dann holt das gefälligst nach! Damit habt ihr heute wohl genug zu tun. Wenn alles überprüft ist, können wir erneut über eine Vernehmung der Witwe reden!"

Roland erfuhr auf der Fahrt zurück nach Kiel von dem Überfall auf Frauke. Er reagierte äußerst schockiert und fuhr vom Bahnhof direkt zu ihr ins Krankenhaus. Die ganze Zeit über quälten ihn Schuldgefühle, weil er sie alleinegelassen hatte. Vom Verstand her war ihm klar, dass er sie genauso wenig hätte beschützen können, wenn er während des Überfalls in Fraukes Wohnung in Holtenau gewesen wäre. Seinem Herzen half das jedoch nichts.

Behutsam klopfte er. Als keine Reaktion erfolgte, öffnete er vorsichtig die Tür zu ihrem Krankenzimmer. Blass lag sie auf dem Rücken und starrte an die Decke. Er trat ein, schloss leise die Tür hinter sich und trat an ihr Bett.

„Hallo Liebes."

„Hey."

Sie drehte vorsichtig den Kopf in seine Richtung, lächelte zaghaft. Er streckte ihr den unterwegs gekauften Strauß roter Rosen entgegen.

„Wow! Die sind ja toll!"

Ihr Lächeln verbreiterte sich. In Ermangelung einer Vase legte er die Blumen auf ihrem Nachttisch ab, setzte sich auf den Stuhl neben ihrem Bett.

„Ich fühle mich schrecklich, weil ich nicht bei dir war!"

Frauke griff nach seiner Hand.

„Das ist ja wirklich rührend. Aber auch ziemlich oldschool. Wir Mädchen brauchen heute keine Beschützer mehr."

„Ich weiß, leider."

Eine Weile saßen sie schweigend beieinander. Frauke starrte erneut an die Decke. Roland fragte sich, was genau sie in diesem Moment beschäftigte.

„Ich wollte, dass er stirbt." Sie drehte den Kopf in seine Richtung, suchte seinen Blick. „Mir war klar, dass er im Gegensatz zu mir nicht angeschnallt war. Also gab ich Vollgas, raste im Zick-Zack, damit er auf der Rückbank hin und her purzelte, bis sich der Wagen schließlich überschlug. In dieser Sekunde hoffte ich inständig, dass er draufgeht!"

Roland wusste nichts zu erwidern, drückte stattdessen ihre Hand.

„Und weißt du was? Ich habe deswegen nicht im Geringsten ein schlechtes Gewissen! Im Gegenteil, bin ich einfach nur erleichtert und froh darüber, dass es ihn endlich erwischt hat und ich nie wieder Angst vor ihm zu haben brauche!“

„Das verstehe ich voll und ganz! Mein Gewissen belastete es ebenfalls nicht im Geringsten, die beiden Mafia-Killer erschossen zu haben! Ich wünsche dir von ganzem Herzen, dass es dir auch so geht! Nur solltest du zu niemandem außer mir so offen sein.“

Frauke grinste spitzbübisch.

„Keine Sorge! Vorhin wurde ich von zwei Kollegen zum Unfallhergang befragt. Ich gab an, als ich seine entstellte Fratze im Rückspiegel sah, in totale Panik geraten zu sein und mich an nichts anderes mehr erinnern zu können.“

„Gut so! Bleib dabei!“

Sie nickte und musterte ihn prüfend.

„Und du? Hast du etwas erreicht?“

Roland überlegte kurz, entschied sich, ebenfalls so offen wie möglich zu sein.

„Ein Rumäne, den Popescu als Verräter ansieht, ist in diesem Moment mit einem exzellenten Gewehr auf dem Weg zu ihm. Er weiß, wo sich der Pate versteckt und dass er selbst seines Lebens nicht sicher ist, bis er ihn getötet hat.“

„Ein Rumäne, den Popescu als Verräter ansieht? Hat er ihn denn auch wirklich verraten?“

„Das spielt keine Rolle. Ihre Paranoia ist letzten Endes der Untergang der Tyrannen!" Frauke sah ihn lange an. Schließlich nickte sie. Sie fröstelte. Die Zeiten änderten sich, wurden wieder härter, teilweise brutal. Würde es je wieder besser werden?

Sie würde sterben. Die Kälte kroch ihr immer tiefer in die Knochen. Mit auf dem Rücken gefesselten Händen und fixierten Füßen steckte Anne in einem Berg aus Laub fest. Anfangs hatte sie Panik bekommen, hier drinnen zu ersticken. Zum tausendsten Mal fragte sie sich, warum die Männer nicht so gnädig gewesen waren, sie direkt zu töten, statt sie so elend krepieren zu lassen. Ihren Vater hatten sie schließlich auch eiskalt erschossen!

Wenn doch nur jemand sie finden würde, so lange sie noch am Leben war! Sie hatte schon mehrfach Menschen gehört, es jedoch wegen des Klebebands über ihrem Mund nicht geschafft, jene auf sich aufmerksam zu machen. Aber immerhin bedeutete dies, dass nicht allzu weit von ihrem Versteck entfernt ein Weg vorbeiführte.

„Hellmann! Hierher!“, erklang ein Ruf, dem ein Pfiff folgte.

Ein Hund! Anne stieß trotz ihres Knebels einen schrillen Schrei aus, bewegte sich dazu wild hin und her, damit das Laub um sie herum raschelte. Als sie zum Luftholen innehielt, hörte sie tatsächlich ein lautes Schnüffeln und Tapsen. Überwältigt von Hoffnung und Erleichterung schrie sie lauter als zuvor und mobilisierte ihre letzten Kräfte, um sich in eine sitzende Position aufzurichten. Tatsächlich stieß ihr Kopf aus dem Laub ins Freie, woraufhin Hellmann erschrocken loskläffte. Mit Tränen in den Augen starrte sie den Schäferhund an, betete, er möge nur nicht aufhören zu bellen!

„Hellmann, Hellmann hol dein Herrchen!", rief sie, was sich jedoch in der Realität etwa so anhörte:

„Hmhmmhmmmhmrrhssm!"

Ihre Kräfte schwanden. Gleich würde ihr Kopf für immer zurück in den verfluchten Laubhaufen sinken. Ein Rentner in einer knallroten Funktionsjacke geriet in ihr Blickfeld. Er starrte sie erschrocken an.

„Hiiiiiiilfe!"

Völlig entkräftet sank sie, geschüttelt von Weinkrämpfen, zurück in ihr Elend. Dem Mann hingegen stolperte vor Aufregung sein Herz. Gerade hatte er sich noch auf den frisch gebackenen Apfelkuchen mit seiner Elfriede gefreut. Wo war er da nur hineingeraten?

Mit zitternden Händen fummelte er das Telefon aus seiner Jackentasche. Es entglitt ihm und landete auf dem Boden.

„Hellmann! Nun gib schon Ruhe! Ich habe sie ja gesehen!"

Mühsam bückte er sich nach dem Handy, hob es auf und versuchte mit zitternden Fingern, die richtigen Tasten zu treffen. Im dritten Anlauf erreichte er endlich die Notrufzentrale.

„Hier steckt eine geknebelte Frau in einem Laubhaufen! ... Wie ich heiße? Holger Kliemannel! ... Wo ich bin? Mit Hellmann am Westensee auf dem Weg vom Gestüt Heidberg zum Naturcamping! … Hellmann ist mein Hund! Nun machen Sie schon! Wer weiß, wie lange die Arme schon da drinnen steckt! Die Frau wirkt äußerst verzweifelt! … Natürlich warte ich hier auf Sie! Hellmanns Bellen wird Ihnen den Weg weisen!"

Kopfschüttelnd beendete er das Gespräch, steckte sein Telefon wieder ein. Dann schlurfte er über den unebenen Waldboden zum Laubhaufen, bückte sich und wühlte nach dem darin verschwundenen Kopf. Als er ihn fand, riss er mit einem Ruck den Klebestreifen vom Mund der jungen Frau.

„Danke!" Sie schnappte gierig nach Luft. „Das werde ich Ihnen nie vergessen! Ohne Sie würde ich hier jämmerlich krepieren!"

„Das wird nicht geschehen! Gleich kommt Hilfe! Aber sagen Sie, wer hat Ihnen das hier angetan?"

„Das weiß ich nicht."

Tränen rannen ihre Wangen hinunter. Sie schluchzte laut auf. Herr Kliemannel versuchte, sie aus dem Laubhaufen zu ziehen. Seine Kräfte reichten nicht, sie war zu schwer. Also kniete er sich hin und barg ihren Kopf auf seinen Oberschenkeln.

„Einen Moment noch, die Helfer treffen bestimmt gleich ein. Wie lange liegen Sie denn schon hier?"

„Seit gestern Abend!"

„Oh Gott! Sie Arme! Immerhin haben Ihre Entführer Sie ins Laub gesteckt, sonst wären Sie längst erfroren. In jüngeren Jahren habe ich mal ein Überlebenstraining mitgemacht. Da hat uns der Trainer einen Laubhaufen empfohlen, sollten wir jemals bei Kälte eine Nacht im Wald verbringen müssen!“

Um sie zu beruhigen, strich er ihr sanft übers Haar, woraufhin Hellmann winselte, ehe er ihr das Gesicht abschleckte.

„Ihhh!“

„Tut mir leid, er mag Sie halt! Hellmann! Pfui! Lass die Frau in Ruhe!“

Anne fragte sich, ob ihr Retter recht hatte. Wäre sie ohne den Laubhaufen wirklich längst erfroren? Wollten ihre Entführer sie tatsächlich gar nicht töten? Falls ja: Warum waren sie mit ihr gnädiger verfahren als mit ihrem Vater?

In diesem Moment fuhr ein Streifenwagen vor. Zwei Polizisten stiegen aus und kamen auf sie zu.

„Sind Sie verletzt?“

„Ich glaube nicht, aber an Händen und Füßen gefesselt.“

„Okay, dann befreien wir Sie erst einmal!“

Die beiden Beamten griffen durchs Laub unter ihre Achseln. Einer stützte mit seiner anderen Hand ihren Kopf, woraufhin Herr Kliemannel sich leicht stöhnend erhob und zur Seite ging. Daraufhin nickten die Beamten sich zu, zogen Anne behutsam aus dem Laub und stellten sie auf ihre Füße. Einer hielt sie, während der andere ein Tool aus seinem Gürtel zog. Mit einer scharfen Klinge durchtrennte er das Klebeband an Händen und Füßen.

Kaum war sie frei, traf der Notarzt ein und untersuchte sie.

Ihre Vitalfunktionen waren stabil. Sie wies keine sichtbaren Verletzungen auf. Daher wurde sie ohne Blaulicht in die Klinik gefahren, in der schon ihre Mutter lag. Dort legte eine Schwester ihr einen Tropf an. Wenig später erschien eine junge Frau und wies sich als Kriminalbeamtin aus.

„Ich habe nichts zu sagen und verzichte auch auf eine Anzeige!“

„Da hier offensichtlich ein schwerwiegendes Verbrechen vorliegt, bedarf es keiner Anzeige, um Ermittlungen einzuleiten! Sie sind übrigens verpflichtet, die Wahrheit zu sagen, sonst machen Sie sich strafbar!“

Die Beamtin schwieg einige Sekunden, ließ ihre Worte ihre volle Wirkung entfalten.

„Wie heißen Sie?“

„Anne Sterz.“

„Was haben Ihre Entführer Ihnen angedroht, wenn Sie mit der Polizei reden?“

Anne schluckte.

„Mich brutal abzumurksen! Mein Vater wurde vor einer Woche am Schiffercafé erschossen. Bitte holen Sie Ihre Kollegin Knoop! Ich will mit ihr reden!“

„Wie Sie wollen!“

Die Beamtin zog sich zurück. Eine Stunde später betraten Andreas und Uta das Krankenzimmer.

„Meyer, wir kennen uns ja bereits. Unsere Kollegin Knoop ist leider verhindert. Was ist passiert?“

Anne hatte gründlich überlegt, was sie den Polizisten sagen sollte. Trotzdem kostete es sie Überwindung, damit anzufangen.

„Nun?"

Die Kommissarin starrte sie streng an.

„Also gut! Ich hatte gestern plötzlich die vage Idee, Papa könnte die Sachen an seiner alten Arbeitsstelle versteckt haben. Aus Neugierde fuhr ich hin, um nachzusehen. In einem Schrank im ehemaligen Klopapier-Lager stieß ich tatsächlich auf drei Kartons, die neu aussahen und dort nicht hinpassten. Als ich sie mir genauer ansehen wollte, überwältigten mich von hinten zwei Maskierte! Sie fesselten mich an Händen und Füßen, knebelten mich und zogen mir einen Sack über den Kopf. Dann luden sie mich in einen Transporter und fuhren mich in den Wald! Dort schleppten sie mich ein Stück abseits und drohten mir, bloß nicht mit der Polizei zu reden! Täte ich es, kämen sie zurück und murksten mich ab!"

„Wo genau war die Schmuggelware versteckt?"

„In Elmschenhagen! Mein Vater hat dort in einer Fabrik als Hausmeister gearbeitet. Das Gebäude, in dessen Keller sich seine Werkstatt und die Lagerräume befanden, wurde stillgelegt. Er wurde in den Ruhestand geschickt."

„Schmuggelware im Millionenwert soll in einem verfallenen Gebäude gelagert worden sein? Sie verarschen uns doch!"

„Nein! Das Gebäude ist nicht verfallen! Es liegt auf dem Fabrikgelände und ist gesichert!"

„So? Und wie sind Sie dann ins Gebäude gelangt?“

„Es liegt ganz am Rande des gesicherten Geländes! Als ich dort ankam, dachte ich zunächst: ‚Wie blöd von mir, da komme ich ja nie rein.‘ Auf gut Glück probierte ich einfach die Stahltüre zum Keller, die Papa immer benutzt hat. Die war tatsächlich nicht abgeschlossen. Wahrscheinlich sind kurz vor mir die beiden Männer dort rein!“

Andreas und Uta stellten noch weitere Fragen. Anne wurde jedoch immer einsilbiger und verlangte schließlich nach der Krankenschwester. Nach einem kurzen Blick auf ihre Patientin verscheuchte jene die beiden Beamten. Widerstrebend zogen Uta und Andreas ab. Draußen, in ihrem Wagen, berieten sie sich.

„Die Frau lügt! Zumindest sagt sie nicht die ganze Wahrheit!“

„Das ist durchaus möglich, aber es könnte in etwa auch so gewesen sein. Ich frage mich, was das für unseren Fall bedeutet. Hat Herr Michler uns verarscht? Wusste er die ganze Zeit über, wo die Waffenteile versteckt waren? Dann müssen wir der Staatsanwaltschaft einen Tipp geben. Die sollen ihren Deal mit ihm überdenken. Oder besaß Herr Sterz einen Helfer, der erst ihn aus dem Weg räumte und jetzt sein eigenes Ding durchzieht?“

Utas Augen weiteten sich.

„Aber natürlich! Ich bin ja so doof!“ Sie schlug mit beiden Händen aufs Lenkrad. „Herr Sterz hatte weder einen Führerschein noch ein Auto. Ein Mann aus dem

Haus hat mit einem Transporter die Spenden für ihn gefahren! Bestimmt hat er auch die Kartons nach Elmschenhagen gefahren und wusste somit von dem Versteck!"

„Wie heißt er?"

„Auf den Namen komme ich gerade nicht! Lass uns hinfahren. Die Wohnung finde ich wieder. Wenn der Nachbar wirklich letzte Nacht die Schmuggelware an sich genommen hat, dürfen wir keine Zeit verlieren!"

„Okay, fahr los! Zur Sicherheit fordere ich einen Streifenwagen zur Unterstützung an!"

Fast zeitgleich mit den uniformierten Kollegen trafen sie in Holtenau ein. Auf der Fahrt hatten sie darüber diskutiert, ob sie selbst zugreifen oder lieber ein Mobiles Einsatzkommando anfordern sollten. Immerhin konnte der Gesuchte der bewaffnete Mörder von Herrn Sterz sein und es zumindest in Kauf genommen haben, dass dessen Tochter in ihrem hilflosen Zustand im Wald erfror. Letztendlich entschieden sie, dass das Risiko vertretbar wäre.

Anhand der Klingelschilder erinnerte Uta sich an den Namen Boyko. Gespannt drückte sie die Klingel, woraufhin umgehend der Summer ertönte. Leicht nervös stiegen sie zu viert hintereinander mit angelegten Schutzwesten nach oben.

In der offenen Tür stand eine Frau mit vom Weinen verquollenen Augen, die sich beim Anblick der bewaffneten Beamten vor Schreck weiteten.

„Mein Name ist Bode. Ist Ihr Mann zu Hause?"

„Nein!“ Sie begann zu weinen. „Hendrik ist gestern Abend in die Heimat gefahren, um sie gegen die Orks zu verteidigen! Ich werde ihn vielleicht nie wiedersehen!“

„Gegen die Orks? Wer sind die Orks?“

„Na, die Russen!“

Andreas brauchte einen Moment, um zu begreifen, was das bedeutete.

„Also ist ihr Mann Ukrainer?“

„Ja, wir sind Ukrainer!“

In der Klinik rang Anne mit sich. Sollte sie sich bei Elias melden? Bestimmt war er schwer enttäuscht von ihr. Immerhin hatte sie seine Ware verloren. Ob er jetzt überhaupt noch etwas von ihr wissen wollte? Oder, sie schluckte schwer, war er es, der sie hatte entführen lassen? Vor diesem Gedanken graute ihr. Allerdings fiel ihr absolut nichts ein, was er davon hätte. Für ihn wäre es doch viel einfacher gewesen, von ihr die Kartons zur Alten Schleuse Strohbrück fahren zu lassen und jene dort seinen Geschäftspartnern zu übergeben. Das Geld hätten sie dann auf sein Konto überwiesen. Er hätte sich in der Zwischenzeit einfach absetzen können, sie wäre dann leer ausgegangen. Außerdem hatte er ohnehin die Waffenteile den deutschen Behörden übergeben wollen. Sie war scharf auf das Geld für ein gutes Leben gewesen.

Nein, bei einem ihrer Entführer handelte es sich mit Sicherheit um Herrn Boyko aus dem Haus ihrer Eltern. Ihr Vater war mit dem Nachbarn nicht direkt befreundet gewesen. Aber beide Familien waren in den Augen der übrigen Hausbewohner die Russen gewesen. In der Schule hatte sie selbst ebenfalls als Russin gegolten.

Dabei waren sie Deutsche. Ihre Vorfahren hatten sich im achtzehnten Jahrhundert einer Einladung Zarin Katharinas folgend an der Wolga angesiedelt. Über Generationen hinweg hatten ihre Vorfahren sich als Deutsche in Russland verstanden, Deutsch miteinander gesprochen und ihre deutschen Traditionen gepflegt. Ihre Eltern hatten sich in Russland als Deutsche gefühlt. In Deutschland waren sie dann plötzlich zu Russen geworden.

Wahrscheinlich ging es den Boykos ähnlich. Sie waren nur von den Deutschen zu Russen gemacht worden. Irgendwie besaßen sie natürlich eine Verbindung zur russischen Kultur, schauten wie ihre Eltern *Russia Today,* zumindest bis Putin 2014 Teile der Ukraine besetzte. Sie schluckte schwer. Hatte Herr Boyko es ihrem Vater übelgenommen, dass er für Russland Waffen schmuggelte? Sie würde es verstehen – den Ärger über den Schmuggel, den Mord natürlich nicht!

Ach! Das waren alles Scheiß-Gedanken! Kurz entschlossen griff sie das Krankenhaus-Telefon und tippte aus dem Kopf die Nummer von Elias neuem Prepaid-Handy ein. Mit laut klopfendem Herzen lauschte sie dem Tuten. Einmal, zweimal, dreimal …

„Ja?"

„Ich bin's, Anne!", krächzte sie mit dünnem Stimmchen.

„Anne! Ich habe mir solche Sorgen um dich gemacht! Wo bist du? Geht es dir gut?"

Bei seinen Worten und der Freude in seiner Stimme heulte sie los wie ein Schlosshund.

„Nicht weinen! Bitte, weine doch nicht! Wo bist du? Egal, wo du auch immer bist, ich komme zu dir!"

Elias hielt sich noch in Kiel auf. So saß er eine halbe Stunde später tatsächlich an ihrem Bett und lauschte ihrem Bericht. Sie war noch etwas nervös, obwohl sie mittlerweile hoffte, er nähme ihr nichts von dem ganzen Mist übel.

„Hauptsache, die haben dir nichts angetan … äh, also … ich meine, nichts, was nicht wieder hinzubekommen wäre! Natürlich waren die Entführung und deine Angst schrecklich! Aber ..."

„Ich weiß, wie du es meinst und sehe es auch so!"

Sie nahmen einander in die Arme, hielten sich lange.

„Wir schaffen das!", meinte Elias schließlich. „Ich werde einen Job finden und will mit dir zusammenleben. Uns wird es nicht schlecht gehen!"

„Du bist mir also nicht böse?"

„Dir? Wofür sollte ich dir böse sein? Wenn, dann muss ich mir vorwerfen, für einen Tyrannen Waffenteile geschmuggelt zu haben! Ehrlich gesagt fände ich es sogar richtig gut, wenn deine Vermutung stimmt und sich die Bauteile auf dem Weg in die Ukraine befinden!" Auch wenn sie es nie so drastisch formulieren würden, sahen es auch Uta und Andreas so ähnlich. Herr Boyko war mit anderen Ukrainern auf dem Weg in seine alte

Heimat, um sie gegen die russischen Aggressoren zu verteidigen. Wahrscheinlich hatten die Ukrainer sich zuvor die für Russland bestimmten Waffenteile geholt. Irgendwie erschien das den beiden Kriminalisten nur fair, auch wenn die beiden das nie laut sagen würden. Jedenfalls machte keiner von beiden den Vorschlag, sofort eine Fahndung in die Wege zu leiten. Die Ukrainer waren sicher schon in Polen, aber vielleicht noch nicht über die Grenze zur Ukraine. Uta und Andreas beschlossen, es sei höchste Zeit für den Feierabend. Die Aufklärung des Mordes konnte bis morgen warten und der Waffenschmuggel war ohnehin die Angelegenheit der Zollfahndung.

Der Stolz des rumänischen Städtchens Caracal war sein Theater. Ende des neunzehnten Jahrhunderts hatte man den Kulturtempel im Zuckerbäckerstil errichtet. Im Kommunismus war das Gebäude langsam, aber sicher verfallen, seit der Rückkehr des Kapitalismus erstrahlte es jedoch wieder im alten Glanz und stellte das unangefochtene Zentrum des kulturellen Lebens im Städtchen dar.

Natürlich besaß Adrian Popescu als reichster Unternehmer der Stadt dort seine eigene Loge. So sah er sich selbst: als Unternehmer und Eigentümer eines international erfolgreichen Konzerns.

Begonnen hatte er damit, Betteltouren in die reichen Länder Westeuropas zu organisieren. Bei ausbleibendem Erfolg gingen diese in Diebstähle und Einbrüche über. Als arme Osteuropäer holten sie sich eben, was der reiche Westen Europas ihnen schuldig war. Später vermittelte er illegal Frauen in die dortigen Bordelle und Männer an die Baufirmen. Als weiteres Geschäftsfeld erschloss er sich den Handel mit Drogen, wofür er im Süden Deutschlands eine Importfirma übernahm. Zuletzt stieg er in seinem eigenen Land in den Diebstahl von Holz im großen Maßstab ein. Seine kleine Elektrofabrik in der Stadt diente nur der Wahrung des Scheins und zur Geldwäsche.

An diesem Abend befand er sich in Begleitung seiner Frau auf dem Weg zu seiner Loge, als die Bürgermeisterin auf ihn zuschritt. Sofort stellte sich ihr einer seiner Bodyguards in den Weg. Der breitschultrige Schläger warf seinem *Nașu* einen fragenden Blick zu. Adrian genoss diesen Moment. Er ließ sich Zeit, die Bürgermeisterin durch ein gnädiges Nicken zu erlösen. Die Politikerin lächelte säuerlich, ehe sie in ihrem üblichen, affektierten Ton loslegte.

„Lieber Herr Popescu, welch Freude Sie zu sehen! Als Oberhaupt der Stadt möchte ich mich persönlich für Ihre großzügige Spende bedanken, die unserem bescheidenen Theater das heutige Gastspiel ermöglicht!"

„Aber Sie wissen doch, meinen bescheidenen Beitrag zu unserer Gemeinschaft leiste ich gerne!"

„Von bescheiden kann am heutigen Abend wohl keine Rede sein. Selbst Bukarest beneidet uns um die Musiker, die heute hier auftreten!"

Popescu wusste weder, was ihn heute erwartete, noch, dass der Abend von seinem Geld gesponsert wurde. Diese Dinge interessierten ihn allesamt nicht. Er überließ sie daher gerne seiner Frau. Ihm genügte es, mit seinem Mercedes G 500 mit Panzerglasfenstern vorfahren und direkt vor dem Theater parken zu können. Auch dass die Bürgermeisterin vor ihm kuschte und damit allen zeigte, wer in der Stadt tatsächlich das Sagen hatte, schmeichelte ihm.

„Wenn selbst die Hauptstädter uns beneiden, haben wir wohl einiges richtiggemacht!"

„Da haben Sie recht, lieber Herr Popescu. Hätten Sie wohl einen kurzen Moment unter vier Augen für mich?"

Adrian wollte sie unwirsch zurechtweisen, aber etwas in ihrem Blick hielt ihn davon ab. Immerhin hatte er zuerst von ihr gehört, dass die Deutschen in Bukarest einen Haftbefehl gegen ihn beantragt hatten. Das hatte ihm ein paar Extrakosten verursacht, bisher aber keine weitere Rolle gespielt. Kein Polizist in der ganzen Walachei würde es wagen, den kleinsten Finger gegen ihn zu rühren. Wollte Bukarest jetzt seine eigenen Leute hierhin schicken?

„Worum geht's?"

„Um die kürzlich von Ihnen verdoppelte Belohnung."

Gieriges Glitzern brach sich in ihren Augen Bahn. Adrian verspürte kurz Erleichterung, stutzte dann. Konnte es sein, dass er endlich diesem verfluchten deutschen Bullen auf die Spur kam? Er zog die Bürgermeisterin zur Seite und bedeutete seinen Bodyguards, dafür zu sorgen, dass sie niemand störte.

„Was haben Sie für mich?“

„Der von Ihnen Gesuchte versteckt sich bei einer Frau. Ich kann Ihnen sagen, wie die Frau heißt und wo sie wohnt!“

„Sind Sie sicher? Sie spielen gerade mit dem Feuer, Gnädigste!“

„Ist er das? Oder ist er es nicht?“

Sie streckte ihm ihr Smartphone hin. Das Display zeigte einen Mann. Gemeinsam mit einer rötlich-blonden Frau ging er an einem Strand spazieren. Adrian nahm das Telefon, vergrößerte das Gesicht des Mannes. Zweifellos ähnelte der Mann dem Gesuchten, aber war er es tatsächlich?

„Es handelt sich um insgesamt drei Bilder von ihm.“

Adrian wischte weiter, vergrößerte jeweils das Gesicht des Mannes. Ein Kribbeln erfasste ihn. Er besaß ein ausgezeichnetes Gedächtnis für Gesichter. Dass war tatsächlich der verfickte Bulle, älter und etwas fülliger, aber eindeutig er!

„Wo haben Sie die Bilder her?“

„Das spielt keine Rolle! Ich nenne Ihnen Namen und Adresse der Frau, Sie schicken jemanden hin. Trifft Ihr Mann ihn tatsächlich dort an, habe ich mir die Million verdient.“

Popescu wunderte sich, dass sie nicht vor lauter Gier sabberte.

„Nicht ganz, meine Teuerste! Schließlich habe ich die Million auf seinen Kopf ausgesetzt! Aber den muss ich mir noch selbst holen!“

Die Bürgermeisterin lächelte säuerlich, nickte dem *Naşu* zu und wandte sich dann zum Gehen. Sich mit ihm anzulegen, war viel zu gefährlich.

„Keine Sorge, Sie werden bestimmt nicht leer ausgehen!“, rief er ihr halblaut hinterher.

Mit einer Mischung aus Ärger und Stolz blickte er ihr nach, bis sie in der Loge des Stadtoberhauptes verschwand. Er ärgerte sich darüber, dass sie offensichtlich bessere Quellen besaß als er. Auf der anderen Seite erfüllte es ihn auch mit Stolz. Schließlich hatte er persönlich die ehemalige Ministerin aus Bukarest zurück in ihre alte Heimat nach Caracal geholt und sie hier zur Bürgermeisterin gemacht. Er wusste um ihr exzellentes Netzwerk und zapfte es zu seinem Schutz an.

Schließlich sollte es ihm nicht wie seinem Konkurrenten, dem *Naşu* von Tandarei, ergehen. Die Briten hatten Bukarest dazu gebracht, in Tandarei die örtlichen Behörden draußen zu halten. Überfallartig hatten britische Polizeibeamte gemeinsam mit dreihundert vermummten rumänischen Polizisten das kleine Städtchen gestürmt und zahlreiche Mitglieder des dortigen *Clanuri Interlope* noch in ihren Betten verhaftet.

Popescu hatte vorgesorgt. Keiner würde ihn in seiner Walachei überfallen. Nicht nur hier, auch in der Hauptstadt hatte er deshalb ein dichtes Netz aus Informanten gewebt, die ihn rechtzeitig vor jeder Gefahr warnen würden. Und wenn er mit diesem verfickten deutschen Bullen samt seiner Schlampe fertig wäre, würde es in ganz Europa kein Bulle mehr wagen, gegen ihn vorzugehen.

Mittwoch, 2. März 2022

Frauke ahnte nicht, dass sie an den rumänischen Paten verraten worden war. Sie entließ sich auf eigenes Risiko aus der Klinik. Ihr Dacia war nur noch Schrott. Sie würde sich ein neues Auto kaufen müssen. Daher fuhr sie ungewohnter Weise mit dem Bus vom Krankenhaus aus direkt zum Dienst. Laut den Ärzten durfte sie trotz des Schleudertraumas ihren Nacken belasten. Im Bett zu liegen und ihren Gedanken freien Lauf zu lassen, täte ihr absolut nicht gut. So saß sie bald nach ihrer Ankunft im Kommissariat mit Andreas und Uta zusammen und ließ sich von den beiden auf den aktuellen Stand ihrer Ermittlungen bringen.

„... auf dem Schrank sind tatsächlich die Fingerabdrücke der jungen Frau Sterz. Ihre Angaben, ihr Vater habe dort die Schmuggelware gelagert und sie sei dort von zwei Unbekannten überfallen worden, passen somit zur Spurenlage.

Frau Boyko bestätigte, dass ihr Mann Herrn Sterz bei den Spenden für das Waisenhaus half. Hauptsächlich fungierte er für ihn als Fahrer und half ihm, die schweren Kartons zu schleppen. Es besteht also die Möglichkeit, dass er von dem Schmuggel wusste. Ob Herr Sterz ihn einweihte oder er entsprechende Beobachtungen machte, wissen wir noch nicht. Frau Boyko schwört Stein auf Bein, dass ihr Gatte bei ihr im Bett lag, als Herr Sterz erschossen wurde. Sie empörte sich zutiefst darüber, er könnte etwas mit dem Mord an ihrem liebenswerten Nachbarn zu tun haben.

Vielleicht gibt sie ihrem Mann nur ein Alibi. Dann macht sie es allerdings äußerst überzeugend. Aber ich sehe auch kein Mordmotiv bei ihm. Wenn er scharf auf die Waffenteile war, hätte er sie auch einfach fortbringen können, ohne Herrn Sterz zu erschießen. Wir schreiben einen Bericht für die Zollfahnder, sollen die sich um ihn kümmern.

Unsere Hauptverdächtige ist und bleibt die Witwe! Ich will, dass ihr euch um sie kümmert. Die Aussagen des Kioskbesitzers und des Sohnes liegen vor. Fahrt ins Krankenhaus, um auch die Tochter zu befragen. Bestätigt sie die Angaben ihres Bruders, befragt ihr dort auch gleich die alte Frau Sterz. Oder ist sie mittlerweile entlassen worden?"

Frauke stöhnte innerlich darüber, dass sie schon wieder in die Klinik fahren sollte, sagte aber nichts. Brav stieg sie zu Uta ins Auto.

„Wie geht es dir?", fragte jene, kaum, dass sie den Parkplatz verließen.

„Geht so."

Frauke zuckte mit den Schultern.

„Willst du darüber reden? Ich meine, was in deinem Auto passiert ist?"

„Nein!"

Uta schwieg. Wie sollte sie auf die harsche Antwort reagieren? Frauke merkte selbst, dass sie zu heftig reagiert hatte und schob versöhnlich nach: „Ich erinnere mich kaum noch an etwas. Ehrlich gesagt, will ich mich gerade auch gar nicht erinnern. Das ist wohl so eine Art Selbstschutz meiner Psyche. Nimm es mir bitte nicht übel, aber ich glaube, gerade ist es besser, wenn ich mich ablenke! Jetzt will ich noch nicht an seinen Angriff und an den schlimmen Unfall denken!"

„Aber klar, das kann ich gut verstehen."

Uta nickte und fragte ihre Kollegin stattdessen, wie sie die anstehenden Vernehmungen führen sollten. Schließlich saß Frauke neben ihr, um sich durch Arbeit abzulenken.

Im Krankenzimmer wartete eine Überraschung auf die Kommissarinnen. Die junge Frau Sterz und Herr Michler saßen einträchtig nebeneinander auf dem Bett und hielten Händchen. Beim Anblick der Polizistinnen entgleisten Anne Sterz die Gesichtszüge, während Herr Michler schützend seinen Arm um sie legte.

„Ich dachte, Sie wären die Schwester, die mich endlich offiziell entlässt", begrüßte Frau Sterz die Beamtinnen mürrisch.

Frauke und Uta gingen jede Menge Fragen durch den Kopf. Was bedeutete die Anwesenheit Herrn Michlers für ihren Fall? Uta entschied jedoch still, diese zunächst zurückzustellen.

„Wir haben noch einige Fragen zu Ihren Eltern."

Der Blick der jungen Frau flackerte leicht, während sie die Stirn runzelte.

„Was interessiert Sie da denn noch?"

„Würden Sie bitte solange den Raum verlassen?", wandte Frauke sich an Herrn Michler.

„Er kann ruhig …"

„Nein! Ich warte lieber draußen! Das ist besser so!"

Er löste seinen Arm, warf ihr einen ermunternden Blick zu, erhob sich und verließ das Zimmer. Die beiden gingen sehr vertraut miteinander um.

„Dann schießen Sie los! Lassen Sie uns die Sache möglichst schnell hinter uns bringen."

„Spielten Ihre Eltern Lotto?"

Die Tochter des Ermordeten verbarg ihr Erstaunen nicht.

„Warum wollen Sie das jetzt auf einmal wissen?"

„Beantworten Sie bitte die Frage!"

Trotzig starrte die junge Frau den Beamtinnen entgegen. Schließlich seufzte sie.

„Ja, meine Eltern haben Lotto gespielt! Mama hoffte immer wieder aufs Neue, durch diese blöden Kugeln endlich reich zu werden! Abergläubig wie sie ist, spielt sie immer wieder die gleichen Zahlen, Woche für Woche."

„Kennen Sie diese Zahlen?"

Erneut runzelte die Angesprochene ihre Stirn.

„So langsam will ich wirklich gerne wissen, warum Sie das interessiert!"

„Ihr Bruder hat uns die Zahlen genannt. Um sicher zu gehen, würden wir sie von Ihnen ebenfalls gerne hören."

Anne schüttelte kurz ihren Kopf, sagte dann jedoch:

„Es handelt sich um Tag, Monat und Jahr ihrer Geburt, ihre alte Hausnummer in Katharinenstadt, ihre erste Hausnummer in Kiel und die Bedeutung der letzten Zahl habe ich vergessen! Was ist mit Mama? Sie kreuzte gestern spätabends noch hier bei mir im Krankenzimmer auf und war ziemlich komisch drauf! Sie tat so, als würden wir uns möglicherweise nie wiedersehen. Dabei werde ich natürlich den Kontakt zu ihr nicht völlig abbrechen, auch wenn sie es durchaus verdient hätte!"

Bei ihren Worten schraken die Kriminalistinnen zusammen, wandten ihre Köpfe einander zu. Frauke räusperte sich.

„Führe du die Vernehmung zu Ende, ich sehe nach der Mutter!"

„Okay."

Auch wenn Uta lieber mit ihrer Kollegin gehen würde, sah sie die Vorzüge dieser Arbeitsteilung ein. Es gelang ihr, von der Tochter die Bestätigung der vom Bruder genannten Zahlen zu erhalten. Auch die sechste Zahl fiel Frau Sterz junior noch ein.

„Besitzen Ihre Eltern eine Pistole?"

„Mein Bruder behauptet es. Ich selbst habe davon nie etwas mitbekommen. Allerdings fiel mir ein, dass, als ich klein war, Mama mich manchmal zu einem Schützenverein mitgenommen hat. Die Männer dort waren ganz beeindruckt von ihr, weil sie so gut traf. Aber warum wollen Sie das alles wissen?"

„Sie haben ganz sicher nie eine Pistole in der Wohnung ihrer Eltern gesehen?"

„Nein! Wozu ... Oh Gott! Scheiße! Sie denken auch, dass Mama Papa erschossen hat!"

Anne sprang auf und rannte Richtung Tür.

„Bitte bleiben Sie hier! Meine Kollegin sieht bereits nach Ihrer Mutter! Hallo! Hören Sie!"

Die Tochter beachtete die Polizistin nicht, sondern rannte durch den Flur Richtung Treppenhaus.

„Anne? Wo willst du hin?", rief Elias hinter ihr her.

Auch ihn beachtete Anne nicht. Als jener sah, dass die Polizistin hinter seiner Freundin herlief, folgte er den beiden ebenfalls. So stiegen sie im Eiltempo zu dritt hintereinander durchs Treppenhaus zwei Stockwerke höher. Oben angekommen wandte Anne sich der linken Station zu, in der ihre Mutter lag. Als sie jene betrat, sah sie die andere Kommissarin im Gespräch mit einer Ärztin. Beim Anblick der ernsten Gesichtsausdrücke beider Frauen ahnte sie Schreckliches.

„Was ist mit meiner Mutter?"

Ärztin und Kommissarin wandten sich ihr zu, antworteten jedoch nicht sofort. Also rannte Anne einfach an ihnen vorbei zum Krankenzimmer ihrer Mutter. Ohne anzuklopfen, riss sie die Tür auf. Das Zimmer war leer. Nicht einmal ein Krankenbett befand sich noch darin. Anne wandte sich um, starrte der Ärztin entgegen, die entschlossen auf sie zukam.

„Es tut mir außerordentlich leid, Ihnen mitteilen zu müssen, dass Ihre Mutter heute Nacht verstorben ist!"

„Wie kann das sein? Gestern Abend ging es ihr doch noch gut!"

„Eine leere Packung starker Schlaftabletten lag im Mülleimer ihres Zimmers. Wir vermuten, sie nahm jene in suizidaler Absicht zu sich. Genaueres wird eine Obduktion klären."

„Schlaftabletten? Eine ganze Packung! Wie konnten Sie ihr die geben!"

„Die Tabletten stammen nicht von uns! Jemand muss sie ihr in die Klinik gebracht haben."

„Jemand?"

Anne trat einen Schritt zur Seite, starrte vorwurfsvoll die beiden hinter der Ärztin stehenden Kommissarinnen an.

„Sie wissen so gut wie ich, wer dieser jemand ist! Mamas neuer Lover! Wahrscheinlich hoffen die beiden, dort oben", sie wies mit dem Finger zur Decke, „endlich ungestört ihre Liebe ausleben zu können! Ich hoffe, das wird wenigstens Konsequenzen für ihn haben!"

Elias trat zu ihr und schloss sie fest in seine Arme. Einen Moment lang funkelte sie weiterhin die Polizistinnen wütend an, dann erschlaffte sie und ließ sich ganz von ihm halten. Ihr Körper zuckte, kurz darauf heulte sie wie ein Schlosshund.

Schweigend liefen Frauke und Uta zurück zu ihrem Dienstwagen. Erst als sie eingestiegen waren, meinte Uta: „So ein Mist! Hätten wir es verhindern können?"

„Nein."

„Ganz sicher nicht?"

Frauke zuckte mit den Achseln.

„Hat sie einen Abschiedsbrief hinterlassen?"

„Nein. Zumindest hat das Klinikpersonal keinen gefunden. Aber Herr Gejdt war wohl schon in aller Frühe bei ihr. Als eine Schwester erstmals nach ihr sehen wollte, verließ er eilig das Zimmer. Er wusste bestimmt Bescheid und hätte es verhindern können, wir nicht."

„Bestimmt hat er ihr die Schlaftabletten besorgt!"

„Höchstwahrscheinlich."

„Wir müssen ihn befragen!"

„Das werden wir. Wenn wir ihn finden."

„Wie meinst du das?"

Frauke zuckte erneut mit den Schultern. Uta verspürte keine Lust, nachzufragen. Schweigend fuhren sie die restliche Strecke zurück bis zur Blumenstraße. Im Kommissariat erwartete sie eine Überraschung. Herr Gejdt saß im Flur und wartete auf sie.

Er war hagerer und gebeugter als je zuvor. Tiefe Furchen durchzogen sein Gesicht. Alles an ihm wirkte müde und erschöpft.

„Endlich kommen Sie! Endlich kann ich mir alles von der Seele reden!“

Schlagartig wurden die beiden Kriminalistinnen ebenfalls müde. Beide hatten genug, wollten am liebsten nichts mehr von dem Fall hören. Aber das ging natürlich nicht. Also führten sie ihn in einen Raum, in dem sie seine Aussage aufzeichnen konnten und klärten die Formalien. Dann durfte er endlich loslegen.

„Klara rief mich direkt nach dem Fiasko an. Sie war völlig außer sich. Seit Jahrzehnten hoffte sie, dass endlich ihre Zahlen gezogen werden, glaubte selbst schon nicht mehr richtig dran, als es doch noch geschah. Als die sechste Zahl richtig gezogen wurde, blieb ihr vor Freude fast das Herz stehen. Dann sprang sie auf und tanzte ausgelassen durch ihr enges Wohnzimmer, bis ihr aufging, dass etwas nicht stimmte.

Fritz freute sich überhaupt nicht mit ihr, schaute eher betreten und schuldbewusst drein. Schließlich gab er kleinlaut zu, dass er wegen des Streits im Kiosk vergessen hatte, den Lottoschein abzugeben. In diesem Moment blieb fast ein zweites Mal ihr Herz stehen. Danach brüllte sie ihn an und er wohl erstmals zurück.

Schließlich rief sie mich an und erzählte mir alles. Ich konnte so viel Pech kaum fassen. Immer wieder sagte sie „Ich bringe ihn um! Ich bringe ihn um!“ Ich tat natürlich mein Möglichstes, sie davon abzubringen.

Wir telefonierten sehr lange. Ich versprach ihr, am nächsten Morgen in aller Frühe von Düsseldorf nach Kiel zu kommen. Schließlich hatte sie sich einigermaßen beruhigt und wir beendeten das Telefonat.

In dieser Nacht schlief ich nicht. Mehrmals überlegte ich, Klara erneut anzurufen, entschied mich aber immer dagegen. Seither werfe ich mir unentwegt vor, es nicht getan zu haben! Vielleicht hätte ich durch einen Anruf diesen tragischen Mord verhindern können!

So erhielt ich in aller Frühe eine Nachricht von ihr: „Ich mache es! Du bringst mich nicht davon ab!"

Panisch rief ich bei ihr an, aber ihr Telefon war ausgeschaltet. Mit zitternden Fingern versuchte ich, den Notruf zu wählen, als mir klar wurde, dass dies nichts bringen würde. Ich wusste von ihrer Pistole und was für eine ausgezeichnete Schützin sie war. Vermutlich hatte sie das Handy ausgeschaltet, direkt die Tokarev genommen und Fritz erschossen. Die Polizei würde zu spät kommen.

Dann kamen mir ganz wirre Gedanken. Ich geriet in Panik, dass man mich vielleicht beschuldigen könnte, ihr geholfen zu haben. Immerhin war Fritz ihr Mann und wir trafen uns seit Wochen heimlich. Also ging ich ins videoüberwachte Foyer des Hotels, um ein bombenfestes Alibi zu haben.

Als ich später erfuhr, dass Fritz zu seiner üblichen Runde, von der ich bis dahin nichts wusste, aufgebrochen war und Klara ihm mit der Waffe in der Tasche den Weg abgeschnitten hatte, warf ich mir erneut vor, nicht Ihre Kollegen alarmiert zu haben. Aber die wären so oder so zu spät gekommen, selbst wenn Ihre Kollegen mir geglaubt hätten!“

Epilog

An einem strahlenden Märztag fand die Beerdigung statt. Anne und Alexander hatten entschieden, für ihre Eltern eine gemeinsame Urnenbestattung auszurichten. Nachdem beide fast ihr ganzes Leben Seite an Seite verbracht hatten, erschien es den Kindern nicht richtig, ihre Eltern im Tod zu trennen. Der stilvolle Backsteinbau der großen Kapelle des Eichhofs fasste hundertfünfzig Trauergäste und war bis zum letzten Platz gefüllt. Etliche weitere Trauergäste standen vor der Tür und drückten so ihre Anteilnahme aus.

Die Ermittlungen waren eingestellt worden. Aus Rücksicht auf die Kinder war die Mutter nie offiziell als Mörderin ihres Gatten bezeichnet worden. Aber auch so wusste jeder Vernunftbegabte, dass es so sein musste. Die Gerüchteküche verbreitete trotzdem die krudesten Theorien, von geheimen Regierungsstellen, die beide Eheleute exekutiert hätten, um Politikversagen zu unterdrücken, bis hin zum Mord durch russische Auftragskiller.

Elias wich während der gesamten Beerdigung kaum von Annes Seite. Wenn die Trauer seine Partnerin überwältigte, streichelte er ihr behutsam über den Rücken oder nahm er sie zärtlich in den Arm. Ganz selbstverständlich hatte er angeboten, ihren Teil an den Bestattungskosten zu tragen. Nach einer ersten Prüfung seiner Aussage blieb die Staatsanwaltschaft bei ihrem Angebot, sich mit einer Bewährungsstrafe zufriedenzugeben.

Wladimir und Vitali waren Mitarbeiter des Generalkonsulats der Russischen Föderation in Hamburg. Dank ihres Diplomatenstatus geschah ihnen nichts weiter, außer dass sie des Landes verwiesen wurden.

Neben den Kindern und deren Partnern hatte auch Eugen Gejdt einen Platz in der ersten Reihe zugewiesen bekommen. Entrückt und mit fiebrigem Blick lauschte er den priesterlichen Worten. Es würde nicht lange dauern, bis er seiner ersten Liebe Klara folgen könnte.

Inmitten der Trauergemeinde erwiesen auch Uta und Frauke dem Ehepaar die letzte Ehre. Neben Frauke stand Roland und hielt fest ihre Hand. Er hasste Beerdigungen und hoffte, dass die Trauerrede des Pfarrers bald zu Ende war. Beide registrierten den Rumänen nicht, der sie aus dem Hintergrund finster anstarrte.

Danksagung

Mein Dank gilt zunächst allen Mitarbeiterinnen und Mitarbeitern meines Verlages CW Niemeyer, ohne die es diesen Roman nicht geben würde. Katharina Hensgens gab mir als ehemalige Kommissarin des LKA Kiel einige wertvolle Tipps, wofür ich ihr danke. Thilo Müller vom Zoll danke ich für seine Auskünfte rund um die Arbeit der Zollfahndung. Ich hoffe, er ist mit der von mir entwickelten Person Sperber zufrieden. Lara Peter von der Universität Kiel danke ich für die Informationen zum Thema Super-Recognizer. Heinz Köhnen danke ich dafür, dass er mich rund um das Thema Motoryachten beriet. Dank ihm ist die von mir beschriebene Flucht des Frauenmörders über die Ostsee hoffentlich nicht ganz so haarsträubend geraten. Falls doch, werde ich es bestimmt von ihm hören.

Wie immer danke ich meiner Frau Nicole und meinem Freund Peter für ihre Geduld und Unterstützung.

Mein größter Dank gilt aber den wichtigsten Personen, nämlich Ihnen, liebe Leserin und lieber Leser. Bleiben Sie mir treu und kaufen Sie bitte meine Bücher, damit es noch viele weitere Krimis von mir geben kann.

Die Personen in diesem Roman

Andreas Bode	Chef der Mordkommission
Hendrik Boyko	Nachbar
Clanuri Interlope	rumänisch: Mafia-Gruppe
Constantin	Mafioso
Yusuf Demir	Typ aus dem Kiosk
Hartmut Engel	Autobesitzer
Gonzo Follina	Chef der Kriminaltechnik
Funar	Mafioso
Eugen Gejdt	alte Liebe von Klara Sterz
Frauke Knoop	Kommissarin
Melanie	Freundin von Frauke Knoop
Uta Meyer	Kommissarin
Elias Michler	Annes neuer Freund
Melek Mutlu	Rolands Exfreundin
Naşu	auf Rumänisch: Mafia-Pate
Cadmus Papadakis	Kioskbesitzer
Adrian Popescu	rumänischer Mafia-Pate
Lina Silber	Freundin von Anne Sterz
Markus Sperber	Zollfahnder
Friedrich Sterz	Mordopfer
Alexander Sterz	Sohn des Mordopfers
Anne Sterz	Tochter des Mordopfers
Klara Sterz	Witwe

Vitali und Wladimir	zwei Russen
Sibylle Widmann	Nachbarin

Im Verlag CW Niemeyer bereits erschienen ...

Konrad Georg Brichtner stolpert am Duhner Strand in Cuxhaven über eine Leiche. Das Opfer sitzt im Auto und hält einen mysteriösen Gegenstand in der Hand – eine Petrischale mit Nährboden für Bakterien. Das Bizarre: Die Bakterien wachsen in Form einer numerischen Reihenfolge. Was hat es mit diesen Zahlen auf sich? Ein Code vielleicht? Konrad beschließt, eigene Nachforschungen anzustellen, als er erfährt, dass das Opfer ein ehemaliger Kollege seines Onkels und Ziehvaters ist. Alles deutet darauf hin, dass der Mord etwas mit einer früheren BKA-Ermittlung zu tun hat, in die sein Onkel eingebunden war. Dann werden weitere Leichen mit ähnlichen Bakterienschalen aufgefunden …

Markus Rahaus. Mordlinie
416 Seiten. Klappenbroschur. ISBN 978-3-8271-9335-3
E-Book 978-3-8271-9783-2 (Epub)

#niemeyerbuch
Jetzt kein Buch mehr verpassen

Im Verlag CW Niemeyer bereits erschienen ...

Bauunternehmer Heinze verstrickt sich beim Bau einer riesigen Baumhotel-Anlage in illegale Machenschaften. Ein Mitarbeiter und Vertrauter Heinzes will auspacken. Zur selben Zeit wird Stefan Blume von Freundin Katja vor die Tür gesetzt. Ziellos reist er nun mit einem Wohnmobil im Harz umher. Auf einem Campingplatz lernt er einen Mann kennen, der einen USB-Stick mit brisanten Informationen bei sich trägt. Als ihn dieser Mann kurz darauf mit vorgehaltener Waffe zu einer gemeinsamen Fahrt ins Ungewisse zwingt, ahnen sie beide nicht, dass über dem Harz ein gewaltiger Sturm aufzieht. Mitten im tobenden Unwetter erfährt Blume, dass Katja verschwunden.

Roland Lange. Harzsturm
448 Seiten. Klappenbroschur. ISBN 978-3-8271-9337-7
E-Book 978-3-8271-9785-6 (Epub)

#niemeyerbuch

Jetzt kein Buch mehr verpassen

Im Verlag CW Niemeyer bereits erschienen ...

Das Böse kehrt zurück ...
Im Schloss der Stadt Ahrensburg verschwindet ein wertvolles Gemälde, im Fitnessstudio wird eine Frau ermordet, und Kommissar Mahlow bekommt es mit einer Hehlerbande zu tun. Welches Geheimnis steckt hinter dem Tod des Hamburger Projektentwicklers? Was hat es mit der Mordserie rund um die Schlosskirche und mit den Gottesbuden auf sich? Und glaubt die Polizei dieser dubiosen Zeugenaussage tatsächlich? Stimmt es, dass eine Person vom Hochsitz eines Jägers erschossen worden ist?
Ahrensburg hat mehr Geheimnisse, als Sie denken.

Nils Meyer-Selbach. AHRENSMORD 2
464 Seiten. Klappenbroschur. ISBN 978-3-8271-9329-2
E-Book 978-3-8271-9329-2 (Epub)

#niemeyerbuch

Jetzt kein Buch mehr verpassen

Im Verlag CW Niemeyer bereits erschienen ...

Nina Morettis 14. Fall
Ein toter Mann wird übel zugerichtet auf der neuen Liegebank „im Rainchen“ gefunden. So nennen die Betzdorfer den kleinen Park unweit der Stadtmitte. Der abgemagerte und verwahrloste Verstorbene ist der Polizei nicht unbekannt. Er war vor neun Jahren als Serienmörder verurteilt worden und weist zahlreiche Spuren von Misshandlungen auf. Ist aus einem der Opfer von damals ein Täter geworden oder steckt doch etwas ganz anderes hinter dem brutalen Mord? Eines wird Kriminalhauptkommissarin Nina Moretti schnell klar: Der Fall wird ein Wettlauf gegen die Zeit.

Micha Krämer. Heimlich, still und Leiche
448 Seiten. Klappenbroschur. ISBN 978-3-8271-9338-4
E-Book 978-3-8271-9786-3 (Epub)

Im Verlag CW Niemeyer bereits erschienen ...

Eine Maklerin wird mit aufgeschnittenen Pulsadern gefunden, kurz darauf ein erhängter Arzt in der Kirche. Während die Kripo Landau von Suizid ausgeht, glaubt Pastorin Olivia Jacob nicht an die Selbstmorde ihrer Gemeindemitglieder. Hilfe erhofft sie sich von Kommissarin Kira Lilienfeld, die endlich ihr Sabbatjahr im beschaulichen Leinsweiler genießt. Obwohl Kira wenig Lust auf Mord und Drama hat, entflammt ihre Neugierde, als sie entdeckt, dass die beiden Toten ein düsteres Kapitel aus ihrer Jugend teilen. Kira lässt keinen Trick aus, um Hauptkommissar Steinbach von der Kripo vor ihren Karren zu spannen und den Todesfällen auf den Grund zu gehen.

Susanne Seider. Pfälzer Auslese
384 Seiten. Klappenbroschur. ISBN 978-3-8271-9334-6
E-Book 978-3-8271-9782-5 (Epub)

#niemeyerbuch

Jetzt kein Buch mehr verpassen

Im Verlag CW Niemeyer bereits erschienen ...

Rauch wabert über Bauer Meinkes Spargelplantage in Salzhausen. Schlimm genug, dass ein Teil der Ernte vernichtet ist, doch dann liegt auch noch Erntehelferin Greta Neumann erstochen im Kühlraum des Betriebs. Die Tatwaffe: ausgerechnet ein Spargelstechmesser! Ulf Meinke entdeckt Gretas Verlobten, Erntehelfer Benedikt Hahn, wie er über der Toten kniet und verständigt die Polizei. Hauptkommissarin Inka Brandt übernimmt mit ihrem Team den Fall. Der Beschuldigte bestreitet jedoch die Tat, denn er hat kein Motiv. Als dann der alte Rudolf Meinke auch noch tot vor der Scheunentür gefunden wird, spitzt sich der Fall dramatisch zu.

Angela L. Forster. Heideschwur
400 Seiten. Klappenbroschur. ISBN 978-3-8271-9340-7
E-Book 978-3-8271-9788-7 (Epub)
